MAREK KRAJEWSKI

MOCK

WYDAWNICTWO ZNAK

Kraków 2016

Projekt okładki
Michał Pawłowski
http://www.kreskaikropka.pl/

Marek Krajewski na 4 s. okładki
– wg fotografii Szymona Szcześniaka

Ilustracje
s. 17, 160 – Stowarzyszenie Wratislaviae Amici www.dolny-slask.org.pl
s. 208 – Deutsches Museum, Munich, Archive, BN51345

Opieka redakcyjna
Anna Rucińska-Barnaś

Redakcja
Karolina Macios

Adiustacja
Urszula Horecka

Korekta
Kamila Cieślik
Katarzyna Onderka

Łamanie
Jan Szczurek

ISBN 978-83-240-4329-3 (oprawa twarda)
ISBN 978-83-240-4341-5 (oprawa broszurowa)

znak

Książki z dobrej strony: www.znak.com.pl
Więcej o naszych autorach i książkach: www.wydawnictwoznak.pl
Społeczny Instytut Wydawniczy Znak, 30-105 Kraków, ul. Kościuszki 37
Dział sprzedaży: tel. (12) 61 99 569, e-mail: czytelnicy@znak.com.pl
Wydanie I, Kraków 2016. Printed in EU

Great leap in the dark.
(Wielki skok w ciemność.)

— ❖ —

ostatnie słowa filozofa Thomasa Hobbesa

PROLOG

DOBRZE PAMIĘTAŁ TEN DZIEŃ, kiedy został ogłoszony wyrok śmierci. Skazańcem był jeden z najpotężniejszych satrapów świata, a sąd kapturowy składał się z pięciu mężczyzn ukrytych w półmroku. Każdy z nich siedział poza kręgiem światła. Ich kształty były zatem rozmyte. Małe biurkowe lampy wyraźnie oświetlały dłonie o zadbanych paznokciach, spięte spinkami mankiety białych koszul, kartki pokryte maszynowym pismem odbitym przez kalkę oraz dwie wielkie popielnice z dymiącymi papierosami i cygarami. Wzdłuż obu dłuższych boków konferencyjnego stołu obitego zielonym suknem siedziało po dwóch mężczyzn. U szczytu stołu – tylko jeden. Jego duże sękate palce bębniły po blacie – bardzo powoli, w jednostajnym rytmie. Elektryczne światło błyskało na złotym sygnecie amerykańskiej Akademii Marynarki Wojennej. Jego właściciel przewodniczył temu zebraniu.

Szósty mężczyzna siedział w kącie gabinetu, z dala od innych. Nie miał przed sobą stolika, lecz tylko onyksową popielnicę osadzoną na długiej żelaznej nodze. Strząsał popiół i starał się zrozumieć każde słowo, które padało od stołu. Nie było to łatwe, choć angielskich dialogów słuchał po kilka godzin dziennie. Lecz wymowa, którą w ciągu roku nauki języka angielskiego słyszał codziennie, była oksfordzka – bezbłędna, nieco pretensjonalna i rozpięta na wysokich tonach. Dzisiaj natomiast brzmienie słów było zniekształcone typowym amerykańskim bulgotem. Z trudem zatem wyłapywał idiomy i rozdzielał w myślach jednosylabowce, które stapiały się ze sobą w porywistym nurcie wypowiedzi. W silnym skupieniu przesuwał palcami po skroniach tak, jakby skórę na czole chciał naciągnąć na głowę. Czuł, jak napinają mu się blizny na twarzy i przypominają boleśnie ten dzień pod koniec wojny, kiedy to w Hamburgu przykleiła mu się do policzków płonąca papa zerwana z dachu podmuchem bomby.

Nie dbał jednak teraz o przykre wspomnienia. Najważniejsze było to, że – mimo brawurowego akcentu ze Środkowego Zachodu – rozumiał prawie wszystko. To, co słyszał, było arcyważne, warte nie tylko lekkiego bólu twarzy, ale nawet najwyższych poświęceń.

– Pewnie się zastanawiasz, Jerry, kiedy nastąpi ten wyjątkowy dzień. – Przewodniczący zebrania spojrzał na jednego z mężczyzn siedzących przy stole. – Jeszcze nie wiemy dokładnie. Na pewno to będzie w przyszłym roku: wiosną lub latem. W odróżnieniu od terminu miejsce jest nam dobrze znane.

Przesunął po blacie pliki fotografii spięte spinaczami. Każdy z czterech zestawów trafił do właściwego adresata.

Mężczyźni przeglądali powoli zdjęcia. Wszystkie przedstawiały gigantyczną okrągłą budowlę. Jej wsparta na czterech filarach kopuła składała się z kilku połączonych wielką liczbą betonowych żeber pierścieni o zmniejszającej się ku górze średnicy, co upodobniało ją nieco do piętrowego tortu. W jej przepastnym wnętrzu widać było rzęsiście oświetloną scenę, gdzie trwało jakieś teatralne widowisko. Ludzie tłoczyli się wokół niej, tworząc gęstą czarną masę, z której tu i ówdzie wystawały białe plamki. Na jednym ze zdjęć, mocno powiększonym, owe plamki zamieniły się w letnie kapelusze pań i panów.

Mężczyźni przy stole oglądali zdjęcia z zainteresowaniem. Tylko jeden z nich przerzucił je szybko, jakby tylko sprawdzał, czy ich liczba się zgadza.

– Powiesz coś o tym, Bill? – przewodniczący zebrania zwrócił się właśnie do niego.

– Już mówię – mruknął cicho indagowany, położył na stole teczkę z wytłaczanej skóry i wyjął z niej notatki. – Otóż ta budowla nazywa się Hala Ludowa i stoi w polskim mieście Wrocław, które jeszcze dwa lata temu było niemieckie i nazywało się Breslau. A hala ta nie była wtedy „ludowa", lecz „stuletnia". W przyszłym roku zostanie w niej zorganizowana wielka impreza propagandowa i jakaś wystawa, na którą zostali zaproszeni komunizujący intelektualiści Europy z Pablem Picassem na czele. Wszyscy mają wzywać do pokoju na świecie i krytykować amerykański imperializm. Z pewnością będą tam śpiewać peany na cześć wujka Joego i dziwne byłoby, gdyby...

– Gdyby wujka Joego tam zabrakło – dokończył za niego prowadzący.

– Tak. Oddano ją do użytku w roku tysiąc dziewięćset trzynastym, a zbudowano błyskawicznie, w ciągu dziewiętnastu mie-
sięcy, licząc od dnia wylania fundamentów. Jak widać na zdję-
ciach, to budowla betonowa, o surowych ścianach, na których
zachowały się nawet odbicia desek. Jest wielka i podobna do
rzymskiego Panteonu, który jest na zdjęciu numer dwa...

– Czyżby miała też świątynny charakter? – przerwał mu jeden
z mężczyzn. – Tak jak Panteon?

– Jej sakralny charakter jest nieoczywisty. – Ściany pokoju,
obite specjalnymi płytkami, wchłaniały głos referenta. – Niektórzy uważają, że jest to świątynia masońska albo teozoficzna
jak przybytek na cześć Goethego, czyli niezwykłe – zdaniem
niektórych – wyjątkowo szkaradne Goetheanum w szwajcarskim
Dornach, na zdjęciu numer trzy.

Zapadła cisza. Wszyscy wokół stołu wpatrywali się teraz
w szwajcarską dziwaczną budowlę zaprojektowaną przez słynnego mistyka Rudolfa Steinera. Było w niej coś tajemniczego. Gdy
zostało zrobione to zdjęcie, rozszczepione promienie wschodzą-
cego słońca otaczały ją od tyłu niezwykłą aureolą.

– Tak samo wygląda ta wrocławska bryła, kiedy o wschodzie
słońca patrzymy na nią od frontu. – Autor raportu postukał pa-
znokciem w kolejne zdjęcie. – Goetheanum oraz Hala Ludowa
zostały zbudowane tak, by ich wejścia były od zachodu, a sceny
od wschodu. To typowa oś wschód – zachód jak w świątyniach
średniowiecznych. Od zachodu wejście, od wschodu ołtarz. *Ex
oriente lux*[1]. Hala wrocławska oświetlona wschodzącym słońcem

---

1 Światło ze wschodu (łac.).

robi równie ponadnaturalne, potężne wrażenie jak świątynia Goethego.

– Jest naprawdę niezwykła. – Szef przesunął dłonią po granatowym rękawie, na którym ponad czterema złotymi paskami, jednym szerokim i trzema węższymi, wyszyta była gwiazdka. – Jej siła wyrazu budzi niepokój nawet polskich komunistów. Niedawno na pewnym tajnym zebraniu w Warszawie podjęto osobliwą decyzję, by postawić przed nią stumetrową stalową iglicę. Zlecono to znanemu architektowi profesorowi Stanisławowi Hemplowi. Nasz agent infiltrujący władze Warszawy, w tym Biuro Odbudowy Stolicy, w którym pracuje Hempel, dotarł do tego zlecenia. Tak oto wyjaśniono w nim potrzebę zbudowania stalowego obiektu – włożył okulary i zaczął czytać – „By ta iglica, ten symbol nowej Polski, wzbijająca się ku niebu, wizualnie rozciął wpół pomnik germańskiej pychy i pozbawił betonową bryłę tajemniczej i złowrogiej mocy. Aby każdy, kto by szedł do Hali Ludowej od frontu, widział najpierw polską igłę, która rozłupuje od stóp do głów niemieckiego giganta".

Zapadła cisza. Zebrani zaczęli się niecierpliwić. Byli ludźmi czynu i opowieści o tajemnych siłach na rozstajach dróg i o potężnych energiach czakramów budziły w nich umiarkowany entuzjazm. Przewodniczący podał referentowi raport polskiego agenta i spojrzał na ludzi przy stole.

– Polacy rozbiją tę budowlę symbolicznie – zabębnił palcami po blacie – a my rozwalimy ją w jednym miejscu, ale dosłownie. Pogrzebiemy pod zwałami betonu nie tylko kilku pożytecznych idiotów Stalina, ale i jego samego... A jak tego dokonamy? O tym nam już powie tajemniczy pan, który jest tu z nami i nadzwyczaj dużo pali.

Wzrok szefa powędrował w kąt pokoju. Ku mężczyźnie z bliznami na obliczu zwrócili swe spojrzenia również pozostali czterej uczestnicy zebrania. Wezwany zdusił papierosa i wstał ciężko. Wszedł w plamę światła, a potem usiadł u szczytu stołu naprzeciwko szefa. Badawcze spojrzenia zawisły na jego kwadratowej szczęce, na pokrytych bliznami policzkach i na gęstych szpakowatych włosach, które układały się w lekkie fale. Mężczyzna był masywny, szeroki w barach i ubrany wizytowo – w nienagannie skrojony smoking i muszkę pod szyją.

– Przedstawiam wam agenta, który od dwóch lat dla nas pracuje – powiedział prowadzący spotkanie. – To człowiek, który o Hali Ludowej wie wszystko.

– Wolałbym określenie Hala Stulecia – zaprotestował mężczyzna z silnym niemieckim akcentem.

Chciał coś jeszcze dodać, ale głos uwiązł mu w gardle. Pamięć odmówiła mu posłuszeństwa. Zabrakło mu angielskiego wyrazu. Kiedy nad nim myślał poganiany niecierpliwymi spojrzeniami, zalała go fala wspomnień wywołana najpewniej pochlebstwem, iż „wie wszystko". Rzeczywiście ani Hala Stulecia, ani miasto, w którym została zbudowana trzydzieści cztery lata wcześniej, nie miały przed nim żadnych tajemnic. Żył we Wrocławiu lat równo czterdzieści, aż do momentu, kiedy został on obrócony w perzynę przez rakiety wyrzucane przez tak zwane organy Stalina. Mieszkał w kilku różnych dzielnicach, w różnych mieszkaniach. Znał właściwie wszystkie ich rodzaje – od gnijących od wilgoci poddaszy, poprzez domki w małych sadach, do wspaniałych wielopokojowych apartamentów pełnych wyszukanych wygód, takich jak winda dostarczająca posiłki, wanny o złoconych kurkach czy porcelanowe bidety. W nędznym izbach – jako student – roił o karierze naukowej, w nieco lepszych pokojach – świętował swe kolejne policyjne awanse, a najczęściej oddawał się rozpuście i pijaństwu. W ciemnych norach, gdy leżał u boku prostytutek, marzył o rodzinie i życiu małżeńskim, a w późniejszych apartamentach jego dwa małżeństwa rozkwitły w miłości, by później zgnić w rozpaczy i frustracji.

Ulice Wrocławia też były świadkami jego triumfów i upadków. Po melinach mówiono o nim z pogardą lub ze strachem, nigdy obojętnie; w nielegalnych gorzelniach i tajnych klubach dla zboczeńców wystawiano czujki, by móc zawczasu ostrzec swych bywalców, których traktował bezwzględnie i brutalnie. Bandyci nie wchodzili mu w drogę, a dziwki przymilały się z daleka. Wszyscy go znali. Kierował policją kryminalną we Wrocławiu, który później przez jednego szaleńca został zamieniony w twierdzę, a przez drugiego podeptany i spalony żywym ogniem.

Przywołał go do porządku czyjś ostry głos:

– Pułkowniku, jest pan jeszcze z nami czy pańskie myśli całkiem odleciały?

– To bardzo długa opowieść, panowie. – Szpakowaty odpędził obrazy lat minionych. – A my chyba nie mamy zbyt wiele czasu...

– Aby nam wyjaśnić, jak podłożyć bombę, która zwali Stalinowi na łeb ten bunkier o żebrach dinozaura – jeden z mężczyzn spojrzał na zegarek – musi pan snuć długie opowieści?

Szef wyprostował się, obszedł stół dokoła i stanął za agentem. Oparł mu dłoń na ramieniu. Znów zalśnił sygnet z napisem *Ex scientia tridens*[2].

– Mamy czas – spojrzał karcącym wzrokiem na zniecierpliwionego współpracownika – proszę mówić, pułkowniku, tak długo, jak pan chce. Proszę nie pomijać żadnych szczegółów. Nikt panu nie będzie przerywał, a potem mój szofer odwiezie pana do lokalu, gdzie przygotowałem dla pana prezent urodzinowy.

Nachylił się nad wrocławianinem i szepnął łamaną niemczyzną:

– Jest blondynką i będzie czekać na pana choćby do rana.

Jubilat uśmiechnął szeroko i zaczął mówić.

– Wszystko się zaczęło w czasie budowy Hali Stulecia. Był ciepły majowy wieczór roku tysiąc dziewięćset dwunastego, równo rok przed uroczystym otwarciem hali...

Słuchali go w skupieniu, a czas płynął. Myślami przenieśli się do nie znanego im miasta wydzielającego ciężką woń bzów i wilgoć z wielkiej rzeki, czterech jej dopływów i całej masy cieków i strug. Opowieść była tak sugestywna, że przenieśli się w czasie i na chwilę zapomnieli, że jest osiemnasty dzień września czterdziestego siódmego roku i znajdują się w Waszyngtonie. Nie pamiętali, że kilka godzin wcześniej została uchwalona Ustawa o bezpieczeństwie narodowym. Zgodnie z nią powołano do życia Narodową Radę Bezpieczeństwa oraz Centralną Agencję Wywiadowczą. W ciemnym pokoju znajdowali się jej szef admirał Roscoe Hillenkoetter oraz jego czterech najbliższych współpracowników.

---

2 Potęga morska poprzez naukę (łac.).

Szósty uczestnik spotkania, były niemiecki policjant, a obecnie funkcjonariusz amerykańskiego wywiadu, obchodził tego dnia swe sześćdziesiąte czwarte urodziny. Zamierzał je spędzić w ramionach sprzedajnej kobiety.

Takie najbardziej lubił.

Nazywał się Eberhard Mock.

Druga zmiana robotników opuszczała budowę Hali Stulecia. Zmęczeni mężczyźni w workowatych roboczych strojach rzucali majstrowi Wolfgangowi Kempskiemu krótkie *„Nacht"*, unosili robociarskie czapki z ceratowymi daszkami i opuszczali przebieralnie w barakach. Potem szli do bramy po długich deskach, spod których jesienią chlapało rzadkie błoto, a teraz wznosiły się tumany kurzu. Był poniedziałek dwudziestego maja tysiąc dziewięćset dwunastego roku.

Majster nasłuchiwał niskich głosów milknących w oddali. Lubił te chwile, kiedy powoli wszystko cichło i kolejny dzień intensywnej pracy przechodził w spokojną noc. Wtedy głaskał po głowie swego wiernego towarzysza, owczarka niemieckiego o imieniu Joop, i mówił do niego: „Chodź, stary, musisz do roboty. A ja tylko mały kieliszek pigwówki i też zaraz popracuję!".

Ta ostatnia zapowiedź odnosiła się do dodatkowych obowiązków Kempskiego. Był on bowiem nie tylko majstrem, ale również stróżem nocnym. Ta funkcja pojawiła się niejako naturalnie – ze starego obyczaju przyznawania wędrownym murarzom tymczasowych kwater na miejscu budowy. Stary majster po prostu pilnował tego terenu, gdzie mieszkał.

Rodem z Lubania, z profesji – murarski obieżyświat. Dolnośląskich, a nawet górnośląskich, głównie przemysłowych obiektów wznosił wiele. Jednym z nich był Miejski Szpital dla Niemowląt przy Schulgasse[3] we Wrocławiu, zaprojektowany przez Maxa Berga. Ten sławny już wtedy wrocławski architekt i miejski radca budowlany zapamiętał dobrze fachowość majstra, jego świetny zmysł organizacyjny i wielki autorytet, jaki miał u robotników. Po oddaniu szpitala do użytku w roku tysiąc dziewięćset jedenastym Berg rozpoczął dzieło swego życia – Halę Stulecia – i ściągnął na jej budowę najbardziej zaufanych współpracowników. Na jego to wniosek Kempsky nie tylko został zatrudniony na odpowiedzialnym stanowisku majstra, ale również otrzymał do swej wyłącznej dyspozycji dobrze wyposażony barak, obok którego stała zamykana na kłódkę osobista wygódka. Skoro już zamieszkał na budowie, do swoich obowiązków nadzorcy pracy

---

3 Obecnie ul. Hoene-Wrońskiego.

dziennej chętnie dołożył – to była kolejna propozycja Berga – i zajęcia nocne, tym bardziej że dzięki temu znacząco wzrosła jego tygodniówka.

Obowiązki stróża nocnego nie były specjalnie uciążliwe i tak naprawdę nie on je sprawował, ale jego długoletni przyjaciel Joop, który codziennie około wpół do jedenastej wieczór był spuszczany z łańcucha i znikał wśród belek, desek, szalunków i rusztowań. Krążył wzdłuż parkanu i reagował szczekaniem na najlżejszy ruch na zewnątrz. Jego pan natomiast – trzymając pod ręką górniczy kilof – zapadał na twardej kozetce w spokojny, ale i czujny sen, z którego raz na jakiś czas wyrywało go szczekanie psa. Wtedy wstawał, wychodził na zewnątrz i w elektrycznym świetle rozstawionych wokół budowy latarń rozglądał się uważnie. Stwierdzał zwykle, że pies po raz kolejny szczeka albo na jakieś zwierzę wychylające się z parku Szczytnickiego, albo na zmęczonego pijaka, najpewniej parobka, który akurat urynuje pod płotem, by potem chwiejnym krokiem wrócić na pobliski folwark Zielony Dąb. Stróż robił wtedy obchód, po czym wracał na swą kozetkę i zamykał oczy w łagodnym półśnie. Dobiegał sześćdziesiątki i nie musiał spać tyle co młodzieniec. Wystarczyło mu codzienne osiem godzin przerywanego obchodami snu, a zmęczenie odsypiał w te rzadkie dni, kiedy budowy pilnował jego dochodzący z miasta zmiennik.

Podczas dzisiejszego dyżuru pierwszy alarm nastąpił o wpół do jedenastej, czyli krótko po opuszczeniu budowy przez ostatniego robotnika. Spowodował go włóczęga, który ukrył się w składzie pił mechanicznych, desek i rusztowań. Uniknął czujności Joopa najpewniej wtedy, gdy ten znajdował się na drugim końcu budowy, od strony Grüneicher Weg[4], dokąd dochodził do jego receptorów węchowych ostry odór zwierząt z pobliskiego ogrodu zoologicznego. Niedługo się cieszył ów włóczęga spokojnym snem. Nadzwyczaj bowiem obowiązkowy pies prychnął w końcu pogardliwie na woń egzotycznych zwierząt i ruszył w swą okrężną drogę wzdłuż parkanu. Natychmiast wywęszył śmierdzącego bezdomnego i − kiedy jego pan właśnie zapadał w drzemkę po wypiciu naparstka pigwówki − wydał ze swego gardła potężne szczekanie i głęboki warkot. Stróż wyskoczył z baraku, pobiegł do ogromnej szopy, skąd dochodziły hałasy, po czym ledwie uratował włóczęgę od śmierci, wyrzucając go z terenu budowy. Spodni jego nie ocalił.

Po obchodzie, jakiego natychmiast dokonał, wrócił do swego baraku, zasnął szybko jak zawsze, ale równie szybko się obudził. Działo się coś dziwnego. Pies nie szczekał mimo jakichś odległych metalicznych dźwięków.

Kempsky nie był człowiekiem strachliwym. Poprawił pas na kombinezonie, na głowę nacisnął zdefasonowany kaszkiet, chwycił za kilof i wyszedł z baraku. Rozejrzał się w ostrym świetle lamp i gwizdnął na psa. Odpowiedziała mu cisza. Jedynym odgłosem, jaki dochodził do uszu stróża, były dźwięczne uderzenia po drugiej stronie budowy − jakby ktoś walił młotkiem w szyny, na których dwa dźwigi dzień w dzień objeżdżały dokoła wznoszoną halę.

Stróż zacisnął mocno usta, aż zatrzeszczała jego sztuczna szczęka, i napiął mięśnie ramion. Ruszył szybkim krokiem wokół hali, mijając młyny, które za dnia z hukiem mieliły granit na grys

---

4 Obecnie ul. Wróblewskiego.

i żwir. Obszedł południowy łuk powstającej budowli sąsiadujący z Grüneicher Weg. W mocnym świetle widział belki, rusztowania i szalunki. Pomiędzy nimi zalegał głęboki cień, z którego nie dochodził blask mądrych psich oczu. Majster drgnął gwałtownie. Na budowie zgasły lampy. Ktoś wyłączył światło. Nie cały plac był jednak spowity ciemnością. Przed głównym wejściem, nad którym wznosił się eliptyczny szalunek, będący zarysem tak zwanej Sali Cesarskiej, paliły się trzy świeczki.

Kempsky podszedł do nich, by zobaczyć, co oświetlają. Poczuł piekący ból w brzuchu. Jakaś gorzka klucha rozsadziła mu wnętrzności i napełniła usta ciepłą kwaśną treścią. Wymiociny, które z niego bluzgnęły, ochlapały łojówki. Za nimi wznosiła się klatka ze zbrojonych prętów. A w niej było coś, co sprawiło, iż stróż opadł ciężko na ziemię i poczuł, jak łzy cisną mu się do oczu.

Jego najlepszy przyjaciel leżał bez życia. Łapy ukochanego psa, którego wychował od małego, przywiązane były do prętów zbrojeniowych. Język zwisał z boku potężnej głowy, a miękki czarny nos wciąż jeszcze był wilgotny.

Pręty tworzyły prostopadłościan o przedłużonych krawędziach. Połączono je cienkim i mocnym drutem wiązałkowym, którego zwoje składowano koło biura. Gdyby klatka miała ściany zamiast pustych przestrzeni, powstałaby regularna trumna, w której spoczywałoby jeszcze ciepłe psie ciało.

– Mamy i dla ciebie taki druciany sarkofag – usłyszał Kempsky. – Prawdziwą ażurową trumnę.

Zdawało mu się, że rozpoznaje ten głos. Odwrócił się, a potem zapadła ciemność.

Kiedy się ocknął, poczuł zimny wiatr na policzkach i rozkołysany ruch podłogi. Śniło mu się, że płynie statkiem miotanym przez fale. Chciał jęknąć, ale wszelkie odgłosy stłumił knebel o smaku jego własnych wymiocin. Chciał poruszyć rękami, ale były one przywiązane do jakichś zimnych poprzeczek. I wtedy wszystko stało się jasne. Znajomy głos, który usłyszał przed utratą przytomności, nie rzucał słów na wiatr. Kempsky ocknął się w sarkofagu ze zbrojonych prętów.

Cała budowa wciąż była zatopiona w ciemności, ale prąd elektryczny wykonywał swoje zadanie i wprawiał w ruch linę, na której wisiał kołyszący się lekko wózek. To w nim leżał Kempsky w swym drucianym więzieniu. Wagonik sunął ku górze po stalowej linie łączącej jeden z ruchomych dźwigów z wielkim masztem stojącym na środku przyszłej hali.

Wagonik wzniósł się wysoko, zakołysał i przybił do masywnego szalunku, który po zalaniu betonem miał się przemienić w jeden z czterech potężnych filarów wspierających kopułę. Teraz ta przyszła podpora była jedynie drewnianą konstrukcją z sosnowych desek, którą pod koniec tego dnia prawie całą zalano betonem. Szalunek ten o wysokości dwudziestu metrów przypominał z oddali trójkątny podwójny wafelek stojący na jednym ze swych wierzchołków, z tą wszakże różnicą, że zamiast ciasta z obu stron były ściany z desek, a zamiast słodkiego nadzienia – w szczelinie pomiędzy ścianami rozlewał się wciąż jeszcze nie zastygły beton wytworzony z cementu w opolskiej cementowni Silesia.

Po chwili do szczytu filaru przybił kolejny wagonik z dwoma mężczyznami. Kempsky naliczył ich w sumie pięciu. Szybko się nim zajęli. Jeden zablokował wózek, aby się nie kołysał, a czterech wytaskało z jego wnętrza trumnę z prętów wraz z zawartością. Ręce i nogi majstra były przywiązane do zbrojenia wielokrotnie zwiniętym drutem wiązałkowym. Światło latarki elektrycznej poraziło jego oczy.

– Nie będziesz torturowany – usłyszał głos, który znów wydał mu się znajomy. – Twoja śmierć będzie szybka, choć wcale nie taka znowu lekka. Nie starczyło już, chłopie, trucizny dla ciebie, bo pies był duży i musieliśmy go nafutrować wieloma zatrutymi frankfurterkami. Dlatego w pełni świadomy zanurzysz się i udusisz w płynnym betonie jak w rzadkim gównie. Nie mówiłbym tego, ale cię lubię, stary, chociaż jesteś Żydem.

Najpierw zepchnęli druciany sarkofag z psem. Z lekkim bulgotem zanurzył się w cementowej mazi i zniknął pod powierzchnią. Potem zaczęli z boku na bok przewracać trumnę z Kempskim. Stary majster umierał godnie. Kiedy wpadał do betonu, nie czuł strachu. Kiedy gęste lepiszcze zalewało mu oczy i wdzierało się do nosa, zrozumiał, po co te zbrojone pręty – aby nie osłabiać wytrzymałości filarów. Ciała utopionych istot wytworzyłyby wokół siebie jakieś bąble, jakieś bańki powietrzne, które osłabiłyby beton. A pręty wokół ciał wzmocnią go w tych miejscach.

Kiedy Wolfgang Kempsky się dusił, przyszła mu do głowy absurdalna myśl, że mordercy znają się na rzeczy – na sprawach budowlanych. I wtedy przypomniał sobie, skąd zna głos swojego oprawcy.

Na dnie szalunku, na spodzie jednego z filarów, spoczęły na zawsze dwie istoty – człowiek i jego naprawdę dozgonny przyjaciel.

KWIECIEŃ
1·9·1·3

WROCŁAW,
sobota 5 kwietnia 1913 roku,
godzina pierwsza po południu

GIMNAZJALISTA HANS BRIX był zafascynowany Halą Stulecia, a zwłaszcza jej przestrzennymi właściwościami. Wprawdzie poznawał ją krok po kroku, *in statu nascendi*[5], od samego właściwie początku – bo przynajmniej raz w tygodniu przyjeżdżał do niej wraz z ojcem, aby zza parkanu podziwiać postęp prac budowlanych – ale dopiero dzisiaj, na porannej lekcji, dowiedział się, ile matematycznych zagadek kryje w sobie ten betonowy kolos. Zafrasowały go one do tego stopnia, że nawet się nie ucieszył, a przynajmniej nie tak hałaśliwie jak jego koledzy, kiedy zostali powiadomieni przez nauczyciela, że kolejne lekcje odbędą się w plenerze. I tak tego ciepłego kwietniowego dnia udali się na wycieczkę do Hali Stulecia.

Dalsze pogadanki i wykłady, wygłaszane na Pergoli oraz koło Pawilonu Czterech Kopuł, dotyczyły kwestii historycznych. One

---

5 W trakcie powstawania (łac.).

już mniej interesowały czternastoletniego Hansa Brixa. Chłopak wyjął z tornistra zeszyt do matematyki i zamyślił się nad zasadą złotej proporcji ukrytej w gigantycznej budowli. Nie słuchał wcale wywodów historycznych, ale spoglądał w swoje notatki, poprawiał odręczny rysunek Partenonu i nie mógł się nadziwić, że budowniczowie starogreckich świątyń wykorzystywali w swej sztuce złoty podział odkryty przez Pitagorasa w mistycznych rojeniach. Zgodził się w duchu z nauczycielem, że instynktowne wykorzystywanie go przez ludzi świadczy, że jest on głęboko ukryty w ludzkiej duszy, że jest jakąś boską, harmonijną cząstką w człowieku. Chciał jeszcze gdzie indziej go poszukać. Postanowił przejrzeć materiały w Szkole Rzemiosł Budowlanych[6], gdzie jego ojciec był intendentem, i znaleźć wymiary różnych znanych budynków we Wrocławiu, by potem policzyć, czy nie ma w nich przypadkiem złotej proporcji. Chciał podzielić sumę wysokości i długości danego budynku przez jego długość i zobaczyć, czy jako wynik nie pojawi się tajemnicza złota liczba równa w przybliżeniu 1,62.

– To wspaniała świątynia demokracji, katedra równości pomiędzy ludźmi, która zaprasza do siebie wszystkich niezależnie od ich stanu – podniesiony głos nauczyciela w najmniejszym stopniu nie burzył myśli Brixa. – A z drugiej strony symbolizuje kosmiczne, wieczne i święte prawidłowości natury.

Mijały minuty i kwadranse. Chłopiec wciąż trwał w swych liczbowych medytacjach. Był bardzo uzdolniony matematycznie i potrafił w pamięci dokonywać obliczeń, bez najmniejszego

---

6 Obecnie Wydział Architektury Politechniki Wrocławskiej.

problemu wyobrażając sobie kolejne linie swoich działań. Ocknął się dopiero wtedy, gdy weszli do wnętrza hali prowadzeni przez niewysokiego tęgiego majstra, który uśmiechał się do nich głupkowato i czasami wchodził w słowo nauczycielowi.

Kiedy nastąpił ostatni punkt wycieczki, czyli zwiedzanie budowli, Brix nie piał z zachwytu jak jego koledzy. Taksował wzrokiem potężne żebra kopuły, cztery pylony i największe organy w Europie. Nieuważnie słuchał nauczyciela, który teraz mówił:

– Wierzchołek kopuły symbolizuje Ojca Ducha, który zsyła swe światło na ziemię, a światło to płynie przez żebra kopuły, zwłaszcza przez cztery potężne arkady apsyd, symbole czterech żywiołów...

Brix trzymał się blisko majstra i wciąż go pytał o wymiary tego czy innego elementu. Ten mu chętnie udzielał odpowiedzi i cieszył się, że chłopiec wykazuje takie zainteresowanie budowlą. Położył mu rękę na ramieniu i co chwila mu wyszeptywał do ucha – by nie przerywać wykładu nauczyciela – różne informacje budowlane. Raz czy dwa pogłaskał go przy tym po szyi. Brix słuchał bardzo uważnie i podawane przez majstra wielkości przeliczał w swej pamięci w poszukiwaniu złotej proporcji. Nigdzie nie znalazł złotej liczby nawet w wielkim przybliżeniu, ale się nie poddawał.

Po zakończeniu zwiedzania uczniowie zostali pożegnani przez majstra uściskiem dłoni tak silnym, że niektórzy skrzywili się z bólu. Nauczyciel przypomniał im o zadaniu domowym na poniedziałek i swoim zwyczajem zakrzyknął „Valete!"[7]. Wszy-

---

7 Bądźcie zdrowi (łac.).

scy – z wyjątkiem Brixa i pedagoga, który usiadł przed halą na stosie desek i coś szkicował w notatniku – poszli na przystanek tramwajowy i odjechali jedynką w stronę centrum miasta.

Hans wszedł w alejki parku Szczytnickiego. Już nie myślał teraz o złotej proporcji, lecz o zabawie w podchody, którą wymyślili poprzedniego dnia z kolegami. Przed nim był całkiem inny cel. Minął drewniany kościółek przytransportowany tu, jak wiedział, z Kędzierzyna na Wystawę Sztuki Ogrodowej i Cmentarnej, i ruszył na północ Finkenweg[8], która to ulica wchodziła głęboko w park. Kiedy przeciął Schwoitscher Chaussee[9] i zostawił po lewej ręce okazałe wille stojące w środku parku, znalazł się w jego ciemnej, ponurej części. Było tutaj mnóstwo pustych i cienistych polan zasłoniętych przed oczami przechodniów gęstymi krzakami. Polany te tworzyły całe ciągi wśród drzew – swoiste komnaty w układzie amfiladowym – i były ulubionym miejscem spotkań wrocławskich pederastów. Brix nie miał o tym pojęcia i szedł spokojnie w miejsce, gdzie miała na niego czekać tajna wiadomość. Wczoraj na mapie sprawdził, gdzie to jest. Zostawił za sobą publiczny szalet stojący na skraju parku, przeskoczył przez jezdnię i pobiegł w górę Morgenzeile[10], a potem skręcił w lewo, w Leerbeutel[11]. Pod numerem drugim stał ten dziwny dom o dachu opadającym w kilku krzywiznach. Było to pierwsze z czterech wyznaczonych miejsc. Podszedł do

---

8 Obecnie ul. Kopernika.

9 Obecnie ul. Mickiewicza.

10 Obecnie al. Różyckiego.

11 Obecnie ul. Chopina.

bramy i wyjął z kieszeni kompas. Odliczył dwadzieścia kroków na południowy zachód, gdzie w dziupli dużego dębu miała na niego czekać kolejna wskazówka w grze. Wszedł na ulicę i licząc uważnie kroki, ruszył ku kępie drzew.

Kiedy już był na chodniku po drugiej stronie ulicy, w oddali zadudniły o bruk końskie kopyta. W szpalerze drzew pojawił się duży powóz zaprzężony w cztery kare konie. Na ich głowach powiewały czarne kity.

Brix spojrzał zdumiony na pojazd, który zbliżał się ku niemu w ogromnym pędzie. Zapatrzył się na końskie pióropusze. Kareta zatrzymała się koło niego, drzwi otwarły się ze złowrogim zgrzytem.

Nawet nie poczuł, że został złapany za kołnierz. Nie wydał z siebie choćby tchnienia, kiedy jego gardło zostało zdławione silnym uchwytem. Z jego kieszeni wysunął się kompas i wypadł na ulicę.

Kareta odjechała. Zza dużego dębu wyszedł bezdomny, który oddał tam dług naturze. Sięgnął po leżący na bruku kompas i schował go do kieszeni, a potem pokuśtykał w stronę bramy ogrodowej willi profesorostwa Neisserów, gdzie od litościwej służącej dostawał darmowe posiłki.

Był jedynym człowiekiem, który widział całe zajście.

ZAKAMUFLOWANY LOKAL ZWANY ŁAŹNIĄ PAROWĄ był urządzony w piwnicy na Neue Antonienstrasse[12] 16. Nad nim, na wysokim parterze, mieściły się drukarnia książek oraz biuro firmy Meister Lucius & Brüning sprzedającej farby, w podwórzu zaś firma spedycyjna i fabryczka kartonów. W kamienicy tej mieszkało tylko czterech lokatorów, a zatem było spokojnie i dyskretnie. Do łaźni parowej wchodziło się przez piwnicę. Pierwszym odźwiernym był hojnie opłacany stróż kamienicy, drugim – strażnik samego lokalu. Po pokonaniu tych wszystkich przeszkód spragniony wrażeń wrocławianin trafiał w końcu do tego owianego złą sławą przybytku.

Trudno tam było zaczerpnąć tchu z powodu tytoniowego dymu i wyziewów ludzkich ciał stłoczonych w jednym miejscu, rozgrzanych alkoholem, podnieconych erotyczną ochotą.

Tak było i teraz – w ten nietypowy dla przedwiośnia ciepły, prawie letni dzień. Ludzie – słusznie nie ufając kapryśnej wrocławskiej pogodzie – ubrani byli prawie jak w zimie. Siedzieli zatem tutaj w płaszczach i melonikach bądź cylindrach. Ich cygara, papierosy i fajki wypuszczały kręte nitki dymu, natomiast ich płuca – całe jego kłęby. W obawie przed wścibskimi przechodniami nie pozwalano otwierać drzwi ani okien, które znajdowały się tuż nad brukiem ulicy. Nic zatem dziwnego, że w tym lokalu

---

12 Obecnie ul. Zelwerowicza.

wilgoć skraplała się na ścianach i ludzkich twarzach, nadając mu charakterystyczną woń i bardzo trafną nazwę.

W środku siedzieli starzy bywalcy, którzy zjawiali się tutaj po sobotnim rodzinnym obiedzie, by oddawać się nieprzystojnym i zgoła nierodzinnym rozrywkom. Nikt prawie nie zwrócił uwagi na nowego gościa. W drzwiach stał brunet około trzydziestki, średniego wzrostu, o solidnej mocnej sylwetce. Zdjął melonik, po czym otarł kraciastą chustą czoło i kwadratową szczękę obramowaną gęstym niebieskawym zarostem. Przez chwilę mrugał powiekami, by przyzwyczaić oczy do dymu. Jedynie barman spojrzał przelotnie na mężczyznę, po czym natychmiast stracił zainteresowanie jego osobą. Jeśli tu został wpuszczony – rozumował prosto, nalewając komuś gorzały – znaczy jest swój. Nie wiedział, że odźwierny, niezbyt rozgarnięty Martin, dla własnego dobra wolał się nie opierać przybyszowi.

Mężczyzna wszedł głębiej do środka i pociągnął kilkakrotnie nosem. Woń uległa wzmocnieniu i pewnym modyfikacjom. Dołączyły do niej nuty kiszonych ogórków, rzepy i cebuli. Z wielkich słojów wypełnionych śledziami i topielcami – czyli serdelkami marynowanymi na modłę czeską – buchała woń octu. To były, jak wiedział, jedyne zakąski w tym podziemnym lokalu. Goście nie szukali tu bynajmniej kulinarnych wrażeń, a woń gotujących się potraw szybko by zaalarmowała nielicznych mieszkańców tej starej, kiepsko wentylowanej kamienicy – co byłoby bardzo nie na rękę właścicielowi tego interesu.

Nowo przybyły był tu po raz pierwszy, bo ten lokal podlegał wyłącznie nadzorowi jego szefa Paula Vyhladila. Zdjął melonik, wyjął kościany grzebyk, przeczesał wilgotne, falujące włosy i rozejrzał się dokoła. Na ścianach wisiały pornograficzne olejne obrazy, które – musiał przyznać – były bardzo frapujące i zainteresowały go nie tylko jako mężczyznę, ale również jako miłośnika antyku. Przedstawiały bowiem rozmaite orgiastyczne sceny rozgrywające się w greckich i rzymskich budowlach.

Po chwili oderwał od nich wzrok i przyjrzał się obecnym na sali mężczyznom. Uczynił to raczej z przyzwyczajenia niż z obowiązku. Nie oni byli dzisiaj obiektem jego inwigilacji. Nie dostał rozkazu aresztowania żadnego z nich. Dzisiaj na polecenie swojego szefa miał odnaleźć niejaką Dorę Lebenthal i sprowadzić ją przed jego oblicze. Wiedział, gdzie ona może być o tej porze – na małej oszklonej antresoli na pięterku za barem. Spojrzał tam z pozorną obojętnością.

W ten sam punkt byli wpatrzeni wszyscy mężczyźni, ale z całkiem odmiennych niż on powodów. Nad barem odbywały się bowiem erotyczne zawody. Trzy kobiety jęczały pod trzema mężczyznami, co było bardzo dobrze słychać i widać przez otwarte okna antresoli.

Przybysz nie cieszył się długo brakiem zainteresowania obsługi lokalu. Barman, niski, drobny mężczyzna w białym kapeluszu, którego rondo było nad uszami zwinięte w dwa rulony, podbiegł do niego i uśmiechnął się przymilnie.

– Szanowny pan raczy dołączyć do zakładów? – Grdyka wystająca nad ceratowym brudnym kołnierzykiem poruszyła się gwałtownie. – Obstawiamy, który najdłużej będzie ruchał. Zbieram zakłady, który dłużej se porucha.

– Ile jeszcze będzie trwało to ruchanie? – Przybysz postanowił sprawić barmanowi przyjemność, wypowiedziawszy jego najwyraźniej ulubione słowo.

– Och, gdybym ja to wiedział, o gdybym – mężczyzna pokazał spróchniałe pieńki swych zębów – tobym był bogaczem większym niż Schottländer! No co? Obstawiamy, obstawiamy! U nas nie ma darmowych pokazów! Płacić albo spadać! Spadać!

Rozmówca uśmiechnął się do niego szeroko i uczynił gwałtowny ruch ręką. Chwycił małego za krawat i przyciągnął do siebie tak mocno, że pod brodą pękła gumka od wątpliwej ozdoby jego ubrania.

– Posłuchaj, Alois – wychrypiał. – Ty mnie nie znasz, ale ja cię znam. Alois Schumpeter, od niedawna we Wrocławiu, nieprawdaż? Prawa ręka właściciela tego lokalu pana Rüdigera Gottweina. Widzisz, ja wszystko wiem o tobie, a on wie wszystko o mnie. Zwłaszcza to, w jakim wydziale policji pracuję.

Zapadła cisza przerywana jedynie sapaniem współzawodników.

– Ależ tu śmierdzi! – Przybysz dotknął swych nozdrzy. – Nie lubię tłumu, żaru i smrodu. Jeśli ci artyści nie skończą swej roboty w ciągu kwadransa, to wtedy ty spuścisz kurtynę. Anulujesz zakłady, zwrócisz klientom forsę i wszystko będzie cacy. Jeśli nie, to ja się wtedy włączę do akcji. Nie chcesz tego, mały, i ja też tego nie chcę. Za gorąco tutaj na gwałtowne ruchy. Daję tobie i im kwadrans.

Alois oderwał się od mężczyzny, splunął na klepisko i wrócił za bar, patrząc ze strachem zmieszanym z nienawiścią na policjanta. Ten włożył melonik, zsunął go na potylicę, po czym podszedł do baru, zażądał sznapsa i zakąski, co też dostał w ciągu kilkunastu sekund. Spojrzał znacząco na Aloisa, wyjął z kieszeni kamizelki potężny zegarek na łańcuszku i położył go tuż przy stopce wódki i galaretce z nóżek, którą okrywały dwa kapelusze marynowanych prawdziwków. Wychylił alkohol do połowy i zagryzł go galaretką. Przez chwilę patrzył na widowisko, a zwłaszcza na poruszające się w górę i w dół obcasy kobiecych pantofli. Spojrzał na zegarek. Minęły trzy minuty.

Kiedy minął kwadrans, wypił resztę wódki i pochłonął zakąskę. Na podniebieniu poczuł smak pietruszki, a pod zębami twardą chrząstkę. Wypluł ją na ziemię i obcasem wypastowanego na glanc trzewika wcisnął w miękkie klepisko. Poczekał jeszcze chwilę, zastanawiając się, jakich to opóźniaczy erotycznych używają zawodnicy, by tak długo zachować aktywność. Jęki kobiet były równie jednostajne i równie autentyczne jak wcześniej.

W końcu schował zegarek do kieszeni kamizelki. Potem wtargnął za bar, odsunął bezceremonialnie barmana i ruszył ku antresoli. Mały Alois rzucił się na niego z tyłu, chwytając go za rękaw. Bojowy był, nieugięty, nie chciał się rozstać z pieniędzmi.

– Tam nie wolno! – wrzasnął. – Tam zawody! Zawody!

Policjant odwrócił się i szarpnął go za kamizelkę. Wtedy usłyszał szept barmana:

– Walnij, ale nie za mocno!

Bez słowa rzucił go na bar i patrzył, jak się po nim powoli osuwa i znika wśród zalegających podłogę skrzynek. Był pewien, że mały udaje. Zdumiony jego dziwną prośbą nie wykorzystał maksymalnie swej siły. Wszedł na schody prowadzące na pięterko. Wokół wrzeszczeli podnieceni mężczyźni. Na ścianie, pół metra nad głową wchodzącego, rozprysła się szklanka. O jego policzek otarł się śledź, który na moment przykleił się do ściany, by potem się po niej ześlizgnąć. Mężczyzna przystanął, obejrzał dokładnie marynarkę, sprawdzając, czy nie został na niej ślad po niefortunnym zdarzeniu. Nienawidził wielu rzeczy, ale zdecydowanie najbardziej brudu, zwłaszcza na własnym ubraniu. Z umieszczonej pod pachą kabury wyjął swój nowiutki mały pistolet samopowtarzalny Mauser M1910. Wiedział, że huk wystrzału ostudzi zapał widzów skuteczniej niż policyjna legitymacja i jakiekolwiek groźby.

Nie musiał jednak strzelać. Wystarczyło, że wyciągnął broń i skierował ją w stronę tłumu, a zaraz zapadła cisza. Trzej współzawodnicy zerwali się ze swych partnerek. Widział ich dobrze kątem oka. Stali w wypuszczonych na brzuchy koszulach, podwiązki do skarpet opinały ich łydki. Ich wąsate czerwone twarze były nabrzmiałe od wysiłku.

– Spierdalać na dół – wycedził przez zęby. – Dziwki też. Tylko Dora zostaje.

Drugi policjant stał w szeroko otwartych drzwiach łaźni parowej. Nad głową trzymał policyjną gwiazdę i grzecznym, niemalże dworskim ruchem ręki zapraszał wszystkich do wyjścia. Odźwierny Martin stał obok niego ze wzrokiem wbitym w ziemię. Goście wychodzili, mrucząc niechętnie, przeklinając intruza i wypatrując małego Aloisa, który wciąż miał ich pieniądze obstawiane na ruchaczy. Wyziewy powoli się rozwiewały. Po chwili przybytek rozkoszy był pusty.

Mężczyzna na antresoli spojrzał na Dorę. Z obojętną miną podciągała pończochy. Jedno z koronkowych ramiączek halki zsunęło się na jej ramię. Gdy je poprawiała, zadrgała jej kształtna duża pierś. Poczuł mrowienie w lędźwiach. Wcale nie był daleki od myśli, aby pozostać z Dorą dłużej na tym pięterku.

Te rojenia przerwał mały Alois. Rzucił mu się prawie do nóg i podał zwitek banknotów.

– Dziękuję, człowieku, dziękuję. To twoja działka, twoja. – Podsuwał mu pod nos garść pieniędzy. – Zarobiłeś! Nic im nie muszę zwracać! Powiem, że ty mi wszystko zabrałeś! Sztama między nami? Sztama na przyszłość?

Policjant odebrał pieniądze i rzucił je na kolana Dory, która właśnie się czesała i wszystkiemu uważnie przysłuchiwała.

– To twoje, podziel się z koleżankami. – Uśmiechnął się do dziewczyny. – Należy się wam za leżenie pod tymi wieprzami.

– Wolałby pan być na miejscu wieprza? – Dora spojrzała na niego zalotnie spod długich rzęs. – Bo ja bym wolała pod panem...

Pogłaskał ją po głowie i aby stłumić żądzę, wyciągnął papierosa. Schumpeter z niedowierzaniem przyglądał się policjantowi. Nie mógł uwierzyć, że oddał swoje sprytnie zarobione pieniądze jakiejś nędznej dziwce.

– Co jest, człowieku! – krzyknął. – To twoja forsa, nie tej wywłoki!

– No daj ognia, mały! – mruknął do niego przyjaciel dziwek. – Co tak się patrzysz? Przydaj się w końcu na coś!

Alois podszedł i zapalił zapałkę o własny but. Zrobił to z ociąganiem. Gardził policjantem. I wtedy dostał w twarz. Nie był to już cios markowany, nie było to lekkie uderzenie. Pięść trafiła go nad uchem, siła uderzenia rzuciła na schody. Na szczęście chwycił się poręczy i nie spadł na bar. Natychmiast się zerwał na równe nogi i zaczął pocierać zaczerwieniony policzek. Spojrzał na Dorę nienawistnym wzrokiem.

– Powiedziałeś do niego: człowieku, a mnie nazwałeś wywłoką, tak? – Dziewczyna uśmiechnęła się znacząco. – A pan wachmistrz policyjny Eberhard Mock bardzo nie lubi, kiedy ktoś do niego mówi „na ty" i kiedy ktoś nas obraża.

Alois Schumpeter już nie gardził policjantem. Znał to nazwisko. Usłyszał je od pana Gottweina pierwszego dnia swego pobytu w nadodrzańskiej metropolii. Pan Gottwein opisał Eberharda Mocka jako nieobliczalnego, po czym ostrzegł swojego nowego pracownika słowami: „Uważaj na tego wściekłego psa!".

WROCŁAW,
sobota 5 kwietnia 1913 roku,
godzina szósta po południu

HERMANN SCHILLING NIE BYŁ tak zainteresowany matematyką jak jego szkolny kolega Hans Brix. Ponad królową nauk stawiał literaturę podróżniczą. Uwielbiał wraz ze swoją siostrą Lucy oglądać rysunki z książek o odkrywaniu nieznanych lądów. Obydwoje z wielką niecierpliwością czekali na te rzadkie chwile, kiedy właściciel domu na Menzelstrasse[13] 85, bogaty kupiec Heinrich Lauterbach, mówił do swego dozorcy, a do ich ojca: „Mój drogi Schilling, niech te twoje pociechy przyjdą do mnie dzisiaj, niech popodróżują sobie palcem po mapie!".

---

13 Obecnie ul. Sztabowa.

Czternastoletni Hermann i jego o rok młodsza siostra przychodzili wtedy do ogromnej biblioteki pana Lauterbacha, zajmującej prawie całe piętro domu, i z wypiekami na twarzy przeglądali atlasy, albumy zoologiczne oraz monumentalną siedemnastotomową encyklopedię Brockhausa. Wpatrywali się w ryciny i wczytywali w artykuły na temat nie znanych sobie egzotycznych krain. Hermann – po takich wyprawach w wyobraźni – uciekał zwykle do małego piwnicznego składziku, w którym ojciec trzymał narzędzia. Tam siadał w świetle lampy naftowej i pisał fikcyjne dzienniki okrętowe, w których przedstawiał fantastyczne przygody wymyślonych przez siebie nastoletnich marynarzy. Nosili oni takie imiona jak jego najbliżsi szkolni koledzy – Hans, Friedrich i Georg. Oczywiście przywódcą tej grupy był chłopiec o imieniu Hermann.

Tak zrobił i tego ciepłego kwietniowego dnia. Wszedł zatem do składziku, usiadł na desce położonej na wiadrze z węglem, z tajnej skrytki wyciągnął zeszyt, poślinił ołówek i zaczął opisywać przerażające chwile, kiedy to Hans i Friedrich zostali przywiązani przez ludożerców do potężnych belek rozstawionych nad ogniskiem. Już miał przedstawić scenę, kiedy z pomocą im przychodzą Georg i Hermann, kiedy usłyszał na schodach prowadzących do piwnicy ciężkie, powolne kroki ojca. Szybko schował zeszyt do skrytki. Bał się rodzica, który nie tolerował bezczynności i marzycielstwa, a swoją niechęć do próżniactwa wyrażał gwałtownie – zwłaszcza gdy był pijany. Kroki zbliżyły się do drzwi składziku, a klamka poruszyła się z nieprzyjemnym chrzęstem.

– Ojciec? – zawołał Hermann. – To wy, ojcze?

Odpowiedziało mu niskie mruknięcie. Dozorca Anton Schilling nigdy nie był zanadto wymowny po pijanemu. Hermann otworzył drzwi. Sparaliżował go strach. To nie był jego ojciec.

WROCŁAW,

sobota 5 kwietnia 1913 roku,

wpół do siódmej wieczór

SZEFEM WYDZIAŁU OBYCZAJOWEGO wrocławskiego prezydium policji był od pół roku asesor policyjny Paul Vyhladil. Nie był on zbyt bystry ani zanadto sumienny, nie potrafił również zachować umiaru w spożywaniu mocnych trunków. Umiał jednak rozdmuchiwać najmniejsze nawet swoje sukcesy, dzięki czemu cieszył się bardzo dobrą opinią u nowego prezydenta policji Heinricha von Oppena. Wydział III b był oczkiem w głowie tego surowego moralisty i wyniosłego arystokraty. Doceniał on „dużego Paula" – jak pieszczotliwie nazywał swego podwładnego – i wszystkim opowiadał o jego wielkim sukcesie z tysiąc dziewięćsetnego. Vyhladil odkrył wtedy, iż jeden z najwybitniejszych wenerologów Europy, profesor Uniwersytetu Wrocławskiego Albert Neisser, w swych poszukiwaniach surowicy przeciw syfilisowi zarażał kiłą prostytutki, w tym małoletnie dziewczynki, nie poinformowawszy ich ani słowem o swym eksperymencie. Wybuchł skandal, parlament pruski grzmiał, działalność Neissera porównywano do okrutnych wiwisekcji, a antysemici zacierali ręce, podsuwając wszystkim pod oczy metrykę z jego żydowskim pochodzeniem.

Lekarz ukorzył się, zapłacił ogromną karę i zadośćuczynienie swym pacjentkom, po czym znienawidził Vyhladila na wieki. Ten mało się tym przejmował, zwłaszcza że z rąk poprzedniego prezydenta policji Paula Bienko otrzymał w roku tysiąc dziewięćset pierwszym awans i nagrodę pieniężną za wybitne osiągnięcia śledcze. Świeżo upieczony asesor policyjny marzył o stanowisku szefa Wydziału III b, czyli obyczajowego. Nie spoczął zatem na laurach, działał nadal efektywnie, choć – jak twierdzili złośliwcy – więcej robił szumu wokół własnej roboty, niż tak naprawdę robił. Miał jeszcze jedną dobrą cechę – był lojalny wobec swoich kolegów, a później podwładnych, bronił ich jak lew przed przełożonymi i tuszował ich nadużycia. Nie kosztowało go to zresztą wiele wysiłku, ponieważ ich szefem był dopiero od pół roku, oni sami nie sprawiali wielkich kłopotów, a ponadto było ich niewielu – raptem czterech: sekretarz policyjny Werner Heuss, asystenci policyjni Wilhelm Klecker, Ludwig von Rannemann oraz najmłodszy stażem wachmistrz policyjny Eberhard Mock.

Wszyscy oni, oprócz von Rannemanna, siedzieli teraz przed obliczem swego szefa w jego gabinecie na Schuhbrücke[14] 49 i nie wierzyli własnym uszom. Vyhladil im oznajmił ni mniej, ni więcej, tylko tyle, że postanowił mocniej scementować swój zespół, a metodą spajającą ich w zwartą grupę będzie wspólna erotyczna rozrywka.

– Długo mam was namawiać? Jesteście pedały czy jak? – mówił, napawając się zdumieniem, jakie wzbudził swą propozycją. – Wszyscy jesteście młodzi, ty też, Klecker, choć dobiegasz

---

14 Obecnie ul. Szewska.

czterdziestki. I żaden z was nie jest żonaty, łącznie z naszym „panem Von", który już dzisiaj skończył pracę i jest na pewno na kolejnym koncercie abonamentowym. Należy wam się coś od życia, co, chłopy? Dzisiaj jest sobotni ciepły wieczór, wszyscy z prezydium już wyszli. – Zaczerpnął tchu. – Powtarzam, w naszej celi są cztery chętne piękne dziewczyny. Stary Matuszewski dał im przed chwilą miednicę i dwa wiadra gorącej wody. Umyły się i czekają. Matuszewski słowem nie piśnie, otworzy nam celę i pójdzie na dziedziniec zapalić cygarko. Stary nie takie rzeczy tu widział. No, chłopaki, który z was chce pierwszy? A może wszyscy naraz, co? W celi jest dość miejsca. Aha, jedno zastrzeżenie: ja będę ostatni, a Dora jest moja. Pozostałe dziewczyny należą do was. No co tak stoicie? Lance w dłoń i do roboty! Jak się który boi, to zakładać kapturek!

Ryknął śmiechem i położył na biurku trzy prezerwatywy. Jego okrągła czerwona twarz omal nie eksplodowała z uciechy. Podkręcone wysoko i poczernione szuwaksem wąsy – jedyne owłosienie na jego głowie – najeżyły się szelmowsko.

Policjanci milczeli i spoglądali po sobie z niedowierzaniem.

– Jak to było? – Szef dźwignął swe masywne ciało zza biurka, zakasał rękawy i zatarł dłonie jak przed robotą. – *Unus pro omnibus, omnes pro uni*[15]! Dobrze, Mock? Mów, człowieku, niedoszły doktorze filozofii!

– Powinno być *pro uno* – odparł zapytany.

Komisarz pokiwał głową z aprobatą, sięgnął po pudełko zapałek i wyjął trzy z nich. Jednej ułamał główkę, po czym zarządził

---

15 Jeden za wszystkich, wszyscy za jednego (łac.).

losowanie. Zapałkę bez główki jako pierwszy wylosował Klecker, jako drugi – Heuss. Mock był na końcu, przed samym szefem. Vyhladil oznajmił im, że teraz chce jeszcze popracować, i uczynił kilka sprośnych gestów, które miały ponaglić jego podwładnych. Trzej policjanci opuścili gabinet szefa. Wiedzieli, że jego praca będzie polegała teraz na wypiciu kilku solidnych łyków dereniówki, którą szczególnie preferował.

Klecker zabawił w celi kwadrans. W tym czasie Mock i Heuss gawędzili w swoim pokoju, paląc papierosy. Kiedy nadeszła kolej Heussa, Mock poczuł się nieswojo. Starał się wyobrazić sobie nagie ciała wijących się wokół niego kobiet. Ich piersi, biodra i pośladki, które zaraz będzie miał w swoim posiadaniu. Niestety nie czuł nawet śladu przypływu męskich sił.

Miał lat równo trzydzieści i żadna z erotycznych konfiguracji, które niedawno był oglądał na ścianach łaźni parowej, nie była mu obca, ale w igraszkach uczestniczyła tylko jedna kobieta. A tu będzie ich kilka. Będą świadkami. Będą patrzeć, komentować, drwiąco się uśmiechać, pewnie porównywać go z jego kolegami. Dora, uczestniczka erotycznych olimpiad, uśmieje się do łez, kiedy skończy po minucie, jak uczniak, albo – co będzie jeszcze gorsze – jeśli w ogóle nie skończy. To wszystko nie było jednak najbardziej deprymujące. Jego męskość powstrzymywała blokada moralna. Mock uważał gwałt za najbardziej odrażające łamanie kobiecej godności, a właśnie za chwilę będzie musiał gwałtu dokonać. Owszem, będzie miał nań pozorną zgodę dziewczyny, ale ta pozorność właśnie świadczyła o przymusie. Bo czyż można inaczej nazwać czyn, do którego kobiety w celi zostały zmuszone przez Vyhladila? Wszak to Hipopotam, jak go po cichu nazywano we wrocławskich burdelach, złożył pewnie tym dziewczynom propozycję nie do odrzucenia: „Albo dziś obsługujecie moich chłopaków, albo was zniszczę!". Zmusił je zatem szantażem i groźbą, by się im oddały. Czyż przymus nie jest rodzajem gwałtu? Do tej pory kobiety oddawały mu się dobrowolnie, co zdarzało się rzadko, ponieważ pragnęły rozkoszy albo – co już było nader częste – bo im za to płacił. Nigdy pod przymusem!

Z tymi niewesołymi myślami jak najdalszymi od erotycznych powabów Mock wszedł do celi, którą Heuss przed chwilą był opuścił.

Stary Vyhladil zadbał o wszystko. Na podłodze pomiędzy pryczami leżał stos czterech materaców, które najpewniej strażnik Richard Matuszewski na prośbę komisarza przytaskał tu z celi szpitalnej. Na dwóch pryczach siedziały kobiety ubrane tylko w bieliznę i w kapelusze. Dwie siedzące bliżej drzwi celi, najwyraźniej znudzone, paliły papierosy i nie zwracały na Mocka najmniejszej uwagi. Dwie kolejne nie spuszczały z niego oczu. Zdawało mu się, że uwodzicielskie spojrzenie Dory ma w sobie coś więcej niż tylko zawodową rutynę.

– Którą wybierasz? – zapytała.

– A które z was były z moimi kolegami? – Jego ochrypły głos wypełnił celę.

– Theresia i ja nie byłyśmy. – Dora wskazała dłonią pulchną blondynkę o bardzo jasnych oczach.

Przypatrywał się im z zakłopotaniem. Theresia podciągnęła powoli halkę. Jej czarne pończochy były podtrzymywane przez gumowe podwiązki tuż nad kolanami. Powyżej rozpościerały się koronkowe majtki specjalnie rozcięte w kroku i odsłaniające *antrum amoris*[16]. Widział już taką fikuśną bieliznę, której córa Koryntu nie musiała nawet zdejmować w trakcie aktu. Zawsze taki widok wzbudzał w nim gwałtowne zwierzęce siły. Nie tym razem. Spojrzał na Dorę. Nasunęła zawadiacko swój kapelusz na czoło. Smukłe dłonie zanurzyła w staniku i wyjęła na światło dzienne swe piersi. Mock kiedy indziej szalałby z żądzy. Ale nie tym razem.

– Ty jesteś dla szefa – warknął ze złością. – A ty – wskazał brodą na Theresię – a ty mi się nie podobasz.

– Ty też mi się nie podobasz! – odpyskowała zuchwale blondynka. – Ale taki jest mój zawód, jakbyś nie wiedział!

Mock kopnął materac i ruszył ku Theresi. Był rozwścieczony. Stanął przed nią na rozkraczonych nogach. Kiedy indziej już sama ta scena – jego lędźwie blisko twarzy dziewczyny – wzbudziłaby w nim priapiczne moce. Ale nie teraz.

– Zawód wykonujesz wtedy – wysyczał – kiedy robisz coś, za co się płaci. A tutaj nikt ci nie zapłacił. Robisz to pod przymusem.

– Hipopotam nam zapłacił – powiedziała Dora. – Nie ma żadnego musu.

Mock stał zdumiony i przenosił wzrok z jednej dziewczyny na drugą. Nigdy by nie podejrzewał starego o taki hojny gest. W końcu się uśmiechnął. Zrozumiały właściwie jego uśmiech i obie naraz zaczęły rozpinać mu spodnie.

I wtedy zadziałało to, co wcześniej tak złośliwie odmawiało mu posłuszeństwa.

Wszystko wróciło do normy.

---

16 Grota miłości (łac.).

CZWARTY POLICJANT Z WYDZIAŁU III B, asystent policyjny Ludwig von Rannemann, zażywał tego wieczoru – w odróżnieniu od swoich kolegów – wyłącznie duchowych rozkoszy. Siedział w Domu Koncertowym na Gartenstrasse[17], słuchał, jak orkiestra stroi instrumenty, i przeglądał program wieczoru. Zaraz wejdzie na estradę ulubieniec wrocławskich melomanów, dyrygent Georg Dohrn, pod którego batutą zostanie zaprezentowana uwertura do opery Carla Marii von Webera *Oberon*, potem pianistka Klara Reifferscheid wykona jeden ze słynnych koncertów fortepianowych Chopina, a na końcu zabrzmi uwertura koncertowa *Morskie Oko* współczesnego kompozytora polskiego Zygmunta Noskowskiego.

Melomani albo wyciągali zegarki z kamizelek, albo rozglądali się dokoła, szukając znajomych twarzy. Von Rannemann nie należał ani do jednych, ani do drugich. Po przeczytaniu programu wbił wzrok w scenę i posykiwał gniewnie, kiedy ludzie głośno szurali krzesłami. Zaraz będzie jeszcze gorzej – myślał. – Ci wszyscy melomani z Bożej łaski zaczną się wiercić jak przypalani na węglach. Krzesła będą trzeszczeć i trzeszczeć, a ja tu chyba oszaleję. Nie można by raz na zawsze zamontować tu stałych rzędów krzeseł jak w Teatrze Miejskim?!

_____

17 Obecnie ul. Piłsudskiego.

Kierując swe pretensje pod nie wiadomo jakim adresem, von Rannemann przymknął oczy, co zawsze pomagało mu w koncentracji i w odpędzaniu natrętnych dźwięków. Rozległy się brawa. Na scenę wszedł maestro Dohrn i pokłonił się publiczności. Zapadła cisza. Dyrygent dał znak i wszystko się zaczęło. Powietrze rozciął łagodny, przytłumiony dźwięk rogu, po którym lekko weszły smyczki. Kiedy róg zagrał po raz drugi, krzesło tuż obok von Rannemanna zatrzeszczało przeraźliwie. Spojrzał z irytacją na swego sąsiada. Był to znany mu z widzenia gimnazjalista, syn piekarza z sąsiedniej ulicy.

Gięty mebel zatrzeszczał raz jeszcze, i to bardzo przenikliwie. Uczeń wstał, pochylił się i zaczął przeciskać prawie na czworakach, potrącając kolana von Rannemanna i innych słuchaczy. Towarzyszyły temu szepty, a nawet jedno wypowiedziane półgłosem przekleństwo. Ludzie, robiąc miejsce chłopakowi, szurali i łomotali swoimi krzesłami. W końcu ten zniknął, rzuciwszy na odchodne ordynarną uwagę pod adresem protestującej otyłej damy.

– A zamknij ty się, gruba macioro! – tak chyba powiedział.

Von Rannemann nie mógł się już skupić na muzyce. Irytacja go rozsadzała. Wszystko mu przeszkadzało: kaszlnięcia, szepty, woń perfum, zgrzyt tramwaju, a nawet deszcz, który nagle się zerwał ponad miastem i bombardował parapety filharmonii.

Po dwóch godzinach muzyki, przedzielonych antraktem, koncert się skończył. Von Rannemann na piechotę wracał do domu – z bolącą głową, goryczą w sercu i żółcią w gardle. Analizował bieg zdarzeń i uznał, że przyczyną tego, że wieczór się nie udał, był bezczelny syn piekarza, który opuścił koncert z obelgami na ustach, burząc koncentrację prawdziwych melomanów. Jako

podejrzliwy funkcjonariusz obyczajówki tak oto von Rannemann zrekonstruował sobie bieg zdarzeń. Na pewno ten gim-
nazista poszedł na koncert ze szkolnym kółkiem muzycznym –
myślał. – Profesor siedział gdzieś bliżej i ten ordynus postanowił
się ulotnić. Na pewno zniknął w objęciach jakiejś nimfy z Rynku
Solnego[18]. Przed rodzicami ma wytłumaczenie: byłem na koncercie. Tylko jak wytłumaczy trypra, którego dziś zdobędzie?

Policjant szedł noga za nogą, aż po godzinie dotarł na Przed-
mieście Piaskowe, gdzie w owalnej przepięknej kamienicy Löf-
felholza[19] na rogu ulic Lehmdamm[20] i Kreuzstrasse[21] wynajmo-
wał kawalerkę na mansardzie. Spacer nie spełnił jego nadziei i nie
uspokoił nerwów, a wręcz przeciwnie – zmęczył go i rozdrażnił
niewymownie. Na pozdrowienie dozorczyni pani Warcholl rzucił
gniewnie: „Co to za dobry wieczór! Dla kogo dobry, to dobry!".
Kiedy się wspiął na swoje poddasze, poczuł wyrzuty sumienia
i zganił się za ten pełen złości ton. Taki już był – zawsze robił
coś, czego później żałował. Siedząc dzisiaj w filharmonii, żałował,
że nie zakończył swej edukacji muzycznej, bo na pewno grałby
lepiej niż ci klezmerzy na estradzie, sadowiąc się na koślawym
fotelu w swej izdebce, żałował, że uległ ojcu i nie usunął sprzed
nazwiska głupiego von, które było godne marmurowych pałaców,
a nie tej zapluskwionej nory. Nade wszystko zaś żałował, że dziś
nie chwycił za brudny kołnierz tego wyrostka, który zepsuł mu

---

18 Obecnie pl. Solny.
19 Obecnie Kamienica Pod Złotym Słońcem.
20 Obecnie ul. Prusa.
21 Obecnie ul. Świętokrzyska.

cały koncert swym karygodnym zachowaniem i napełnił go złością, jakiej nie zniwelował nawet świetny koncert e-moll Chopina. Rozebrał się i runął w skołtunioną pościel. Długo nie mógł zasnąć. Żałował wszystkiego i litował się nad sobą samym i nad swoim nieudanym życiem. W końcu doszedł do wniosku, że uspokoić go może tylko działanie, tylko bezpośrednia akcja, jakaś walka przeciwko głupocie i złośliwości świata. Rano pójdę do tego piekarza – obiecał sobie przed zaśnięciem – i powiem mu do słuchu. Nie tak powinien wychowywać swojego syna! Jak się on nazywa, jak się nazywa?

– Piekarz Struve, piekarz Struve! – ktoś wrzasnął za drzwiami.

Von Rannemann się obudził i spojrzał na zegarek. Natychmiast wrócił do rzeczywistości. Była niedziela, ósma rano, a głos dobiegający zza drzwi też mu się nie śnił ani nie był urojeniem jego rozdrażnionego wczoraj umysłu.

– Piekarz Struve do pana asystenta policyjnego! To bardzo ważne! – rozlegał się przerażony głos pani Warcholl. – Panie von Rannemann!

Prychnął, starł z oczu resztki snu, wstał, owinął się starym postrzępionym szlafrokiem i zaklął szpetnie. Żałował, że wieczorem nie napalił w piecu. Zimno kwietniowego poranka wiało przez szpary w oknie.

Teraz sobie przypomniał. Tak, piekarz nazywał się właśnie Struve.

– Ależ okazja! – sapnął cicho, przekręcając w drzwiach klucz, który był gigantyczny jak wszystko w tej kamienicy, oczywiście oprócz jego nory na poddaszu. – No to mu zaraz powiem, jak się zachowuje ten jego synalek!

Otworzył. Przed sobą zobaczył oblicze piekarza Struvego. Było okrągłe i rumiane jak chleby, które wypiekał. A jednak rumieńce te były niezdrowe, ponieważ rozlewały się na na oczy i czoło. Krew omal nie trysnęła mu z twarzy, był bliski apopleksji.

– Mój syn – szeptał. – Mój syn Georg Struve zniknął, nie wrócił do domu... Był na koncercie, ale nie wrócił do domu... Ma lat czternaście. Jest chudy, wysoki, niepodobny do mnie. Ja do pana policmajstra o pomoc... O pomoc...

Von Rannemann spojrzał krytycznie ponad głową niskiego piekarza. Stał za nim tłumek sąsiadów zaalarmowanych hałasem. Przyjrzał się najbliżej stojącym. Pani Warcholl miała ręce uwalane w mące – na niedzielny deser pewnie piekła drożdżówkę z cynamonową kruszonką – komiwojażer pan Neudorff nie zdążył dopiąć szlafroka, a właściciel drogerii pan Spieler miał przekrzywioną na głowie szlafmycę. I wtedy von Rannemann, patrząc na te żałosne figury, poczuł, że ma prawdziwą władzę.

– Co to za zbiegowisko?! – krzyknął. – Struve, proszę do mnie, a pozostali do domów! Ale już!

Po raz pierwszy w życiu nie żałował, że wstąpił do policji, choć w pracy nie miał żadnych przyjaciół, a szef wciąż wyśmiewał jego von przed nazwiskiem.

Zamknął drzwi przed nosem zaaferowanej dozorczyni i pytającym wzrokiem spojrzał na piekarza.

– No, jeszcze raz! Od początku!

– Syn był na koncercie abonamentowym o siódmej piętnaście. – Struve wbił wzrok w von Rannemanna. – W domu koncertowym na Gartenstrasse[22]. Nie wracał i nie wracał. Przed północą żem zaprzągł kobyłę i tam pojechał. Stróż nie chciał mi otworzyć, potem zlitował się i wpuścił... Rozpoznał mojego Jörga.

---

22 Obecnie ul. Piłsudskiego.

Wybiegł jak oparzony, gada stróż, zaraz po rozpoczęciu koncertu. I wsiadł do karety, czarnej karety, *Herr Kriminalassistent!* Piekarz zaczął płakać. Von Rannemann nie zapraszał, by wszedł i siadł. Nie chciał, aby ten ujrzał nędzę jego lokum. Stał w wytartym szlafroku, założył ręce na piersi i czekał, aż stary rzemieślnik powstrzyma łzy. Stało się to dopiero po dłuższej chwili.

– To zły znak, *Herr Kriminalassistent.* – Struvem targnął spazm. – Zły znak. Kareta jak karawan, a konie miały czarne kity... Jak na pogrzeb...

WROCŁAW,
poniedziałek 7 kwietnia 1913 roku,
godzina dziewiąta rano

CZTERDZIESTOCZTEROLETNI PREZYDENT POLICJI, doktor Heinrich von Oppen, był rówieśnikiem komisarza Vyhladila. Podobnie jak on był łysy i obdarzony imponującą sylwetką. Na tym jednak podobieństwa się kończyły. Von Oppen – w przeciwieństwie do szefa obyczajówki – pochodził ze starej rodziny brandenburskich obszarników i zdradzał ambicje polityczne. Był prawnikiem, absolwentem prestiżowego Uniwersytetu Jerzego Augusta w Getyndze – podczas gdy Vyhladil tylko dzięki sowitej łapówce skończył najpierw szkołę handlową, a potem wojskową szkołę przygotowawczą, i to w wieku lat dwudziestu czterech. W odróżnieniu od swego podwładnego von Oppen był wiernym, kochającym małżonkiem, a jego żona, pani Hildegarda z domu von der Planitz, słynęła z dystyngowanych manier i bardzo surowo wychowywała sześciu synów, co stawiało ją w jaskrawej sprzeczności z bezpłodną żoną Vyhladila, którą jego podwładni – ze względu na jej cerę i skłonność do mocnych trunków – po cichu nazywali pani Gąbka.

Prezydent miał jeszcze jedną cechę wspólną ze swoim podwładnym – potężny głos. I teraz tego głosu używał w najwyższych rejestrach, a pomagał sobie przy tym uderzeniami potężnej pięści w ozdobne biurko długie prawie na trzy metry. Już dawno ten narożny gabinet nie słyszał takiego ryku, a wytwór wspaniałej wrocławskiej siedemnastowiecznej manufaktury stolarskiej Simona Kussa nie był tak srogo doświadczany.

– Czy wy sobie wyobrażacie, żałosne kreatury – darł się, piorunując wzrokiem Vyhladila, Heussa, Mocka i Kleckera – że możecie tutaj, w miejscu, które ma być świątynią prawa i oazą praworządności, urządzać sobie rzymskie orgie?! Zhańbiliście wasz wydział i całe prezydium policji! Woźny Matuszewski, który tu służy od czasów wojny austriackiej, zmieniał się na twarzy, kiedy go wczoraj poddałem surowemu przesłuchaniu. I ten stary wiarus milczał kierowany jakąś lojalnością wobec ciebie, pożałowania godny pijaku!

Prezydent podparł się pod boki i patrzył surowo na Vyhladila przez pół minuty.

– To nie on mi o wszystkim powiedział – zaczął teraz syczeć, co oznaczało najwyższą wściekłość. – Nie on, Vyhladil, nie on... A wiesz, kto? No kto, gołąbku?

Zapadła cisza. Szef Wydziału III b i jego ludzie uważnie wpatrywali się w czubki swych butów. Von Oppen podszedł do okna i zapatrzył się na kasztanowiec pod kościołem Świętego Macieja. Po minucie powoli się odwrócił do swoich podwładnych.

— Vyhladil, z dniem dzisiejszym zostajesz zawieszony na stanowisku szefa Wydziału III b, obowiązki twoje pełni od dzisiaj asystent policyjny Ludwig von Rannemann, jedyny sprawiedliwy z tej hołoty. — Widok świeżo rozwiniętych z pąków liści najwidoczniej nie uspokoił prezydenta, bo jego syk był jeszcze wyższy. — I wy też jesteście zawieszeni. — Pogardliwie przesunął wzrokiem po funkcjonariuszach. — Żeby było jasne: pracujecie tu, dopóki nie znajdę kogoś na wasze miejsce. A potem na zbity pysk, kanalie i zakały!

Vyhladil chciał coś powiedzieć, ale zamilkł. Mock patrzył w swoje wypastowane jak lustro buty i starał się nie myśleć o tym, co go właśnie spotkało. O dymisji i o szukaniu nowej pracy. O opinii, która pójdzie za nim i przylgnie do niego jak paskudztwo do podeszwy buta. O konieczności wyprowadzki do jakiejś nory na przedmieściu. Nie, on myślał o tym, o czym wszyscy trąbili od rana: że prezydent von Oppen właśnie siedział w swym wielkim mieszkaniu na drugim piętrze prezydium i wygłaszał sześciu synom sobotnie wykłady z etyki i z Biblii, że jego żona właśnie kończyła haftować serwetki, otoczona pobożnymi przyjaciółkami, że służący właśnie się modlili przed pożywną, acz skromną kolacją, kiedy rozległo się łomotanie do ich drzwi tak gwałtowne, że wszyscy domownicy się rzucili, by zobaczyć, kto jest tak bezczelny albo tak zdesperowany, by zakłócać im spokojny, rodzinny wieczór.

— Milcz, Vyhladil! — wrzasnął von Oppen i wcisnął monokl w tłusty oczodół. — Ani mi się tu waż gęby otwierać! Już dostałeś szansę w wiadomej sprawie. A drugiej szansy nie będzie! Wyjaśnię wam, wyrzutki społeczne, dlaczego was wywalam na mordę. Nie dlatego, że zrobiliście z mojego prezydium pośmiewisko całego miasta, nie dlatego, że sprzeniewierzyliście się swoim obowiązkom, o nie!

Usiadł za biurkiem i westchnął. W jego głosie zabrzmiała teraz jakaś nuta żalu.

– Powód jest inny – mruknął. – Jest nim wasza głupota. A ja nie mogę mieć głupich policjantów! Głupcy nie utrzymają tego miasta w ryzach!

Patrzył, jak Vyhladil *et consortes*[23] powoli podnoszą głowy i patrzą ze zdziwieniem najpierw na siebie samych, a potem na niego.

– Nie rozumiecie tego, co? – Znów podniósł głos i walnął pięścią w stół. – Nie rozumiecie, idioci?! Nie wiem, który to Romeo ostatni chędożył, ale tak się rozognił, że nie zamknął celi! Nie zamknął na klucz! I nagle w moim domu zjawia się wyfiokowana dziwka. I wchodzi taka wywłoka, puszcza uśmieszki do moich dorastających synów i mówi wszystkim *in publico*[24], że chłopy z obyczajówki wyruchali ją i jej koleżanki, a one sobie tego wcale nie życzyły. Tak, takiego użyła słowa, a mój najmłodszy syn Toni zapytał: „Tatusiu, co to znaczy wyruchać?"!

Eberhard Mock wybuchnął krótkim śmiechem. Klecker parsknął i spojrzał na Heussa. Ten chwycił się za usta, a jego policzki zaczęły się nadymać. I nagle oderwał dłoń od ust. Ryk śmiechu porwał też Vyhladila. Trzymał się za brzuch i czkał. Jego

---

23 I kompani (łac.).
24 Publicznie (łac.).

oczy wychodziły z orbit. Jedynie prezydent policji się nie śmiał. Heinrich von Oppen poczekał, aż się uspokoją, a potem powiedział cicho i jakby od niechcenia:

– Nie będę czekać na waszych następców. Von Rannemann na razie da sobie radę sam. W tym momencie, kiedy zaczęliście się śmiać, przestaliście pracować we wrocławskim prezydium policji. A teraz – monokl wypadł mu z oczodołu – a teraz won! Wynosić mi się stąd, skurwysyny, ale już!

Doctor utriusque iuris[25] nie używał takich słów od czasów studenckich.

WROCŁAW,
poniedziałek 7 kwietnia 1913 roku,
godzina siódma wieczór

MĘŻCZYZNA PATRZYŁ NA SWOJE ODBICIE W LUSTRZE. W ozdobionej wąsami i bokobrodami szczupłej twarzy podziwiał swoje oczy – czarne i płonące jakimś nieziemskim blaskiem. Wiedział, skąd ten blask. Codzienne medytacje, deklamacje i taniec, konsekwentne życie wedle starożytnych reguł, unikanie alkoholu, tytoniu i opium, tak popularnego w jego środowisku, nadały rysom cień ascezy, szlachetności i uduchowienia.

Przyłożył twarz do tafli lustra. Patrząc na swoje usta, zaczął wygłaszać pradawne formuły w postaci mocno akcentowanych i wymawianych z osobna sylab. Wyrazy, które były przez nie

---

25 Doktor obojga praw (łac.).

budowane, wypowiadane w nienaturalnie długim czasie, nabierały nowych znaczeń, zaczynały żyć własnym życiem, łączyły się w tajemne inkonotacje, które unosiły się w powietrzu wozowni, wypełnionym wonią parujących koni. Czuł, jak go przenika i pulsuje w nim rytm całego kosmosu. Zaczął tańczyć przed lustrem. Każdy ruch był związany z jakąś sylabą wypowiadaną w różnej tonacji. Pod powiekami mężczyzny rozkwitały i znikały jaskrawe koła.

Minął kwadrans tej ekstazy. Otworzył oczy. Trans, w którym był pogrążony, napełnił go jakąś niewypowiedzianą energią. Był teraz zdolny do najtrudniejszych decyzji i do najwyższych poświęceń.

Podszedł do koni zaprzężonych do powozu, każdemu z nich poprawił uprząż i włożył hełm na łeb. Przez dziury w deskach ścian zawiał wiatr i poruszył włosiem czarnych kit sterczących z końskich hełmów.

WROCŁAW,
poniedziałek 7 kwietnia 1913 roku,
kwadrans na ósmą wieczór

W TAJNYM LOKALU ZWANYM ŁAŹNIĄ PAROWĄ Vyhladil i jego ludzie nie zostali powitani zbyt wylewnie. Barman Alois Schumpeter łypał na Mocka kosym okiem. Siniec na policzku był pamiątką po sobotnim spotkaniu z tym krępym brunetem o kwadratowej szczęce, a podbite oko – konsekwencją wielu dalszych zdarzeń, jakie nastąpiły po nieudanych sobotnich zakładach erotycznych. Nie wszyscy ich uczestnicy uwierzyli bowiem w zapewnienia

Schumpetera, że całe pieniądze zabrał mu Mock, a potem rozdał dziwkom, które je przepuściły na suknie, perfumy i inne kosmetyczne utensylia. Co gwałtowniejsi hazardziści zwyzywali Aloisa sążniście, a jeden nawet mu przyłożył. Właściciel lokalu pan Rüdiger Gottwein uległ w końcu i wypłacił graczom wszystko, co w sobotę zainwestowali w nieudane zakłady. A zatem i on – podobnie jak barman – nie miał najmniejszego powodu, by spoglądać dzisiaj na policjantów z obyczajówki łaskawym okiem. Zgodził się wprawdzie na ich obecność, podał mi nawet wódki i słoik topielców, ale każdym swym ruchem i spojrzeniem dawał im poznać, że są tutaj *personae non gratae*. Ponadto zażądał zawyżonych cen za jadło i napitek, a otrzymaną należność skrupulatnie policzył. Gdyby wiedział, że ma przed sobą byłych policjantów, natychmiast kazałby odźwiernemu zebrać kilku opryszków i wytrzeć tymi eksgliniarzami wilgoć z bruku Neue Antonienstrasse[26].

Tymczasem o ich dymisji wiedzieli tylko prezydent policji, jego sekretarz, oni sami oraz wyczekiwany teraz przez nich człowiek – asystent policyjny Ludwig von Rannemann. To on właśnie zaproponował ten lokal jako miejsce nieoficjalnego spotkania, podczas którego miał swoim byłym kolegom zrelacjonować rozmowę z von Oppenem. Taką obietnicę złożył tego dnia rano, kiedy pełnym współczucia wzrokiem patrzył, jak pakują do swych teczek smutne resztki swej bytności w prezydium: kałamarze, blaszane kubki, ołówki, stalówki, pióra, obsadki i temperówki na korbkę.

– Niech pan posłucha, von Rannemann – mówił wtedy Vyhladil, chyba po raz pierwszy w życiu nie zwracając się do

---

26 Obecnie ul. Zelwerowicza.

swego podwładnego *per* ty. – Bardzo pana proszę, niech nam pan wszystko zrelacjonuje, kiedy będzie pan już po rozmowie ze starym. Jest pan dobrym psychologiem i na pewno pan rozpozna z półsłówek, a nawet z wyrazu twarzy, czy jego decyzja jest ostateczna i nieodwołalna. Bardzo pana proszę, będziemy czekać u Schustera przy wiadukcie na Schweidnitzerstrasse[27].

– Nie, nie tam – odparł zdecydowanie von Rannemann. – To zbyt uczęszczany lokal. Tam mógłby nas ktoś zobaczyć. Spotkamy się w łaźni parowej. Przyjdę tam po pracy. Nigdy nie byłem, ale trafię.

Teraz już było dawno po pracy, ich kolega wciąż nie nadchodził, a oni byli coraz bardziej pijani. Vyhladil wpadł w nastrój buńczuczny. Odgrażał się, że zrobi jajecznicę ze starego Matuszewskiego, z dziwki Dory i obu panów „von", czyli prezydenta policji i ekspodwładnego, i wciśnie ich w błoto. Klecker i Heuss nabierali coraz większej ochoty na prostytutki, ale resztki rozsądku mówiły im, że rozpusta i pijaństwo mogą całkiem wydrenować ich kieszenie, co po dzisiejszej dymisji byłoby niebezpieczne.

Eberhard Mock pił najmniej, palił za to dużo, a jego myśli wciąż biegły ku biednemu szewskiemu warsztatowi w Wałbrzychu, ukrytemu w jednej z suteren niedaleko dworca fabrycznego. W tym warsztacie siedział człowiek, którego cień padał zawsze na jego życie – Willibald Mock. Eberhard miał lat trzydzieści, ale wciąż czuł się przy ojcu niepewnie. Wszystkie ich dotychczasowe nieporozumienia bladły jednak wobec tego, co niedługo nadejdzie. Oto będzie musiał wypalić mu prosto w oczy, że

---

27 Obecnie ul. Świdnicka.

nie stać go już na dalsze dokładanie się do czynszu za ojcowski warsztat. Willibald – rzemieślnik, którego klientelę stanowili okoliczni biedacy – szybko się podda, zbankrutuje i zamknie swój nędzny przybytek śmierdzący klejem gotowanym na kościach. Z pewnością nie będzie mógł liczyć na pomoc ze strony drugiego syna Franza, który mieszkał we Wrocławiu z niepracującą żoną Irmgard i z sześcioletnim synem Erwinem. Brat Eberharda, choć miał państwową posadę – był robotnikiem na kolei – całą swoją pensją pokrywał bieżące wydatki, które z powodu rozrzutności jego żony były niemałe. Ostatni ich żyjący krewny, brat ojca Eduard, rzeźnik z podwrocławskiego Księża Małego, swoją miłość rodzinną ograniczał wyłącznie do żony i dwóch synów służących w kolonialnym wojsku w Kamerunie. Wszystko wskazywało zatem na to, że dymisja młodego Mocka spowoduje utratę pracy przez starego, co tego ostatniego pozbawi wszelkiego sensu życia.

Co będzie dalej – tego nie wie nikt. Wszystko jednak wskazywało na to, że on, Eberhard, będzie musiał wrócić do Wałbrzycha, zamieszkać z ojcem i poszukać jakiejś posady dla siebie w rodzinnym mieście. Każdy z elementów tego scenariusza napawał go odrazą. Porzucenie śląskiej metropolii oznaczało zanik perspektyw zawodowych i koniec marzeń o policyjnej karierze, zwłaszcza ze zszarganą opinią, jaka za nim pójdzie. Wspólne mieszkanie z ojcem równało się wysłuchiwaniu potężnej dawki codziennych pouczeń i narzekań, co doprowadziłoby zapewne do rękoczynów, a w konsekwencji do permanentnych wyrzutów sumienia.

Nic dziwnego, że Mock siedział teraz ponury i zastanawiał się nad wydaniem każdego feniga. Potępiał w myślach swój kompletny brak opanowania, jaki okazał w gabinecie prezydenta. Och, gdybyż się był wtedy nie roześmiał! Gdyby przeczekał ten atak głupkowatej wesołości! Może stary by się rozmyślił, może by dał się jakoś obłaskawić... A tu jeden głupi, zaraźliwy wybuch śmiechu – i wraz z kolegami wyleciał z hukiem z prezydium policji, gdzie lokował wszystkie swe marzenia.

Niewesołe myśli przerwał mu głos von Rannemanna, który wykłócał się o coś z odźwiernym Martinem. Ten w końcu dał się przekonać policjantowi, którego widział po raz pierwszy, i wskazał brudnym palcem na ich grupę.

Dawny kolega szedł powoli i przyglądał się z wielką uwagą pornograficznym malowidłom na ścianach. Jego zainteresowanie wzbudziły również trzy ustawione obok siebie łóżka na antresoli za barem. W końcu doszedł do ich stolika i usiadł. Spojrzał na nich uważnie. Alkohol i duchota lokalu sprawiły, że ich twarze były czerwone, a skóra wilgotna.

– Jest mała szansa – szepnął przybyły.

Mężczyźni wbili wzrok w jego usta, by nie uronić teraz ani słowa.

– Będę mówił wszystko po kolei. – Von Rannemann rozejrzał się wokół podejrzliwie. – Proszę mi nie przerywać, nawet jeśli coś się wyda panom nie związane ze sprawą, dobrze?

Kiwnęli posłusznie głowami. Von Rannemann wyjął cygaro i rozejrzał się za barmanem. Kiedy ten zjawił się, zbytnio się zresztą nie śpiesząc, policjant zażądał kawy. Kiedy już dostał blaszany dzbanek lurowatego napoju i wydmuchnął kilkakrotnie dym z cygara Waldmorgen, rozpoczął swoją relację wolno i spokojnie, napawając się zniecierpliwieniem kolegów. Jeszcze nigdy nie był obiektem ich tak wielkiego zainteresowania. Najpierw opowiedział im o wieczorze w Domu Koncertowym i o zaginięciu gimnazjalisty Georga Struvego. Nie ominął niczego, zwłaszcza karety zaprzężonej w cztery konie z czarnymi kitami na łbach.

– W niedzielę przesłuchałem dokładnie ojca chłopaka u siebie w domu, a potem stróża w filharmonii. – Spojrzał na Vyhladila, szukając w jego oczach pochwały za swoją pracę po godzinach. – Napisałem raport, który dostarczyłem Mühlhausowi, kiedy panowie byli na dywaniku u starego. Myślałem, że zaginięcie tego piekarczyka to zwykła ucieczka z domu. Zdarza się jak świat światem, zwłaszcza na wiosnę. Wchodzę ja do Mühlhausa ze swoim raportem, on go czyta i każe mi czekać. Wzywa do siebie po chwili jakiegoś człowieka, rybaka, sądząc po wyglądzie, którego rankiem przesłuchiwał i którego zeznanie właśnie spisywał sekretarz. Rybak albo raczej wędkarz powtarza wszystko to, co mówił przed chwilą, a ja słucham. Oto jego relacja. W sobotę po południu łowił ryby naprzeciwko zoo, na drugim brzegu Odry. Około czwartej zauważył pewnego chłopaka, który tam się kręcił najwyraźniej bez celu. Przyjrzał mu się uważnie, bo wyglądał na obdartusa, który ma ochotę na jednego ze złowionych okoni. Nagle do chłopaka podjeżdża czarny, reprezentacyjny, bogaty powóz zaprzężony w czwórkę koni. Młody wsiadł, po czym pojazd odjechał w nieznanym kierunku. Wędkarz zapewnia, że chłopak trochę się szamotał, zanim wszedł do środka. Mówi to coś panom?

– Młody włóczęga i bogaty miłośnik chłopców? – Mock wydmuchnął dym pod niski sufit. – Młody się opiera, bo lubieżnik zbyt mało mu forsy oferuje?

– Otóż to! – Von Rannemann wzniósł palec ku górze i spojrzał surowo na Vyhladila. – Tak, wysoce prawdopodobne tło
seksualne jest tu szansą dla was, dla nas, dla Wydziału III b! Ale
powoli, powoli... Otóż wyobraźcie sobie, panowie, że w sobotę
nastąpiły łącznie cztery zaginięcia czternastoletnich chłopców.
Cztery! Nasz pederasta jest arcylubieżny. Pierwszy zaginiony to
Georg Struve, którego sprawę ja przyjąłem i przekazałem Mühlhausowi. Drugi to niejaki Friedrich Ziegler. To nasz chłopiec
znad Odry, opis wędkarza do niego pasuje. Ojciec zaginionego,
mistrz murarski Wilhelm Ziegler, potwierdził, że syn był ubrany
niedbale i w sobotnie popołudnie poszedł nad rzekę na spacer
mniej więcej w tym rejonie, gdzie był widziany przez wędkarza
około czwartej. Murarz nie był zadowolony z tych spacerów, ponieważ sądził, pewnie słusznie, że syn w krzakach nadodrzańskich pali potajemnie papierosy. Trzeci to Hermann Schilling,
syn dozorcy z domu na rogu Menzelstrasse[28] i Hohenzollernstrasse[29]. Zniknął w sobotę około szóstej. Ostatni raz widziano
go w mieszkaniu pana Lauterbacha, właściciela tej parceli i okolicznych domów. Starsza siostra chłopca zeznała, iż Hermann
poszedł jak zwykle po bytności u pana Lauterbacha do piwnicy
i już nie wrócił do domu. To ona zgłosiła w niedzielę zaginięcie
brata w rewirze XIX na Lohestrasse[30]. Ludzie Mühlhausa już
są w tej piwnicy i szukają jakiegoś pamiętnika, który chłopak
skrycie pisał.

---

28 Obecnie ul. Sztabowa.
29 Obecnie ul. Sudecka.
30 Obecnie ul. Ślężna.

Von Rannemann nabrał tchu i patrzył, jak koledzy mimo nadmiaru zmartwień i alkoholu zapisują wszystko w notatnikach i na serwetkach. Nikt mu nie przerywał.

– Powtórzmy to jeszcze raz chronologicznie – powiedział jak wytrawny nauczyciel, który dokonuje rekapitulacji lekcji. – W sobotę około czwartej po południu nad brzegiem Odry po raz ostatni był widziany Friedrich Ziegler. O szóstej znika ze swej piwnicy Hermann Schilling. Georg Struve, syn piekarza, mój sąsiad, wsiadł do tajemniczego powozu pod filharmonią w sobotę około wpół do ósmej wieczór i wszelki słuch po nim zaginął. Moglibyście panowie zapytać: „A gdzie czwarte zaginięcie, wszak mówił pan o czterech?". Otóż jest i czwarte. Dzisiaj z samego rana przyszedł do inspektoratu policji kryminalnej zrozpaczony intendent ze Szkoły Rzemiosł Budowlanych pan Robert Brix. Twierdzi, że jego syn nie wrócił ze szkoły w sobotę. Ojciec nie podnosił alarmu, bo zaginiony Hans Brix z soboty na niedzielę miał nocować u swoich dziadków na Zaciszu. Okazało się jednak, że u dziadków wcale go nie było.

Von Rannemann przerwał i pociągnął dym z cygara. Rozejrzał się wokół, wiedział, że opóźnianie opowieści daje mu upragnioną przewagę, a nawet jest rodzajem zemsty nad kolegami, którzy go dotąd niespecjalnie szanowali, i nad szefem, który z niego jawnie szydził.

– Mów pan dalej! – nie wytrzymał Klecker, a Heuss kilkakrotnie uderzył dłonią w mokry blat, jakby popędzał referującego.

Von Rannemann starannie zgasił cygaro, niedopałek schował do pudełka, a potem długo nalewał sobie kawy z dzbanka.

– Co te sprawy mają ze sobą wspólnego? – zapytał retorycznie i przerwał, wodząc wzrokiem po zaintrygowanych twarzach. – Po pierwsze, wszyscy czterej chłopcy chodzili do tego samego gimnazjum realnego przy Kaiserin-Augusta-Platz[31], do jednej i tej samej klasy. Byli bliskimi kolegami. Po drugie, w dwóch wypadkach, nad Odrą i pod Domem Koncertowym, pojawił się najpewniej ten sam powóz. I wędkarz, i stróż w filharmonii zeznali, że wehikuł ów wyglądał jak karawan zaprzężony w cztery konie, a każde ze zwierząt miało na łbie hełm z czarną kitą. Godziny zaginięć chłopców nie stoją w sprzeczności z hipotezą, że mogli zostać porwani przez tego samego człowieka. Wszyscy zniknęli w sobotę. Brix tuż po lekcjach, czyli najpóźniej koło trzeciej, Ziegler o czwartej, Schilling o szóstej, a Struve o wpół do ósmej. Nasz porywacz wcale nie musiał się śpieszyć, by tych chłopców zgarnąć jak ulęgałki do siatki. To wszystko, moi panowie.

– A jak to zmienia naszą sytuację? – Nieruchomy wzrok Vyhladila był pełen napięcia i nadziei. – Wciąż nie rozumiem, co nas to właściwie obchodzi po dzisiejszej dymisji?

– Już chciałem iść na obiad, kiedy zostałem wezwany telefonicznie do prezydenta. – Von Rannemann uśmiechnął się znacząco. – Siedział u niego Mühlhaus. Stary zakomunikował mi, że mam współpracować w sprawie zaginięcia czterech chłopców z kryminalnymi. Formalnie uznał mnie za tymczasowego, powtarzam: tymczasowego, naczelnika obyczajówki i natychmiast pokazał mi moje miejsce w szeregu, krótko mówiąc, oddał mnie pod zwierzchnictwo Mühlhausa. Potem nam obu kazał się wynosić. Wciąż tryskał wściekłością. To tyle.

---

31 Obecnie pl. Polski.

– Przestań błaznować, Ludwig, i udawać tu retora – nie wytrzymał zirytowany Mock. – Nie jesteś homeryckim rapsodem i nie rób nam tutaj retardacji. Mów, gdzie jest ta szansa dla nas.

– Jutro o ósmej rano macie być w gabinecie Mühlhausa – powiedział z uśmiechem von Rannemann. – Wszyscy jak jeden mąż. Trzeźwi i gotowi na wielkie wyzwania, jak powiedział Mühlhaus. Na samym początku powiedziałem: „Jest mała szansa". To nie wygląda na szansę?

Odetchnęli z ulgą tak wyraźną i głośną, że kilku mężczyzn siedzących przy sąsiednich stolikach spojrzało z zaciekawieniem w ich kierunku.

– Te, mały! – Vyhladil wrzasnął na kelnera i chwycił za pustą butelkę. – Dawaj wódki i jeszcze jeden kieliszek! Musimy wypić tu bruderszaft!

– Nie, to koniec picia! – Von Rannemann zdecydowanie przycisnął do stołu masywne przedramię Hipopotama. – Macie być jutro trzeźwi jak niemowlęta. I nie zapominajcie – wstał i spojrzał na nich z góry – to ja jestem teraz szefem! Tymczasowym, ale szefem. I niech mi który tylko podskoczy, łącznie z tobą, Vyhladil! No co się gapisz? Jak bruderszaft, to bruderszaft!

Vyhladil nie słuchał. Coś innego przyciągnęło jego uwagę. Patrzył z wściekłością na kobietę, która właśnie weszła do łaźni parowej. To była prostytutka Dora Lebenthal.

poniedziałek 7 kwietnia 1913 roku,

jedenasta wieczór

CZTEREJ CHŁOPCY LEŻELI ZWIĄZANI na podłodze powozu, który podskakiwał na wrocławskim bruku. Odczuwali każdą nierówność gruntu, do ich uszu dochodził stukot dorożek i zgrzyt tramwajów, a do nozdrzy – ostra woń bijąca od koni z zaprzęgu. Nie odzywali się ani słowem, bo uniemożliwiały im to grube kneble. Nie widzieli nic, bo okienka powozu były zasłonięte grubym, czarnym i udrapowanym aksamitem. Byli odcięci od świata, bardzo głodni i nieludzko zmęczeni. Żaden z nich nie poddawał się jednak zgryzocie. Musieli być dzielni. Takie były zalecenia mistrza.

Powóz przystanął. Zaskrzypiały zawiasy jakiejś bramy. Usłyszeli głosy. Rozmawiali ze sobą dwaj mężczyźni. Znów skrzypnięcie zawiasów. I nagle tępe uderzenia – jakby ktoś trzepał dywan – i dziwne klaśnięcia. Zaszczekał wściekle duży pies. Potem rozległo się niskie warknięcie pełne psiej furii, a za chwilę spokojny niski głos ich mistrza i lekki skowyt psa – prawie że przyjazny. Z oddali doszedł ryk lwa. Spojrzeli po sobie ze strachem.

Drzwi karety otwarły się. Stał w nich mężczyzna w długim płaszczu. Jego głowa ginęła w szerokim kapturze. Było zbyt ciemno i chłopcy nie widzieli wyrazu jego twarzy. Dostrzegli tylko innego mężczyznę związanego, zakneblowanego i leżącego na ziemi oraz dużego wilczura, który siedział bez ruchu i przypatrywał im się uważnie. Mężczyzna w płaszczu pogłaskał go po masywnym łbie.

– Harmonia obłaskawia nawet dzikie bestie – powiedział, a potem wskazał ręką za siebie. – Oto nadeszła godzina waszej próby! To wszystko się stanie w świątyni strachu i ciemności, o tam! Nad nim w lekkiej poświacie księżyca widać było falujące końskie kity oraz potężny obły kształt Hali Stulecia.

WROCŁAW,
poniedziałek 7 kwietnia 1913 roku,
ósma wieczór

EBERHARD MOCK SZANOWAŁ PAULA VYHLADILA, i to z pewną wzajemnością. Zwykle szacunek łączy się z sympatią. Ale nie tym razem. Stosunek obu policjantów do siebie był zupełnie pozbawiony ciepłych emocji. W ciągu czterech lat wspólnej pracy Mock podziwiał bezkompromisowość najpierw swego kolegi, a później szefa. Imponowała mu jego umiejętność podejmowania szybkich decyzji w bardzo trudnych sytuacjach, a nade wszystko bronienie do upadłego swych podwładnych. Mimo to za nim nie przepadał.

Eksperymentem myślowym mającym sprawdzić, czy Mock kogoś lubi, czy nie, była odpowiedź twierdząca na pytanie: Czy chciałbyś z człowiekiem X spędzić kilka dni na pieszej wycieczce w Sudetach? Kiedy Mock zamiast X podstawiał sobie nazwisko Vyhladil, czuł awersję. Nie zniósłby – sam schludny i elegancki – całodobowego towarzystwa swego niechlujnego szefa. Nie ścierpiałby – sam dbając obsesyjnie o higienę – zatęchłej, ostrej woni jego nieświeżych ubrań i rzadko zmienianych, przepoconych koszul. Sam co tydzień oddając praczkom bieliznę – nie mógłby patrzeć bez odrazy na tłuste plamy na kołnierzykach i krawatach. Podczas gdy inni uważali, że przezwisko Hipopotam odnosi się do aparycji asesora policyjnego, Mock łączył je raczej ze smrodem bijącym z wybiegów dla zwierząt w ogrodzie zoologicznym.

Vyhladil, gdyby zadał sobie powyższe pytanie, wstawiwszy zamiast X nazwisko Mocka, również odpowiedziałby przecząco. Nie lubił swego podwładnego, ponieważ dostrzegał w nim jakiś fałsz. Wiedział, że był on świetnym studentem i że słynny profesor Eduard Norden widział w nim już swego następcę. Gdyby nie bieda, która zmusiła Mocka do rezygnacji ze studiów filologicznych – byłby on teraz zapewne świetnie zapowiadającym się profesorem języków klasycznych w którymś z prestiżowych gimnazjów. Tymczasem trafił – zresztą za protekcją uruchomioną przez wysoko ustosunkowanego Nordena – do policji i tutaj się wyparł całego swego dotychczasowego życia. W tym właśnie punkcie Vyhladil wietrzył fałsz. Dlaczego ten niedoszły naukowiec używa teraz języka rynsztokowego? Dlaczego ten niedawny pretendent do salonowego towarzystwa tak się świetnie zadomowił wśród alfonsów i prostytutek, jakby to było jego naturalne środowisko? Dlaczego wciąż podkreśla swe plebejskie pochodzenie? Na te pytania szef obyczajówki odpowiadał sobie prosto: Mock udaje twardego policjanta i prostego kompana od kielicha, by się wkupić w łaski i jego samego, i kolegów, a tak naprawdę jest wciąż tym samym subtelnym studencikiem, który kocha jakieś Plauty i Wergile. Stąd płynął nieunikniony wniosek: Mock jest nieszczery. A ludzi nieszczerych Hipopotam nie lubił. Kiedy już powziął jakąś niechęć do podwładnego, to łatwo się jej nie wyrzekał.

Mock – w odróżnieniu od Vyhladila – potrafił swe negatywne uczucia do innych osób zamieniać na obojętne. Robił to w prosty sposób: złe postępowanie uważał, jak starożytni stoicy, za chorobę. Vyhladila uważał zatem za chorego, a źródło przypadłości – agresji, furii i przeróżnych głupich uprzedzeń – widział w jego nałogowym piciu. Sam wprawdzie lubił lekki alkoholowy szum w głowie, ale prawie nigdy się nie upijał. Zbyt dobrze pamiętał pijackie ekscesy swego ojca po śmierci matki. Nie zapomniał też urągliwego śmiechu, jakim pewna prostytutka skwitowała jego erotyczną niemoc spowodowaną nadmiarem piwa. Tak, alkohol więcej obiecywał, niż dawał, a potem poniewierał kacem. Pozbawiał równowagi jego myśli i ciało, a Mock zawsze – najczęściej nadaremnie – dążył do tego, by w pełni kontrolować wszystko i wszystkich.

Kiedy teraz patrzył na swego szefa, który po wyjściu von Rannemanna wlepia przekrwione, wściekłe oczy w Dorę Lebenthal, po prostu mu współczuł – jak choremu. Ale wiedział też, że jego choroba może być zgubna dla nich wszystkich. Nie znał myśli, które się teraz kłębiły w głowie Hipopotama, ale wiedział, że są one złowrogie. Pewnie zaraz wybuchnie i sponiewiera kobietę, która w tak głupi sposób wydała ich przed von Oppenem. A wtedy ktoś z tego burdelu, może nawet mały Alois, doniesie komu trzeba o zachowaniu Vyhladila. Pobicie prostytutki w obecności swoich podwładnych zaprzepaści całkowicie szansę, która spadła im jak z nieba.

Mock poczuł, że niepokój wkręca się głęboko w jego wnętrzności. Wyobraził sobie ojcowski warsztat w obskurnej kamienicy przy wałbrzyskim dworcu fabrycznym, w której mury wżarł się już na zawsze węglowy pył z pobliskiej kopalni Hochberga. Po kilku sekundach uzyskał spokój ducha. Podjął decyzję. Nie pozwoli Vyhladilowi na nic, co by poskutkowało odebraniem im przez prezydenta policji ostatniej szansy. Nie wróci nigdy do Wałbrzycha.

Szef wstał i gwizdnął przeciągle na Dorę.

– Do nogi, suko – wychrypiał. – Do rozporka!

Podeszła posłusznie do ich stolika, podparła się pod boki i uśmiechnęła szeroko. Patrzyła na Mocka z nieukrywaną sympatią. To dla niego miała teraz nową sukienkę. To dla niego wyglądała dziś jak kolorowy ptak. Vyhladil włożył dłoń do kieszeni spodni.

– Co, mała? – wycedził przez zęby. – Nadmuchasz mi balonik, tu, na oczach wszystkich?

Wciąż trzymając dłoń w kieszeni, zaczął wykonywać nią powolne ruchy onanisty. Mock, Klecker i Heuss spojrzeli po sobie z zażenowaniem. I wtedy Vyhladil chwycił kobietę za stanik i przyciągnął mocno do siebie. Z kieszeni wyjął drugą rękę i uniósł ją wysoko. Na jego palcach błysnął kastet.

– Ty kurwo! – ryknął. – Po co łaziłaś po prezydium? Po co szłaś do prezydenta? Szukałaś guza? No to masz guza!

Mock wstał gwałtownie. Jego twarz zalana była falą czerwieni. Na czoło wystąpiły mu grube krople potu. Nieświadomie zazgrzytał zaciśniętymi zębami. Mięśnie rąk były tak napięte, że poczuł ból ramion i nadgarstków. Po nim wstali inni. Ich szef zastygł, widząc swych ludzi gotowych stawić mu czoła.

– Spróbuj jej tylko coś zrobić, grubasie – wyszeptał Mock.

– Tylko spróbuj.

Vyhladil patrzył na nich długo. Przenosił wzrok z twarzy na twarz. W końcu opuścił uzbrojoną w kastet dłoń i usiadł. Dora uwolniona od jego uścisku szybko odeszła od ich stolika. Usta Hipopotama drgnęły i nieoczekiwanie się rozciągnęły w przyjaznym, szczerym uśmiechu. Wyglądał teraz na całkowicie trzeźwego.

– Wielu pracujących przed wami w moim wydziale – powiedział dobitnie – traktowało sprzedajne kobiety jak zwierzęta. A one nie są sukami, one mają swoją godność i swoją historię. Po raz pierwszy mam u siebie ludzi, którzy tę godność widzą.

W oczach policjantów błysnęło niedowierzanie.

– To był egzamin? – zapytał Mock. – Chciał nas pan sprowokować, asesorze?

– To nie są suki ani kocice, które nadstawią się dla forsy – Vyhladil pokiwał głową. – Po raz pierwszy wszyscy moi podwładni widzą w nich ludzi. Tak, Mock, to była próba. Ten, który by patrzył obojętnie, jak Dorę kastetem walę w mordę, pożegnałby się prędzej czy później z obyczajówką. Wywaliłbym go na zbity pysk. Bez prawa łaski. To był egzamin. I wy go zdaliście. W swoim gniewie byliście szczerzy. A szczerość to jedna z najważniejszych ludzkich cech.

Oparłszy się na potężnych ramionach, obciążał blat swym ciałem.

– A teraz do domu! – krzyknął. – I jutro mi się meldować punktualnie o ósmej u Mühlhausa! Ja tu jeszcze zostanę chwilę, wypiję kropelkę, a wy do domu! Zrozumiano?

– Tak jest, *Herr Polizei-Assessor!* – odkrzyknęli trzej policjanci i zaczęli upychać po kieszeniach papierośnice i zapałki.

Vyhladil podchodził do każdego z nich, chwytał go za ramiona i ściskał serdecznie.

– Już nie jesteś studencikiem – mruknął do Mocka. – Jesteś jednym z nas!

Mock po raz pierwszy w życiu poczuł sympatię do Hipopotama.

WROCŁAW,
wtorek 8 kwietnia 1913 roku,
wpół do dziewiątej rano

MOCK WYSIADŁ OSTATNI Z POWOZU ozdobionego policyjną gwiazdą. Znajdował się pomiędzy Pawilonem Czterech Kopuł a Halą Stulecia. Potężna budowla wciąż była jeszcze otoczona płotem z desek. W otwartej bramie stało dwunastu umundurowanych policjantów. Ich srogie spojrzenia, groźnie nastroszone wąsy, wysokie czapki typu czako i srebrne klamry służbowych pasów budziły zwykle respekt u obywateli miasta. Teraz jednak ta bojaźń i ten pruski szacunek dla munduru gdzieś się ulotniły. Stuosobowy – lekko licząc – tłum zuchwale mierzył wzrokiem policjantów blokujących wejście. Ludzie wcale się nie bali. Falowali, buchali złością i agresją, ryczeli i napierali. Brakowało tylko iskry do wybuchu.

Policyjny woźnica doszedł do wniosku, że już wykonał swe zadanie, powiadomił bowiem rano ludzi z obyczajówki, że odprawa nastąpi wyjątkowo w Hali Stulecia. Miał na nich czekać w prezydium policji? No to czekał. Miał im oddać odznaki? No to oddał. Miał ich tu przywieźć? Przywiózł. I tyle. Mruknął im kilka słów na pożegnanie i szybko odjechał, obawiając się najpewniej, by tłum nie skierował gniewu ku policyjnym znakom na powozie.

Mock wraz z kolegami zaczął przedzierać się przez ludzi do wejścia na tereny wystawowe, których punktem centralnym był okrągły betonowy kolos. Szedł pierwszy i torował drogę. Używał przy tym zdecydowanie swych ramion i łokci. Ludzie rozstępowali się przed nim najpierw w milczeniu, potem złorzecząc coś pod jego adresem, a w końcu rozpoznali w nim przedstawiciela władzy i rzucili mu w twarz ostre oskarżenia.

– Gdzie byłeś, glino, jak porywano te niewinne dziatki? – krzyknęła jakaś jejmość w dużym kapeluszu i zamierzyła się na niego parasolką.

– Dzieci prostego ludu! – Ku Mockowi pchał się jakiś mężczyzna w kolejarskiej czapce. – Dzieci proletariackie! Nasze dzieci są mordowane! Nikt ich nie chroni! Dzieci bogaczy tylko chronisz, suczy synu!

Mock wyrzucił z siebie kilka mocnych słów z taką ekspresją, że kolejarz aż się cofnął. Wtedy policjant dał nura w tłum, który wciąż się kłębił, rozsuwał i ścieśniał. Tuż przed samym wejściem stał na skrzynce jakiś młody mężczyzna o semickim typie urody. Był odwrócony plecami do hali, a swój roziskrzony wzrok wbijał w przeciskającego się Mocka.

– Ikar! – ryknął mu prosto w twarz. – Ikar podszywa się pod anioła sprawiedliwości Samaela! A ilu jeszcze jest takich Ikarów w tej Niniwie, w tym mieście rozpusty?!

Mock odsunął się od Żyda będącego najwyraźniej niespełna rozumu i dotarł w końcu do policjantów tworzących przy bramie kordon. Pokazał im odznakę i wszedł do środka. Po kilku krokach ujrzał otyłego człowieka w roboczym ubraniu, który siedział na jakiejś skrzynce i głaskał dużego wilczura. Mężczyzna ten miał na twarzy sińce, a jego drelichowa bluza była rozerwana na wysokości piersi. Wyraz jego oczu był bezmyślny. Mock przyjrzał mu się uważnie, po czym wbiegł przez kuluary budowli do wnętrza – na okrągłą arenę okoloną wznoszącymi się ku górze rzędami krzeseł i wygiętymi betonowym żebrami.

Za sobą wciąż słyszał:

– Ikar! Ikar! Chronić naszych synów!

Silne wiosenne słońce wpadało przez pięć pierścieni okien o żółtych szybach oraz przez luksfery w koronie hali, zwanej latarnią. Żółta plama ciepłego światła oblewała środek hali i grupę ubranych na czarno mężczyzn. Jednym z nich był Ludwig von Rannemann. Mock stanął koło niego i ujrzał to, co ściągało uwagę wszystkich.

Na podłodze, która była solidnie utwardzonym klepiskiem, leżały nagie ciała czterech chłopców, ułożone w krzyż. Ich stopy się stykały, ręce leżały wzdłuż tułowia, głowami wskazywali bramy hali.

– Tu mamy chłopców – szepnął von Rannemann do Mocka, po czym wskazał palcem na balkon po przeciwnej stronie monumentalnych organów. – A tam, na balkonie jest linoskoczek. Chłopcy spadli z tego balkonu. Potem ktoś ich przyciągnął na środek hali i tak ułożył. Nogami do siebie...

– A głowami w stronę czterech stron świata – powiedział Mock.

Odłączył się od grupy i poszedł w stronę balkonu. Tam na wysokości pięciu pięter nad ziemią, owiewany przeciągiem, kołysał się wisielec zwany w policyjnym żargonie linoskoczkiem. Podłoga pomiędzy balkonem a ciałami chłopców była pomazana czerwonymi smugami, które pod samym balkonem zlewały się jakby w kałużę częściowo zaschniętą. Na jej powierzchni bieliły się galaretowate placki. Już takie widział – to były rozchlapane fragmenty ludzkiego mózgu.

– Jeden z chłopców pewnie walnął głową o ziemię – pomyślał Mock. – Stąd ten mózg...

Coś zatrzeszczało pod jego butami. Ukucnął, uważając, by nie wdepnąć w krew. Uniósł błyszczący jak lustro trzewik. Pod jego podeszwą zachrzęściły porozrzucane dokoła kawałki zębów. Ani jeden z nich nie miał korzenia.

Korzenie zostały w zębodołach – myślał Mock. – Gdyby zęby były słabe jak starców, to wypadłyby wraz z korzeniami, jak to widziałem u tego staruszka samobójcy, który niedawno skoczył z wieży Świętej Elżbiety. Von Rannemann miał rację. Tutaj chłopcy uderzyli o ziemię i ktoś przyciągnął ich ciała na środek hali, znacząc krwią drogę swej zbrodni. Tylko po co to zrobił? I kto to był? Może ten wisielec? Zepchnął chłopców z balkonu, przytargał ich na środek hali, po czym znów wlazł na balkon i tam się powiesił? Trzeba zobaczyć, czy ten linoskoczek ma ślady krwi na ciele.

Spojrzał w górę. Na balkonie kręciło się dwóch ludzi Mühlhausa i opisywało to miejsce. Nagie, szczupłe ciało wisielca owinięte było czarnymi pasami. Z rąk zwisały mu jakieś frędzle. Mock odsunął się w bok, wciąż uważając, by nie wdepnąć w kałużę. Spojrzał na balkon pod innym kątem.

I wtedy to zobaczył.

Wielkie skrzydła przytwierdzone do ramion wisielca.
Odtworzył sobie w uszach okrzyki tłumu.
– Ikar! Zbrodniarz! Zboczeniec! Ikar!
Zna lud grecką mitologię – pomyślał Mock i cichcem wyszedł
z hali.

‖ **WROCŁAW,**
‖ **wtorek 8 kwietnia 1913 roku,**
‖ *trzy kwadranse na dziewiątą rano*

EBERHARD MOCK WSZEDŁ W TŁUM i przyglądał się ludziom
w nadziei, że zobaczy u kogoś uśmiech satysfakcji. Marząc o pracy w inspekcji policji kryminalnej, czytał trochę o mordercach
i znalazł w tych lekturach informację, że zbrodniarz – by podziwiać swe dzieło – często wchodzi w tłum gromadzący się na
miejscu zbrodni.

W tej chwili przed parkanem ogradzającym Halę Stulecia było
około dwustu osób. Zwiększyły się też siły policyjne, choć tłum
nie kierował już agresji w stronę stróżów prawa. Demagodzy
polityczni i religijni, którzy się tu pojawili, skupiali uwagę zgro-
madzenia na sobie i z zapałem krzewili swe poglądy.

Jednym z mówców religijnych był widziany przez Mocka obłąkany Izraelita, który rzucał gromy na Sodomę i na Niniwę, jak
naprzemiennie nazywał Wrocław. Innym była młoda, krzepka
i przysadzista kobieta, która głosiła nadejście końca świata i wy-
machiwała nad głowami tłumu pisemkiem świadków Jehowy
„Wachtturm".

Politycznych demagogów było trzech. Jeden z nich wykrzykiwał hasła rewolucyjne, a dwaj pozostali dęli w tę samą trąbę – antymasońską i antyżydowską. Ludzie wokół nich gęstnieli bardzo szybko, a ich wypowiedzi podawano sobie z ust do ust. Najwyraźniej były bardziej przekonujące niż biblijne proroctwa żyda i jehowitki.

– Tak są oszukiwane masy ludowe! Potężna, bezużyteczna bryła została zbudowana robotniczym potem i robotniczą krwią. – Jakiś niedbale ubrany mężczyzna w czapce marynarskiej, w szaliku zaciśniętym na szyi, z brody bardzo podobny do Fryderyka Engelsa wskazywał na Halę Stulecia. – To miała być świątynia demokracji, a jest przybytek śmierci. Miał się w niej bawić prosty lud, a teraz leżą tam czterej robotniczy synowie i jakiś degenerat, który ich zabił. A panowie policjanci w melonikach i w jedwabnych krawatach już myślą, jak sprawę zamieść pod dywan. O gdybyż tak to było dziecko burmistrza, prezydenta policji albo jeszcze innego dostojnika, to tak, wszyscy dostawaliby białej gorączki i szukaliby dalszych tropów! A w tym wypadku powiedzą: cztery trupy, mamy mordercę, który się powiesił, i koniec! Koniec sprawy! To nic, że ten rzekomy morderca jest ubrany w jakieś dziwne szaty i ma ptasie pióra u rąk! Ale my, towarzysze z SPD, nie pozwolimy na zamiatanie spraw pod dywan! My mówimy: sprawdzić, do jakiej burżuazyjnej sekty należał Ikar! My z SPD rozkazujemy: szukać, darmozjady, całej siatki degeneratów!

Mock postanowił później przyjrzeć się ciałom chłopców. Miał czas. Był pewien, że doktor Lasarius długo będzie dokonywał swych oględzin. Wiedział też, że medyk jest na tyle dokładny, że jego raport wyjaśni wszystkie wątpliwości. Przepchnął się zatem jeszcze dalej w tłum, by posłuchać też innych politycznych mówców. O siatce zboczeńców gardłowali dwaj inni.

– Tylko Związek Wszechniemiecki – grzmiał potężny mężczyzna o czerwonej twarzy. – Tylko my widzimy, że w całą sprawę morderstwa są zamieszani Żydzi i masoni! Kto projektował tę betonową poczwarę? Znany mason Max Berg! Kto mu w tym pomagał i kto projektował Pawilon Czterech Kopuł? Żyd! Hans Poelzig! Ludzie, obudźcie się! To pomniki masońsko-żydowskiej megalomanii, to znak ich panowania nad Niemcami. Cała nadzieja teraz w naszym następcy tronu, że okaże on pogardę temu przebrzydłemu dziełu i nie przyjedzie na jego otwarcie, kiedy kolejny mason i degenerat Gerhart Hauptmann wystawi tu swoją głupią sztukę, w której ma chwalić, tak!, naszego dawnego arcywroga Napoleona!

Mock czytał w prasie, że rada miejska zaproponowała laureatowi Nagrody Nobla z tysiąc dziewięćset dwunastego roku napisanie patriotycznej sztuki, która miała być wystawiona na otwarcie Hali Stulecia. Wiedział, że Hauptmann się krygował – raz przyjmował zaproszenie do napisania okolicznościowej „uroczystej śpiewogry w niemieckich rymach", innym razem rezygnował. Jeśli wierzyć czerwonogębemu pangermaniście, to jednak sztukę napisał i zostanie ona wystawiona za niespełna dwa miesiące na otwarcie Hali Stulecia.

Mock niespecjalnie zainteresowany tym wątkiem podszedł do kolejnego mówcy, rozglądając się uważnie dokoła. Wciąż miał nadzieję, że pośród przerażonych twarzy pospólstwa ujrzy czyjeś wesołe, rozradowane oblicze. I tak przyglądając się ludziom, dotarł do ostatniego mówcy.

– To żydowski mord rytualny! – darł się falsetem niski dziobaty człowiek w meloniku, stojący aż na dwóch skrzynkach. – Wszyscy wiemy, że Żydzi mordowali i mordują chrześcijańskie dzieci! Czyż to nie oni są sprawcami tej kolejnej zbrodni? Tylko Związek Wszechniemiecki może zapobiec rozzuchwaleniu się żydowskich morderców!

Mock popadł w namysł, wyszedł z tłumu i ruszył okrężną drogą do Hali Stulecia. Wprawdzie nie ujrzał nikogo, kto by się cieszył ze zbrodni w sposób jawny, ale był pewien, że wszystkim pięciorgu mówcom jest ona na rękę. Wszyscy oni wykorzystywali ją ewidentnie w celach propagandowych, podburzali tłum i szukali w nim swoich przyszłych zwolenników. Szaleństwem byłoby jednak sądzić, że obłąkany żyd czy jehowitka maczali ręce w zbrodni, by zdobyć nowych wyznawców. Polityczni mówcy mogli doprowadzić tłum do wrzenia, ale czy zabójstwo czterech chłopców byłoby zaczynem rewolucji? Owszem, mogło wywołać jakieś zamieszki, ruchawki o nieprzewidywalnych skutkach, ale równie dobrze mogłyby się one ograniczyć do robotniczych dzielnic miasta i do kilku piwiarni. Zwabienie czterech chłopców na balkon i zrzucenie ich na ziemię było trudnym zadaniem, a polityczny skutek tej zbrodni był niepewny. Poza tym Ikar nie wyglądał Mockowi ani na robotniczego, ani na pangermańskiego aktywistę.

Zdążył już wejść z powrotem na teren Hali Stulecia małą furtką od strony parku, kiedy jego rozmyślania zostały przerwane przez jakiś hałas z oddali. Ujrzał, jak przez główną bramę wjeżdża automobil prezydenta policji. Natychmiast wrócił do wnętrza hali.

Tymczasem wisielec został zdjęty i leżał teraz obok kałuży krwi. Miał na sobie skórzany strój – jego nogi owinięte były czarnymi skórzanymi pasami przypominającymi nagolenniki, a ręce, pomijając skrzydła o rzadkich piórach, owinięte były naramiennikami. Być może określenie, jakie już mu nadała wrocławska ulica, a może wykształcenie klasyczne Mocka sprawiły, że policjant uznał to przebranie za strój rzymskiego gladiatora. Różnica była jednak taka, że gladiator Samnita nosił tunikę sięgającą kolan, natomiast wisielec miał na sobie kuse skórzane majtki z rozporkiem zapinanym na złocone guzy.

W tym momencie do Hali Stulecia wszedł prezydent policji Heinrich von Oppen w towarzystwie sekretarza prezydialnego Paula Höhnego. Przywitał się poprzez podanie ręki z doktorem Lasariusem oraz z inspektorem kryminalnym Mühlhausem. Jego ludziom kiwnął głową, natomiast ani Vyhladila, ani jego podwładnych nie zaszczycił nawet spojrzeniem, który to despekt spotkał również Bogu ducha winnego von Rannemanna.

– Panie Höhne – rzucił krótko, zdjąwszy melonik i wytarłszy głowę dużą kraciastą chustą – ma pan głos!

– Zanim dzisiaj rano zbrodnia ta została odkryta, mieszkańcy dzielnicy Zacisze... rozpoczęli dziś... – Sekretarz był najwyraźniej przerażony widokiem. – To znaczy rano... Poszukiwania Hansa Brixa. Pewien bezdomny... Nie zapisałem nazwiska. – Spojrzał z obawą na swego szefa, ale ten pogardliwie machnął ręką. – Tak, bezdomny... Nazwijmy go...

Mock, zniecierpliwiony tym jąkaniem, miał zamiar już wrzasnąć dla uciechy: „Pijany Heinrich", jak nazywano pewnego znanego pijaka, który się zawsze kręcił po Rynku, ale w porę się pohamował. Prezydent, sam noszący to imię, mógł dzisiaj nie zdradzać wielkiego poczucia humoru.

– Nazwijmy go Josef... – dukał dalej sekretarz. – Otóż Josef...
Widział w sobotę... Tak, to jest wtedy, kiedy zginął czwarty chłopiec... No ten, jak mu tam...

– Milczeć! – wrzasnął von Oppen. – Co to? Na gębę dzisiaj
upadłeś, Höhne? Hans Brix! Tak, Hans Brix! Który to, inspektorze kryminalny Mühlhaus?

Szef kryminalnych wskazał na chłopca, którego głowa –
a właściwie to, co z niej zostało – odwrócona była na wschód,
czyli w kierunku głównego wejścia. Czaszka była roztrzaskana
i przypominała tulipan. W otwartej jamie ustnej bieliły się ostre
resztki zębów.

To ten, co upadł na głowę – pomyślał Mock. – A jego zęby
leżą obok kałuży krwi zmieszanej z mózgiem.

– Rodzice, którzy zgłosili zaginięcia, już tu byli i rozpoznali
swych synów. – Mühlhaus westchnął. – Jak pan prezydent widzi, chłopcy są ułożeni na osiach wschód – zachód i północ –
południe. Głowa Brixa wskazuje na wschód, Schillinga zachód,
Struvego północ, a Zieglera południe.

Prezydent ukucnął i przyjrzał się ciałom. Rozlewały się na nich
krwawe i różowawe siniaki. Odłamki kości łokciowych i ramieniowych albo przebiły skórę, albo napierały na nią i wypychały
ją od wewnątrz. Skóra Georga Struvego była chyba najbardziej
wytrzymała, bo na jego ciele widniało kilka małych wybrzuszeń,
jakby namiotów, których maszty stanowiły połamane kości. Hermann Schilling upadł najpewniej na nogi, bo jego stopy wykręciły się o sto osiemdziesiąt stopni, a odłamy kości goleniowych
wystawały pod kolanami. Dwaj pozostali nie przedstawiali sobą
aż tak przerażającego widoku.

– A zatem powiem to, co mój sekretarz próbował powiedzieć. – Von Oppen wstał z kucek i otrzepał spodnie, jakby się coś do nich przykleiło. – Ten bezdomny Josef często przychodził do willi niesławnego profesora Neissera, gdzie dawano mu resztki z pańskiego stołu. Był też w sobotę. Zanim jednak dotarł do światowej sławy doktora – nawet nie próbował ukryć ironii – zobaczył na ulicy Leerbeutel[32] karetę zaprzężoną w cztery czarne konie...

– Z czarnymi kitami na głowach? – wyrwał się Mock.

– Nie przerywać mi, Bock! – wrzasnął von Oppen i nawet nie spojrzał na człowieka, którego nazwisko przekręcił, po czym mówił już znacznie spokojniej. – A każdy z koni miał kitę z czarnego włosia na głowie. Inspektorze kryminalny, teraz pan ma głos! Proszę mówić wszystko od początku!

Mühlhaus zaczął grzebać wyciorem w główce swej fajki osadzonej na cybuchu długości prawie jednej stopy.

– Czarne kity miały też konie powozu – przytknął zapałkę do tytoniu i pyknął dwukrotnie – który przywiózł tu chłopców. Zeznał tak stróż budowy Ulrich Heine, który gdzieś tu się plącze i wciąż nie może dojść do siebie. Nie spotka go nagroda od radcy budowlanego Maxa Berga za to, że wpuścił tu obcych, oj, nie spotka...

Mock przypomniał sobie mężczyznę o posiniaczonej twarzy, który siedział na jakiejś skrzynce i głaskał dużego wilczura.

– O jedenastej wieczór przyjechał Ikar. – Mühlhaus spojrzał do notatek. – Heine otworzył bramę. Cytuję: „pies szczekał jak na swego i żem myślał, że to pan Poelzig, co też jeździ podobnym

---

32 Obecnie ul. Chopina.

powozem". Otworzył, a wtedy napastnik powalił go na ziemię i ogłuszył. Nie kłamie, ma ślad na głowie, prawda, doktorze?

– Tak, ma – odparł Lasarius. – Jest to rana najpewniej po uderzeniu. A stwierdzenie, czy nie kłamie, nie do mnie należy. Sugeruję wziąć pod uwagę to, że stróż był wczoraj najpewniej pijany, bo wciąż zionie alkoholem.

– Dziękuję – ciągnął inspektor. – Na psa miał nasz Ikar jakiś silny magnetyczny wpływ, bo zwierzę wcale nie stanęło w obronie swego pana. Ikar, tak mówi Heine, „obłaskawił go, coś do niego gadał, dziwnie jakoś, dał mu jakiś smakołyk". O szóstej rano stróż oswobodził się z więzów, wszedł do hali i poślizgnął się na kałuży krwi. Zatelefonował natychmiast na policję. Byliśmy tu po godzinie. Zabezpieczyliśmy miejsce zdarzenia zgodnie z wytycznymi. O wpół do ósmej przybył doktor Lasarius. Koledzy z III b są z nami od pół godziny.

– Co stwierdziliście? – Von Oppen nawet nie spojrzał na skruszonych „kolegów z III b".

– Są tam dwaj moi ludzie. – Mühlhaus wskazał na balkon i na żelazną drabinę, która stała na trybunach, a na górze opierała się o balustradę balkonu. – Wymaga to nie lada odwagi, by wejść po żelaznej drabinie na wysokość szóstego na oko piętra bez żadnego zabezpieczenia. Ale inaczej dostać się tam nie można ani od wewnątrz, ani z zewnątrz. Sprawdziliśmy. Ale *ad rem*[33]. Oto nasza hipoteza, panowie. Ikar zmusił albo poprosił chłopców, by weszli na balkon po drabinie, wszedł tam za nimi, a potem ich zrzucił. Ci roztrzaskali się sześć pięter niżej. Ikar zszedł, zaciągnął

---

33 Do rzeczy (łac.).

ciała na środek hali i ułożył je w różę wiatrów, to znaczy każde ciało w jedną stronę świata. Wrócił potem na balkon i tam się powiesił, być może przerażony swoją zbrodnią. Z tą hipotezą stoi w sprzeczności to, że Ikar nie ma śladów krwi na ciele ani na butach, ani na swoim dziwnym przebraniu. Musiał zakrwawionych chłopców bardzo ostrożnie ciągnąć na środek hali albo...

Albo był tu jeszcze ktoś inny – pomyślał Mock.

– Homo? – prezydent wskazał na Ikara.

– Nie wiem, nie zdążyłem go jeszcze zbadać – odparł doktor Lasarius. – Natomiast w ciałach chłopców, a zwłaszcza w ujściu ich *rectum*, nie widzę znaków, by byli wykorzystywani przez tylną bramę.

– Co dalej? – Von Oppen mlasnął z niesmakiem, najpewniej wyobrażając sobie to badanie.

– Musiał tu być ktoś jeszcze – Mühlhaus cedził wolno słowa. – Ktoś, kto odjechał powozem. Wcześniej zaczaił się i czekał. Pozrzucał chłopców z balkonu, zmusił Ikara do samobójstwa, a potem przytargał ich na środek hali, brudząc się ich krwią. Następnie wsiadł do powozu i odjechał. Dlaczego go tu nie zostawił? Czy rzeczywiście czekał na nich na górze? Jak się tu dostał przed nimi? Czy stróż go znał? To wszystko będzie wyjaśnione przez nasze śledztwo.

Słońce oświetliło swym nienaturalnie żółtym blaskiem łysinę von Oppena. Wszyscy na niego patrzyli.

– Prosta ludność naszego miasta staje się łupem politycznych prowokatorów – powiedział dobitnie prezydent. – Musimy wiedzieć, czy chłopców zabił Ikar, czy jeszcze ktoś inny, kto potem zabił Ikara. Brak krwawych śladów na ciele Ikara świadczy, że w Hali Stulecia był ktoś szósty. I to jest morderca. I my go znajdziemy! A jeśli go nie znajdziemy, to przyjmiemy, że zabił Ikar. Wtedy musimy znaleźć jego motywy i wyjaśnić zniknięcie powozu. Może ukradli go jacyś przypadkowi złodzieje? Szybkie wyjaśnienie sprawy uspokoi sytuację. Cesarz, który być może zaszczyci swoją obecnością otwarcie Hali Stulecia, musi wiedzieć, że nasze miasto jest spokojne, a kreatury takie jak Ikar szybko są przez nas demaskowane. Awans i świetlana przyszłość – omiótł wzrokiem ludzi z inspekcji kryminalnej – będzie ukoronowaniem waszej pracy, a moje przebaczenie – spojrzał Vyhladilowi prosto w oczy – jest w waszym zasięgu, wyrzutki społeczne! Mühlhaus, jest pan szefem tej grupy! Codziennie rano raport na moim biurku! A teraz chcę zobaczyć, jak pan zaczyna działać!

Mühlhaus podziękował von Oppenowi i kilkakrotnie pyknął z fajki. Stanął w rozkroku i spojrzał na zebranych. Był mężczyzną przed czterdziestką, o rzadkich włosach i krótko przyciętej brodzie. Jego wolny sposób mówienia i spokojne spojrzenie działały kojąco na atmosferę, którą podgrzał prezydent.

– Codziennie o szóstej wieczór odprawa w moim biurze – zaczął. – Plan działań jest taki: dzielimy się na trzy grupy. Moi ludzie szukają powozu, biorą w obroty stróża Heinego: a nuż kłamie? I identyfikują Ikara. Po identyfikacji przesłuchują jego znajomych. Sprawdzają też rodziny chłopców i ich kolegów. Swoim informatorom każą szukać szkolnych mundurków i tornistrów. Gdzieś musieli je porzucić sami chłopcy albo ktoś inny. Vyhladil i jego ludzie sprawdzają środowisko pederastów oraz tajne, zepsute i dekadenckie grupy, których członkowie lubią się przebierać w dziwne stroje. Może należał do nich Ikar? Mock zostaje jako jednoosobowa grupa i sprawdza trop masoński i żydowski. Obyczaje, symbole, skrzydła, pióra *et cetera*. Pańskie wykształcenie, Mock, będzie tu bardzo przydatne.

Eberhard nie mógł stłumić westchnienia rozczarowania.

– Co, nie podoba się to panu?! – krzyknął na niego tym razem sekretarz prezydenta. – Może pan woli na zieloną trawkę, co?

– To mi się wydaje zbyt oczywiste, by było prawdziwe. – Mock spojrzał na niego z ledwo powstrzymywanym lekceważeniem. – Masoni zabijają i zostawiają ślady? Jakby chcieli się przyznać do zbrodni? Szkoda, że nie nakryli zabitych swoimi fartuszkami.

– Otóż myli się pan! – znów wrzasnął Höhne. – Musi pan wiedzieć, że Hans Poelzig jest członkiem loży Horus, a Hans Brix został porwany na Leerbeutel[34] pod pięknym nietypowym domem, prawdziwym dziełem sztuki. Wie pan, kto jest projektantem tego domu, i wie pan, kto tam mieszka?

– Poelzig? – zdumiał się Mock. – To jego dom?

Sekretarz skinął głową, nie przestając piorunować go wzrokiem.

WROCŁAW,
wtorek 8 kwietnia 1913 roku,
kwadrans na dziesiątą rano

MOCK USIADŁ NA SŁOŃCU przed halą na pryzmie kamieni i zapalił papierosa. Patrzył, jak odjeżdża automobil prezydenta, jak pomocnicy doktora Lasariusa pakują ciała na furgon z kostnicy,

---

34 Obecnie ul. Chopina.

jak Mühlhaus przesłuchuje stróża, jak jego koledzy z Wydziału III b – podekscytowani i zadowoleni – ruszają do swoich zadań. A on musi zaraz zostawić to miejsce zbrodni i iść do biblioteki szukać jakichś imponderabiliów.

Nie tak wyobrażał sobie ten dzień prawdziwego kryminalnego śledztwa. Oczywiście nie był aż tak niepoprawnym marzycielem, by sądzić, że jakimś cudem zostanie wyciągnięty z obyczajówki i sam jeden dostanie sprawę na miarę Kuby Rozpruwacza. Niemniej w ciągu tych czterech lat pracy w Wydziale III b nie miał najmniejszej nawet szansy na to, by dokonać czegoś, co by na niego zwróciło uwagę „prawdziwej" policji, za jaką uważał inspekcję kryminalną prezydium. Kiedy ta szansa nieoczekiwanie nadeszła, kiedy nagle pojawiła się nadzieja „prawdziwego" śledztwa – nieoczekiwanie został wyłączony z zespołu śledczego i powierzono mu eksplorację masońskiej symboliki! Owszem – Mühlhaus przyznał to *expressis verbis*[35] – doceniono jego uniwersyteckie wykształcenie i umiejętność dociekań naukowych, ale ironiczne spojrzenia kolegów mówiły coś innego.

Do książek, do książek, Mock! – zdawał się mówić Klecker, kiedy patrzył na niego z rozbawieniem i podkręcał wąsa.

Idź, mądralo, do bibliotek i tam szukaj Ikarów, Dedali i Minotaurów, a prawdziwe akcje policyjne zostaw innym – drwiły oczy von Rannemanna.

To ważne zadanie, tak ważne, że kiedy dojdziesz do tego, czego symbolem są skórzane gacie, to my rozwiążemy sprawę – szydził w duchu Vyhladil.

---

35 Dobitnie (łac.).

Mock nie wiedział wiele o masonerii, ale jednego był pewien – należy do niej elita społeczna Wrocławia: ludzie nauki, arystokracja i najbogatsi przemysłowcy. Jeśli któryś z tych bystrych, przenikliwych ludzi miał w sobie tyle zła, by zepchnąć chłopców z wysokiego balkonu, to po co miał się przyznawać do popełnienia zbrodni, zostawiać jakiś masoński podpis? A poza tym, skąd ten trop masoński? Tylko dlatego, że jakiś pijak wrzeszczy coś pod halą, by podburzać tłum? A gdzież tu wątek żydowski? Tylko dlatego, że jednym z mówców jest obłąkany Żyd?

Oczywiście, rozumiem – uspokajał sam siebie. – Jakkolwiek by te pomysły wydawały się nierealne, to trzeba je sprawdzić. Pójść śladem piór, ptaków *et cetera*. Tylko jak to zrobić? Co mi pomoże, że w *Słowniku niemieckich zabobonów* znajdę wiadomość, że skrzydła przyczepiali sobie do ramion wyznawcy tego czy innego germańskiego boga w pierwszym wieku przed Chrystusem? Mam tych wyznawców szukać w dzisiejszym Wrocławiu? W tym nowoczesnym mieście mam tropić skrzydlatych kapłanów?

Myśl ta wydała mu się tak absurdalna, że poczuł wściekłość. Niczego tak nie znosił jak działań nieracjonalnych. Miał wybór: albo zagrzebać się w bibliotekach i pozwolić, by całe śledztwo przeszło mu koło nosa, albo – i tu przyszła mu do głowy zbawienna myśl – w ciągu jednego dnia przygotować po łebkach, ba! nawet wyssać z palca jakąś pseudoekspertyzę o związkach masonerii i żydostwa z symboliką ptaków, a potem poprowadzić tajne, samodzielne dochodzenie. Wiązało się z tym ogromne ryzyko natychmiastowego wyrzucenia z pracy. Jednocześnie ta gra była warta świeczki. W umyśle Mocka pojawiło się sprośne porównanie – poprowadzenie tego śledztwa było jak wychędożenie pięknej żony groźnego bandyty prawie na jego oczach. Nagrodą była rozkosz tak wielka jak zagrożenie.

Myśl ta wywołała u niego erekcję. Podjął decyzję. Był gotów. Zdusił obcasem papierosa i ruszył ku Hali Stulecia.

W bocznym wejściu do budowli stał Paul Vyhladil. Do ust przykładał małą flaszkę, a jego grdyka chodziła. Kiedy ujrzał Mocka, zatkał flaszkę korkiem i kiwnął na niego. Uśmiechał się drwiąco. Mock zbliżył się do zwierzchnika. Odraza, jaką zawsze do niego czuł, walczyła teraz z szacunkiem, jaki Hipopotam wzbudził u niego wczoraj w łaźni parowej, kiedy poddał swoich ludzi próbie, a jemu samemu powiedział: „Już nie jesteś studencikiem. Jesteś jednym z nas".

– Chodź tu, Mock, no chodź! – Vyhladil śmiał się, przywołując go bliżej do siebie. – Bo chcę ci coś powiedzieć...

— ◆ —

Kiedy Mock stanął tuż przed swoim szefem, ten oparł mu ręce na ramionach i owionął go alkoholowym oddechem. Jego szeroki uśmiech powoli się zwężał, usta zaciskały się mocno, a mięśnie twarzy napinały. Czerwone oblicze Vyhladila zastygło w wyrazie brutalności i agresji.

– Ten ważniak Mühlhaus – prychnął Hipopotam – chce cię odstawić na boczny tor, Mock. Nie daj mu się! Nie siedź w żadnych, kurwa, bibliotekach!

Mock milczał. Vyhladil czytał w jego myślach i – co najważniejsze – chyba się zgadzał z tymi myślami.

– A co mam robić, *Herr Polizei-Assessor*?

– A po co tu przyszedłeś?

– Chcę prowadzić własne śledztwo. – Mock postanowił rzucić wszystko na jedną szalę i zaufać Vyhladilowi.

– No to rób to! – Hipopotam wyciągnął do niego butelkę. – Nie może być tak, żeby cały splendor po rozwiązaniu tej sprawy spadł na tego ciula. Nasz wydział też musi mieć duży udział w wyjaśnieniu tej zagadki, rozumiesz, Mock? I pamiętaj o jednym. Twoja gra to bardzo duże ryzyko. I bierzesz je wyłącznie na siebie. Nie mogę ci zagwarantować pomocy w razie wpadki.

Młody mężczyzna kiwnął głową. Przed jego nosem znalazła się wielka dłoń zaciśnięta na szyjce butelki.

– Masz, Mock, napij się. – Twarz Vyhladila się rozpogodziła. – Mieliśmy wypić bruderszaft w łaźni parowej, tylko coś nam przeszkodziło... To zrobimy to teraz. Mnie jest Paul, a tobie?

– Eberhard – wykrztusił Mock, wlewając w siebie duży łyk dereniówki.

WROCŁAW,
wtorek 8 kwietnia 1913 roku,
druga po południu

KOMPLEKS KRYTYCH BASENÓW NA ZWINGERSTRASSE[36] był dumą Wrocławia. Dzięki ofiarności mecenasów wspierających Wrocławskie Towarzystwo Pływackie powstał w centrum miasta wspaniały obiekt sportowo-higieniczny, który budził podziw inżynierów. Potężne pompy zasysały wodę z dwóch studni

---

36 Obecnie ul. Teatralna.

głębinowych do ogromnych zbiorników retencyjnych o pojemności miliona litrów sześciennych. Tam wytrącał się muł, a czysta woda była następnie dostarczana do wielkiej wieży ciśnień królującej nad obiektem. Stamtąd pod wpływem siły ciążenia rozpływała się po rurach będących krwiobiegiem przybytku Ägira – morskiego olbrzyma z nordyckich mitów. To jego podobiznę, widniejącą nad jednym z dwóch basenów, podziwiali wrocławianie, którzy tu przychodzili pływać, oczyszczać swe ciała i umysły w łaźniach parowych, medytować w małych basenikach z ciepłą i zimną wodą oraz zaprawiać swe mięśnie w salkach gimnastycznych. Wszystko tu mówiło *mens sana in corpore sano*[37], wszystko tu służyło zdrowiu i do poprawy zdrowia było wykorzystywane.

Z jednym wszakże wyjątkiem. W pierwszy i trzeci czwartek miesiąca łaźnia parowa na drugim piętrze była wynajmowana nocną porą przez grupę kilku osób, które oddawały się tutaj nie ćwiczeniom fizycznym, ale raczej przeciwnym im – niekiedy wyuzdanym – rozkoszom podniebienia. Kamienne ogrzewane ławy, na których siadano, były wtedy pokryte miękkimi materacami i kobiercami. Przy kominku w sąsiednim pokoju, skąd dostarczano gorące powietrze, nie siedział – jak to było w czasie godzin pracy – żaden palacz ani łaziebny, ale zaufany człowiek, który pilnował, by nikt stamtąd nie podsłuchiwał. Na dachu, przy świetliku, usadawiano innego strażnika – w tym samym zresztą celu.

Kiedy już zabezpieczono ucztę przed ciekawskimi, do łaźni przychodziło siedem ważnych osobistości wrocławskiego świata. Zalegali na kamiennych ławach w półleżącej pozycji jak

---

37 W zdrowym ciele zdrowy duch (łac.).

w rzymskich pałacach i sięgali po wykwintne jadło i Bachusowy napitek, sprowadzane tu z nieodległych i słynnych lokali – winiarni Hansena i hotelu Monopol.

Na tych zbytkach kończyły się jednak podobieństwa z ucztami cezarów. Biesiadnicy tutejsi nie byli odziani w tuniki, lecz w mundury, surduty lub fraki, a jedyna w tym gronie kobieta nosiła piękne kapelusze i najmodniejsze paryskie suknie. Nikt się nie upijał, nie objadał ani nie urządzał żadnych swawoli. Ci ludzie, jeśli już dawali upust żądzom, to robili to w zaciszu wyrafinowanych sypialni albo w swych letnich rezydencjach. Tutaj spotykali się tylko po to, by omawiać bieżące sprawy miasta, roztrząsać kwestie polityczne, gospodarcze i wszelkie inne, które mogły pomnażać albo narażać na niebezpieczeństwo ich fortuny. Nierzadko pojawiał się na tych zebraniach jakiś gość specjalny, nie będący stałym członkiem tego elitarnego klubu. Był to na ogół albo dyplomata, deputowany do Reichstagu, a nierzadko i minister z Berlina, albo przedsiębiorca, którego firmy miały zasięg krajowy, jeśli nie europejski.

Ta licząca osiem osób nieformalna grupa była bardzo elitarna. Wstęp do niej miał tylko ten, kogo członkostwo zostało przyjęte przez aklamację. Aktywność klubu przejawiała się w reagowaniu na nowe sytuacje i zjawiska, które mogłyby zagrozić jego członkom. Skutecznie od dwudziestu lat dbali oni o to, by w stolicy Śląska nie zdarzyło się nic, co byłoby sprzeczne z ich interesami. Przez pierwsze dziesięć lat swej działalności ta organizacja nazywała się Klub na Ptasich Błoniach od nazwy ulicy Vogelweide[38], na której pod numerem szesnastym stała willa jednego z jego

---

38 Obecnie ul. Kopernika. *Vogelweide* – ptasia łąka (niem.).

członków, bajecznie bogatego kupca Maxa Zeisiga. Kiedy rok temu Zeisig rozpoczął rozbudowę domu i z powodu niesnasek wycofał się z członkostwa w organizacji, ta przeniosła się na Zwingerstrasse[39] do budynku basenu i zmieniła nazwę na Klub Zwinger, od nazwy ulicy, na której mieściła się jej aktualna siedziba.

Tego wtorku zebranie Klubu Zwinger było nadzwyczajne, dlatego że nie odbywało się ono jak zwykle w czwartek i dlatego, że gościem specjalnym był pułkownik Walter Nicolai, dowódca Oddziału III b Wielkiego Sztabu Generalnego. Bawił on od kilku dni we Wrocławiu i w ten wtorek powinien wyjechać do Berlina, ale pięć trupów w Hali Stulecia całkowicie odmieniło jego plany.

Siedział teraz sztywno na honorowym miejscu przy stole i zjadłszy kawałek sarniny *sauté*, raczył się winem Château Léoville i wonnym papierosem marki Roth-Händle. Do tego momentu nie poruszano zresztą żadnych poważnych tematów. Zebrani jedli i pili niewiele, ponieważ otępiałość umysłu wywołana nadmiarem potraw byłaby niepożądana w tej napiętej sytuacji, w jakiej znalazło się miasto po porannych wydarzeniach w Hali Stulecia. Poruszano zatem tematy obojętne i usiłowano żartować. Często zapadała pełna niedomówień cisza. Wszyscy czekali na to, co ma do powiedzenia szef cesarskiego wywiadu.

– Czcigodna pani i czcigodni panowie. – Pułkownik Nicolai zgasił papierosa i rozejrzał się po zebranych. – Przyjechałem do Wrocławia, aby poznać nastroje przed otwarciem Hali Stulecia. Mam zrelacjonować Jego Cesarskiej Mości moje spostrzeżenia. Zdają sobie oczywiście państwo sprawę, że cesarz wysłał też innych

---

39 Obecnie ul. Teatralna.

obserwatorów, którzy mi niestety nie podlegają. Wiem, kim oni są, ale nie mam władzy nad nimi i nie wiem, jaki będzie ich raport: życzliwy dla Wrocławia czy nie. Jedno jest pewne. Cesarz, zapoznawszy się ze wszystkimi raportami na temat Hali Stulecia, podejmie decyzję o tym, czy uświetni swoją obecnością jej otwarcie.

– A jaki będzie pański raport, pułkowniku? – zapytał wprost jeden z największych właścicieli ziemskich w okolicach Wrocławia i polityk Niemieckiej Narodowej Partii Ludowej Prätorius von Richthofen-Boguslawitz.

– Nieodmiennie życzliwy dla Wrocławia – odparł Nicolai.

– Ale inni mogą wywęszyć jakieś niedociągnięcia.

– Robimy wszystko co w naszej mocy w kwestiach organizacyjnych i artystycznych. – Nadburmistrz Paul Matting poruszył się gwałtownie na kamiennej ławie, a jego przyciasny surdut napiął się na wielkim brzuchu. – Wystawiamy sztukę napisaną specjalnie na tę okazję przez Gerharta Hauptmanna, laureata Nagrody Nobla, doktora *honoris causa* Uniwersytetu Oksfordzkiego! Reżyserem jest jeden z najsłynniejszych artystów niemieckich Max Reinhardt! Nie doszły do nas żadne niepokojące informacje o niechęci Jego Cesarskiej Mości do ceremonii otwarcia.

– A wręcz przeciwnie – odezwał się Paul Schottländer, bogacz i filantrop. – Jego Cesarska Mość udzielił mi niedawno audiencji, w czasie której zaprezentowałem mu specjalną łódź o szklanym dnie, jaką ufundowałem dla niemieckiej stacji badawczej na Istrii. Cesarz raczył wtedy wyrazić swoją dobrą opinię o życiu kulturalnym naszej śląskiej stolicy.

– Co więcej – tym razem zabrał głos sekretarz kanonika generalnego ksiądz doktor Edmund Chalibowski, który na zebraniach

Klubu Zwinger reprezentował hierarchię Kościoła katolickiego – niedawno ukazało się w dodatku literackim do „Berliner Courier" obszerne i bardzo pochwalne studium na temat twórczości Brahmsa. O Wrocławiu, a zwłaszcza o *Uwerturze akademickiej* dedykowanej – tu ksiądz spojrzał na Nicolaia – naszej *Alma Mater*, autor studium profesor Sommer pisze bardzo ciepło. A profesor Sommer to, że się tak wyrażę, nadworny krytyk muzyczny. Nie wierzę, żeby chwalił nasze miasto wbrew cesarzowi.

Zapadła cisza. Wszyscy nerwowo kręcili się na ławach. Sprawiali wrażenie, jakby się wzajemnie zapewniali o przychylności cesarza, a tak naprawdę nikt w nią nie wierzył. Doktor Charlotta Bloch von Bekessy, reprezentująca lożę masońską Horus, zdjęła kapelusz i poprawiła włosy.

– Jeśli cesarz cofnie swój patronat nad otwarciem Hali Stulecia i nad całą wystawą, to będzie bardzo źle – powiedziała melodyjnym głosem. – Bogaci arystokraci natychmiast wycofają z wystawy swe rodowe pamiątki. – Spojrzała na Prätoriusa von Richthofen-Boguslawitza, a ten potwierdził to skinieniem głowy. – A to oznacza mniej odwiedzających. Mniej odwiedzających to finansowa porażka miasta, a nawet cień bankructwa. Czy nie dałoby się, pułkowniku Nicolai, nakłonić pewną nadobną osobę, do której cesarz, jak wszyscy wiemy, ma wielką słabość, by wyprosiła ostateczną deklarację co do zaszczycenia nas obecnością Jego Cesarskiej Mości?

Pułkownik spojrzał na Charlottę z wielkim podziwem. Stanowczo nie doceniał możliwości wrocławskiego wywiadu. Nie sądził, że namiętność cesarza do pszczyńskiej księżnej Daisy von Pless jest tak dobrze znana w tym gronie.

– Jest pani nie tylko piękna, pani doktor Bloch von Bekessy – Nicolai uniósł do ust dłoń kobiety – ale i nadzwyczaj przenikliwa. Niezależnie od tego, czy wspomniana przez panią nadobna osoba będzie próbowała wysondować plany cesarskie, czy też nie, pozostaje jeszcze najgorsza sprawa. Sprawa pięciu trupów w Hali Stulecia, prawda, panie prezydencie policji?

Heinrich von Oppen zapalił papierosa i zapatrzył się w granitowe łuki ozdabiające komnatę.

– Moi najlepsi ludzie prowadzą tę sprawę – sapnął w końcu. – Inspekcja kryminalna policji pod wodzą inspektora kryminalnego Heinricha Mühlhausa oraz Wydział Obyczajowy III b. W ciągu kilku dni będziemy wiedzieć wszystko.

– Oby, oby, szanowny panie prezydencie policji. – Nicolai westchnął. – Bo my tu skupiamy się na kulturze, na muzyce, a prawdziwe zagrożenie jest gdzie indziej... Nie muszę chyba nikogo w tym gronie przekonywać, jak groźne mogą być skutki histerii w środowisku pangermańskim. Hala Stulecia już jest nazwana świątynią śmierci, w której masoni albo Żydzi składają ofiary z niewinnych chłopiąt! A ciemny lud w to wierzy! Cała sprawa bardzo się nie spodoba cesarzowi. Może definitywnie odmówić swego przyjazdu do Wrocławia za sześć tygodni. I wtedy wyśle tutaj na otwarcie następcę tronu kronprinca Wilhelma. I wiedzą państwo, co się stanie? Całe otwarcie Hali Stulecia i wystawy historycznej zamieni się w jedną wielką demonstrację członków Związku Wszechniemieckiego, dlatego że młody Wilhelm w odróżnieniu od swego ojca łaskawym okiem na nich patrzy. Może nastąpić tutaj jakieś nieoficjalne namaszczenie go na przywódcę ruchu pangermańskiego. A wtedy nasze wszystkie sprawy pójdą w złym kierunku. Wszystkim nam grozi dyskomfort, zwłaszcza osobom o pochodzeniu żydowskim. – Spojrzał znacząco na Charlottę Bloch von Bekessy i na Paula Schottländera.

– Przez sześć tygodni, jakie nam zostały do otwarcia Hali Stulecia, znajdę sprawcę tej strasznej zbrodni albo potwierdzę, że jest nim Ikar – warknął von Oppen. – W drugim wypadku ogłosimy to światu jako wielki sukces śledczy wrocławskiej policji, w pierwszym przyprowadzę sprawcę na łańcuchu przed oblicze Jego Cesarskiej Mości.

– Panie prezydencie policji. – Charlotta Bloch von Bekessy zapaliła cienkiego tureckiego papierosa Murad – my musimy już teraz przewidzieć, kim jest morderca. Albo inaczej: kim powinien być morderca, by to przyniosło korzyść naszym interesom. A jakie są nasze interesy, panie nadburmistrzu?

Matting spojrzał na Charlottę z przyjaznym uśmiechem.

– Na pewno nie chcemy, by w naszym mieście rozrastał się Związek Wszechniemiecki – powiedział. – By wszczynał zamieszki i groził naszym współobywatelom pochodzenia żydowskiego.

– Cesarz też tego nie chce. – Rozległ się sceniczny szept Nicolaia. – Nasze państwo tego nie chce. Ja sam bardzo tego nie chcę, bardzo...

– A zatem w interesie nas wszystkich jest to, by sprawcą tej ohydnej zbrodni okazał się pangermanista – odezwała się Charlotta. – Wtedy Jego Cesarska Mość pozbędzie się błędnego przekonania, że przyjeżdża otwierać masoński przybytek. Zaszczyci zatem w glorii i chwale ceremonię otwarcia i wszyscy będą szczęśliwi. Byleby tylko rzeczywiście sprawcą okazał się pangermanista. – Spojrzała znacząco na prezydenta von Oppen.

– Możemy na pana liczyć w tej kwestii, panie prezydencie policji? – zapytał Nicolai.

– Mam dostarczyć przed oblicze Jego Cesarskiej Mości członka albo sympatyka Związku? – zapytał von Oppen i zatarł dłonie. – Załatwione!

Rozległy się okrzyki akceptacji. Von Richthofen-Boguslawitz sięgnął po kolejną butelkę Château Léoville i nalał wszystkim, von Oppen zajadał się plastrami kaczki hamburskiej, Schottländer opowiadał coś wesołego nadburmistrzowi Mattingowi, a nie odzywający się dotąd generał Kurt von Pritzelwitz, dowódca VI Korpusu Armijnego, starał się uspokoić księdza doktora Chalibowskiego, który najwyraźniej miał opory etyczne wobec tej intrygi. Jedynie profesor *honoris causa* doktor Max Schimmelpfennig, radca ministerialny na uniwersytecie, milczał i nie spożywał darów Bożych ze względu na chroniczne wzdęcia. Pułkownik Walter Nicolai pochylił się ku Charlotcie.

– Jak to możliwe, droga pani doktor Bloch von Bekessy – uśmiechnął się uwodzicielsko – że młoda kobieta ma tytuł naukowy i doszła do takich wysokich godności w loży? O ile wiem, masoneria to świat mężczyzn.

– Odpowiedź na pierwsze pytanie jest prosta. – Lekki rumieniec pojawił się na alabastrowej cerze Charlotty. – Czasy są coraz lepsze dla kobiet. Jako jedna z pierwszych ukończyłam medycynę na naszej śląskiej *Alma Mater*. A co do mojej działalności i pozycji w loży... Och, to długa historia.

– Opowie mi pani kiedyś? – Nicolai przysunął się do niej na prawie nieprzyzwoitą odległość.

– Być może – szepnęła kobieta.

WROCŁAW,
wtorek 8 kwietnia 1913 roku,
dziesiąta rano

EBERHARD MOCK WIEDZIAŁ, że swoje śledztwo musi zacząć od dokładnego zbadania klepiska Hali Stulecia. Musiał to uczynić bardzo dyskretnie, by nie wzbudzić podejrzeń Mühlhausa i jego ludzi, iż zajmuje się nie tym, co mu nakazano. Nie było też wskazane, by koledzy z Wydziału III b dowiedzieli się, że w swej niesubordynacji porzucił biblioteczne eksploracje na rzecz kryminalnego śledztwa, do którego nie był przecież uprawniony. Mogło to bowiem wzbudzić w nich przekonanie, że jest zarozumialcem i wynosi się ponad współpracowników.

Wszystko to analizował, kiedy już po raz trzeci tego dnia znalazł się w hali. Zastał tam tylko dwóch ludzi w uniformach z napisem „Służba Czystości Hali Stulecia". Mieli oni miotły owinięte szmatami i wiadra, z których wypływały mydliny. Ich zadaniem najwyraźniej było zmycie krwi z klepiska. Mock, pokazawszy im świeżo odzyskaną policyjną gwiazdę, nakazał wstrzymać się ze sprzątaniem, co przyjęli z dużym entuzjazmem.

Mijały kwadranse, a on prawie z nosem przy ziemi badał każdy metr kwadratowy gruntu. Niczego nowego nie znalazł. Poza znanymi już sobie śladami – dwiema kałużami krwi połączonymi smugami tejże substancji – nie było żadnych innych podejrzanych plam ani przedmiotów. Nie znalazł nawet fragmentów mózgu ani kawałków zębów – pewnie wszystko zabrał do swoich słoików doktor Lasarius.

Mock dał znak sprzątaczom, by przystąpili do swej roboty, a sam usiadł na widowni pod balkonem, zadarł głowę i zaczął intensywnie analizować drobne przesłanki w tej sprawie.

Po pierwsze, musiał postawić jedną z trzech hipotez: albo grupowe samobójstwo, albo Ikar pozrzucał chłopców i sam się zabił, albo w całym zdarzeniu brała udział jeszcze szósta osoba. Pierwsza myśl wydała mu się absurdalna nie tylko dlatego, że nigdy nie słyszał o grupowych samobójstwach. Nie był oczywiście takim głupcem jak ów prostak z poematu Lukrecjusza, który – nie znając świata poza własną wsią – twierdził, że góra, którą widzi ze swojego pola, jest najwyższa na świecie. Powód był inny – natury praktycznej. Gdyby przyjął hipotezę grupowego samobójstwa, musiałby porzucić teraz w śledztwie Halę Stulecia i podjąć poszukiwania o charakterze psychologicznym, by poznać motywy. Musiałby dotrzeć w ciemne zakamarki umysłów wszystkich pięciu samobójców. Takie poszukiwania wydawały mu się mało nęcące. Nie bardzo też się kwapił do sprawdzania drugiej hipotezy – że samobójcą był tylko Ikar, który wcześniej pozabijał chłopców, spychając ich z balkonu. Tu oczywiście najdotkliwszy był brak odpowiedzi na najprostsze pytanie: co kierowało Ikarem i kim on w ogóle był. Obie hipotezy Mock nazwał hipotezami pięciu uczestników. Niezależnie od tego, czy było to grupowe samobójstwo, czy też zabójstwo chłopców, a następnie samobójstwo Ikara, w obu tych zdarzeniach uczestniczyło pięć osób. A co się w takim razie stało z karetą, po której rano nie było śladu? Kto nią odjechał? W wypadku hipotez pięciu uczestników nie odjechał nią nikt. Może ukradli ją przypadkowi złodzieje, którzy zobaczyli otwartą bramę i nieprzytomnego stróża? Tropy się zmieniały diametralnie, gdyby przyjąć hipotezę szóstego uczestnika zdarzenia – mordercy. Mógł on się – zgodnie z sugestią Mühlhausa – zaczaić wcześniej na balkonie. Mock musiał pójść którąś z tych dróg. Po długim wahaniu wybrał hipotezę szóstego uczestnika. Wydawała mu się ona po prostu kusząca. Szukanie tajemniczego mordercy było o wiele ciekawsze niż tropienie koniokradów. Teraz najważniejsza była rekonstrukcja zdarzeń.

Mock podszedł raz jeszcze do niemal już zupełnie suchej kałuży krwi. Tak, to tam chłopcy zetknęli się z ziemią. Zadarł głowę do góry i rozejrzał się po suficie hali. Nie miał najmniejszych wątpliwości. Mühlhaus miał rację. Było tylko jedno miejsce, skąd mogli spaść – balkon naprzeciwko organów.

– Jak dokonałeś tej zbrodni? – zapytał głośno hipotetycznego mordercę. – Ikar wraz z chłopcami byli na balkonie, a potem runęli stamtąd głowami w dół. Jak to się stało? Zepchnąłeś ich? Tak po prostu? Czterech młodych chłopaków i dorosłego mężczyznę? Musisz być bardzo silny...

„Siłacz, atleta, zapaśnik?" – zapisał w notesie.

W uszach dźwięczały mu słowa Mühlhausa: „Wymaga to nie lada odwagi, by wejść po żelaznej drabinie na wysokość szóstego na oko piętra bez żadnego zabezpieczenia". Było w tych słowach coś, co niepokoiło Mocka.

Chwycił się za głowę, a natłok myśli stawał się irytujący. Tłumił jakąś ideę, którą wachmistrz ledwo przeczuł, ale nie mógł uchwycić. Coś denerwująco zaswędziało go za uchem. Jakby komar wleciał za małżowinę i zostawił tam jątrzącą się rankę. I wtedy sprecyzował myśl.

– Odważni ludzie Mühlhausa – powiedział na głos – nie muszą być jednocześnie najbystrzejsi. Być może coś przeoczyli tam na górze.

Spojrzał na balkon i poczuł zimny dreszcz strachu. Musiał tam wejść.

WROCŁAW,
wtorek 8 kwietnia 1913 roku,
jedenasta przed południem

MOCKA CZEKAŁO TERAZ JEDNO Z NAJTRUDNIEJSZYCH W życiu zadań: musiał się wspiąć na balkon po kilkunastometrowej drabinie. Nie było to wyzwanie łatwe dla człowieka o przeciętnym lęku wysokości, lecz w wypadku Mocka ta przypadłość miała charakter zwielokrotniony. Nie zdawał sobie z niej sprawy aż do lat studenckich. Wychowany w Wałbrzychu u podnóża Sudetów, owszem, uwielbiał górskie wędrówki, ale intuicyjnie wybierał drogi z dala od skalnych krawędzi. Stare, łagodne i zalesione góry, jakimi było otoczone jego miasto, nie dawały zresztą wielu możliwości poznania tego lęku. Po raz pierwszy odczuł go zatem nie w górach, ale w pralni jednej z wrocławskich kamienic na Hedwigstrasse[40], gdzie mieszkał na początku studiów. W tymże

---

40 Obecnie ul. Reja.

pomieszczeniu, położonym na strychu, pewna praczka umówiła się z nim na schadzkę. Długo nie przychodziła. Zniecierpliwiony w końcu czekaniem wyjrzał przez okno. Poczuł wtedy tak potężny zawrót głowy, że na kilkanaście sekund stracił przytomność. Ten stan nieświadomości był jakby koszmarnym snem, w którym leciał głową w dół – w ziejący chłodem, niekończący się wir.

Po tym bolesnym przeżyciu, które – nawiasem mówiąc – skutecznie go wtedy zniechęciło do igraszek ze spóźnioną praczką, już nic nie było takie samo. Wystarczyło, że zamknął oczy i wyobraził sobie przepaść pod stopami, a czuł wówczas dławiące duszności i wirowanie powietrza wokół siebie.

Było pewne, że tego dnia koszmar powróci. Ale Mock nie miał wyjścia – jeśli chciał zbadać balkon, musiał tam wejść po drabinie. Innego dostępu rzeczywiście nie było, co potwierdzili dwaj sprzątający halę robotnicy.

Chcąc nie chcąc, zdjął marynarkę, podkasał rękawy koszuli i w meloniku na głowie zaczął powoli wchodzić na drabinę. Zagrzewał się w duchu nadzieją, że ta chwila próby jest być może pierwszym krokiem do jego kariery prawdziwego detektywa w inspekcji policji kryminalnej. Na wysokości pierwszego piętra poczuł, że jego dłonie są mokre od potu.

Tylko nie patrz w dół, tylko nie patrz w dół – myślał – a wszystko będzie dobrze. Już jesteś coraz bliżej.

Szedł dalej. Drabina była stabilna, dzięki żelaznej podporze, podtrzymującej ją w połowie długości. Był na wysokości trzeciego piętra. Gdyby wchodził teraz po drabinie na jakiś dom, to być może to zalecenie by podziałało. Mógłby bowiem wbić wzrok w mur, który miałby prawie przed oczami, mógłby o ten mur

nawet oprzeć rękę, gdyby doznał zawrotów głowy. Tymczasem w rzeczywistości drabina była jak lekko przechylony słup, a od najbliższej ściany dzieliła ją odległość prawie stu kroków. I wtedy sobie uświadomił, że jego własne słowa „jesteś coraz bliżej" oznaczają to samo, co „jesteś coraz dalej od ziemi". Poczuł tak silny zawrót głowy, że do ust napłynęła mu gorycz zwiastująca womity. Zamknął oczy i objął drabinę tak mocno, jakby z niej chciał wycisnąć soki. Melonik zsunął mu się z głowy i sfrunął pomiędzy krzesła widowni. Wydawało mu się, że jego głowa pędzi jak meteor w pustym przerażającym kosmosie Hali Stulecia. Wiedział jedno: wyżej już nie wejdzie.

Po dwóch minutach minęło. Kontynuował wspinaczkę, choć uważał, że lepiej jego sytuację oddałoby słowo wpełzał. Całym ciałem przyciskał się do zimnego metalu. Skupiał się wyłącznie na żelaznych stopniach potężnej drabiny. Patrzył na małe wybrzuszenia w niestarannie odlanym żelazie, nie na to, co było dookoła. Po pięciu minutach zobaczył gzyms balkonu. Poczuł zawrót głowy. Cała kopuła się nad nim kręciła. Nie rozglądał się na boki, nie patrzył na wypukły sufit hali. Szybko chwycił się balustrady i postawił stopy na gzymsie. Z zamkniętymi oczami przełożył nogę przez barierkę i po sekundzie rzucił się całym ciężarem na betonową podłogę balkonu. Potem, wciąż z zamkniętymi oczami, podczołgał się do okna – jak najdalej od balustrady.

Siedział przez dłuższą chwilę i ciężko oddychał. Nie dbał o pobrudzone spodnie, o mankiety czarne od zalegającego wszędzie kurzu. To wszystko było nieistotne. Najważniejsze, że sprostał próbie i mógł teraz dokładnie zbadać miejsce, skąd chłopcy runęli na ziemię, a Ikar spadł z pętlą na szyi.

Spojrzał wokół siebie, starannie omijając wzrokiem szczeble balustrady. Balkon był częścią największego pierścienia opasującego halę – tak zwanego wieńca. Był jednocześnie wielką półką, o którą wspierały się dwa spośród trzydziestu dwóch gigantycznych żeber. W kurzu zalegającym na jego powierzchni można by pewnie coś odczytać, gdyby cały ten kurz jeszcze tutaj był w nienaruszonym stanie. Tymczasem ludzie Mühlhausa całkiem zatarli ślady. Mock poczuł przypływ beznadziei i złości na własną głupotę. Zupełnie niepotrzebnie tu wchodził po drabinie, dramatycznie walcząc z własną słabością i ryzykując życie. Na myśl, że wszelkie ślady będą zadeptane, mógł przecież wpaść na dole i zaoszczędzić sobie strachu!

– Ale może oni skupili się tylko na podłodze – szepnął, ratując się przed zupełnym zniechęceniem. – A coś ważnego było na ścianach... Może pod oknami...

Podszedł do dużych okien i obejrzał dokładnie stolarkę, która – jak wyczytał kiedyś w „Schlesische Zeitung" – była zrobiona z jakiegoś niezwykle twardego egzotycznego drewna. Pod jednym z parapetów wystawał hak, a nad nimi był bloczek z jarzmem – kółkiem z wydrążonym dookoła rowkiem. To w nim spoczywała lina, kiedy posługując się dźwignią, wciągano tutaj ciężary, których nie dało się przetransportować po drabinie. Ukucnął i przyjrzał się uważnie konstrukcji dźwigni. Ujrzał minię – czerwony pigment, który zabezpiecza przed korozją. Potem uważnie zlustrował łukowate ściany. U nasady łuku znalazł ptasie pióro. Schował je do portfela. Za żebrem hali dostrzegł też małą kupkę popiołu. Rozejrzał się wokół dokładnie. Nigdzie nie znalazł niedopałka.

– Ktoś tu palił i strzepywał popiół – powiedział Mock do siebie. – Jest go dużo. Musiał wypalić z pięć papierosów. Może ludzie Mühlhausa? Ale gdzie w takim razie są niedopałki? Popiół jest zbyt sypki, by ocenić, czy były to papierosy, czy cygara, ale raczej stawiałbym na papierosy. A jeśli to nie kryminalni, to kto tu palił? Poczuł ukłucie w piersi.

Tak jest! – pomyślał. – Tak jest! To był ten szósty! Zaczaił się tutaj na chłopców i na Ikara! Czekał na nich. A kto czeka, ten się nudzi. A kto się nudzi, ten pali!

Mock omal nie krzyknął z radości. Miał wątły argument na potwierdzenie hipotezy szóstego człowieka.

Satysfakcja go tak rozpierała, że nawet nie zdawał sobie sprawy, że znów przybliżył się do balustrady. Spojrzał w dół. I wtedy poczuł, że traci oddech. Zaczął się dusić. Cofał się do okna, ale to nie pomagało. Serce obijało się o jego żebra w dzikim spazmie. To nie było omdlenie. To mogło być coś gorszego. Zrozumiał, że może go uratować tylko jedno. Otworzył usta i wydał z siebie potężny ryk strachu.

WROCŁAW,
wtorek 8 kwietnia 1913 roku,
trzy kwadranse na południe

ROBOTNIK STEINKE STANĄŁ ONIEMIAŁY, wsparł się na swej miotle i spojrzał w górę. Młody policjant, który przed chwilą wlazł na balkon, stał tam teraz i wył. Steinke obejrzał się na swojego kolegę Weissa, któremu opadła szczęka ze zdumienia.

– Co on krzyknął, Otto?

– Nic. On wyje bez słów. Jak pies.

– Nie jak pies – zaoponował Steinke. – On ryczy jak wół.

Ryk na balkonie się wzmógł i zmienił tonację na wyższą.

– Teraz to jak pies.

Weiss nie przedłużał tej głupiej dyskusji i wolnym krokiem podszedł pod balkon.

– Hej! Co panu jest?! – krzyknął.

Mężczyzna wrzasnął coś, ale w tym przerażającym dźwięku można było rozpoznać jakiś cień artykulacji.

– Zrozumiałeś, Otto?

– Teraz chyba tak – odpowiedział Weiss. – Teraz to ani chybi, tylko... O, już wiem... To jakby „Zabrać mnie stąd! Zapłacę!".

– Ile? – Steinke spojrzał na kolegę.

– Ile?! – wrzasnął Weiss.

Policjant nic nie powiedział. Za balustradą pojawiła się jego dłoń z rozprostowanymi pięcioma palcami.

– Pięć marasów? – Steinke miał wątpliwości.

– Pięć marasów?! – wrzasnął Weiss.

Potęży ryk: „Taaaaaak" usłyszeli obaj bardzo dobrze. Wyszczerzyli do siebie zęby. Ich dniówka wynosiła trzy marki. Po chwili ich uśmiechy zamieniły się w nieokreślone grymasy.

– A jak go, kurwa, stamtąd zabierzemy? – zasępił się Steinke.

Weiss rozpromienił się po dłuższej chwili.

– Słuchaj, Richard, weź ty, brachu, tę belkę, co ją dzisiaj znaleźliśmy. No tę, co była wśród krzeseł pod balkonem! Przynieś ją, no migiem!

Zdziwiony Steinke zrobił, co mu nakazano.

– No co się gapisz? Chodź, włazimy tam z tą belką! Na górę, chłopie!

– Ale po co?

– Nie chce mi się teraz gadać! Chodź! Powiem ci na górze!

Obaj robotnicy wleźli na drabinę – pierwszy szedł Weiss jako głównodowodzący tą operacją, Steinke, wspinając się za nim, wciągał za sobą solidną belkę długą prawie na cztery kroki. Zadanie miał ułatwione, ponieważ na belce zawiązana była na solidny węzeł gruba okrętowa lina, której wolny koniec Steinke owinął sobie wokół pasa. W ten sposób miał wolne ręce. Wchodził spokojnie za kolegą, a belka tłukła się o żelazne szczeble.

Po chwili byli już na balkonie. Przerażony policjant stał blady jak ściana. Na jego czoło opadały czarne zlepione potem włosy. Spodnie miał tłuste od brudu. Pod pachami koszuli rozlewały się ciemne plamy. Cały dygotał.

– Jak mnie stąd ściągniecie? – Zaszczękał zębami.

– Usiądzie pan na tej belce – odpowiedział Weiss. – Jak dziecko na huśtawce. Przywiążemy do niej pana i powoli będziem spuszczać. Jedną ręką trzymasz się pan liny, drugą drabiny. I jesteś pan na dodatek przywiązany. Potrójne trzymanie, panie. Włożę linę w to kółko i będzie normalna dźwignia. I zjeżdżasz pan w dół. A my z kolegą trzymamy tutaj i powoli spuszczamy. Nogami nawet nie musisz ruszać. No i co? Pasuje, panie władza?

– Pasuje – mruknął policjant.

– Mnie też pasuje, panie władza – odezwał się Steinke. – Ale za siedem marasów.

Policjant nie odpowiedział. Jego oblicze nabrało rumieńców. Wbrew obawom robotników wcale się jednak na nich nie rozzłościł. Patrzył uważnie na belkę i na linę. Była ona zakończona pętlą. Ujął ją delikatnie w dłoń i podszedł do dźwigni i do haka. Założył linę na kółko dźwigni. Pasowała idealnie. Zaczepił pętlę o hak. I wtedy to zobaczył. Lina była w tym miejscu czerwona – na odcinku od dźwigni do haka. Od pigmentu zwanego minią.

– Skąd macie tę belkę i linę? – zapytał.

– Dzisiaj rano ją żeśmy znaleźli wśród krzeseł.

– Przed przyjściem policjantów?

– Tak.

– Powiedzieliście im o tym?

– Nie, nikt nie pytał. My do pracy przyszli. Stróż Heine był tutaj na środku i patrzył na tych chłopców. Inni też do roboty przychodzili. A potem policja przyszła, wszystkich wygonili, tylko stróża przesłuchali. I tyli.

Mężczyzna długo myślał.

– Przerzućcie ją teraz przez balkon, chłopaki – polecił w końcu spokojnym głosem.

Zrobili, co im nakazano. Przez chwilę belka się kołysała na boki, tłukąc się niemiłosiernie o szprosy, ale nie wysunęła się z solidnego marynarskiego węzła, który ją oplatał, i nie spadła na dół. Po chwili przyjęła pozycję poziomą. Węzeł był zawiązany równo w środku belki.

– Gdyby teraz któryś z was stanął po drugiej stronie balustrady – policjant mówił jakby do siebie – plecami do przepaści, a twarzą do mnie... Gdyby któryś z was oparł stopy o gzyms i tak był stał...

– Tego nie zrobię nawet za dwadzieścia marasów! – powiedział ostro Weiss.

– Opierasz stopy na gzymsie – mężczyzna jakby go nie słyszał. – Plecami jesteś do przepaści. Trzymasz się balustrady. I wtedy ja ci podaję tę belkę. I każę ci ją trzymać. Lina, zaczepiona o hak, mocno się napina. A ty lekko się osuwasz, ale nie za daleko. Belka jest oddalona od balustrady o jakieś dziesięć–piętnaście cali. Ty wciąż opierasz stopy na gzymsie, ale dłonie zaciskasz na belce. Jesteś wychylony w stronę przepaści. I wtedy ja robię to...

Policjant podszedł do okna i jednym ruchem zwolnił dźwignię. Belka runęłaby w przepaść i huknęła o krzesła na widowni, gdyby nie złapał za linę. Miał dobry refleks.

– Tak spadli ci chłopcy? – zapytał Steinke. – Naciągali linę, stali na gzymsie, a ktoś zwolnił dźwignię? Tak było? Skąd pan wie?

Policjant podsunął im pod oczy linę.

– Linę naciągało czterech chłopców – prawie szeptał. – Każdy z nich ważył na pewno ponad cetnar. I tak linę napinał ciężar około pięciu cetnarów. Morderca zwolnił linę. Ciężar runął w dół. Lina tarła o pokryte minią jarzmo i się pobrudziła. I jest czerwona, widzicie to?

– Znaczy się – Weiss podrapał się po tłustych włosach – chłopcy tak wisieli: nogi na gzymsie, ręce na belce, a ten skrzydlaty zwolnił linę. No dobrze, ale po co to wszystko? Chcieli się może popisać, a ten skrzydlaty przez pomyłkę, co?

– Moglibyście pracować w policji. – Uśmiechnął się Mock i wyjął z pugilaresu siedem marek.

Po chwili uśmiech zamarł mu na twarzy. Czekała go jeszcze podróż w dół.

WROCŁAW,
wtorek 8 kwietnia 1913 roku,
kwadrans na pierwszą po południu

DOKTOR WOLFGANG LASARIUS, szef Instytutu Sądowo-Lekarskiego, wpatrywał się w natrętnego i nieoczekiwanego gościa. Napięcie pomiędzy nim a Eberhardem Mockiem było prawie tak gęste jak kłęby dymu z nieodłącznego cygara medyka.

Lekarz przerwał w końcu milczenie.

– Panie wachmistrzu policyjny, byłem na odprawie, którą na miejscu zdarzenia urządził sam prezydent von Oppen, i mam dobrą pamięć. Pan nie prowadzi tego śledztwa, czy może się mylę? Pan ma szperać w bibliotekach, prawda? To dlaczego ja miałbym panu udzielać jakichkolwiek informacji o ofiarach?

– Prowadzę to śledztwo nieoficjalnie – odparł Mock. – I proszę pana o pomoc również nieoficjalnie.

Lasarius poprawił się w fotelu, odsłaniając nieco okno. Słońce, które tu nigdy nie dochodziło, odbiło się od jakiejś szyby i oświetliło na chwilę ponury pokój. Promienie zalśniły na szkle słojów, w których pływały ludzkie embriony, i przemknęły po ostrzach narzędzi zbrodni: bagnetów, siekier i noży równo ułożonych w jednej z szaf. Znów minęło kilkanaście sekund.

– Nie mogę panu pomóc – mruknął medyk. – A teraz przepraszam, jestem zajęty.

– Panie doktorze – nie ustępował Mock. – Wszyscy pana szanują i podziwiają. Jako wybitny przyrodnik jest pan jednocześnie wielkim czcicielem rozumu. Gdyby istniała religia rozumu, jakiś religijny racjonalizm, byłby pan kardynałem tego wyznania. Nie znosi pan rzeczy ciemnych i niewyjaśnionych. I chce pan, właśnie w imię racjonalizmu... Tak, chce pan wiedzieć równie mocno jak ja, dlaczego zginęli ci czterej chłopcy. Ale żeby wiedzieć dlaczego, trzeba najpierw wiedzieć jak. A ja wiem, jak zginęli, i chcę to panu powiedzieć. Potem pan zrobi, co zechce: albo mi pomoże i udzieli informacji o ofiarach, albo nie. Ale proszę mnie tylko wysłuchać...

Słońce znikło. Lasarius strzepnął popiół z cygara i przejechał dłonią po łysiejącej czaszce. W tym momencie ktoś zapukał, uchyliły się drzwi i ukazało się w nich surowe oblicze sekretarki.

– Już przyszedł? – zapytał lekarz.

– Tak, właśnie przyszedł – odpowiedziała sekretarka i spojrzała na Mocka z niechęcią.

Lasarius znów się zamyślił. Przez kilka sekund patrzył to na przybysza, to na sekretarkę.

– Panno Lowatsch, proszę powiedzieć dyrektorowi, by trochę zaczekał. – Kiwnął głową i uśmiechnął się lekko do Mocka. – Jak to pan powiedział? Papież racjonalizmu?

– Kardynał – poprawił go Mock.

Medyk wybuchnął śmiechem.

– No, szybko, Mock, niech pan mówi! Jak zginęli?

Mock bez słowa wstał i wyszedł na chwilę do sekretariatu. Tam dostrzegł niskiego korpulentnego pana o imponujących wąsach podkręconych tak wysoko jak – nie przymierzając – u Jego Cesarskiej Mości. Panna Lowatsch, która pięć minut wcześniej nie chciała wpuścić Mocka do gabinetu Lasariusa, jako że był nie umówiony i nieprzystojnie utytłany, nawet nie zaszczyciła go teraz swym spojrzeniem. Chwycił belkę i linę, które zostawił przed drzwiami, i znów znalazł się przed obliczem medyka. Potem zademonstrował to wszystko, co już przećwiczył z robotnikami na balkonie – tyle że bez kółka i dźwigni. Pętlę zaczepił o hak na ręczniki, chwycił linę na długości półtora metra od haka, naciągnął ją, zapierając się stopami o krawędź brudnego dywanu, a potem poprosił Lasariusa, by ten wybił pętlę z haka. Kiedy to się stało, Mock poleciał dwa kroki do tyłu i omal nie wywrócił stojącego w kącie szkieletu.

– Widzi pan, doktorze – mówił z zapałem. – Tak się to wszystko odbyło! Właśnie tak! Tyle że nikt nie wybijał liny, ale po prostu zwolnił dźwignię. Lina tarła o jarzmo pokryte minią, o widzi pan, tu na linie są ślady minii? Pytanie jest tylko, czy zrobił to Ikar, czy ktoś inny. Za małym załomem znalazłem kupkę popiołu. Ktoś tam mógł się schować, dla zabicia czasu palić papierosy, a potem, kiedy chłopcy już weszli na balkon, zrobić to, co panu doktorowi zademonstrowałem! Potem zebrał niedopałki, zszedł po drabinie, wsiadł do powozu i rozpłynął się w mroku parku Szczytnickiego.

Lasarius był tak zaaferowany, że zapalił nowe cygaro, choć nie skończył jeszcze poprzedniego.

– Ikar czy nie Ikar? – zabełkotał poprzez kłąb dymu.

W tym momencie drzwi się uchyliły i ukazała się znów panna Lowatsch.

– Najmocniej przepraszam, ale pan dyrektor Heckmann nie może już dłużej czekać!

– Już idę – rzucił medyk i spojrzał uważnie na Mocka. – Jest pan przekonujący. Zaimponował mi pan, Mock. Już wiemy jak, teraz pozostaje pytanie dlaczego?

– Aby na to pytanie odpowiedzieć – odparł z uśmiechem Mock – muszę poznać trupa.

– Proszę za mną, zaraz go panu przedstawię. W całej okazałości!

WROCŁAW,
wtorek 8 kwietnia 1913 roku,
wpół do drugiej po południu

KIEDY LASARIUS I MOCK WESZLI DO SEKRETARIATU, z krzesła zerwał się niski mężczyzna z imponującymi wąsami.

– Ileż to czasu mam czekać na szanownego pana doktora! – krzyknął dyszkantem. – Wezwano mnie tu w trybie pilnym! Policja w mojej szkole budzi niezdrową sensację wśród uczniów! Dezorganizuje mi pracę! Wzywa mnie tutaj, bym rozpoznał jakiegoś zmarłego człowieka! Ja przychodzę punktualnie na pierwszą piętnaście, a tu jakiś węglarz – spojrzał z niesmakiem na szarego od kurzu Mocka – wpycha się przede mną i ja mam kolejny kwadrans czekać! No nie! Ja proszę o satysfakcję szanownego pana doktora! Ja mam moją szkołę, moich uczniów, mój czas! Ja jestem doktor Heckmann, nie jakiś obdartus!

– Proszę za mną do prosektorium. – Lasarius buchnął mu dymem prosto w oczy. – I proszę mi tu nie krzyczeć!

Doktor Heckmann stanął jak wryty. Jego wypomadowane wąsy sterczały groźnie ku górze, a rzadkie włosy – również pociągnięte brylantyną – przyklejały się do czaszki. Przenosił wzrok z Lasariusa na Mocka i sprawiał wrażenie, jakby go chwycił paraliż równie silny jak ten, któremu Mock uległ przed kilkoma kwadransami.

– Nie krzyczeć? – wybąkał. – Mam nie krzyczeć? Ja, dyrektor, doktor filozofii Moritz Heckmann? Ja mam być cicho? Bo co? Bo co?

– Bo obudzi pan umarłych w prosektorium! – zażartował Mock.

Dyrektor doktor Heckmann patrzył przez chwilę na niego z niedowierzaniem, po czym krzyknął: „Ordynus!", wykręcił się na pięcie i wyszedł z sekretariatu. Przez chwilę słychać było, jak obcasy jego bucików trzaskają na granitowych schodach instytutu.

– Jeszcze tu wróci – wycedził Lasarius, widząc przerażone spojrzenie panny Lowatsch. – Miał ostatnie słowo, a dyrektorzy muszą mieć zawsze ostatnie słowo. No chodźmy, Mock, moi zmarli wprawdzie śpią, ale niektórzy z nich mają koszmary.

– Czego on jest dyrektorem? – zapytał Mock, kiedy weszli do sali sekcyjnej.

– Gimnazjum Realnego imienia Świętego Ducha. – Lasarius zbliżył się do stołu, na którym dwaj laboranci układali właśnie ciało Ikara. – Kiedy dzisiaj rano przyszli do hali nieszczęśni ojcowie, by zidentyfikować swych synów, ludzie Mühlhausa dyskretnie i grzecznie ich przesłuchali. Szybko się okazało, że ci wszyscy czterej chłopcy chodzili do jednej klasy w tymże właśnie gimnazjum, którego władzę tak mocno pan przed chwilą uraził. Natychmiast zrodziło się podejrzenie, że może Ikar był nauczycielem tych chłopców i ów Heckmann miał to właśnie potwierdzić.

– No to niedobrze zrobiłem. – Mock zatrzymał się tak gwałtownie, że stracił równowagę i otarł się o rękę jakiegoś trupa leżącego na stole. – Muszę go dogonić i przeprosić! Chcemy się dowiedzieć, kim jest Ikar, przychodzi ważna persona, by dokonać identyfikacji, a ja wszystko psuję nieopatrznym żartem!

– Niech się pan nie fatyguje. – Lasarius uśmiechnął się drwiąco i położył rękę Ikara z powrotem na stole. – On tu właściwie przyszedł *pro forma*. Kryminalni go odwiedzili w szkole i pokazali mu pośmiertne zdjęcie Ikara. Nie rozpoznał go. Potem zapytali go, czy wszyscy nauczyciele są dzisiaj w szkole. Natychmiast odrzekł, że tak. Kryminalni, jako ludzie nieufni, to samo pytanie postawili woźnemu. Ten odpowiedział bez wahania, że wszyscy nauczyciele są dziś obecni w pracy. Nie sądzę zatem, żeby ta negatywna identyfikacja coś zmieniła.

– Skąd pan to wszystko wie, doktorze? – zdziwił się Mock.

– Knoff z inspekcji kryminalnej zatelefonował do mnie, by uprzedzić, że kwadrans na drugą przyjdzie ten wielki doktor dyrektor. No to trochę go wypytałem. Jak pan trafnie zauważył, jestem ciekawski. Tak czy owak, Ikar nie był nauczycielem tych chłopców. A kim był? Tego nie wiemy.

– Może pederastą?

– Sprawdźmy to. – Medyk włożył gumowe rękawice i spojrzał na jednego z laborantów – Wiedemeyer, przewróćcie go na brzuch i rozrzućcie mu nogi na boki!

Kiedy to się stało, Lasarius rozchylił pośladki Ikara i przyglądał się przez chwilę z uwagą.

– W świeżych zwłokach widać wyraźnie, czy mięśnie odbytu są zwiotczałe, czy nie – powiedział do Mocka. – Jeśli są zwiotczałe, mamy do czynienia z tak zwanym odbytem lejkowatym. Jest bardzo prawdopodobne, że jego mięśnie odbytu nie były nadwerężane, co świadczyłoby, że nie jest pederastą. Podobnie jak ci czterej chłopcy. Już ich zbadałem na miejscu zbrodni na tę okoliczność. Wiedemeyer, dajcie go do poprzedniej pozycji! To oczywiście nie wyklucza ich zainteresowań własną płcią. Mogli sobie czynić zadość inaczej. *Per os, per manum*, niekoniecznie *per rectum*[41].

Kiedy laborant przewrócił Ikara, Mock drgnął. Dopiero teraz zauważył, że wisielec ma na piersi wytatuowaną grecką literę. Małe tau.

– Tak, widziałem to – powiedział medyk. – Litera tau może być jakimś tropem. A co oznacza tau? Niech pan sprawdzi! Takie pan chyba dostał zadanie, panie wachmistrzu policyjny!

– Dziękuję panu bardzo, drogi doktorze! – zawołał Mock, sprawiając wrażenie, jakby chciał medyka uściskać nad tym trupim stołem.

Lasarius uczynił ręką znak krzyża.

– Ma pan moje błogosławieństwo, Mock. – Roześmiał się donośnie nad zwłokami Ikara. – W końcu jestem, jak pan to ładnie ujął, kardynałem racjonalizmu. A zatem niech pan idzie *in nomine rationis*[42]!

– Amen – odpowiedział Mock.

---

41 Ustami, rękami, przez odbyt (łac.).
42 W imię rozumu (łac.).

PRÓBA, KTÓREJ MOCK ZOSTAŁ PODDANY w łaźni parowej, ujawniła całą prawdę o jego stosunku do prostytutek. Nie uważał on tych kobiet za „suki i kocice, które nadstawią się dla forsy" – jak powiedział wtedy Vyhladil, chcąc wypróbować swych ludzi. Eberhard, sam wywodzący się z wałbrzyskiej biedoty, jako dziecko widział niejedno i wiele ludzkich słabości – w tym nałogi i rozpustę – uważał za zjawiska naturalne. Już jako policjant Wydziału III b poznał historie wielu kobiet trudniących się nierządem. Opowiadały one nie tylko o przerażającej nędzy, o ojcach gwałcących je w pijanym widzie i o spędzonych płodach. Niektóre dziewczyny pochodziły ze zwykłych, kochających się rodzin. W ciągu normalnych zdarzeń – dom, szkoła, nauka rzemiosła, służba lub praca w fabryce – gdzieś w ich życiu następował zgrzyt. Pojawiał się impuls, który wywoływał serię niewłaściwych decyzji, a dalej były już tylko ulica, burdel i choroby weneryczne. Mock wiedział, że wiele prostytutek nie chciało tak łatwo się poddać i usiłowało walczyć z nieuniknionym. Ulegały jednak przemocy – czy to fizycznie zmuszane przez alfonsów, czy też dławione przez biedę – i wracały na drogę zatracenia. Mock szanował je właśnie za te chwile oporu, a swój szacunek okazywał w sposób najprostszy – zwykłą rozmową, skromnym upominkiem. Słuchał czasami w milczeniu ich długich, często nieskładnych i chaotycznych wynurzeń. Głaskał je po głowie i po ramionach. Wiedziały, kim jest i że nie mogą mu – zgodnie z niepisanymi zasadami – odmówić cielesnego obcowania. On nie wymagał tego jednak, nie mawiał do nich jak niejeden alfons i – niestety – niejeden policjant z III b: „Nie dasz po dobroci, to po złości wezmę". Niektóre dworowały sobie nawet z tej jego delikatności, niektóre uważały go za nieśmiałego. W końcu jednak same wyczuwały jego podniecenie, dokonywały wyboru i rzucały się w jego ramiona bez najmniejszych wątpliwości. Było coś jeszcze, co te kobiety pociągało w Mocku. On nienawidził alfonsów, uważał ich za degeneratów i darmozjadów, a one o tym wiedziały. Tej nienawiści świadomi byli również ich opiekunowie. Żaden z nich – w obawie przed Mockiem – nie ośmielił się podnieść ręki na swą podopieczną. O tak, on był ich swoistym klientem. Kiedyś jedna z prostytutek, niejaka Klara Burkert, powiedziała mu:

– Zapłatą za moje ciało jest pański spokój, zrozumienie, szacunek i ochrona. Czyż nie jestem szczęśliwsza od niejednej mężatki, która tego nie doznaje?

Właśnie do tej dziewczyny zmierzał teraz Eberhard. Szedł wschodnią pierzeją Rynku wzdłuż budynku ratusza. Na chodniku ustawione były kramy z kiełbaskami i bułkami. Tędzy mężczyźni podpierali się pod boki i patrzyli na przechodniów z zachęcającymi uśmiechami. Prawie wszyscy mieli fartuchy owinięte dokoła brzuchów, wąsy i meloniki. Widok ich specjałów uświadomił Mockowi, że tego dnia nic nie jadł poza śniadaniem – dwiema bułkami ze śledziem marynowanym i porcją sałatki ziemniaczanej – które spożył przed pracą w kawiarni ludowej nad fosą na Neue Taschenstrasse[43]. Zatrzymał się

---

43 Obecnie ul. Kołłątaja.

przy jednym z kramów, patrzył na pęta kiełbas wiszące na hakach i wdychał z rozkoszą ich wędzoną woń. Wiedział, że jego głód jest zawsze tłumiony przez intensywny wysiłek umysłowy, a potem wybucha ze zdwojoną siłą. Rzeźnik uśmiechnął się do Mocka, podkręcił wąsa i wskazał palcem na szyld nad kramem, który wyraźnie mówił, iż te wyroby, zwane kiełbaskami z Piwnicy Świdnickiej, pochodzą ze słynnej na całe miasto masarni Dietricha. Mock nie żałował grosza, kupił osiem rogalików faszerowanych gorącymi czosnkowymi kiełbaskami oraz pół kwarty strzelińskiego piwa Salvator.

Po chwili obładowany tymi darami Bożymi zastukał do drzwi sutereny na Burgstrasse[44], gdzie mieszkała Klara Burkert.

Dziewczyna ucałowała Mocka w policzek tak uradowana, jakby na niego czekała. Miała niespełna dwadzieścia lat i świeżą cerę, o którą było bardzo trudno wśród jej starszych koleżanek oddających się nierzadko alkoholowemu i nikotynowemu nałogowi. Ubrana była tylko w spódnicę i gorset. W ślepej kuchni parowała balia z praniem.

– Och, kto to przyszedł! – szczebiotała. – Słodki pan Ebi! Już kończę pranie, już kończę. Och, jak coś pięknie pachnie! Pan Ebi coś przyniósł swojej Klarze?

– Dzień dobry, panno Burkert. – Uśmiechnął się szeroko.

Eberhard lubił łagodny, melodyjny ton jej głosu, a ona uwielbiała jego głęboki bas. Oddał jej pocałunek, przesunął dłonią po gładkiej skórze jej pleców i wszedł do pokoju. Był skromnie umeblowany, czysty i schludny. Kwiatki na parapecie, haftowane serwetki

---

44 Obecnie ul. Grodzka.

na komodzie, tani talerzyk z landszaftem na stole. Ani śladu kurzu. Klara nienawidziła brudu, podobnie jak słodki pan Ebi.

Mock położył na stole torbę z jedzeniem i otworzył butelkę piwa. Czekał na dziewczynę, skracając sobie czas przeglądaniem kobiecego dodatku do „Gartenlaube".

– Jak pan ładnie ubrany dzisiaj! – zawołała Klara, rozkładając na stole talerzyki.

– Przebrałem się, bo pobrudziłem ubranie w pracy – odpowiedział Mock.

Nie dodawał już, że ma tylko dwa ubrania – jedno do pracy i jedno odświętne. Ugryzł kawałek rogalika. Bułka chrupała, a jej miąższ był delikatny i pachnący. W kiełbasce było tyle czosnku, ile trzeba. Podkreślał smak, ale nie zatruwał powietrza.

– Oddał pan do pralni?

– Nie, nie zdążyłem.

– To czemu pan do mnie nie przyniósł? Odczyściłabym chętnie.

W historii życia Klary Burkert był epizod pracy w pralni. To tam dwa lata wcześniej pojawił się pewien młody śląski arystokrata, który zwrócił uwagę na kształtną dziewczynę. To on był tym złym impulsem w jej życiu. Kiedy o nim mówiła, płakała. Mock dobrze zapamiętał jego nazwisko.

– Gdzie pan tak zabrudził? – spytała, uśmiechając się, dziewczyna. – Przecież pan pracuje w prezydium policji, nie na budowie.

– Zdziwiłabyś się, co czasami musi robić policjant.

– Co na przykład?

– Na przykład dzisiaj wiele godzin spędziłem nad słownikiem greckim, rozumiesz? Sprawdzałem wszystkie wyrazy zaczynające się na pewną małą literkę.

Zapadła cisza. Panna Burkert nie była najwyraźniej zainteresowana tym wątkiem w jego pracy.

– Posłuchaj, Klaro, chciałbym cię o coś zapytać. – Eberhard pociągnął duży łyk lekkiego piwa. – Wiem, że jesteś uroczą gadułką, ale tego, o czym będziemy mówić, nie wolno ci nigdy wyszczebiotać, rozumiesz?

Panna Burkert wyciągnęła dłoń ze złożonymi dwoma palcami na znak przysięgi, a drugą dłonią wkładała sobie do ust trzeciego już rogalika. Była bardzo głodna.

– Wiem, że niekiedy masz gości specjalnych, takich, co lubią nietypowe zachowania. – Mock uśmiechnął się na widok jej pantomimy. – Sama mi kiedyś mówiłaś, że kilku z twoich kochanków zaprasza cię czasami na bardzo nieprzyzwoite przyjęcia. Dlatego do ciebie przychodzę. Otóż mam pewnego podejrzanego. Mężczyzna ten lubi się przebierać...

Urwał, bo wiedział, że to Klarę zaintryguje.

– Ale jak przebierać? – zapytała. – Za kobietę? Za rycerza? Różni są dziwacy na tym świecie.

Mock zjadł drugiego rogalika i wskazał dłonią na resztę jadła gestem „jedz, kochanie, jest twoje!".

– Nie wiem, za co. Muszę ci to opisać. Człowiek miał na sobie czarne skórzane pasy owijające mu nogi i ręce. Na tyłku skórzane majtki ze złotymi guzami na rozporku, a do ramion przytwierdził sobie skrzydła. Jak u ptaka. Czy jakikolwiek twój kochanek – Mock wiedział, że Klara nie lubi słowa klient – tak się przebierał? Czy był takim, jak to powiedziałaś, dziwakiem?

Dziewczyna zamilkła i szybko jadła, nie patrząc wcale na swego gościa. Zakłopotanie, w jakie popadła, było oczywistą odpowiedzią twierdzącą na jego pytanie. Nie popędzał jej i czekał cierpliwie.

– Tak, poznałam takiego, tyle że bez skrzydeł. – Wypiła mały łyk piwa. – Był u mnie tylko raz. Nie wiem, jak się nazywa. Moi kochankowie nie zostawiają mi wizytówek – zapewniła szczerze wachmistrza.

– Powiedz mi o nim coś więcej!

Panna Burkert wpatrywała się w Mocka posępnym wzrokiem.

– To groźny mężczyzna – szepnęła. – Był chudy, wysoki i silny. Około czterdziestki, gęste włosy, szpakowaty. Groził mi, żebym nie śmiała nikomu o nim mówić. Bardzo hojny. I bardzo wulgarny. Złośliwy. Chwilami ohydny. Chciał się udusić!

Mock poczuł swędzenie za uchem.

– Jak to udusić? – zapytał zmienionym głosem. – Czym udusić?

– On sam to robił. Założył sobie pętlę na szyję. Stanął tu na parapecie. – Wskazała ręką na okno. – Do haka od karnisza przymocował stryczek i założył sobie na szyję. Bałam się, że się powiesi, ale zapłacił mi bardzo dużo. Dwieście marek. To prawdziwa fortuna...

– I co dalej?

– A jak pan myśli? On prawie wisiał, a ja mu dogadzałam. Skończył, zapłacił i poszedł. Piszczał z rozkoszy. Był obrzydliwy. To duszenie sprawiało mu niezwykłą przyjemność.

Mock wstał i przeszedł się po pokoju.

– To bardzo dobra charakterystyka. – Pogłaskał dziewczynę po niesfornych, kręconych blond włosach. – Masz talent literacki, kochanie. Musisz mi jednak powiedzieć o nim jeszcze coś więcej. Coś specyficznego, po czym mógłbym go rozpoznać albo do niego dotrzeć. No, pomyśl przez chwilę i powiedz mi o nim coś ważnego, co by mogło go zidentyfikować.

Klara milczała przez minutę. W końcu podniosła na Mocka oczy, w których lśniły łzy.

– Nie chcę, by pan pomyślał, że kłamię – szepnęła. – Nie boję się tego mężczyzny, bo wiem, że pan mnie obroni. Musi pan mi uwierzyć, naprawdę nie wiem.

Mock dotknął jej ramienia. Wstała z krzesła i przytuliła się do niego.

– Wierzę ci, kochanie – szepnął. – Wierzę.

Odchyliła głowę i spojrzała w jego piwne oczy, w których teraz migotało jakieś rozbawienie.

– Nie zostanie pan jeszcze chwilę? – Uśmiechnęła się kusząco.

– Nie mam czasu – sapnął Eberhard. – O szóstej muszę być na odprawie.

Klara przytuliła się mocniej i sięgnęła dłonią do guzików jego rozporka.

Sądząc po tym, co tu czuję – zaszczebiotała – nie potrwa to tak długo...

WROCŁAW,
wtorek 8 kwietnia 1913 roku,
godzina szósta po południu

ODPRAWA GRUPY SPECJALNEJ ODBYWAŁA SIĘ na korytarzu prezydium policji, ponieważ w gabinecie Mühlhausa nie mogło się pomieścić jedenastu mężczyzn. Kiedy Mock – nieco zasapany, lecz tryskający zdrowiem i dobrym humorem – wspiął się na wysokie trzecie piętro w dawnym pałacu książąt legnicko-brzeskich, wszyscy już tam byli, a zegar na podwórzu wybijał szóstą. Eberhard usiadł na wolnym krześle i kiwnął głową tym kolegom, którzy akurat na niego spojrzeli. Inni patrzyli już na szefa inspekcji kryminalnej policji Heinricha Mühlhausa, który podszedł do ustawionej na korytarzu tablicy i pięknie wykaligrafował na niej cztery nazwiska.

– Oto, czego dowiedzieliśmy się o tych chłopcach. – Końcówką długiej fajki dotknął pierwszego nazwiska. – Hans Brix, syn intendenta ze Szkoły Rzemiosł Budowlanych Georga Brixa, zamieszkały z rodzicami i z trójką rodzeństwa w mieszkaniu służbowym w tejże szkole. Został porwany w sobotę około pierwszej po południu na Zaciszu przy Leerbeutel[45], niedaleko domu architekta Hansa Poelziga, który, jak panom wiadomo, zaprojektował Pawilon Czterech Kopuł obok Hali Stulecia. Brix uczył się dobrze, celował zwłaszcza w matematyce, fizyce i w rysunkach. Zafascynowany był architekturą. Bardzo często jeździli we dwóch z ojcem do Hali Stulecia, by ją podziwiać w trakcie budowy. Dziadkowie chłopca ze strony matki, mieszkający na Zaciszu, gdzie Georg miał nocować z soboty na niedzielę i gdzie w końcu nie dotarł, twierdzą, że ich zięć był niezrównoważony, porywczy i często bił synów z byle powodu. Uważają, że chłopiec zapowiadał się na wielkiego architekta. Knoff pójdzie dalej tropem ojca. Coś tu jest niejasne... Ojciec maltretuje syna, a jednocześnie bardzo często, powtarzam: bardzo często, jeździ z nim na wycieczki? Coś tu się nie zgadza. Nie podoba mi się również ten dziwny zbieg

---

45 Obecnie ul. Chopina.

okoliczności, że chłopak zafascynowany architekturą Hali Stulecia ginie tamże, a porwany zostaje pod domem słynnego architekta, współtwórcy kompleksu Hali Stulecia! Buchholtz, dostarczy mi pan na pojutrze wszelkich informacji o Hansie Poelzigu! I proszę dowiedzieć się wszystkiego, co możliwe, o jego powozie. Wszak stróż z Hali Stulecia zeznał, że powóz, który przyjechał w nocy z chłopcami, był podobny do powozu Poelziga. A tak *à propos* tej karety, to Schütte był w wydziale komunikacyjnym naszego prezydium i zrobił spis dwustu czterdziestu czterech pięknych reprezentacyjnych karet. Będziemy je wszystkie sprawdzać.

Mock odchylił się na krześle i spojrzał w górę. Jego racjonalny umysł natychmiast wychwytywał symetrię widzianych przedmiotów. Tak było i teraz. Nad nim wisiały dwie nowoczesne lampy elektryczne, osadzone na metalowej poprzeczce rozpiętej wysoko pomiędzy ścianami. Cztery pary takich lamp wisiały na korytarzu. Ich równe rozłożenie i jasność symbolizowały zdaniem Mocka porządek i rozpraszanie wszelkich wątpliwości, co było przecież tak właściwe istocie działań policyjnych. Tymczasem w jego głowie narastały właśnie wątpliwości. Całe ich stosy.

– Getzwein sprawdził dom rodzinny Hermanna Schillinga – Mühlhaus postukał palcem w drugie wypisane na tablicy nazwisko. – Ojciec Anton Schilling, dozorca domów kupca Heinricha Lauterbacha, zamieszkały w jednym z nich na Menzelstrasse[46]. Nadużywa alkoholu. Żona praczka, pięcioro dzieci, warunki mieszkaniowe trudne. Wielka rozpacz po śmierci chłopaka. Ojciec agresywny, pijany, oskarża cały świat. Chłopak kiepsko się

---

46 Obecnie ul. Sztabowa.

uczył i, jak nas poinformował dyrektor Świętego Ducha, doktor Heckmann, chodził z głową w chmurach. Już wiecie, że był częstym gościem u pana Lauterbacha. Przychodził do jego biblioteki ze swoją siostrą Lucy i przeglądali książki, a potem...

Mock znał ciąg dalszy z relacji von Rannemanna i wyłączył się na chwilę. Po głowie huczało mu jedno dokuczliwe pytanie: Czy to jest rzecz moralna, bym ukrywał przed kolegami to, com odkrył?

– Znaleźliśmy pamiętnik zmarłego Hermanna Schillinga. – Mühlhaus założył ręce do tyłu i przechadzał się pod tablicą. – Te zapiski nic nie wnoszą do śledztwa. Są to jakieś wprawki literackie, jakieś historie fantastyczne, podróżnicze i przygodowe. Być może rósł nam następca Verne'a. Intrygujący jest tu natomiast bliski związek chłopca z panem Lauterbachem. Krajewsky, będzie pan dyskretnie podążał tym tropem. Pomoże panu w tym Schmidt, wraz z Kaerglem już zbadali rodziny Georga Struvego i Friedricha Zieglera. – Nabrał tchu. – Ten pierwszy, syn piekarza Theodora Struvego, był jedynakiem. Zniknął podczas koncertu na Gartenstrasse[47]. Uczył się dobrze, wykazywał zdolności muzyczne. Mieszkał z rodzicami nad ich piekarnią na Lehmdamm[48]. U niego w domu rozpacz nieopisana. Zginęło jedyne dziecko. Rodzice byli bardzo troskliwi, ustępowali synowi we wszystkim. Ojciec nie podniósł na niego ręki. Trudno wydobyć od rodziców jąkąkolwiek informację. To wszystko wiemy od sąsiadów. Schmidt i Kaergel pójdą tam raz jeszcze za kilka dni. Może choć na chwilę rozpacz opadnie i rodzice powiedzą coś istotnego dla śledztwa?

---

47 Obecnie ul. Piłsudskiego.
48 Obecnie ul. Prusa.

Istotne dla śledztwa informacje to mam ja – myślał Mock intensywnie. – Ale nie mogę ich wyjawić. Następną moją czynnością po podzieleniu się tymi informacjami będzie wizyta u prezydenta policji, a potem droga na dworzec i kupienie biletu do Wałbrzycha. Ufać mogę jedynie Vyhladilowi i zdaje się, że Mühlhausowi, który wbrew temu, co mówił Hipo, jest człowiekiem praktycznym, nie zaś łowcą zaszczytów i splendorów.

– Ostatni z nich to Friedrich Ziegler, syn murarza Wilhelma Zieglera i brakarki w destylarni Schirdewana. Dwoje rodzeństwa, mieszkają wszyscy w suterenie na Klosterstrasse[49]. Jak pamiętacie, wsiadł on do powozu nad Odrą. Niespokojny, sprawiający kłopoty w szkole, ale bardzo ciekawy świata. Rodzina niewiele nam pomogła, więcej koledzy z podwórka. Według nich ulubioną jego rozrywką było straszenie ludzi. Przebierał się za upiora, za ducha, malował twarz na biało. Zaczajał się wieczorem na podwórku albo na strychu przebrany w jakieś prześcieradło. Straszył lokatorów, za co wiele razy dostawał lanie od ojca. Palił nałogowo papierosy. – Mühlhaus zakreślił teraz kredą koło obejmujące wszystkie cztery nazwiska. – A teraz powiem, co wiemy o nich wszystkich naraz. Po pierwsze, doktor Lasarius zatelefonował dziś do mnie i wykluczył, by któryś ze zmarłych był pederastą. Po drugie, komisarze kryminalni Knoff i Krajewsky byli dziś w Gimnazjum Realnym Świętego Ducha przy Kaiserin-Augusta-Platz[50]. Do tej szkoły, do jednej i tej samej klasy, chodzili wszyscy czterej chłopcy. Byli najbliższymi kolegami. Tworzyli typową paczkę, tak zwaną

---

49 Obecnie ul. Traugutta.
50 Obecnie pl. Polski.

bandę. Trzymali się razem i nie dopuszczali do siebie innych. Dyrektor doktor Moritz Heckmann powiedział, że w sobotę żadnego z nich nie było w szkole. To stoi w sprzeczności z zeznaniami ich rodziców, którzy twierdzą, że synowie poszli w sobotę do szkoły jak zawsze. Nasuwa się prosty wniosek: poszli na wagary, co zdarzyło im się nie po raz pierwszy. To wszystko oraz to, jak się uczyli *et cetera*, wiemy od profesora Tschersiga, wychowawcy klasy, oraz od dyrektora Heckmanna. Z ich relacji wynika, że wszyscy czterej byli marzycielami i bujali w obłokach. – Przerwał na chwilę, by zaczerpnąć tchu. – Moi ludzie nie tylko do tego się ograniczyli w tej szkole. Przy okazji pokazali wszystkim nauczycielom i ludziom z obsługi szkoły fotografię pośmiertną Ikara. Nikt go nie rozpoznał, nikt taki nie kręcił się w pobliżu szkoły ani do niej nie wchodził. Na pewno nie był to nauczyciel, bo wszyscy pojawili się w szkole i żaden z nich dziś rano nie dyndał w Hali Stulecia. Poproszono też dyrektora, by udał się do Lasariusa i tam przyjrzał się Ikarowi na stole sekcyjnym. Doktor Heckmann zgodził się niechętnie, zasłaniając się afektacją, ale identyfikacja i tak się nie udała. Nasz dyrektor miał scysję z doktorem Lasariusem i wyszedł obrażony, zanim się znalazł na sali sekcyjnej.

Inspektor kryminalny pyknął w zamyśleniu dymem i zaczął grzebać wyciorem w główce. Jego wzrok skierował się ku cybuchowi. Nagle oczy Mühlhausa podniosły się znad fajki i wbiły się w Eberharda.

– Słyszałem, że pan był również zamieszany w tę scysję, Mock! Może nam pan coś o niej powiedzieć?

– Doktor Heckmann zachowywał się niegrzecznie. – Mock wstał jak wywołany do tablicy uczeń. – Krzyczał i doktor Lasarius musiał go uspokoić. Byłem przy tym i też się włączyłem w kłótnię, oczywiście po stronie Lasariusa.

– A może nam pan powiedzieć, co pan tam w ogóle robił, *Herr Polizei-Wachtmeister*? – Brwi Mühlhausa się podniosły, ale ton nie zmienił się ani na jotę. – Dostał pan przecież od samego prezydenta zadania... hm... biblioteczne...

Wszyscy się odwrócili do Mocka i wpatrywali się weń z drwiącymi uśmieszkami. Jedynie uśmiech Vyhladila był bardziej wymowny. Hipopotam mrugał znacząco do swojego podwładnego. Oznaczało to chyba: „Nie przejmuj się, chłopie, i rób swoje. Mühlhaus tylko odstawia cyrk".

– Oczywiście, *Herr Kriminal-Polizei-Inspektor*! – krzyknął Mock, tłumiąc myśl o zemście na pannie Lowatsch za jej domniemane donosicielstwo. – I właśnie w tym celu udałem się do Instytutu Sądowo-Lekarskiego. Musiałem sprawdzić, jakie pióra miały te skrzydła Ikara, z jakiego ptaka pochodziły. Z punktu widzenia symboliki mogło to być bardzo ważne!

Koledzy prychnęli śmiechem. Mock wciąż stał jak grzeczny uczeń.

– Nie ma się co śmiać! – Mühlhaus po raz pierwszy podniósł głos i zgromił wzrokiem swych podwładnych. – Zadanie to przydzielił wasz najwyższy zwierzchnik, *Herr Polizei-Präsident*, i trzeba je wykonać, zrozumiano?

Głowy kolegów potakiwały, a szydercze uśmieszki przygasały. Mock gorączkowo myślał teraz, co ma odpowiedzieć, gdyby Mühlhaus zapytał go, czy zidentyfikował tego ptaka. Szef powiedział jednak coś zupełnie innego. Coś, co było Mockowi bardzo nie w smak.

– Ponieważ jest pan, Mock, współwinny tego, że doktor Heckmann się obraził, pójdzie pan jutro do niego do szkoły i go przeprosi.

– Tak jest – mruknął Mock i usiadł.

Tym razem koledzy patrzyli na niego z pewną zawiścią. Był
u Lasariusa, gdzie oni nie byli. Może wiedział coś, czego oni nie
wiedzieli.

– A teraz poproszę Wydział III b o relację z poszuki-
wań. – Mühlhaus oparł się o ścianę i skrzyżował ręce na pier-
siach. W ustach wciąż trzymał fajkę.

Paul Vyhladil wstał. Do policyjnych nosów doszła woń alkoholu, a do uszu zachrypnięty niski głos.

– Ja i moi ludzie zrobiliśmy rozpoznanie w dziesięciu domach
publicznych, przepytaliśmy czterdzieści prostytutek. Żadna
z nich nie miała klienta ani nie słyszała o takim, który by się
przebierał, przyczepiał skrzydła do rąk i tak dalej. Moi asystenci
policyjni Klecker i von Rannemann przesłuchali czterech żigolaków, których podejrzewamy o oddawanie się mężczyznom. Wynik taki sam jak w wypadku prostytutek żeńskich. To wszystko!

– Dziękujemy panu – powiedział Mühlhaus do Vyhladila.
– Przydzielamy teraz zadania. Moi ludzie wiedzą, co mają robić.
Pańscy dalej przesłuchują prostytutki, ale na froncie pederastów,
sit venia verbo[51], proszę działać intensywniej, rozumie pan, *Herr
Polizei-Assessor*?! Czterech przesłuchanych żigolaków to za mało!

Zapadła cisza. Twarz Vyhladila oblała się purpurą. Po raz
pierwszy w życiu ktoś zwrócił mu uwagę przy jego podwładnych. I to tak bezpardonowo.

---

51 Że tak powiem (łac.).

– Ach, jeszcze jedno. – Inspektor kryminalny urwał i klasnął w dłonie. – Jak panom wiadomo, chłopcy byli bez mundurków gimnazjalnych... Vyhladil, proszę powiedzieć wszystkim swoim informatorom, by natychmiast dali znać, kiedy usłyszą o jakichś tornistrach i mundurkach. Ja zrobię to samo. To wszystko na dziś, moi panowie. Czy są pytania?

– Tak. – Z krzesła powstał Werner Heuss z III b. – Co dało przesłuchanie stróża Hali Stulecia?

– Nic. – Mühlhaus westchnął. – Kompletnie nic. Ten człowiek w kółko powtarza jedną wersję. Ktoś zastukał do bramy, on myślał, że to Poelzig, otworzył, dostał w łeb, obudził się rano i znalazł chłopców i linoskoczka. Rana na głowie jest autentyczna, co potwierdził doktor Lasarius, ale jednocześnie nasz zimny doktor uważa, że cios nie mógł być tak silny, aby stróż tylko z tego powodu był nieprzytomny do rana. Przyznał on bowiem, że nie wszystko dobrze pamięta, bo był pijany. Zawiadomiłem o tym miejskiego radcę budowlanego Maxa Berga, któremu podlega budowa. Tak czy siak, wydaje się, że stróż nie jest dobrym tropem. Coś jeszcze?

– Tak. – Teraz powstał Eberhard Mock. – Czy poprzestaje pan, *Herr Kriminal-Polizei-Inspektor*, tylko na identyfikacji fotograficznej? Czy nie sądzi pan, że należałoby jakoś przetransportować zwłoki Ikara do szkoły i pokazać je wszystkim pracownikom i być może starszym uczniom? Może naoczna identyfikacja przyniesie jakieś korzyści? Mogę ją zorganizować.

Mühlhaus długo gładził swoją bródkę.

– Pan najwyraźniej chce wejść w kompetencje mojego wydziału, nieprawdaż, Mock? – powiedział cicho. – Pan ma w sobie bardzo dużo energii, ale ta energia może mocno przeszkadzać w naszym śledztwie. Ja wiem, jak ją wykorzystać, Mock. Za dwie godziny widzę pana w moim mieszkaniu prywatnym z raportem z dzisiejszych działań. Jutro trafi on na biurko prezydenta. Niniejszym mianuję pana stałym protokolantem naszych odpraw i stałym twórcą raportów! Gratuluję panu nominacji, *Herr Polizei-Wachtmeister*!

Eberhard usiadł zgnębiony. Teraz zamiast drwiny i zawiści w oczach kolegów widział autentyczne współczucie. Powoli wstawali i kiwali mu głową na pożegnanie. Vyhladil poklepał go po ramieniu, a von Rannemann uścisnął mu serdecznie dłoń.

– Proszę zetrzeć tablicę, Mock! – polecił mu Mühlhaus.

– I wynieść ją do mojego gabinetu!

Kiedy robił to, co mu nakazano, usłyszał kolejne polecenie.

– Aha, nie powiedziałem panu, ale raport ma być z załącznikiem!

– Z jakim załącznikiem, *Herr Kriminal-Polizei-Inspektor*? – zapytał.

– Z pańską krótką ekspertyzą oczywiście – odparł Mühlhaus. – Opisze pan swoje dzisiejsze badania nad symboliką piór i skrzydeł ze specjalnym uwzględnieniem identyfikacji, której pan dokonał u doktora Lasariusa. Chciałbym bardzo wiedzieć, jakie dokładnie pióra Ikar przytwierdził sobie do ramion.

Mock odłożył gąbkę do rynienki u dołu tablicy. Krew napłynęła mu do twarzy. Usta zaczęły drgać. Wściekłość, która go ogarnęła, nie była spowodowana upokorzeniami, jakie mu serwował Mühlhaus. Nie rozpaliło go do białości to, że polecenia, jakie dostał, nie licowały z jego godnością, bo należały do obowiązków woźnego. Powodem jego furii było to, że on, Mock, z całych sił pragnął być w zespole tego człowieka. Mühlhaus nie okazał się wcale pragmatykiem, ale bufonem pokazującym natychmiast miejsce w szeregu każdemu, kto usiłuje podsunąć mu nowe pomysły. Natychmiast się opanował. Musiał przecież wytłumaczyć, dlaczego nie dostarczy dziś Mühlhausowi żadnego załącznika. W jednej sekundzie podjął decyzję. Powie mu wszystko. O swoim odkryciu na balkonie i o literze tau.

Rozejrzał się dokoła. Byli sami. Podszedł do Mühlhausa, który właśnie wystukiwał do popielnicy stojącej na korytarzu popiół z fajki.

– Nie dostarczę panu żadnego załącznika – powiedział cicho. – Żadnego bibliotecznego raportu.

Mühlhaus odwrócił się do niego i bez słowa patrzył mu w oczy kilkanaście sekund.

– Wiem. Trochę się o panu dowiedziałem – odparł i wolnym krokiem poszedł do swojego gabinetu. – Żegnam pana.

‖ **WROCŁAW,**
‖ **wtorek 8 kwietnia 1913 roku,**
‖ *ósma wieczór*

EBERHARD MOCK NAPISAŁ RAPORT z dzisiejszej odprawy i zawiózł go Mühlhausowi do mieszkania. Komisarz kryminalny odebrał dokument w przedpokoju i pożegnał Mocka oschle. Eberhard wyszedł na Augustastrasse[52] i zastanawiał się przez chwilę, czy nie pójść gdzieś na kolację. Spojrzał na szyld restauracji, która

---

52 Obecnie ul. Szczęśliwa.

mieściła się w kamienicy na dole, tuż obok dużej zamkniętej już drogerii T.K. Wolff. Nazwisko właściciela restauracji widniejące na szyldzie – W. Schröter – nic mu nie mówiło ani o standardzie, ani o cenach. Szybko się jednak zorientował i w jednej, i w drugiej kwestii, kiedy ujrzał dwie młode panie i dwóch panów wychodzących z lokalu. Suknie i kapelusze kobiet oraz płaszcze i cylindry mężczyzn były może nie paryskiej proweniencji, ale berlińskiej to na pewno, perfumy zaś pachniały najdroższymi mieszankami rajskich wysp i egzotycznych światów. To nie był lokal dla niego.

Szedł noga za nogą w stronę Kaiser-Wilhelm-Strasse[53], gdzie chciał wsiąść do tramwaju linii drugiej lub czwartej i pojechać na kolację do jednej z gospód w okolicach Zwingerstrasse[54], gdzie mieszkał. Nie myślał teraz jednak o głowiźnie cielęcej ani o jasnym piwie Kipkego, z czego składał się zwykle jego wieczorny posiłek. Zastanawiał się nad zachowaniem Mühlhausa. Jedno było chyba pewne. Szef, powiedziawszy: „Wiem", co w domyśle oznacza: „Wiem, że pan mi nie dostarczy swego raportu bibliotecznego", zaakceptował milcząco, iż Mock tego dnia nie wykonał zadania. A z czym się to wiąże? Z tym, że inspektor kryminalny, jako szef grupy, akceptuje po cichu niesubordynację wachmistrza policyjnego? Jeśli tak, to przymyka na nią oko tylko dzisiaj czy też daje mu pewną swobodę na przyszłość? Do jakich granic byłaby posunięta ta wolność działania? Czy zdanie: „Trochę się o panu dowiedziałem" oznaczało: „Potrafię przewidywać pańskie ruchy, ale niech się pan ma na baczności"? Niezależnie

---

53 Obecnie ul. Powstańców Śląskich.
54 Obecnie ul. Teatralna.

od odpowiedzi na wszystkie te pytania Mock poczuł, że trochę się poluzował gorset, w który go wepchnął prezydent policji.

Ten wniosek sprawił, że Eberhard odetchnął pełną piersią. Obiecał sobie, że najpóźniej do końca tygodnia okaże Mühlhausowi lojalność i opowie mu o swoim nieoficjalnym śledztwie. Było to ryzykowne, ale Mock miał przeczucie, że jego tymczasowy szef postąpi praktycznie i − po niechybnym wybuchu wściekłości − wszelkie dostarczone sobie przesłanki włączy w główny nurt śledztwa, i wszyscy ruszą pełną parą. Aby jednak gniew Mühlhausa nie przerodził się w furię, samozwańczy detektyw musiał do końca tygodnia zebrać jak najwięcej ważnych informacji.

Stanął na ruchliwym skrzyżowaniu, w punkcie, gdzie przecinały się Gabitzstrasse[55] i Hohenzollernstrasse[56]. Wzmożonym ruchem powozów i automobili kierował tutaj policjant. Mock zapalił papierosa i patrzył niewidzącym wzrokiem na tęgą sylwetkę funkcjonariusza. Umysł detektywa zaczął intensywnie odtwarzać to, co do tej pory ujawniono w sprawie. Kiedy to w myślach podsumował, zrozumiał, że ma przed sobą dwie drogi. Pierwsza z nich prowadziła do domów rodzinnych tragicznie zmarłych chłopców, druga − do ich szkoły. Obiema szlakami poszli już jego koledzy z inspekcji kryminalnej. Czy jednak dowiedzieli się wszystkiego? Czy może coś zlekceważyli i nawet o to nie zapytali?

Mock wyjął notes, do którego w czasie sporządzania raportu wpisał najważniejsze wiadomości zdobyte przez kryminalnych. Nie miał żadnego doświadczenia w sprawach o morderstwo i nie

---

55 Obecnie ul. Gajowicka.
56 Obecnie ul. Zaporoska.

miał powodu, by podejrzewać ludzi Mühlhausa o jakieś zanie-
dbania. Czuł jednak niedosyt w jednym z czterech dochodzeń –
w sprawie Hermanna Schillinga. Sądząc po bardzo skąpej relacji
komisarza kryminalnego Getzweina, siostra chłopca, trzynastoletnia Lucy Schilling, nie została przesłuchana zbyt dokładnie. Rodzeństwo było najwyraźniej bardzo zżyte ze sobą i miało podobne
zainteresowania, o czym świadczyło wspólne przeglądanie książek w bibliotece pana Lauterbacha. To było wszystko. Ani słowa
o podejrzeniach albo wskazówkach ostatniej osoby, która widziała
Hermanna tuż przed jego porwaniem! Mock węszył tu jednak
wyraźne zaniedbanie, choć rozumiał też Getzweina, który pewnie
nie uznawał zeznań dziecka za wiarygodne. Tę opinię podzielał
chyba Mühlhaus, bo – choć nakazał powrócić jeszcze z kolejnymi
pytaniami do zrozpaczonych rodziców Georga Struvego i dokład-
niej się przyjrzeć dziwnym jego zdaniem relacjom w rodzinie
Hansa Brixa – najwyraźniej śledztwo u Schillingów i Zieglerów
uznał za zakończone. Mock przeczuwał, że są w nim jednak jakieś
luki. Jedną z nich była, jak sądził, Lucy Schilling.

Stał tak kilka minut, nie ruszając się z miejsca i nie zwracając
uwagi na przechodzących na drugą stronę ludzi. Policjant zain-
trygowany dziwnym przechodniem, który stoi jak słup soli na
krawężniku, gwizdnął w końcu tak donośnie, że wyrwał Mocka
z zadumy. Ten kiwnął głową swojemu koledze i na środku ulicy
podjął decyzję. Aby wyciągnąć coś od dziewczynki, musiał zdobyć jej zaufanie. Najprościej można było tego dokonać, ofiarując
jej jakiś prezent. Zaraz za rogiem była słynna cukiernia Konrada
Grossweilera. Nie można było w niej niestety kupić ciastek na
wynos i zdesperowany Mock musiał wziąć biszkopt z lodami

w pucharku, czyli tak zwaną bombę Hohenzollernów. Sprzedawczyni zapakowała pucharek do papierowej torebki i zażądała zań trzech marek kaucji, które *volens nolens* uiścił.

Doszedł w końcu do Kaiser-Wilhelm-Strasse[57] i stanął na przystanku linii drugiej i czwartej jadących w stronę parku Południowego. Do domów Lauterbacha na Menzelstrasse[58] mógł dojść stąd na piechotę, ale był dzisiaj na to zbyt zmęczony. Czekanie na tramwaj skracał sobie przypatrywaniem się imponującym kamienicom z wielkimi narożnymi balkonami tu i ówdzie zakrytymi markizami przed słońcem.

Tramwaj linii czwartej przyjechał po dziesięciu minutach. Mock kupił bilet u konduktora, a po pięciu minutach wysiadł na Kaiser-Wilhelm-Platz[59]. Przeciął na skos rondo i doszedł do Wyższego Urzędu Górniczego[60]. Wszedł po schodkach i przyjrzał się sobie w jego wielkich szklanych drzwiach. Poprawił melonik i krawat, po czym przesunął dłonią po policzkach. Wprawdzie już wykluwał mu się na twarzy twardy zarost, ale był on tak niewielki, że nie burzył schludnego obrazu młodego policjanta. Pomagało mu w tym oczywiście odświętne ubranie, które włożył dziś z musu, i lśniące buty, które wyglancował przed opuszczeniem miłosnego gniazdka Klary Burkert.

Po chwili był już na podwórku domów Lauterbacha. Służący, który czyścił dywan rozwieszony na trzepaku, wskazał mu szczotką ociekającą pianą mieszkanie dozorcy Antona Schillinga.

<hr />

57 Obecnie ul. Powstańców Śląskich.

58 Obecnie ul. Sztabowa.

59 Obecnie pl. Powstańców Śląskich.

60 Obecnie Zakłady Energetyczne Wrocław SA.

Było w oficynie. Wszedł i zastukał mocno do drzwi. Otworzyła mu mała, piegowata, ośmioletnia może dziewczynka z włosami zaplecionymi w krótki warkoczyk. Była ubrana w brudny, pocerowany fartuszek. Patrzyła podejrzliwie na Mocka, tuląc szmacianą lalkę tak mocno, jakby chciała uchronić ją przed nieznanym przybyszem.

– Ty jesteś Lucy Schilling? – spytał z uśmiechem Eberhard.

Dziewczynka pokręciła przecząco głową.

– Czy Lucy Schilling jest w domu?

Dziecko znów zaprzeczyło bez słów.

– Kto tam? – Z wnętrza mieszkania dobiegł chrapliwy męski głos. – Ile razy ci mówiłem, wstrętna brzydulo, żebyś nikomu obcemu nie otwierała?

Mock spojrzał na dziewczynkę, która z zupełną obojętnością odwróciła się na pięcie i zniknęła pod stołem przykrytym zwisającym do ziemi zielonym obrusem. Najwyraźniej przyzwyczajona była do wyzwisk.

O stół opierał się potężny, nieogolony mężczyzna w spodniach, w podkoszulku i w meloniku z urwanym częściowo rondem. Patrzył na Mocka z niechęcią. Jego mocne mięśnie przedramion drgały pod piegowatą skórą pokrytą gęstym włosem.

– Co jest, kurwa?! – Wysunął zaczepnie dolną szczękę.

Mock wszedł do mieszkania i starannie zamknął za sobą drzwi. Pociągnął nosem i poczuł charakterystyczną woń biedy: odór mokrych szmat, gnijących ziemniaków, kiepskiego tytoniu, butów i nie wietrzonej starej pościeli.

– Nie klnij przy dzieciach – wyciągnął legitymację policyjną z kieszeni – bo cię zamknę, pijaku, za zakłócanie miru domowego!

Mięśnie mężczyzny przestały drgać pod skórą. Wciąż się kiwał i patrzył na Mocka spode łba, ale jego wzrok już utracił wcześniejszą hardość. Eberhard usiadł przy stole i położył przed sobą paczuszkę z bombą Hohenzollernów. Lody już się roztapiały, ale było mało prawdopodobne, aby jakiekolwiek dziecko nimi wzgardziło.

– Gdzie pańska żona i czworo dzieci, panie Schilling? – zapytał. – Poszli spać? Już jesteście po kolacji?

Dozorca usiadł naprzeciwko policjanta i przez chwilę zbierał myśli. Mock pozwolił mu na to i rozejrzał się po nędznej kuchni, w której głównym sprzętem był potężny stół przykryty sięgającym podłogi obrusem. Pod oknem wychodzącym na podwórze stała ława, pod którą walały się byle jak porzucone dziecięce buty. Na pokrytej tapetą w kratkę przeciwległej ścianie był obtłuczony nieco zlew z dwoma kranami i zbite gwoździami szafki z nierównych desek. Ten, kto wykonał owe meble, nie był mistrzem w stolarskim fachu.

– Żona śpi. – Gospodarz wskazał dłonią na zamknięte drzwi do pokoju i nagle podniósł głos. – Nasz syn został zabity, a ty mnie pytasz, do kurwy nędzy, czy ja kolację jadłem?!

Jego mięśnie znów się napięły, zakrzywione palce o krogulczych paznokciach zaczęły tłamsić obrus. Nagle wstał i szarpnął. Blaszany dzbanek i kubek z ogromnym hukiem spadły ze stołu. Na deskach podłogi rozbił się z brzękiem talerzyk. Upadł obok papierowej torebki z napisem „Konrad Grossweiler".

Dozorca odwrócił się od Mocka, oparł ręce na zlewie i zaczął szlochać.

Mock odsunął się i spojrzał pod stół, skąd doszły go jakieś głosy. Ujrzał tam czwórkę dzieci siedzących przy świeczce. Dwie dziewczynki i dwóch małych chłopców. Pomiędzy nimi leżała rynienka do pieczenia mięsa, dzieci ułożyły w niej małego misia. Trzy pary oczu wpatrywały się w Mocka z przestrachem, jedynie dziewczynka – sądząc z wyglądu, nastolatka – nie zdradzała żadnej obawy. To była na pewno owa trzynastoletnia Lucy – bawiąca się z rodzeństwem jeszcze jak dziecko, lecz o nadspodziewanie dojrzałym, doświadczonym spojrzeniu.

– Bawimy się w pogrzeb – wyjaśniła i wskazała dłonią misia. – A to nasz brat.

– Ty jesteś Lucy? – zapytał Mock.

– Tak, to ja.

– Porozmawiasz ze mną? Jestem policjantem.

– Nie! – odpowiedziała Lucy i spojrzała na drzwi do pokoju. – Muszę zająć się braćmi i siostrą. Dać im jeść. Mama śpi, tata zaraz tam pójdzie. A zresztą wszystko, co wiem, już powiedziałam.

Dozorca Schilling najpierw wysmarkał się do zlewu, a potem chwiejnym krokiem poszedł do pokoju, w którym spała jego żona. Kiedy uchylił drzwi, rozległo się donośne chrapanie.

Lucy stała naprzeciwko Mocka i patrzyła na niego wyczekująco. Była rezolutną dziewczyną, wysławiała się jak osoba dorosła. Kiedy zabrakło najstarszego brata, ona pewnie czuła się odpowiedzialna za młodsze rodzeństwo. Jej oczy mówiły do Mocka: Zostaw nas w spokoju! W ręce trzymała zeszyt w granatowej okładce.

– Po to pan przyszedł? – zapytała. – Policjanci dzisiaj przeglądali pamiętnik Hermanna, ale nie wzięli go ze sobą.

Policjant nie odpowiedział. Sięgnął po papierową torebkę z bombą Hohenzollernów. Usłyszał w niej szczęk rozbitego kryształu. To były pozostałości pucharka, za który zapłacił – o zgrozo! – aż trzy marki kaucji. Zajrzał do torebki. Z lodów pistacjowych zmieszanych z biszkoptem i bitą śmietaną wystawały kawałki szkła. Kiedy już stracił coś, czym mógłby przekupić Lucy, zrozumiał, że jego sytuacja się skomplikowała. Odebrał zeszyt od dziewczynki i usiadł na ławie pod oknem. Zaczął go bez przekonania przeglądać. Tymczasem Lucy posprzątała kuchnię, rozpaliła mocniej palenisko, na którym postawiła garnek z mlekiem, po czym zaczęła kroić chleb.

Mock nie zwracał na to uwagi. Siedział i czytał. Rzeczywiście zgodnie z relacją Mühlhausa w zeszycie zatytułowanym „Podróże Hermanna i jego drużyny" nie było nic ciekawego. Ot, fantazjowanie wrażliwego chłopca, pięknoducha marzącego o morskich podróżach i o wyprawach w głąb Afryki. Jedno Mocka zaniepokoiło. Na drugiej stronie, zaraz po stronie tytułowej i przed głównym tekstem, nie było nic oprócz trzech wykaligrafowanych pięknie greckich wyrazów. ΑΕΙ ΠΡΕΣΒΥΤΕΡΩ ΠΕΙΘΕΣΘΑΙ. Zawsze być posłusznym starszemu. Mocka nie zdziwiło to, że książka opowiadająca o przygodach drużyny marynarzy jest opatrzona mottem, które mówi o posłuszeństwie względem dowódcy. Policjanta najbardziej zdumiało to, że nieżyjący Hermann Schilling napisał je prawidłowo po grecku. Skąd znał podstawy języka greckiego, skoro był uczniem gimnazjum realnego, gdzie nie nauczano języków klasycznych? Mock spojrzał na Lucy, która nalewała mleka do kubków. Jej rodzeństwo siedziało dokoła stołu i wlepiało wzrok w stojący na kredensie talerz, na którym leżały cztery grube kromki chleba posmarowane marmoladą.

– Powiedz mi, Lucy, czy Hermann uczył się greki w szkole?

Dziewczynka spojrzała na niego spłoszonym wzrokiem. Milcząc, postawiła przed siostrą i braćmi po kubku mleka. Dzieci przeżegnały się i rzuciły na jedzenie. Lucy jadła powoli i unikała spojrzenia policjanta.

– Chodź tu do mnie, Lucy! – powiedział Mock najłagodniej, jak umiał.

Nastolatka odstawiła talerz z niedojedzoną kromką i podeszła. Wachmistrz uśmiechnął się do niej przyjaźnie i wskazał palcem na grecki napis.

– To jego pismo?

– Tak.

– Uczył się greki?

– Tak, uczył się – odpowiedziała.

– W szkole się uczył? Gdzieś tu jest jego tornister? Gdzie odrabiał lekcje?

– Nie ma, był bez tornistra i munduru, jak go znaleźli.

Lucy nagle odwróciła się od Mocka i krzyknęła:

– Ten cholerny bachor Heinz zjadł moją kromkę chleba! O ty brudna świnio!

Rzuciła się na brata, który palcem upchał sobie jedzenie w ustach, po czym skoczył pod stół. Lucy ciężko usiadła na krześle, a w jej wielkich oczach pojawiły się łzy.

Mock wstał i rozejrzał się po kuchennych szafkach. Wszędzie stały puste butelki po najtańszym piwie marcowym. Nigdzie śladu jedzenia oprócz słoika, w którym była resztka marmolady, i napoczętego bochenka chleba, zapewne na śniadanie.

– Nie masz co jeść? – zapytał.

Nie odezwała się ani słowem.

Policjant sięgnął po pugilares. Wyjął z niego monetę jednomarkową.

– Kup jutro coś do jedzenia – mruknął. – Dla siebie i dla tych dzieci.

Lucy przyjęła monetę bez słowa podziękowania. Stała przed Mockiem i wpatrywała się w podłogę.

– Pójdzie pan ze mną? – wykrztusiła w końcu.

– Niby dokąd? – zapytał zdumiony.

– Do lokalu rozrywkowego niedaleko ronda – odparła cicho.

– Tylko tam piwo można teraz kupić, a mnie nie sprzedadzą.

Chwycił ją mocno za wątłe ramionka.

– Dziewczyno – powiedział z naciskiem. – Ja ci daję na jedzenie, nie na piwo dla ojca.

– To nie dla ojca – pisnęła Lucy.

– No to dla kogo?

– Dla mamy – szepnęła. – Ona jest najgorsza. Jak się obudzi i nie ma piwa, to potem całą noc gada do siebie. Chodzi po mieszkaniu, krzyczy, tłucze się. Nie możemy spać, a rano trzeba do szkoły.

Mock spojrzał na to mieszkanie, posłuchał przez chwilę chrapania za drzwiami pokoju i przyjrzał się głodnym dzieciom. Nie naprawiaj świata – pomyślał, po czym podał rękę dziewczynie, ale zaraz ją cofnął. Tymczasem Lucy chwyciła go za dłoń obiema rękami i nie puszczała.

– Chodź! – mruknął Mock. – I weź ze sobą jakąś kankę!

WROCŁAW,
środa 9 kwietnia 1913 roku,
godzina ósma rano

EBERHARD MOCK WYGLĄDAŁ przez swoje dachowe okienko, by zorientować się, jaka jest pogoda. Podziwiał przez chwilę platany ogrodu Zwinger[61], spośród których wyłaniał się dach resursy kupieckiej[62]. Bezchmurne niebo i słońce zwiastowały pogodny dzień. Stwierdziwszy to, wrócił do czynności toaletowych. Chwycił gumową gruszkę, rozpylił korzenną wodę kolońską Alberna i mocno ją wklepał w policzki i w szyję. Potem wylał z miednicy wodę z mydlinami do zlewu w kącie pokoju. Podszedł do łóżka, mając na sobie tylko buty, podkoszulek, krótkie kalesony i skarpety przymocowane podwiązkami pod kolanami. Wpatrywał się przez chwilę w swoją odświętną garderobę, którą rozłożył na starannie posłanym łóżku. Uniósł sztuczkowe czarno-szare spodnie i dla pewności przesunął po nich kilkakrotnie szczotką. Przypiął do nich szelki na guziki. Włożywszy spodnie, wsunął w nie białą koszulę, do której przypiął czysty ceratowy wysoki kołnierzyk. Pod nim umieścił wąski wiśniowy zawiązany wcześniej krawat. Potem przykucnął przed lustrem i strzelił szelkami. Lubił ten dźwięk. Był on jak trzaśnięcie batem na konia, jak raźna komenda „czas do pracy!". Oznaczała ona również „gotuj broń!". Słuchając w myślach tej komendy, umocował pod pachą kaburę z mauzerem. Splunął lekko na czubki butów

---

61 Obecnie park Staromiejski.
62 Obecnie Teatr Lalek.

i przetarł je starym miękkim beretem. Włożył melonik, ciemną antracytową kamizelkę z klapkami, marynarkę tegoż koloru i czarny płaszcz. Stuknął się dłonią po kieszeniach, upewniwszy się, że wziął notes, legitymację policyjną, scyzoryk i zegarek, po czym pogwizdując, zbiegł z czwartego piętra na podwórze swej kamieniczki na Zwingerstrasse[63] 4. Tam spotkał zarumienioną i tęgą osiemnastoletnią córkę dozorczyni, która zawsze okazywała wielką konfuzję na jego widok, co pobudzało go do żartów i przekomarzania. Tym razem bardzo się śpieszył i ograniczył się jedynie do uśmiechu, grzecznego powitania i do wręczenia jej swojego wczorajszego ubrania z prośbą, by je starannie odczyściła. Dziewczyna wzięła ubranie i piętnaście fenigów jako swoje wynagrodzenie, po czym wydęła mocno usta i spojrzała na Mocka z udawaną niechęcią. Wiedział, że ją zawiódł, bo czekała jak zwykle na niewymuszone pogaduszki, ale miał ważniejsze rzeczy na głowie niż nastroje sympatycznej skądinąd dziewczyny.

Przeszedł przez podwórko i przez małą kamieniczkę wydostał się na Kleine Groschenstrasse[64]. Potem poszedł na wschód i skręcił w Weidenstrasse[65]. W niedozwolonym miejscu przeskoczył przez tory pętli tramwajowej przy kościele Świętego Krzysztofa, po czym zagłębił się w ponurą i słusznie owianą złą sławą Kätzelohle[66]. Szedł środkiem ulicy z rękami w kieszeniach, z papierosem w ustach

---

63 Obecnie ul. Teatralna.

64 Obecnie ul. Mennicza.

65 Obecnie ul. Wierzbowa.

66 Nie istniejący już dzisiaj zaułek przy pl. Dominikańskim pomiędzy ul. Wierzbową a ul. Piotra Skargi.

i z miną pewną siebie, wypatrując uważnie na chodniku czegoś, co mogłoby pobrudzić jego lśniące buty. Wiedział, że na jego elegancki strój patrzą z zawiścią wypaleni kacem mężczyźni, którzy stali za sztachetami płotów. Zdawał sobie sprawę z zalotnego spojrzenia dziewczyny w fartuszku, która wylewała do rynsztoka rybie resztki, i z bezmyślnych spojrzeń staruszek w oknach nędznych, chylących się ku upadkowi domów z muru pruskiego. Jakiś chłopiec ciągnący z trudem dwukołowy wózek popatrzył na niego zuchwale, a pokryty wysypką starzec szedł za nim, kiwał się w swych łachmanach ku ziemi, wyciągał dłoń i uśmiechał się szeroko, obnażając sine dziąsła. Pod słupem wysokiego napięcia, stojącym absurdalnie na środku ulicy, wygrzewał się stary wyliniały pies, który warknął na eleganta jakby rutynowo i znów pogrążył się we śnie.

Mock uwielbiał tędy chodzić z jednego powodu – ze względu na wznoszącą się nad zaułkiem wieżę kościoła Świętego Wojciecha przy Dominikanerplatz[67]. Była ona pod każdym względem przeciwwagą dla nędzy i przypadkowości dwóch tutejszych brudnych zaułków. Swym spokojnym majestatem i gotycką ascetycznością biła na głowę ich zgiełk i chaos, a wąską i wyniosłą sylwetą odrywała wzrok przechodnia od załatwianych tu pośpiesznie pod ścianami i na podwórkach małych ciemnych interesów. W tym zaułku Mock widział zawsze symbolikę śledztwa. Kätzelohle[68] z bezładnie narastającymi na siebie, gnijącymi od wilgoci domami była jak żmudna droga poprzez lepki gąszcz ludzkich brudów i mglistych przesłanek, po których na detektywa czeka – jak wysoka wieża

---

67 Obecnie pl. Dominikański.

68 Nie istniejący już dzisiaj zaułek przy pl. Dominikańskim pomiędzy ul. Wierzbową a ul. Piotra Skargi.

Dominikanów – wzniosła satysfakcja z rozwiązanej zagadki. Mock lubił tę drogę, bo napełniała go ona zawsze otuchą.

W tym to właśnie nastroju wachmistrz dotarł kwadrans później na Kaiserin-Augusta-Platz[69] i stanął przed sześcienną bryłą budynku Gimnazjum Realnego imienia Świętego Ducha. Akurat zaczęła się przerwa i z bramy wybiegli uczniowie w granatowych mundurkach. Krzyczeli i potrącali się jak młode źrebaki. Ubrany w uniform woźny, który tu wyszedł za nimi, by pilnować porządku, postawił na chodniku wielki dzwon i wystawił twarz na działanie porannego słońca, nie przejmując się specjalnie swym zadaniem. Kiedy Mock podszedł do niego, przedstawił mu się, podając rangę i nazwisko, i pokazał policyjną gwiazdę, szkolny funkcjonariusz stanął prawie na baczność. Kiedy opuścił dłonie na lampasy, okazało się, że jedna z nich jest protezą.

– Do pana dyrektora Heckmanna? – Strzelił obcasami. – To na parterze, na prawo, sekretariat to numer trzy.

– Dziękuję panu! – powiedział uprzejmie Mock i wszedł do budynku.

Czuł na sobie wzrok woźnego. Odwrócił się na pięcie i jego przeczucie się potwierdziło. Nagle wpadł na przewrotny i nieco ryzykowny pomysł. Zawrócił i podszedł do starego pedla.

– Chciałbym wyrazić panu mój najgłębszy szacunek – powiedział i wskazał dłonią na jego protezę. – Jest pan pewnie weteranem wojennym.

– Tak jest, *Herr Polizei-Wachtmeister*! – krzyknął woźny. – Rękę straciłem pod Wissembourgiem.

---

69 Obecnie pl. Polski.

– Był pan w artylerii? – Mock z trudem przypominał sobie wojnę francusko-pruską.

– W VII Pułku Polskim – odparł z dumą stary. – *Oberbombardier* Franz Marczynowski melduje się!

– To dla mnie zaszczyt!

Mock pokłonił mu się z estymą, podał rękę i zniknął w szkole, słysząc za sobą potężne dzwonienie, jakby woźny był znów pełnym sił młodym człowiekiem, który podawał pociski w czasie szturmu na zamek Geisberg pod Wissembourgiem.

Sekretarka dyrektora Heckmanna, przysadzista niewiasta w średnim wieku, wskazała gościowi fotel i poszła go zameldować. Wróciła i obdarzyła przybysza nieufnym spojrzeniem. Oświadczyła, że pan dyrektor doktor Heckmann przyjmuje tylko w ustalonych godzinach i – choć ta pora nadejdzie dopiero przed południem – zgodził się łaskawie i najzupełniej wyjątkowo przyjąć pana wachmistrza policyjnego za dwa kwadranse.

– Wiosna i widok pięknych dam – Mock uśmiechnął się do niej jednym ze swych najbardziej czarujących uśmiechów – zawsze wprawiają mnie w pomieszanie. Dlatego pozwoli łaskawa pani, że udam się na spacer na promenadę i wrócę za dwa kwadranse. Czy doktor Heckmann na pewno będzie na mnie wówczas czekał?

Sekretarka kiwnęła głową, a na jej ustach zagościł blady uśmieszek, który był znakiem, że wyszukany komplement Mocka nie trafił w zupełną próżnię.

Wbrew swoim słowom Mock nie poszedł wcale na nadodrzańską promenadę. Nie miał zamiaru podziwiać ani widoku katedry, ani czółen, łódek i żaglówek, od których w ostatnich ciepłych dniach aż zaroiła się Odra. Postanowił kuć żelazo póki gorące i realizować swój chytry plan, jaki miał wobec świeżo poznanego woźnego Marczynowskiego. Stanął przy jego stróżówce i oparł łokcie na ladzie.

– Muszę poczekać, *Herr Oberbombardier* – westchnął. – Pan dyrektor chyba bardzo niełaskaw dla policji. Kazał mi czekać aż pół godziny. Ale ja nie jestem nachalny, ja nie wciskam przechodniom kiełbasek w hali targowej. Chętnie bym się czegoś od pana dowiedział. Moje pokolenie nie ceni dawnych cnót, dawnych dzielnych ludzi.

– Takie życie – odparł Marczynowski. – Pokolenia się zmieniają.

Mock nie skomentował tego truizmu.

– Niech mi pan powie z łaski swojej, jak to wyglądało tam, pod Wissembourgiem.

– Długo by mówić – odparł w zadumie Marczynowski. – Co ja będę opowiadał... Młody byłem, młodszy od pana. Dziewiętnaście lat miałem. I tyle. Dużo huku. Nic nie widziałem od dymu. Nie bałem się, bo jak człowiek nie widzi, to nawet się i nie boi.

Spojrzał na Mocka i worek jego wspomnień nagle się rozwiązał. Opowiadał o zmasowanym ogniu francuskich karabinów jednostrzałowych, o tym, jak kartacze waliły śmiercionośnym gradem, jak szrapnele wyrywały kawały ziemi. Długo opowiadał o szturmie na zamek Geisberg i o swych licznych zabitych kolegach pochodzących – jak on sam – z Prowincji Poznańskiej.

Mock spojrzał ukradkiem na zegarek i stwierdził, że minął już kwadrans. Postanowił przyśpieszyć osiągnięcie celu.

– No i widzi pan, *Herr Oberbombardier*, kiedyś był pan żołnierzem, służył pan pod odważnym dowódcą, ramię w ramię z wiernymi kamratami, a teraz nad panem jest zwykły belfer, jakiś urzędniczyna, którego pan musi słuchać.

To właśnie był jego plan – skonfrontowanie chwalebnej historii starego wiarusa z jego obecną sytuacją. Mock – ujrzawszy tężyznę Marczynowskiego, jego męski, zdecydowany sposób bycia – założył, że weteran pól bitewnych niespecjalnie przepada za pewnym siebie, zarozumiałym bubkiem Heckmannem, który prochu nie wąchał, a wszystkich dokoła kole w oczy doktorskim tytułem i wywrzaskuje rozkazy nieprzyjemnym falsetem. Mock zablefował – i trafił.

– Tak jest, *Herr Polizei-Wachtmeister.* – Woźny ściszył głos i rozejrzał się wokół. – Ten wielki mi dyrektor to nawet w wojsku nie był. I on mną niekiedy pomiata, wie pan.

Mock milczał i czekał na więcej. Doczekał się.

– On dumny, on się obnosi – mruknął Marczynowski. – Jakich to niby ludzi on zna. Każe mi się w pas kłaniać jakimś wielkim panom, którzy nawet na mnie nie spojrzą. Tak było, wie pan, kiedy w naszej szkole był ten lekarz, wie pan, ten, co to zarażał specjalnie kiłą. Głośna była sprawa.

– Profesor Neisser? – podpowiedział mu Mock.

– Tak jest! – ucieszył się Marczynowski. – Profesor medycyny! Był tu u nas. Miał pogadanki o chorobach. Dyrektor chodzi do niego często na herbatkę, na ciasteczka.

Nagle woźny gwałtownie umilkł i spuścił wzrok. Za plecami Mocka rozległ się rozzłoszczony falset.

– A co to ma znaczyć, panie Marczynowski! – Niewysoki dyrektor aż tupał nogami. – Pan tu sobie pogawędki uskutecznia, zamiast szkoły pilnować?!

Stał na schodach, wspierał się pod boki, a resztki jego włosów i imponujące wąsy były nastroszone jak sierść wściekłego psa. Jego binokle odbijały światło elektrycznej lampy sufitowej i nie wiadomo było, gdzie doktor Heckmann kieruje swój bystry wzrok.

– A pan? – Widocznie patrzył teraz na Mocka. – A pan to czego sobie życzy? Jestem dyrektorem tej szkoły! Doktor Moritz Heckmann! Z kim mam mianowicie przyjemność?!

– Wachmistrz policyjny Eberhard Mock. Sekretarka mnie już meldowała i kazała czekać pół godziny. Czy mógłbym porozmawiać z panem dyrektorem w jego gabinecie?

Niewysoka ranga nie zrobiła na Heckmannie wielkiego wrażenia. Skrzywił się i założył ręce na piersi w napoleońskim geście.

– Czy ja pan skądś znam?

Mock nie ucieszył się zanadto z tego pytania. Bał się, że Heckmann go rozpozna i przypomni sobie nieprzyjemną sytuację u Lasariusa. Antypatia nigdy nie była dobrym punktem wyjścia, jeśli idzie o zdobywanie informacji.

– Och, znam pana, znam. – Obawy Mocka się potwierdziły. – Wczoraj inaczej był pan ubrany i odniósł się pan do mnie nadzwyczaj arogancko.

– A pan mnie nazwał obdartusem. – Mock uśmiechnął się tyleż szeroko, co nieszczerze. – Zapomnijmy o wzajemnych urazach. Ja mam zresztą do pana pytanie co do programu pańskiej szkoły. Żadnego rozpoznawania, żadnych odwiedzin w prosektorium. To co? Tu będziemy rozmawiać?

Doktor Heckmann zszedł kilka stopni w dół, ale wciąż był wyżej niż Mock. Postukał okutą laską w granitowy schodek, jakby chciał sprawdzić jego twardość.

– Ja nigdy nie zapominam uraz, panie... panie...

– Czy w pańskiej szkole naucza się greki? – Mock poczuł ukłucie niecierpliwości.

W dyrektora wstąpił jakby inny duch. Spojrzał z pogardą na swego rozmówcę. Jego wzrok mówił, że ludzie nie znający się na pruskiej oświacie nie są godni być urzędnikami państwowymi. Wsparł się jedną ręką na gałce laski, drugą wskazał na tablicę z brązu, która wisiała nad oszklonymi drzwiami prowadzącymi w głąb budynku.

– Gdyby pan zadał sobie trud i spojrzał na oficjalną nazwę mojej szkoły, widniejącą na szyldzie, toby pan nie musiał w ogóle ze mną rozmawiać, panie policjancie! No niech pan przeczyta!

Mock spojrzał na szyld, który głosił „Gimnazjum Realne pod wezwaniem Świętego Ducha".

– Przeczytałem – powiedział Mock.

– No to widzi pan. – Heckmann uśmiechnął się drwiąco. – Przymiotnik „realny" oznacza, że nasza szkoła jest zorientowana na realia życia. Kształcimy przyszłych inżynierów i medyków. Im greka jest niepotrzebna. Niestety godny ubolewania dydaktyczny przeżytek wymaga jednak, by na inne studia niż wspomniane szli absolwenci ze znajomością łaciny. Mamy dla nich lekcje dodatkowe z tego języka. To tyle. Jeszcze jakieś pytania?

Mock, jako niedoszły nauczyciel języków starożytnych, doskonale o tym wszystkim wiedział. Wiadome mu oczywiście było, że absolwenci gimnazjów realnych mogą na niemieckich uniwersytetach studiować wyłącznie matematykę, nauki przyrodnicze, medycynę, inżynierię i języki nowożytne. Dlatego też dodatkowe zajęcia z łaciny wprowadzano do wielu gimnazjów realnych, aby ich absolwenci mogli później studiować na przykład prawo. Lucy

Schilling, twierdząc, że jej brat uczył się greki w szkole, mogła mieć na myśli właśnie owe zajęcia.

– Na pewno nie naucza się greki u pana na jakichś zajęciach pozalekcyjnych?

– Nie! – prychnął pogardliwie dyrektor. – Greka to przeżytek, a nasza szkoła wiedzie swych uczniów w nowoczesność!

Mock myślał. Oto zginął chłopiec, Hermann Schilling, który był jakoś związany z Ikarem. Ikar był dorosłym mężczyzną. Chłopiec własnoręcznie wypisał w zeszycie sentencję po grecku. „Zawsze być posłusznym starszemu". Ikar był starszy. Skąd chłopiec znał grekę? Jego siostra Lucy mówi, że uczył się tego języka w szkole, dyrektor zaś energicznie temu zaprzecza.

– Przyszedłem tu, aby porozmawiać z panem dyrektorem – rzekł Mock. – O tych czterech zamordowanych chłopcach i o kółku, które stworzyli Struve, Ziegler, Schilling i Brix. Czy stanowili grupę samokształceniową, a może byli wyznawcami jakiejś idei?

– Wszystko, com miał do powiedzenia, powiedziałem – odparł sucho dyrektor. – Nie mam czasu na rozmowę z panem. Wachmistrze policyjni, o ile wiem, nie prowadzą takich śledztw, ale raczej pilnują porządku na ulicach.

Mock uchylił melonika, by bez słowa pożegnać dyrektora, po czym z pełnym szacunkiem pochylił głowę przed starym wiarusem spod Wissembourga. Odwrócił się w stronę wyjścia. Wtedy usłyszał, jak Heckmann pyta woźnego:

– Panie Marczynowski, czy nie przyszły do mnie od maestra Dohrna bilety na dzisiejszy koncert?

Policjant wyszedł na słońce. Wyciągnął papierosa, ale natychmiast go schował do papierośnicy. Nigdy nie palił na czczo, a dzisiaj jeszcze nie zdążył niczego zjeść. Zamyślony stanął pod parkanem otaczającym boisko szkolne. Wtedy ujrzał coś, co go bardzo ucieszyło, coś, co pozwoli mu zaraz zapalić. Była to kobieta obładowana wielkim wiklinowym koszem. Mock kiwnął na nią, a ta podeszła do parkanu i uchyliła wieko. Jego oczom ukazały się trzy przegródki. Wiedział doskonale, co w nich jest.

– Trzy kiełbaski poproszę i trzy precle. – Wręczył kobiecie trzydzieści fenigów, a w zamian otrzymał to, o co prosił, i wesoły uśmiech prezentujący niekompletne uzębienie.

W jego zębach zatrzeszczała skórka, a do nosa dotarła lekka czosnkowa woń mięsa. Zagryzł preclem. Kminek wypełnił mu usta świeżym zapachem.

I nagle przestał żuć. W głowie huczało mu nazwisko „maestro Dohrn, maestro Dohrn". Wstał i podszedł do słupa stojącego na rogu. Było tam zawiadomienie o muzycznych wieczorach w Domu Koncertowym na Gartenstrasse[70]. Bezwiednie wsunął do ust drugą kiełbaskę. Nie czuł jej smaku.

Dyrektor Heckmann idzie dzisiaj do Domu Koncertowego na Gartenstrasse – myślał. – Tam, gdzie powóz porwał młodego Struvego. Dyrektor Heckmann bywa w domu profesora Alberta Neissera. Tam bywa też bezdomny, który widział, jak Hans Brix znikał w powozie zaprzężonym w cztery konie z czarnymi kitami. A niedaleko willi Neissera, pod domem Hansa Poelziga, porwano Hansa Brixa. Dyrektor szkoły był w dwóch miejscach, z których porwano jego uczniów.

Mock zjadł trzecią kiełbaskę i zagryzł preclem. Wtedy poczuł, że ktoś dotyka jego ramienia. Był to woźny Marczynowski.

---

70 Obecnie ul. Piłsudskiego.

– Słyszałem, jak pan rozmawiał z dyrektorem o tych czterech chłopcach – mówił stary. – Mam tu coś... Chyba nic szczególnego. Mały Struve zostawił przedwczoraj u mnie w dyżurce list do kolegi, do Zieglera, co zginął wraz z nim. W kopercie. Nie otwierałem. Proszę, to chyba nic ważnego. Ja lubiłem tych chłopców. Czasami coś u mnie przechowali. Najczęściej papierosy. Dyrektor by mnie wyrzucił, ale ja nie dbam o tego bubka.

– Dziękuję panu, panie Marczynowski. – Mock przełykał szybko ostatni kęs. – Wszystko jest dla mnie ważne. Czemu pan wcześniej nie dał tej koperty żadnemu z policjantów? Przecież chyba przesłuchiwali pana moi koledzy?

– Ja jestem Polakiem, panie Mock – mruknął woźny. – I nie lubię pruskiej policji. My z Księstwa Poznańskiego unikamy byków, to znaczy ludzi pańskiego zawodu.

– Przecież ja też jestem byk, pruski policjant! – zdumiał się wachmistrz. – A pan mi pomaga!

– Albo ja wiem? Pan jakby taki... bardziej taki... swój.

Woźny zasalutował i podreptał w stronę szkoły. Mock otworzył kopertę i zobaczył szereg greckich liter. Nic nie rozumiał. Po minucie wszystko było jasne. Wróciły dobre szkolne wspomnienia – kiedy on sam szyfrował wiadomości dla swoich kolegów w wałbrzyskim gimnazjum. Niemczyzna tych tajnych komunikatów była ukryta pod szatą grecką. Wyrazy rodzime pisane były greckimi literami.

„Jutro spotykamy się tam gdzie zawsze.
Ukryłem tam wino. Powiedz innym".

Tylko tyle głosił ów list. Nie jego treść była jednak ważna, ale forma. Jak się okazuje, nie tylko Schilling, ale i jego kolega Struve uczył się języka Homera. Gdzie? W tej szkole po lekcjach? Dlaczego jej dyrektor zapytany o nauczanie greki zaprzeczał tak energicznie, jakby go indagowano o kurs czarów i astrologii?

– Zbyt energicznie – szepnął do siebie Mock i w jednej chwili podjął decyzję co do dyrektora Heckmanna.

WROCŁAW,
środa 9 kwietnia 1913 roku,
godzina dziesiąta rano

EBERHARD MOCK WSZEDŁ DO PREZYDIUM POLICJI i udał się na drugie piętro do pokoju, który dzielił z von Rannemannem i z Kleckerem. Koledzy pewnie przed chwilą wyszli, bo w pokoju unosiła się niebieskawa mgła, w której wyczuwał nutę korzenną tytoniu Crüwell, używanego przez Mühlhausa. Zostawiwszy sobie na później rozwiązanie zagadki, co inspektor kryminalny robił w Wydziale III b, otworzył okno, które wychodziło na dziedziniec, i wpuścił trochę świeżego powietrza.

Potem usiadł przy swoim biurku i spojrzał na utensylia, które po zwolnieniu z pracy najpierw musiał stąd wynieść, a potem – cudownie przywrócony do swoich obowiązków – znów je tutaj ułożył. Dokręcił mocniej temperówkę do brzegu biurka, a potem głębiej wcisnął korek do kałamarza. Na zielonym blacie porozkładał równo cztery ołówki. Te czynności porządkowały myśli.

Sięgnął do szuflady i wyjął z niej papier. Teraz wyciągnął korek z kałamarza i położył go na wcześniej przygotowanym kawałku ceraty, po czym zaczął pisać dyspozycje na dzisiaj:

Dyrektor gimnazjum realnego doktor Moritz Heckmann kłamie w sprawie greki.
Heckmann był prawdopodobnie w dwóch miejscach porwań.
1-mo
znaleźć coś na niego,
2-0
sprawdzić, czy nie był w jakichś innych miejscach porwań,
3-0
sprawdzić u profesora Meissnera, co symbolizuje tatuaż τ,
4-0
dokładnie wypytać Lucy Schilling o inne skrytki, w których brat mógł przechowywać czytanki greckie czy słownik. Być może jest związek między grecką literą wytatuowaną u Ika-ra a zainteresowaniem greką u śp. Hermanna Schillinga?
5-0
porozmawiać z kupcem Lauterbachem o Hermannie i Lucy Schillingach.

Przystąpił do pierwszego zadania. Wyjął z biurka cztery szpilki z dużymi główkami, podszedł do mapy Wrocławia rozpiętej na ścianie i wetknął je w miejsca, gdzie zostali porwani czterej chłopcy. Odsunął się i spojrzał na mapę. Przetarł oczy ze zdumienia. Główki szpilek – małe kulki imitujące kość słoniową – układały się w regularny kształt. Równoległobok.

Detektyw odczytał podziałkę na mapie, z biurka Kleckera wziął linijkę i zmierzył odległości pomiędzy tymi punktami. Zabrał się do prostych obliczeń. Po chwili już nie ulegało żadnych wątpliwości, że punkty, w których zostali porwani chłopcy – dom Hansa Poelziga, Dom Koncertowy, brzeg Odry na Rakowcu naprzeciwko zoo oraz dom Lauterbacha – tworzą wierzchołki równoległoboku.

Mock dopisał do swoich zadań:

3-0 A.
Co symbolizuje równoległobok?

po czym zszedł do archiwum położonego niedaleko nieszczęsnej celi, gdzie w zeszłym tygodniu oddawał się rozpuście. W ciemnym pokoju trącącym wonią kurzu, mięty i cząbru przywitał się z panem tego miejsca i amatorem naparów ziołowych Ulrichem Knorrem. Poprosił archiwistę o zdobycie jakichkolwiek wiadomości na temat doktora Moritza Heckmanna. Wychwalał przy tym pod niebiosa skomplikowany i bardzo sumiennie wykonany system odsyłaczy i indeksów do poszczególnych akt, którego sporządzeniu archiwista poświęcił kilka dobrych lat swojego życia. Knorr przyjemnie połechtany porzucił inne zadania i zasiadł do akt. Mock, widząc jego życzliwość i energię, postanowił go obarczyć dodatkowym wyszukiwaniem.

– Szanowny panie Knorr. – Uśmiechnął się przymilnie. – Interesują mnie dwa miejsca w naszej śląskiej metropolii. To brzegi Odry od strony Rakowca na wysokości zoo i dom Lauterbacha na rogu Menzelstrasse[71] i Hohenzollernstrasse[72]. To bardzo ważne, czy doktor Heckmann miał coś z nimi wspólnego, czy bywał tam *et cetera*. Jeśli się okaże, że nic pan na ten temat nie znajdzie, co jest zresztą bardzo prawdopodobne, to proszę mi dostarczyć wszelkich informacji na temat tych dwóch miejsc. Potrzebuję tego na dzisiaj, drogi panie Knorr. Czy byłby pan tak miły?

Archiwista był starym urzędnikiem, który pracował powoli i wedle ustalonego wcześniej planu. Bardzo nie lubił, kiedy go popędzano. Mock wiedział o tym, toteż pochylił się nad starszym panem.

---

71 Obecnie ul. Sztabowa.
72 Obecnie ul. Sudecka.

– Nie mówiłbym tego komu innemu – rzekł bardzo cicho, wciągając w nozdrza woń mięty i cząbru, unoszącą się z blaszanego kubka – ale wiem, że panu mogę bezgranicznie ufać. To dotyczy sprawy Ikara z Hali Stulecia...

Archiwista otworzył oczy ze zdumienia.

– Pan prowadzi sprawę Ikara, *Herr Polizei-Wachtmeister?*

Mock przyłożył palec do ust i syknął:

– Ciiiiiii....

Wiedział, że trupy czterech chłopców nikogo w mieście nie pozostawiały obojętnym, ale z drugiej strony znał dobrze stoicki spokój, jaki cechował tego flegmatycznego gryzipiórka. Nie był zatem pewien, czy ten odwołujący się raczej do emocji argument przekona archiwistę.

Spojrzał mu w oczy i przestał mieć jakiekolwiek wątpliwości.

WROCŁAW,
środa 9 kwietnia 1913 roku,
godzina jedenasta przed południem

MOCK WSZEDŁ DO SWOJEGO GABINETU i na kartce, którą zostawił na biurku, odhaczył jako załatwione dwie pierwsze sprawy. Zaraz zajął się następnymi. Podniósł słuchawkę i poprosił o połączenie z uniwersyteckim seminarium orientalistycznym. Po chwili usłyszał w słuchawce głos starszego mężczyzny.

– Doktor Jacob.

– Eberhard Mock z prezydium policji. – Darował sobie podawanie swojej niespecjalnie imponującej rangi służbowej. – Muszę koniecznie skonsultować się dzisiaj z panem profesorem Meissnerem w bardzo pilnej sprawie. Czy mogę go prosić do aparatu?

– Niestety nie – odparł krótko Jacob, darując sobie jakiekolwiek wyjaśnienia.

– A może mi pan wyznaczyć godzinę audiencji u profesora Meissnera? Przyszedłbym i przedstawił mu sprawę osobiście...

– Niestety nie. – Jacobowi najwyraźniej zacięła się płyta, choć tym razem dodał coś, co można by uznać za przyczynę swego *désintéressement*. – Wszyscy tu mamy bardzo dużo zajęć, panie Mock, a ja nie jestem asystentem Meissnera.

Mock się nie poddawał.

– Bardzo pana proszę, doktorze Jacob. Jestem byłym studentem profesora Meissnera. Bywałem w bibliotece seminarium. Może mnie pan pamięta?

– Nie, nie przypominam sobie. – Ta próba też spaliła na panewce. – Ale jeśli to prawda, to bywał pan chyba nieczęsto...

Mock był rzeczywiście tylko kilka razy w bibliotece. Powoływanie się na jego rzadkie pobyty w seminarium orientalistycznym nie było raczej dobrym sposobem, by zdobyć przychylność Jacoba. Zastanawiał się przez kilka sekund. Nie widział innej możliwości, jak tylko zastosować ten sam sposób nacisku jak w wypadku archiwisty Knorra.

– Halo, jest pan tam, panie, panie... – usłyszał poirytowany głos. – Nie dosłyszałem rangi... Czy coś jeszcze?

– Proszę o konsultacje w sprawie Ikara – powiedział dobitnie. – Tego Ikara z Hali Stulecia.

Po drugiej stronie usłyszał jakiś szum, kilka niewyraźnych słów, a potem rozległ się spokojny baryton profesora Meissnera.

– Tu Meissner. Pamiętam pana, Mock. Miałem kiedyś wykłady z twórczości Filona Aleksandryjskiego w seminarium filologicznym i pan był wśród kilkunastu studentów filologii. W czym mogę być panu pomocny?

– Dzień dobry, *Herr Professor* – ucieszył się Mock. – Tak jest! Wtedy bardzo mnie interesowały poglądy Filona na rozwój ludzkości, a pan świetnie omawiał wątki judaistyczne w jego twórczości. Dziękuję, że pan przejął słuchawkę. Otóż chodzi mi o symbolikę figur geometrycznych, zwłaszcza równoległoboku, oraz o symbolikę greckiej litery tau.

Zapadło milczenie.

– Wiem na ten temat trochę – Mock odniósł wrażenie, że profesor uśmiechnął się na końcu telefonicznego kabla – ale muszę zajrzeć tu i ówdzie, by to doprecyzować. Proszę przyjść do mojego biura dziś o trzeciej po południu.

Mock odłożył słuchawkę i odetchnął z ulgą. Sprawa Ikara otwierała wiele drzwi i napełniała umysły ludzi – skądinąd butnych i nieskorych do pomocy – niepowstrzymaną ciekawością i chęcią zdobycia sławy. Była też ciemna strona używania tego argumentu, by zaktywizować ludzi do pomocy. Niebezpieczeństwo ujawnienia samozwańczej roli śledczego, jaką przyjął Mock. O jego zaangażowaniu w tę sprawę wiedział już archiwista Knorr, wiedzieli też profesor Meissner i doktor Jacob. Prędzej czy później mogło dojść do uszu prezydenta policji, że jego niesubordynowany i zagrożony zwolnieniem podwładny nie tylko nie wykonuje zadań, które mu przydzielono, ale wręcz zajmuje się czymś innym – najsłynniejszym od lat wrocławskim śledztwem, do którego prowadzenia dostał przyzwolenie od półpijanego Vyhladila, kolejnej policyjnej czarnej owcy.

Nie wyglądało to dobrze, ale Mock nie zamierzał rezygnować. Postanowił postępować nieco ostrożniej. Wstał, wyjął szpilki z mapy Wrocławia, a kartkę z zadaniami schował do portfela. Ta ostrożność okazała się mocno spóźniona. Podczas pobytu Mocka w archiwum ktoś odwiedził jego gabinet.

‖ **WROCŁAW,**
‖ **środa 9 kwietnia 1913 roku,**
‖ *godzina pierwsza po południu*

EBERHARD MOCK MIAŁ SZCZĘŚCIE. U pana Lauterbacha była właśnie Lucy Schilling i przeglądała albumy. Kupiec przekazał dziewczynce słuchawkę. Po chwili rozmowy Mock na kartce z dyspozycjami na ten dzień odhaczył zadanie czwarte. Właśnie się dowiedział – zgodnie zresztą ze swoimi oczekiwaniami – że ani w domu, ani w piwnicy, gdzie Hermann Schilling odrabiał lekcje, nie było żadnych dodatkowych materiałów do nauki greki. Powiedział Lucy Schilling: „Do widzenia!", i poprosił, by oddała słuchawkę aparatu panu Lauterbachowi. Przed nim było zadanie piąte: wypytanie kupca o jego częstych młodych gości – o nieżyjącego Hermanna Schillinga i o jego siostrę. Niestety dziewczynka – rozmawiająca przez telefon po raz pierwszy w życiu – była tak zaaferowana tym zdarzeniem, że odwiesiła słuchawkę.

Kiedy Mock już miał prosić telefonistkę o ponowne połączenie, w drzwiach stanął archiwista Knorr. Policjant odwiesił słuchawkę, zaprosił go do środka szerokim gestem i wskazał mu krzesło.

Starszy pan w daszku na łysej głowie i w zarękawkach miał radosną minę.

– Coś mam, coś mam, *Herr Polizei-Wachtmeister*! – Zamieniam się w słuch. – Mock odchylił się na krześle, dłonie wsparł o brzuch i zakręcił palcami młynka.

Wprawdzie czuł już ukłucie niecierpliwości, ale wiedział, że popędzanie Knorra może być przez niego uznane za arogancję. Archiwista usadowił się wygodnie i zabębnił palcami po stole. Mockowi wydawało się, że aż tutaj przyniósł zapach cząbru i mięty.

– Doktor Moritz Heckmann jest czysty jak łza – powiedział Knorr. – W aktach nie tylko nie ma nic o jego aktywności w domach Lauterbacha i nad Odrą, ale w ogóle nie ma prawie nic o nim samym. Powiedziałem prawie. – Przerwał i patrzył triumfalnie na milczącego Mocka, który zaczął się już kręcić na krześle. – Powiedziałem prawie – powtórzył – bo jest jeden mały wyjątek. – Doktor Heckmann jest bliskim przyjacielem państwa profesorostwa Toni i Alberta Neisserów i często bywa w ich willi na koncertach i wieczorkach dyskusyjnych. To znalazłem w aktach niechlubnej sprawy profesora Neissera, którą pański wydział prowadził piętnaście lat temu. Nieźle, prawda?

Mock przyjął tę wiadomość, którą dziś uzyskał przypadkiem od woźnego w Gimnazjum Świętego Ducha, z ledwo powstrzymywanym grymasem rozczarowania. Archiwista był jednak tak cennym źródłem informacji, iż nie chciał go do siebie zrazić. Okazał zatem wielki zapał i entuzjazm.

– To wspaniale, panie Knorr, jest pan niezastąpiony! – krzyknął, a potem dodał znacznie ciszej: – A ma pan dla mnie coś jeszcze?

Archiwista nie był częstym bywalcem teatrów ani znawcą sztuki aktorskiej, ale na ogół potrafił rozpoznać, kiedy człowiek udaje, a kiedy nie. Sztuczna i przesadna reakcja Mocka nie pozostawiała najmniejszych wątpliwości w tej kwestii.

– Mam coś jeszcze – powiedział smutno. – To pewnie zupełny drobiazg. O tych miejscach, co pan prosił, by sprawdzić. Tego, co znalazłem, nie było w aktach, ale mamy w archiwum całe roczniki „Schlesische Zeitung". Coś mi tam świtało i zacząłem je przeglądać. Otóż domy Lauterbacha, nie dom, jak pan powiedział, ale domy, zostały zaprojektowane przez Hansa Poelziga, dyrektora Królewskiej Szkoły Sztuki i Rzemiosła Artystycznego. I to samo nazwisko pojawia się w kontekście tego nadbrzeża na Rakowcu, naprzeciwko zoo. Stamtąd ma biec przez Odrę, w „Schlesische Zeitung" był nawet projekt, duży most, który połączy tereny wystawowe wokół Hali Stulecia z Rakowcem. Wie pan, kto jest projektantem tego mostu?

– Hans Poelzig? – Mock aż otworzył usta ze zdziwienia.

– To byłoby zbyt piękne – odparł Knorr. – On sam nie. Ale jego współpracownik, architekt Paul Wolf z Hanoweru.

Tym razem to archiwista otworzył usta ze zdziwienia. Ta informacja – banalna, jak sądził – zmieniła Mocka nie do poznania. Detektyw się zarumienił i sięgnął do kamizelki po papierośnicę. Nie wyjął z niej jednak papierosa, tylko zostawił otwartą na biurku – jakby zapomniał, co właściwie miał zrobić. Po chwili z tylnej kieszeni spodni wydobył kościany grzebyk i przeczesał swe czarne falujące włosy. Wstał, bez słowa wyjaśnienia podszedł do mapy i starannie włożył szpilki do dziurek – tam, gdzie wcześniej tkwiły.

Odwrócił się do Knorra i stwierdził:

– Porwań dokonano w trzech miejscach Poelziga. Czy może pan, szanowny panie Knorr, sprawdzić coś jeszcze? Czy Poelzig coś miał wspólnego z Domem Koncertowym na Gartenstrasse[73]?

– Trzy miejsca Poelziga – powiedział Klecker, który w tym momencie wszedł do pokoju z von Rannemannem. – Ciekawe, ciekawe... A może powiesz nam, Ebi, o tym coś więcej?

Zapadła cisza.

Mock nic nie rzekł więcej. Powinien być ostrożniejszy.

WROCŁAW,

środa 9 kwietnia 1913 roku,

godzina trzecia po południu

SEMINARIUM ORIENTALISTYCZNE BYŁO DWA KROKI od prezydium policji. Mieściło się ono na parterze wspaniałego barokowego gmachu[74], w dawnym konwikcie Świętego Józefa, na Schmiedebrücke 35[75] i składało się z trzech dużych pokoi w układzie amfiladowym, z których jeden był gabinetem profesora Brunona Meissnera i jego współpracownika docenta prywatnego Eduarda Jacoba. Drugi pokój zajmował profesor Alfred Hillebrandt, sanskrytolog i niedawny rektor wrocławskiej *Alma Mater*, trzeci zaś był jednocześnie biblioteką i salą wykładową. Pracujący tu uczeni – wbrew temu, co przez telefon mówił Mockowi doktor Jacob – nie

---

73 Obecnie ul. Piłsudskiego.

74 Obecnie Collegium Anthropologicum Uniwersytetu Wrocławskiego.

75 Obecnie ul. Kuźnicza.

mieli zbyt wielu obowiązków dydaktycznych. Sanskryt wykładany przez Hillebrandta studiowało w tym roku akademickim zaledwie dwóch entuzjastów, a semitologii, czy – ściśle mówiąc nauczanym przez Meissnera podstawom języka hebrajskiego, poświęcali się – i to zwykle na krótko – jedynie przyszli teologowie i rzadziej filozofowie. Doktor Eduard Jacob, pozbawiony zatem możliwości wykładania filologii hebrajskiej, musiał prowadzić zajęcia z drugiej dziedziny, w której się specjalizował, czyli z języków etiopskich. Ta dyscyplina budziła jeszcze mniejszy entuzjazm studentów i Jacob ze świeczką musiał szukać słuchaczy.

To wszystko powodowało między uczonymi nieustanne spięcia. Głównym powodem ich wzajemnej niechęci było przede wszystkim to, że władze uniwersyteckie dwa lata wcześniej katedrę semitologii powierzyły czterdziestopięcioletniemu Meissnerowi, nie zaś Jacobowi, który miał lat sześćdziesiąt kilka, a starał się o nią przynajmniej od czasów Bismarcka. Przegrany uczony – zgorzkniały i wściekły na cały świat – wciąż był docentem prywatnym albo, jak go nazywali po cichu koledzy z wydziału, wiecznym docentem. To było poślednie stanowisko pozbawione uniwersyteckiej pensji i piastowali je tylko ci, którzy chcieli pracować naukowo, by kiedyś zająć wakat po jakimś profesorze – gdyby ten umarł lub przeszedł do innej uczelni. Mock mimowolnie wszedł w to kłębowisko frustracji i odgrzał pomiędzy semitologami dawne urazy, kiedy potraktował Jacoba jak asystenta i poprosił go o wyznaczenie godziny audiencji u profesora Meissnera, czym go dotknął do żywego.

Kiedy policjant wszedł do pokoju swego dawnego wykładowcy, jeden rzut oka mu wystarczył, by uznać, że nic się tam nie zmieniło od czasów, kiedy on sam był studentem – poza tym, że liczba książek znacznie się zwiększyła. Kiedyś zajmowały one jedynie trzy regały – dwa wysokie do sufitu i przytwierdzone do naprzeciwległych ścian i jeden niższy pomiędzy oknami. Teraz zaś książki leżały również na podłodze, na biurku i na dwóch krzesłach. Nie było ich jedynie na obrotowym krześle zajmowanym przez Meissnera oraz na szafie pomiędzy oknami, gdzie stało popiersie sławy i chwały wrocławskiej orientalistyki Georga Heinricha Bernsteina.

Profesor wstał i podał rękę Mockowi. Dla ochrony przed książkowym kurzem miał długi fartuch narzucony na szary garnitur. Był krępym mężczyzną średniego wzrostu, o okrągłej głowie ogolonej całkiem na łyso. Jego twarz ozdabiały krótkie, gęste wąsy i binokle naciśnięte na mały nos.

– Tak, pamiętam pana, Mock! – zawołał i wskazał dłonią obrotowe krzesło przy biurku. – Proszę siadać!

Mock zaprotestował, twierdząc, że nie godzi się, by profesor stał, a on w tym samym czasie siedział. Swymi oporami rozbawił nieznacznie gospodarza tego pokoju.

– Przecież pan musi notować, Mock. – Meissner roześmiał się cicho. – A poza tym nie należy przeceniać profesorów. Zna pan opinię Bismarcka, którą wygłosił, kiedy w Reichstagu było osiemdziesięciu ośmiu deputowanych z tytułami profesorskimi?

Mock zacytował natychmiast żelaznego kanclerza:

– *Acht und achtzig Professoren – Vaterland! Du bist verloren!*[76]

– Tak. – Meissner spoważniał. – Nasza kłótliwość stała się przysłowiowa. Niedługo staniemy się złymi wilkami z bajek braci

---

76 Osiemdziesięciu ośmiu profesorów – ojczyzno, jesteś zgubiona (niem.).

Grimmów. Na przykład takie małe seminarium jak nasze, a ileż tu niesnasek... – Zauważył, że jego rozmówca wyciąga zegarek z kieszeni kamizelki i spogląda na niego długo i uważnie. – Och tak! – wykrzyknął. – Pan tu nie po to przyszedł, by poznawać nasze akademickie bagienko! Oczywiście! Już panu mówię, czegom się dowiedział o równoległoboku i literze tau!

Profesor wstał i zaczął chodzić po swoim pokoju. Zbierał myśli. Mock wodził za nim wzrokiem, trzymając notes na kolanach. Obawiał się, że naukowiec zaraz wybuchnie wulkanem elokwencji i zaleje go całą masą informacji, z których wiele będzie tyleż drobiazgowych i uczonych, co bezużytecznych.

Meissner odwrócił się od wychodzącego na gmach uniwersytetu okna, z którego równo sto lat wcześniej profesor Steffens wzywał studentów do zaciągania się w antynapoleońskiej kampanii do korpusu generała-majora von Lützowa.

– Co ja tam będę panu mówił o związkach litery tau z jej hebrajskim pierwowzorem taw! – Swój wykład rozpoczął retoryczną figurą zwaną pominięciem. – Co ja będę mówił o tym, że hebrajska taw jest znakiem czystości obyczajów, bo Bóg literą taw namaszcza czoła sprawiedliwych w Księdze Ezechiela! Po co miałbym marnować pański czas, by mówić, iż taw, jako ostatnia litera hebrajskiego alfabetu, oznacza koniec i śmierć? Albo że oznacza liczbę trzysta? Gdybym chciał przedstawić te parantele, musiałbym wejść w fascynującą dziedzinę kabalistyki i mówić dzień cały, a może i noc. A na to czasu nie mamy! – Zaczerpnął tchu. – Nie będę też opowiadał panu o symbolice symetrii widocznej w równoległoboku, bo symetria to przecież temat jeszcze głębszy i *sit venia verbo* jeszcze bardziej starożytny niż alfabet! Miałem mało czasu, mój panie, by wejść szerzej w ten prawdziwy gąszcz pytań i problemów. Poszukałem zatem odpowiedzi na pytanie, co łączy literę tau z równoległobokiem. Poszukałem tego tutaj!

Postukał się w łysą głowę tak mocno, że rozległ się charakterystyczny przytłumiony odgłos, po czym spojrzał na Mocka triumfalnie i milczał z teatralnie wzniesionym palcem.

– I co? Znalazł pan profesor ten związek? – Choć Mocka aż korciło, by poprosić Meissnera o rozwinięcie tych kwestii, które pominął, zadał pytanie, na które retor najwidoczniej czekał.

– Tak, znalazłem, ale nie można o tym mówić głośno – szepnął semitolog i rozejrzał się wokół jakby z przestrachem. – Bo oto wchodzimy teraz na grunt tajemnej doktryny wyznawanej przez bardzo groźną i tajną sektę. Oto wchodzimy do komnat masońskich. Litera tau to symbol mistrza wolnomularzy, a oni są wszędzie, nawet tutaj, w moim seminarium. Może pan jest jednym z nich? Trzeba być nadzwyczaj ostrożnym. Ciiii... – Położył palec na ustach.

Mock nie był jakoś nadmiernie rozbawiony komedią, którą odgrywał profesor, udając, że ściany mają uszy i że zdradza teraz bardzo niebezpieczne tajemnice. On zrozumiał, że oto detektywistyczny pasjans zaczyna się układać. Odsłonił w swym umyśle jego pięć kart:

1. chłopcy zostali porwani w trzech miejscach Poelziga (dom Poelziga na Leerbeutel[77], domy Lauterbacha, nadbrzeże na Rakowcu),

---

77 Obecnie ul. Chopina.

2. Poelzig jest masonem, o czym krzyczeli przed Halą Stulecia agitatorzy ze Związku Wszechniemieckiego,
3. Ikar miał literę tau na piersi,
4. litera tau jest masońskim symbolem,
5. wniosek: Ikar był masonem podobnie jak Poelzig, z którym są związane miejsca porwań.

Meissner czytał w myślach detektywa.

– Tak, mój drogi panie. Tak, litera tau jest masońskim pozdrowieniem. Kiedy jeden wielki mistrz wita innego wielkiego mistrza, pozdrawia go *sub signo tau sumus*[78]! Ponieważ ja sam nie jestem masonem, nie wiem, czy wielcy mistrzowie muszą sobie tę literkę tatuować. Znam jednak jedną osobę, która, jak głoszą plotki, niejednego masona musiała widzieć tak, jak go pan Bóg stworzył... Tfu! Powinienem powiedzieć: jak go stworzył Wielki Architekt Wszechświata.

Meissner zawiesił głos i patrzył na Mocka z lubieżnym uśmiechem pewny, że ten zaraz go zapyta o tę tajemniczą osobę. Detektyw, owszem, zapisał sobie to pytanie, natomiast najpierw chciał odsłonić szóstą kartę swego pasjansa – czyli rozjaśnić symbolikę równoległoboku, której masońskie konotacje zasugerował uczony.

– A co z tym równoległobokiem, panie profesorze? – zapytał. – To też masoński symbol?

– Z równoległobokiem jako takim nie mamy chyba do czynienia w symbolice masońskiej. – Meissner westchnął jakby rozczarowany tym, że Mock nie wpada w zastawione przez niego

---

78 Jesteśmy pod znakiem tau (łac.).

retoryczne pułapki. – Ale to nie znaczy, że w tej kwestii jesteśmy całkiem bezradni. Równoległobok jest, inaczej mówiąc, czworokątem o symetrycznych przeciwległych bokach. W tej szerokiej definicji nie uwzględniającej kątów jest tym samym co prostokąt. – Podszedł do tablicy i wyrysował obie figury geometryczne. – Niech pan tylko zobaczy. – Wskazał na prostokąt. – Oto typowy symbol masoński. Wiemy, że sale, w których wolnomularze się zbierają na obrady, są zaprojektowane na bazie prostokąta. Poza tym prostokąt to schematyczny obraz trumny, a trumna w rytuale stopnia trzeciego, mistrzowskiego, to kluczowy symbol. Odwołuje się on do biblijnego mistrza Hirama, który na zamówienie króla Salomona odlewał z brązu kolumny świątynne i ich ozdoby, jakieś głowice *et cetera*. Ten rzemieślnik jest określony w Pierwszej Księdze Królewskiej jako, cytuję z pamięci, „człowiek z Tyru, syn wdowy z rodu Neftalego". Według legendy masońskiej Hiram został zamordowany przez swoich robotników i stąd ten symbol trumny.

Jak świat światem większość zgromadzeń i wykładów odbywa się w salach prostokątnych – pomyślał Mock. – Nie widzę tu żadnej masońskiej *differentia specifica*[79]. Głośno wyraził jednak inną wątpliwość.

– Mimo wszystko prostokąt ma inny kształt niż równoległobok.

– Ma pan rację. – Meissner spojrzał w oczy kamiennej głowy Bernsteina, jakby tam szukał pomocy. – Teraz wchodzimy na pole spekulacji symbolicznych. Moim zdaniem równoległobok

---

79 Znak szczególny (łac.).

to nic innego jak przekrzywiona trumna. Jakby kto podszedł do trumny i mocno ją kopnął. A zatem mamy tu kopniętą trumnę. Symbolizuje ona według mnie pogardę dla masońskich rytuałów. Ktoś, kto kopnął trumnę, drwi z masonerii albo się na niej za coś mści.

Meissner urwał i patrzył na Mocka, który szybko notował jego uwagi.

Kiedy młody człowiek skończył, podniósł wzrok. Nie zdradzał żadnych nadmiernych uczuć. Trudno było powiedzieć, czy konsultacja profesora na coś mu się przydała. Przez cały czas zachowywał się uprzejmie, ale nie przesadnie grzecznie, jego spojrzenie było spokojne, ale pozbawione przy tym zimnej obojętności.

– A kim jest ta osoba, która może mi powiedzieć coś więcej o tatuażach na ciałach masonów?

Meissner stanął przed Mockiem, wsparł się na oparciach fotela i przybliżył swoją twarz do twarzy słuchacza. Ten poczuł woń kawy i tytoniu.

– Wykładam przed panem karty, Mock – szepnął profesor. – Powiem panu, dlaczego mu pomagam, dlaczego nie powiedziałem: Przyślijcie mi tu kogoś starszego i wiekiem, i rangą! Jestem profesorem uniwersytetu, nie jakimś asystentem! Chcę mieć przed sobą przynajmniej radcę kryminalnego, nie zaś jakiegoś tam wachmistrza, i to wcale nie z inspekcji kryminalnej? Jak pan widzi, zajrzałem tu i ówdzie, by się dowiedzieć czegoś o panu... A zatem dlaczego panu pomagam, Mock? Przede wszystkim dlatego, że pamiętam pana jako bystrego studenta. To było doprawdy niezwykłe, co pan proponował: porównanie teorii

Darwina z poglądami Filona Aleksandryjskiego! To było jedyne w swoim rodzaju. Połączenie filologii i biologii! Szkoda, że pan nie podjął tych badań. Ale to nie wszystko. Mam też inny powód: liczę na pańską wzajemność. Kiedy pan skończy to śledztwo, a wierzę w pana, chcę widzieć moje nazwisko w każdej gazecie! Chcę, by wszyscy piali peany na cześć naukowego konsultanta, jakim byłem w tej sprawie! Czy to jest w stanie sprawić tak niski funkcjonariusz jak pan? Jeśli odpowie pan „tak" na moje pytanie i swoją odpowiedź uzasadni, powiem panu, kto o literach tau i masońskich szczegółach i szczególikach wie wszystko. Do tego kogoś nie dotrze pan bez mojej rekomendacji, Mock! Ta osoba jest teraz bardzo blisko, dwa kroki stąd! No... Czekam na pańską odpowiedź.

Mock milczał długą chwilę.

– Mogę to panu obiecać, jeśli śledztwo dzięki pańskiej pomocy doprowadzi do mordercy albo jeśli bez żadnych wątpliwości wykażemy, że sprawcą był Ikar – powiedział spokojnie. – Używam tych skrótów myślowych, bo pan oczywiście zna całą sprawę?

Meissner kiwnął głową i wskazał palcem na leżącą na biurku gazetę. Wtedy Mock powiedział mu o priorytetowym śledztwie, prowadzonym przez aż dwa policyjne wydziały pod specjalnymi auspicjami samego prezydenta policji. Pokazał, że jest tylko trybikiem w tej kryminalnej machinie, ale ma teraz w ręku najsilniejsze karty.

– Nikt nie wie tyle co ja – mówił. – Jeśli rewelacje, które uzyskałem od pana profesora, oczywiście o ile nie okażą się błędnym tropem, doprowadzą do sprawcy, to zaręczam, że ja, skromny

Polizei-Wachtmeister, będę na ustach wszystkich i we Wrocławiu, i w Berlinie. I zapewniam też, że moje nazwisko będzie na tych ustach zawsze w towarzystwie pańskiego. Niczego więcej nie mogę panu obiecać. Jestem zbyt niskim funkcjonariuszem – Mock wstał gwałtownie, aż Meissner musiał się cofnąć – ale zapewniam pana, że piekielnie ambitnym!

Policjant stracił teraz swoją maskę obojętności. Ostatnie słowa zostały wypowiedziane z taką pasją, że Meissner nie wahał się ani chwili.

– Dobrze – powiedział i wyciągnął do Mocka rękę. – Zawieramy umowę!

Mock zwlekał z symbolicznym dobiciem targu.

– Jeszcze jedno – szepnął. – Muszę napisać swoisty raport dla prezydenta policji. O symbolice piór i ptaków. Czy mógłbym w tej sprawie liczyć na pomoc pana profesora. Oczywiście nie ośmieliłbym się prosić, żeby to pan napisał osobiście, ale...

Mock zawiesił teatralnie głos, a Meissner znów spojrzał w oczy legendarnego orientalisty Bernsteina.

– Niech pan idzie do doktora Jacoba – uśmiechnął się szeroko – i powie mu, że władze miasta, a za nimi ciało rektorskie, bardzo docenią jego ekspertyzę o ptakach i piórach. No co się pan tak patrzy, Mock? Ja chcę stąd odejść do Berlina, a Jacob marzy o tym, by zająć moje miejsce. Jest pan potrzebny jednocześnie i mnie, i jemu.

– Ja się tak patrzę, *Herr Professor*, bo wciąż nie znam nazwiska specjalisty od masońskich tatuaży.

– Specjalistki – poprawił go Meissner. – To rzeczniczka loży Horus Charlotta Bloch von Bekessy, zamieszkała na Schmiedebrücke[80] w domu Pod Zieloną Dynią i Dwoma Polakami.

Mężczyźni mocno uścisnęli sobie ręce.

– Powiem więcej, Mock. – Meissner uśmiechnął się znacząco. – Telefonowałem do niej, by się upewnić co do tej trumny. Bardzo się zainteresowała tą sprawą i teraz na pana czeka. Zapewniam, że warto do niej pójść.

WROCŁAW,
środa 9 kwietnia 1913 roku,
godzina czwarta po południu

CHARLOTTA BLOCH VON BEKESSY *de domo* Rotmandel skracała sobie czas czekania na Mocka tym, co lubiła najbardziej – rozmyślaniami i wspomnieniami swego szczęśliwego życia. Ta trzydziestoczterolatka od ośmiu lat była wdową. Jej osiągnięcia budziły powszechne zdumienie i były stawiane za wzór wśród niemieckich i austriackich sufrażystek. Urodziła się we Wrocławiu w bajecznie bogatej rodzinie żydowskich fabrykantów tekstylnych. Dzięki wrodzonym zdolnościom umysłowym i najlepszym w mieście guwernerom – wśród nich był słynny rabin i talmudysta Salomon Brann – zdała eksternistycznie maturę w słynnym Gimnazjum Świętej Marii Magdaleny. W tym zakładzie naukowym długie jeszcze lata opowiadano sobie historię ślicznej żydowskiej dziewczyny, która na maturze swoją głęboką

---

80 Obecnie ul. Kuźnicza.

wiedzą zdumiewała profesorów, a jednego z nich, starego nauczyciela greki – pełnego uprzedzeń do ograniczonego jego zdaniem kobiecego umysłu – doprowadziła prawie do apopleksji,
mówiąc płynnie po grecku frazami Demostenesa. Z podobnymi
stereotypami, a niekiedy i z grubiaństwem profesorów spotyka-
ła się przez cały czas studiów. Jedynym i bardzo skutecznymi
remedium na zamknięcie im ust była jej błyskotliwość i zapał
w przyswajaniu wiedzy. Po pięciu latach studiów, z dyplomem
summa cum laude Wydziału Medycznego Uniwersytetu Wrocławskiego w kieszeni oraz z certyfikatem rocznego stażu lekar-
skiego w Zurychu, otworzyła gabinet chorób kobiecych, który
wkrótce stał się bardzo znany i uczęszczany. Powód jej popular-
ności był bardzo prosty i bardzo ludzki – pacjentki szybciej prze-
łamywały barierę wstydu wobec lekarki. Charlotta uniezależniła
się w ten sposób od familijnych pieniędzy, na swoje szczęście
zresztą, bo po śmierci ojca rodzinna fabryka zawisła na skraju
bankructwa. Po roku praktyki lekarskiej poznała starszego od
siebie prawie o czterdzieści lat obszarnika z Siedmiogrodu, świeżo nobilitowanego barona Antona Bloch von Bekessy. Został on
jej przedstawiony przez matkę z prośbą, by Charlotta rozważyła
jego kandydaturę na swego przyszłego męża.

Długo się wtedy wahała. Z jednej strony ogromny majątek
barona uratowałby od finansowej opresji jej rodzinę, z drugiej
zaś uległaby zachwianiu jej pozycja samodzielnej i niezależnej
kobiety. Owszem, była ona dla niej ważna, ale nie na tyle, by
wyrzec się zwykłego pragnienia założenia rodziny. Dotąd prze-
żyła tylko jeden ognisty romans w czasie studiów, który złamał
jej serce i nauczył pewnej ostrożności wobec mężczyzn. Kiedy

już była lekarką, jakoś nie garnęły się do niej tłumy adoratorów. Jej pewność siebie i wysoka pozycja nie miały wielkiej siły przyciągania.

W końcu zgodziła się na to zaaranżowane małżeństwo, choć ponadsześćdziesięcioletni baron – swoją drogą niezwykle elegancki, szarmancki i o świetnej jak na swój wiek aparycji – nie był obiektem marzeń żadnej młodej kobiety. Swej decyzji jednak nigdy nie żałowała. Mieszkała częściowo w ordynacji nadanej mężowi w okolicach siedmiogrodzkiej Bystrzycy, częściowo we Wrocławiu, tu lecząc kobiety, tam – wiejskie dzieci. Baron otoczył ją niezwykle troskliwą opieką i spełniał wszelkie pokładane w nim nadzieje, no może poza nadzieją na potomka, bo jego męskie możliwości okazały się niewielkie. Zdając sobie sprawę z tej smutnej prawdy, przymykał oko na to, że jego młodą żonę interesowali – czasami nadmiernie – inni mężczyźni. Wkrótce zresztą umarł na zatrucie pokarmowe. Zostawił Charlotcie wszystkie swoje latyfundia i ordynację, co ściągnęło na nią zresztą wielkie kłopoty ze spadkiem oraz natrętnych funkcjonariuszy policji kryminalnej, podejrzewających, że pomogła mu zejść z tego świata. Smutnym skutkiem ich działalności była śmierć matki, której serce nie wytrzymało fali plotek, oszczerstw i niegodnych ataków. Po jej śmierci na Charlottę spadł obowiązek zaopiekowania się młodszym bratem Kurtem. Niezależnie jednak od wszystkiego młoda, zdrowa i piękna baronowa Charlotta Bloch von Bekessy została właścicielką bajecznej fortuny w Siedmiogrodzie, uratowanej od bankructwa rodzinnej wrocławskiej fabryki tekstylnej tudzież willi w Górach Stołowych oraz dwupiętrowego mieszkania w luksusowej kamienicy Pod

Zieloną Dynią i Dwoma Polakami. Nie skrępowana obowiązkami rodzinnymi i drwiąc sobie z opinii rozwiązłej kobiety, jaką miały o niej wrocławskie mieszczki, prowadziła dla własnej satysfakcji praktykę lekarską i zajmowała się działalnością wolnomularską.

O niej właśnie – z zachowaniem wszelkich nakazanych obyczajem tajemnic – miała rozmawiać z policjantem, którego nadejście w tej chwili zostało oznajmione przez kamerdynera.

– Powiedz mu, Klaus, by zaczekał – powiedziała wyniośle.

– Mam pacjentkę.

WROCŁAW,

środa 9 kwietnia 1913 roku,

kwadrans na piątą po południu

POTĘŻNIE ZBUDOWANY KAMERDYNER OZNAJMIŁ Mockowi, że pani doktor przyjmuje właśnie pacjentkę, i poprosił go o wizytówkę. Nie otrzymawszy jej, wskazał mu miejsce w gustownie urządzonej poczekalni. Po chwili przyszła tam młodziutka dziewczyna w białym fartuszku z falbankami i zapytała, czy pan inspektor życzyłby sobie kawy, czy też może lemoniady. Mock mile podłechtany tym, że służąca wzięła go za tak wysokiego funkcjonariusza, omiótł wzrokiem jej szczupłą sylwetkę i oznajmił, że z tych pięknych rączek to nawet cykutę by przyjął. Zarumieniona służąca, choć nie zrozumiała, czego młody pan sobie mianowicie życzy, bardzo trafnie wyczuła ukryte intencje, widząc w dużych piwnych oczach przybysza dziwne lubieżne błyski.

Odeszła zatem spłoniona, a Mock pozostał sam w poczekalni. Czas zabijał najpierw wyglądaniem przez okno i obserwowaniem przechodniów, którzy tłumnie kręcili się wokół kamienicy. Jedni przychodzili do sklepu z kapeluszami, które jego właściciel pan Laskowski sprowadzał z renomowanej fabryki Wilkego z Gubina, inni zachodzili do cukierni albo do gospody na Ursulinenstrassse[81], a jeszcze inni przybywali jako pacjenci któregoś z trzech lekarzy, w tym jednego stomatologa, mających gabinety na pierwszym piętrze tego budynku.

Mocka znudziło w końcu obserwowanie ulicy i wrócił do poczekalni. Sięgnął po pisma ilustrowane, rozłożone na zgrabnej konsoli z wygiętymi nóżkami. Były to głównie kobiece dodatki do tygodnika „Gartenlaube". Detektyw wiedział o istnieniu tego pisma, ponieważ jego kochanka Klara Burkert dostawała je zawsze od znajomej krawcowej, kiedy ta już je przeczytała od deski do deski.

W numerze, który leżał na samym wierzchu, było zdjęcie Charlotty Bloch von Bekessy i długi z nią wywiad.

Umie dbać o reklamę – pomyślał z przekąsem. – Stosik czasopism jest tak ułożony, by pierwsze, które wpadnie w ręce pacjentkom, to było właśnie to z wywiadem z panią doktor. I to jakim wywiadem. – Aż gwizdnął pod nosem. – Same tu pochwały, karesy...

Rzeczywiście dziennikarka tak stawiała pytania, by doktor Bloch von Bekessy mogła się popisywać i puszyć. Mock pomijał szybko te fragmenty. Jego uwagę przyciągnęła druga strona

---

81 Obecnie ul. Uniwersytecka.

wywiadu, która zaczynała się od takiej oto zapowiedzi wyeksponowanej kapitalikami:

◆ JAK STAŁAM SIĘ MĘŻCZYZNĄ ◆

– **Czy jest dzisiaj możliwa zmiana płci?**
– Oczywiście nie.
– **Ale pani doktor swą płeć zmieniła...**
– Tylko prawnie, nie biologicznie.
– **Uchyli nam pani doktor rąbka tajemnicy?**
– Chętnie. Ta historia świadczy o tym, jak w świetle prawa od wieków poniżane są kobiety. Po śmierci mojego męża, barona Antona Bloch von Bekessy, stałam się właścicielką jego ordynacji leżącej w Siedmiogrodzie, czyli na terenie cesarstwa austro-węgierskiego. Ale objęcie ordynacji nie było takie proste. Zgodnie z prawem ordynację dziedziczy tylko syn, a córki jedynie otrzymują z niej stosowny posag. Tymczasem mój mąż nie miał żadnego potomstwa ani ze związku ze swoją pierwszą żoną, przedwcześnie zmarłą, ani ze związku ze mną. Jego całe rodzeństwo już nie żyło i ordynację mogłam odziedziczyć tylko ja. I tu pojawiły się kłopoty. Nie jestem bowiem mężczyzną. I wtedy z pomocą przyszło mi węgierskie prawo. Jest w nim bowiem królewska prerogatywa, zwana *praefectio filiae in filium*, co oznacza awans córki na syna. Ona działa w takich właśnie sytuacjach. Z punktu widzenia prawnego żeńska dziedziczka ordynacji staje się po prostu męskim dziedzicem. Ale ja nie byłam córką, tylko wdową... Kolejny kłopot. Tu musiało

być coś nowego – awans wdowy na syna. Sprawa moja stała się głośna i była jednym z punktów obrad węgierskiego parlamentu. Skończyła się dla mnie dobrze. Zostałam uznana za syna i tak zmieniłam płeć.

— ◆ —

Mock usłyszał szelest sukni.

Kobieta, którą ujrzał, była więcej niż średniego wzrostu. Jej gęste ciemne włosy ułożone były w misterne fale schodzące się z tyłu głowy, gdzie fryzura była upięta. Bladoniebieska suknia uszyta została jakby z dwóch warstw materiału. Ta wierzchnia miała tu i ówdzie rozcięcia, ale odsłaniały one – ku rozczarowaniu Mocka – jedynie materiał pod spodem. Owe rozcięcia ozdobione były falbankami i różyczkami z koronki. Duży dekolt zwieńczony usztywnionym fiszbinami kołnierzykiem również niczego nie odsłaniał, bo był szczelnie zakryty gęstą koronką. Ale ta koronka była jednak częściowo przezroczysta i nie mogła ukryć kształtnych pełnych piersi, między którymi chował się złoty łańcuszek z medalionem. Mock chętnie by go wydobył z tej miękkiej ciepłej kryjówki. Wiedziony przyzwoitością nie patrzył zbyt długo na pięknie uformowany biust, ale i ta krótka chwila wystarczyła, by obudziły się w nim wszeteczne pragnienia, a na ustach pani zawitał lekki uśmieszek.

– Jestem baronowa Charlotta Bloch von Bekessy. – Nie wyciągnęła do niego dłoni, ale zaraz swoją wyniosłość złagodziła grzecznym pytaniem. – Czym mogę panu służyć, panie? Jakaż jest pańska ranga?

– Niewielka, ale – uśmiechnął się lekko – odwrotnie proporcjonalna do zachwytu, w jaki popadłem na widok pani baronowej...

– Czy pan sobie nie na zbyt wiele pozwala? – Uśmiech znikł
z jej twarzy i rozejrzała się, jakby szukając wzrokiem potężnego
kamerdynera.

– Chciałem powiedzieć – Mock mówił powoli, podkreślając
swym niskim głosem każdą sylabę – odwrotnie proporcjonalna
do zachwytu, w jaki popadłem na widok pani baronowej apartamentu.

– Proszę sobie darować wszelkie uwagi i zachwyty! – Charlotta wciąż stała nieporuszona, a jej duże brązowe oczy sypały
iskrami. – Proszę mówić tylko to, co sprawia, że policja mi tu
składa niezapowiedziane wizyty! Nie dosłyszałam pańskiej rangi
ani nawet nazwiska!

Mock skłonił się, położywszy rękę na sercu w przepraszającym geście. Nie mógł jednak nie zauważyć, że gniew baronowej był trochę zbyt głośny, zbyt demonstracyjny i zbyt aktorski.
Jego sztuczność podkreśliła zwłaszcza fraza „niezapowiedziane
wizyty", która stała w sprzeczności z przekonaniem Meissnera
wyrażonym w zapewnieniu: „teraz na pana czeka!".

– *Polizei-Wachtmeister* Eberhard Mock – przedstawił się
policjant. – Przyszedłem do pani w sprawie symboliki wolnomularskiej zarekomendowany, mam nadzieję, przez profesora
Brunona Meissnera.

– A tak, rzeczywiście, coś mi dzisiaj mówił ten zabawny profesor. – Charlotcie wrócił dobry humor. – Wejdźmy zatem do
bawialni. Tu może przyjść jakaś pacjentka i ucieknie na pana
widok, tak jak uciekła od pana służąca, moja mała Agnes.

Ten uśmieszek i ostatnie zdanie Mock zrozumiał jako zaproszenie do niezobowiązującej przekomarzanki. Chciał już zapytać:

„Aż taki jestem straszny?", ale powstrzymał się. Nie mógł kierować rozmowy w stronę lekkiego flirtu z powabną wdówką, ponieważ po pierwsze, nie rozpoznał jeszcze swych możliwości na tym polu, a po drugie, cel jego wizyty był zgoła inny.

Poszedł zatem za panią Bloch von Bekessy i podziwiał jej biodra, które kołysały się przed nim. Czytał kiedyś w kobiecym dodatku do „Gartenlaube", że secesyjna moda poprzez stosowanie gorsetów upodabnia niewiasty do litery S lub do wijącego się bluszczu. Smukła i wysoka sylwetka baronowej upodabniała ją raczej do wąskiej i nieco wydłużonej S z rzymskich inskrypcji.

Weszli po schodach na najwyższe piętro budynku do dużej bawialni – tak na oko czterokrotnie większej od jego pokoiku na Zwingerstrasse[82]. Była ona urządzona bardzo wytwornie. Na środku stały duży stół, półokrągła kanapa i takież dwa wygodne fotele, pod oknem i pod przepięknym biało-niebieskim narożnym piecem ustawiono mahoniowe stoliki, a przy każdym z nich po dwa krzesła. Na blatach obu stolików leżały popielniczki i duża papierośnica z małymi wyżłobieniami na papierosy i z większymi – na cygara. Wszystko to wygląda tak – spekulował Mock – jakby pani domu wyznaczała gościom miejsca w zależności od ich statusu albo pory roku. Kanapa była dla gości najważniejszych, stolik pod oknem zajmowano w letnie dni, a ten pod piecem – w zimowe. Zgodnie z przewidywaniami Mocka baronowa wskazała mu miejsce pod oknem.

Usiedli, a za nimi powiewały firanki wdmuchiwane przez ciepły wiosenny wiatr. Zasłaniały one Mockowi co chwila widok

---

82 Obecnie ul. Teatralna.

obrazów na ścianach, porcelanowych figurynek i orientalnych waz. To jednak, co już zdążył zobaczyć, mogłoby być ozdobą królewskich pałaców i rezydencji.

Pani Bloch von Bekessy złożyła szczupłe dłonie o przegubach ozdobionych wąskimi i gustownymi złotymi bransoletami.

– Co pan chce wiedzieć, panie wachmistrzu?

Eberhard wyjął z kieszeni swoją papierośnicę i spojrzał pytająco na swą rozmówczynię, lekko unosząc brwi.

– Czy można zapalić?

Kiwnęła głową i popatrzyła na niego uważnie. W jej oczach ujrzał przenikliwą inteligencję pokoleń badaczy Talmudu, złagodzoną przez słodycz lekkiego uśmiechu – jak z kartagińskich mozaik. Poczuł się nieswojo. Nie spotkał nigdy bardziej fascynującej kobiety. Dystyngowanej, a zarazem bezpośredniej, która – był tego pewien – wie doskonale, czego oczekuje od życia. By ukryć wrażenie, jakie na nim wywarła, szybko otworzył papierośnicę. Wtedy ona wyjęła sobie papierosa. Ten pewny siebie gest, jaki wykonała, nie przejmując się konwenansami zabraniającymi kobietom palić, bardzo mu się spodobał. Tak samo jak jej spokojne, a zarazem władcze spojrzenie. Nie miałbym nic przeciwko, by tak właśnie patrzyła na mnie w alkowie – pomyślał i przeszył go niepokojący dreszcz.

– Wiem od profesora Meissnera, że jest pani baronowa rzeczniczką wrocławskiej loży Horus. Profesor, który uchodzi za znakomitego znawcę symboliki, powiedział, że jego wiedza jest zupełnie blada przy wiedzy pani... – zawiesił głos. Ten komplement nie zrobił na niej wrażenia. Patrzyła mu na usta, co go trochę deprymowało. – Chodzi mi o symbolikę równoległoboku.

Meissner dostrzega tu masońskie znaczenia. To by zresztą współgrało z symboliką litery tau, która pojawia się w zwrocie *„sub signo tau"*, którym jeden mistrz pozdrawia drugiego. Uprzejmie panią baronową proszę o wszelkie informacje na ten temat.

– Wszelkie informacje... – Charlotta głęboko zaciągnęła się dymem. – Można by o tym zrobić cykl uniwersyteckich wykładów, przynajmniej na temat symboliki litery tau. Ale zacznę od równoległoboku. Geometria w symbolice masońskiej odgrywa istotną rolę, ponieważ architektura, a ściśle mówiąc budowanie świątyni Salomona, to mit założycielski wolnomularstwa. Architektura realizuje, ucieleśnia idealny świat geometrii, tak jak my poprzez działanie na niwie społecznej realizujemy w praktyce świat naszych idei. A zatem ważne są dla nas wszelkie figury i bryły geometryczne.

Urwała i spokojnie paliła, nie patrząc na Mocka. Ten ośmielił się zaoponować.

– Profesor Meissner mówił, że równoległobok to kopnięta trumna, a trumna to symbol bardzo charakterystyczny dla wolnomularstwa.

– A co jest trumną nie kopniętą, panie wachmistrzu? – Charlotta roześmiała się głośno.

– Prostokąt – odparł nieco speszony policjant.

– Widział pan kiedyś idealnie prostokątną trumnę? Bo ja nie. W trumnie równoległe są krótsze boki. Niech pan spojrzy.

Podeszła do dużego stołu, wzięła z niego ołówek i trzymając go w palcach, nie odłożywszy papierosa, narysowała taki oto kształt.

– Widzi pan, panie wachmistrzu? Tak wygląda bok trumny. A jak mianowicie chciałby go pan kopnąć, by wyszedł z tego regularny równoległobok?

– Rzeczywiście, nie da się. – Mock pokręcił głową.

– Kopnięta trumna jest wymysłem Meissnera. – Charlotta zdusiła papierosa. – I nic więcej nie mogę tu dodać. A teraz przechodzimy do litery tau. Niech mi pan ją narysuje.

Mock zrobił, co mu nakazano, i wykaligrafował małe tau – τ.

– Gdzie ono było napisane?

– Wytatuowane. Na piersi nieżywego mężczyzny.

Baronowa zamyśliła się.

– Jeśli to małe tau, to znów odpowiedź jest prosta. To nie jest typowy symbol masoński. My używamy dużego tau. Wie pan, jak ono wygląda? Chodził pan do gimnazjum?

– Jak łacińskie duże T. A odpowiadając na drugie pytanie, studiowałem filologię i miałem za sobą już większość egzaminów, ale musiałem przerwać.

Charlotta obdarzyła go długim spojrzeniem, od którego mu się zrobiło gorąco. Nigdy nie sądził, że jego studia klasyczne mogą zaimponować tej kobiecie.

– Filolog policjant, no proszę, proszę – powiedziała z uznaniem. – To niezwykłe... No dobrze, idźmy dalej. Duże tau jest naszym symbolem, owszem. Wzięło się ono od tak zwanego krzyża egipskiego – tu narysowała

– który był monogramem Tota i który stracił później swoje kół-ko. Nie oznacza to oczywiście, że my, wolnomularze, jesteśmy spadkobiercami staroegipskich wierzeń religijnych, o nie! My czerpiemy z różnych tradycji duchowych. Ten egipski bóg to patron księżyca i mądrości tajemnej. Ale na tym się kończą ma-sońskie odwołania pojedynczego tau. Powiedziałam pojedyn-czego, ponieważ naszym typowym symbolem jest tau potrójne. Wygląda ono tak: oto pierwsze – narysowała T – a pod nim dwa połączone nóżkami. Widzi, pan, co wyszło?

Mock kiwnął głową i przepisał do swojego notesu owo po-trójne tau.

– I tu jest prawdziwy gąszcz symboliki – mówiła Charlot-ta. – Bo te trzy tau można odczytywać tak, jakby tam naprawdę znajdowało się tylko jedno T, postawione na literze H. T.H. to jest skrót od *templum Hierosolymitanum*.

– Świątynia jerozolimska – przetłumaczył sobie cicho Mock.

– Tak, to symbol świątyni jerozolimskiej, w której przechowywano Arkę Przymierza, a kto w średniowieczu pilnował miejsca, w którym stała świątynia? Najwyraźniej czekała na odpowiedź wachmistrza, a ten milczał, czerwieniąc się z powodu swej niewiedzy.

– Templariusze, mój panie. – Tym razem w głosie Charlotty zabrakło uznania. – Templariusze, czyli poprzednicy wolnomularzy! – Zaczerpnęła tchu. – Ale to wszystko, o czym panu do tej pory powiedziałam, dotyczy dużego tau albo w jego wersji pojedynczej, albo potrójnej, a pan przyszedł do mnie z małym tau. I dlatego panu mówię: to nie jest nasz symbol.

– A może jakieś inne skojarzenia? – zapytał Mock z nadzieją w głosie. – Proszę mi powiedzieć, łaskawa pani baronowo, tylko tyle: z czym się pani mianowicie kojarzy małe tau?

W tym momencie rozległy się okrzyki na balkonie. Mock spojrzał tam zaniepokojony i tuż koło barierki balkonowej ujrzał wysokiego, szczupłego chłopca szamocącego się z potężnym mężczyzną. Wstał i nie zważając na uspokajający okrzyk Charlotty: „To nic, to tylko mój brat!", wyszedł na balkon. Ten element architektoniczny był właściwie galerią ciągnącą się wzdłuż całego ostatniego piętra. Pewnie chłopiec wyszedł na nią ze swojego pokoju mieszczącego się gdzieś w drugim końcu mieszkania i tą drogą, dokoła budynku, dostał się na wysokość bawialni, jak domniemywał Mock.

Chłopiec ubrany w gimnazjalny mundurek był bardzo podobny do Charlotty. Jego twarz szpeciły pryszcze wieku pokwitania. Patrzył na Mocka bez słowa.

Nic nie mówił również znany już Mockowi kamerdyner, który towarzyszył chłopcu. Był on o ponad głowę wyższy od Mocka, a jego potężne ramiona omal rozsadzały liberię. Miał małe oczy, które choć wpółprzymknięte, wpatrywały się w policjanta uważnie – z niechęcią i dużą pewnością siebie.

– Może byś się tak przedstawił panu wachmistrzowi z prezydium policji? – powiedziała baronowa z irytacją w głosie.

Oczy chłopca zrobiły się okrągłe ze zdumienia.

– Jest pan policjantem? – W jego głosie zabrzmiała nuta podziwu. – Naprawdę? Prowadzi pan jakieś ciekawe śledztwo?

– Kurt, nie wypada tak wypytywać pana wachmistrza. – Charlotta podeszła do brata i pieszczotliwie pogładziła go po głowie.

– Przepraszam, kochana siostro – powiedział grzecznie chłopiec i zwrócił się do Mocka. – Jestem Kurt Rotmandel bez żadnego głupiego von! – wybuchnął śmiechem i rzucił się wprost na kamerdynera. Zaczął go okładać pięściami. Klaus bardzo umiejętnie, z niemal kocią zręcznością odparowywał te ciosy, udawał, że się boi, kulił się ze strachu i cofał. Chłopiec aż się zanosił ze śmiechu. Przypominał rozbrykanego źrebaka.

– Och, ten Kurt. – Charlotta się uśmiechnęła. – Ma już lat trzynaście, a psoci jak małe dziecko. Bardzo lubi Klausa. Dziwi pana ta nasza różnica wieku, prawda?

Mock nic nie odpowiedział i z niepokojem obserwował popisy chłopca i kamerdynera.

– Późne macierzyństwo mojej matki, ot i wszystko. Powiła Kurta, będąc mniej więcej w moim wieku. Między nami było jeszcze dwoje rodzeństwa, siostra i brat, bliźnięta trochę młodsze ode mnie. Nie ma ich już na tym świecie... – Zamyśliła się. Kurt i Klaus pobiegli na drugą stronę galeryjki. – Coś jeszcze, panie Mock? – zapytała sucho, jakby wstydząc się, że wyjawiła przed obcym rodzinne sprawy.

Eberhard spojrzał do swoich notatek.

– Zapytałem panią baronową o jej asocjacje związane z małą literą tau.

– A tak, owszem. – Zamyśliła się. – Ale ja... Nie mam żadnych asocjacji. Najmniejszych punktów zaczepienia. Czy jeszcze coś? Najwyraźniej dawała mu do zrozumienia, że audiencja jest skończona.

– Tak, jeszcze jedno. Czy łaskawa pani baronowa zna dyrektora Szkoły Sztuki i Rzemiosł Artystycznych Hansa Poelziga?

– Nie – zaprzeczyła bardzo szybko.

Zbyt pośpiesznie – pomyślał Mock, ale nie dał poznać po sobie zaskoczenia, w jakie go wprawiła szybkość tej odpowiedzi.

Ukłonił się na pożegnanie pięknej pani, a ta uśmiechnęła się do niego uwodzicielsko.

Bardzo nieszczery uśmiech – pomyślał i odebrał płaszcz i melonik z rąk Klausa, który wyrósł przed nim jak spod ziemi.

Schodząc po marmurowych schodach, myślał intensywnie. Po wyjściu na ulicę spojrzał na szyld wiszący koło bramy.

Lekarz chorób kobiecych
DOKTOR CHARLOTTA BLOCH VON BEKESSY
— GODZINY PRZYJĘĆ —
Poniedziałki, czwartki, piątki
godz. 1 ½ – 3 ½

Wydaje mi się, że zbyt szykowna była ta jej sukienka – przyszło mu do głowy. – Lekarka nie przyjmuje pacjentek w stroju niemal balowym. Nie miała pacjentki, choć powiedziała coś przeciwnego. W końcu dzisiaj mamy środę jako żywo, a o środach ani słowa na tym szyldzie.

– W tej kwestii kłamałaś, piękna Charlotto. – Spojrzał w jej okna. – Kluczowe jest pytanie: czy w innych sprawach również?

WROCŁAW,
środa 9 kwietnia 1913 roku,
godzina dziewiąta wieczór

W RESTAURACJI PRZY SCHMIEDEBRÜCKE 22[83], nad którą wznosił się szyld z długim napisem „Staroniemiecka Knajpa Rzeszy Pod Lanncknechtem", było jak zwykle pełno ludzi. Dominowali studenci w strojach korporanckich, którzy mieli tu specjalne zniżki, oraz zwykli mieszczanie. Ze względu na ich niewybredny gust kulinarny podawano tam kiełbaski, golonkę, gotowaną szynkę i sałatki kartoflane na zimno. Obie grupy społeczne raczyły się przy tym obficie monachijskim piwem augustyńskim, nalewanym z beczek ustawionych w piramidę za szynkwasem. Do tej dwojakiej publiczności skierowane były toasty wykaligrafowane na ścianach. *„Mach erst Sach, denn trink und lach!"*[84] zachęcał

---

83 Obecnie ul. Kuźnicza. W tym miejscu stoi dzisiaj Instytut Filologii Angielskiej Uniwersytetu Wrocławskiego.

84 Załatw wpierw sprawę, a potem pij i śmiej się (niem.).

mieszczan, „*Wo Frau, da Neid, wo Studenten da Freud*"[85] przy-pochlebiał się studentom.

Na półce biegnącej dokoła lokalu ustawiono przedmioty, które miały uwiarygodnić jego nazwę. Stały tam zatem oparte o ścianę repliki halabard, pik, mieczy, hełmów i napierśników – wzorowanych na tych, jakie czterysta lat wcześniej były uzbrojeniem lanc-knechtów. Ponieważ piechurzy tej doborowej formacji słynęli z nadużywania wina i niewiast, pomiędzy bronią wstawiono tu i ówdzie puste gąsiory do napoju Bachusa, a poniżej powieszono obrazki rodzajowe – najczęściej sceny, kiedy lancknecht, pysz-nie ubrany w kapelusz z piórami i w białe pończochy, emabluje służącą przy studni albo praczkę nad rzeką.

Militarny charakter knajpy najwyraźniej przyciągał również oficerów, a nade wszystko członków Związku Wszechniemiec-kiego, którzy co środa oklejali lokal plakatami ze skrótem nazwy swej organizacji i urządzali tu wieczory dyskusyjne. Właśnie jeden z nich dobiegał końca. Po referacie berlińskiego profe-sora Petera Frischa pod tytułem „Żywioł polski na wschodzie Niemiec", po zażartych dyskusjach na temat rozłamu w Związku spowodowanego projektem zjednoczenia Niemiec z monar-chią habsburską, w końcu po chóralnych patriotycznych śpie-wach nastąpił czas swobodnej pogawędki przy piwie. Czterej mężczyźni należący do ścisłego kierownictwa wrocławskiego oddziału Związku Wszechniemieckiego wymknęli się do bocz-nego gabinetu, w którym już czekał na nich kelner, by odebrać zamówienia.

---

85 Gdzie kobieta, tam zazdrość, gdzie studenci, tam radość (niem.).

W melonikach, w czarnych garniturach i w sztywnych kołnierzykach wyglądali w oczach kelnera na typowych mieszczan i zgodnie z jego przewidywaniem zadowolili się zamówieniem czterech litrowych kufli augustinera i misy drobnych zakąsek – rzodkiewek, precli, chrupiących kiełbasek na zimno i wędzonych ryb. Po chwili jadło i napitek były już na stole i mężczyźni mogli przejść do najważniejszych spraw tego wieczoru.

– Nasz człowiek w prezydium policji mocno się dzisiaj zaktywizował. – Kurt Schulz, adwokat i szef wrocławskiego oddziału Związku, uniósł do góry kufel i stuknął się z kolegami. – Wiemy już, że Mock odkrył związek czterech wiadomych miejsc z masonem Poelzigiem. Przed kilkoma godzinami na biurku Mocka wylądował raport archiwisty, z którego niezbicie wynika, że w budowę Domu Koncertowego na Gartenstrasse[86] mason był zaangażowany. Mock ma zatem równoległobok i cztery punkty na mapie miasta, w których Poelzig postawił lub chce postawić swoje budowle. Kolejnym krokiem w jego śledztwie będzie, jak sądzimy, przesłuchanie architekta. A kiedy Mock ujrzy tego człowieka, który wygląda jak gargulec i demon w jednej osobie, to natychmiast uczepi się myśli, że to Poelzig doprowadził do krwawego spektaklu w Hali Stulecia. A potem nasza marionetka zrobi wszystko, by Poelzig trafił za kratki. Drodzy panowie, wniosek jest jeden. Wszystko idzie po naszej myśli.

– Jak na razie tak. – Heinrich Marder, nauczyciel śpiewu ze szkoły ludowej, westchnął. – Mock widzi związek Poelziga z czterema punktami. Pewnie też wie, że Poelzig był

---

86 Obecnie ul. Piłsudskiego.

współprojektantem terenów wystawowych wokół Hali Stulecia, a więc ma coś wspólnego z miejscem samej zbrodni. Dużo odkrył jak na jeden dzień... Czyż nie zacznie podejrzewać, że ktoś mu to wszystko podaje na tacy?

– Ależ skąd, panie Marder! – zakrzyknął ubrany po cywilnemu porucznik Richard Kruck, oficer z VI Korpusu Armijnego. – Nasz człowiek niczego mu nie podsunął! Mock sam na wszystko wpadł. A że jest podejrzliwy? To w końcu policjant...

– Jest podejrzliwy, bystry i chorobliwie ambitny – odezwał się cicho ostatni z mężczyzn, pastor Joachim Hassel. – Tak go przynajmniej ocenia nasz człowiek z prezydium policji, a jego obserwacje są zwykle trafne. Poza tym Mock ma nóż na gardle. Musi tę sprawę rozwiązać, jeśli marzy o policyjnej karierze. Ale jest on też bardzo nieufny i nie można mu, Boże broń!, pomagać w śledztwie. On jest jak pies gończy, tak go określa nasz człowiek. Jak chwyci trop, to nie popuści. Dlatego go przecież wybraliśmy. Drodzy panowie, nie czas teraz na wątpliwości!

– Pastor ma rację. – Schulz otarł piwną pianę z brody. – Mock połączył dwa wątki: osobę Poelziga i wiadome cztery miejsca. Ponadto, co dla nas najważniejsze, sprawdza też trop masoński. Odkrył literę tau, prawdopodobnie po to poszedł do profesora Meissnera i do pani doktor Bloch von Bekessy, by się więcej czegoś dowiedzieć o tej literce. Wie też, że architekt jest masonem, bo o tym wrzeszczeli nasi ludzie pod Halą Stulecia, a Mock się wśród nich kręcił. Nie wiadomo, kiedy uderzy w architekta. Ma różne przesłanki i waha się przed wyborem właściwej drogi.

– On się nie może wahać! – wykrzyknął Marder. – Musimy mu wyraźnie zasugerować przez naszego człowieka, że konie z powozu Poelziga mają czarne kity na głowach! Wtedy Mock bez wątpienia ruszy na masona jak taran.

– Być może Mock wie coś o koniach Poelziga – zafrasował się pastor Hassel. – A może nie wie... Ale niech pan poskromi swoją niecierpliwość, Marder! Minęły dopiero dwa dni, a Mock już bez najmniejszej naszej pomocy prawie puka do domu architekta! Spodziewał się pan takiego błyskawicznego śledztwa? W naszych planach dawaliśmy mu na to dwa tygodnie, a dopiero potem zamierzaliśmy coś podszepnąć! Poczekajmy. On sam dojdzie do koni Poelziga, o ile już o nich nie wie. Wystarczy, że przesłucha stróża z Hali Stulecia, wszak ten mówił wszem wobec, że zaprzęg, którym Ikar przywiózł ofiary, jest podobny do zaprzęgu Poelziga!

– Zapominają panowie – w zębach porucznika Krucka zatrzeszczała rzodkiewka – że jest jeszcze ważniejsza wskazówka, którą możemy we właściwej chwili podsunąć Mockowi, kiedy jego śledztwo stanie w miejscu. Wtedy szybciutko i dyskretnie mu powiemy, ni mniej, ni więcej, tylko to, kim jest Ikar...

– No tak, rzeczywiście, wtedy będzie właściwy czas. – Nauczyciel Marder uderzył się dłonią w czoło, a potem uważnie spojrzał na swych towarzyszy. – Nie chcę, aby panowie uznali mnie za niepoprawnego mąciciela, który najpierw zaakceptował nasz plan, a teraz wszędzie widzi w nim dziury, ale... Ale mam jedną wątpliwość i jednocześnie wiem, jak ją rozwiać. Otóż ja się po prostu boję o to... Wcześniej nie braliśmy zupełnie tego pod uwagę. Otóż jest we mnie obawa, że kiedy Mock zapuka do drzwi Poelziga, ten go po prostu wyrzuci na zbity pysk ze swojego domu! Nasza nieświadoma niczego marionetka jest tylko wachmistrzem! I to nawet nie z inspekcji kryminalnej! A mason to wielki i ustosunkowany artysta i może zainterweniować u prezydenta policji, a von Oppen, jak panowie wiedzą, nie jest nam przychylny. Może nie ujawniać roli Poelziga w sprawie Ikara. Uzna, że Ikar jest samobójcą, i ukręci łeb sprawie, i nikt się nie dowie o Poelzigu...

– Jeśli tak się rzeczywiście stanie – zasępił się mecenas Schulz – to nadejdzie czas na naprawdę zdecydowane działania. I wtedy powiemy Mockowi, kim jest Ikar. To będzie jak grom z jasnego nieba! Mock ku swojej chwale rozgłosi to odkrycie w całym prezydium policji! Nie będzie przecież milczał, kiedy rozwiąże tę sprawę i pojawi się przed nim świetlana policyjna przyszłość! Będzie o tym trąbił i natychmiast się zbiegną dziennikarze. Von Oppen niczego nie zamiecie pod dywan, choćby bardzo chciał. Cały świat się dowie o strasznej roli Poelziga i złowrogiej akcji wrocławskiej masonerii. Zgadzają się na to panowie? Zagłosujmy!

Wszyscy czterej mężczyźni podnieśli ręce do góry.

– Ale zaraz, zaraz. – Porucznik Kruck opuścił rękę i sięgnął nią po precel. – Pan Marder nie powiedział nam jeszcze, jak zareagować w sytuacji, gdy Poelzig wywali Mocka z domu. No przecież, Marder, mówił pan przed chwilą, że wie, jak rozwiać swoją wątpliwość.

– Tak, to proste! – Marder roześmiał się. – Ale chyba już nieaktualne. Rzeczywiście pan mecenas Schulz ma rację. Jeśli Poelzig nie będzie chciał rozmawiać z Mockiem, to mu powiemy, kim naprawdę jest Ikar. Zrobimy to oczywiście delikatnie, podsuniemy mu ten trop w taki sposób, by on był święcie przekonany, że sam go odkrył. Zrobimy to przez pewną śliczną prostytutkę, do której ma wyjątkową słabość. A wtedy nasz dzielny śledczy ruszy na Poelziga jak dźgnięty ostrogą! To jest świetny pomysł, a moja propozycja jest o wiele gorsza.

– Ale chcemy ją poznać – nalegał Kruck. – No niech pan powie, jaką pan miał myśl!

Marder zsunął melonik na czoło i podrapał się po potylicy.

– Moja myśl była... Przeciągnąć Mocka na naszą stronę już teraz i udzielić mu pomocy w ewentualnym starciu z Poelzigiem. Kiedy Poelzig wywali Mocka, powiadomimy swoich arystokratycznych przyjaciół z otoczenia następcy tronu, że oto mason i Żyd stawia się ponad prawem i pomiata zwykłym sumiennym policjantem. A nasi arystokraci nacisną wtedy mocno na prezydenta policji von Oppena...

Mężczyźni słuchali w skupieniu. Marder, nie usłyszawszy protestów, ciągnął swój wywód.

– Mockowi nie powiemy oczywiście ani słowa o tym, że był naszą marionetką. Po prostu przyjmiemy go do Związku i udzielimy mu pełnego poparcia. W policji jest wielu naszych i wzajemnie się popierają. Będzie jeszcze jeden. Mock, jako syn szewca z Wałbrzycha, ma taki sam wybór jak wszyscy z jego klasy: albo socjalizm, albo my. Wybierze nas. Mock to rasowy policjant, a ja jeszcze nigdy nie widziałem policjanta socjalisty. Argument przeciwko członkostwu w Związku jest tylko jeden: on za bardzo lubi Żydówki.

Teraz zapadła dłuższa chwila ciszy. Porucznik Kruck zajadał smacznie kiełbaski, mecenas Schulz zapalił cygaro, Marder wpatrywał się w oczy swych towarzyszy, a pastor Hassel przecierał szmatką binokle.

– Zapamiętajmy, panowie, tę propozycję – odezwał się duchowny. – Weźmiemy ją może kiedyś pod uwagę. A poza tym istnieją miriady różnych możliwości, z ostateczną włącznie.

– Co pastor ma na myśli? – zapytał Schulz.

Hassel nie odpowiedział i wpatrywał się w towarzyszy blado-niebieskimi rybimi oczami. Nagle ci mężczyźni – przedtem jowialni pożeracze kiełbasek i rzodkiewek, rubaszni piwosze i rozśpiewani patrioci spojeni w swym braterstwie – zamilkli i zacisnęli mocno zęby.

– Jeśli Mock nie pójdzie po naszym sznurku, wybierzemy inną marionetkę, a jego po prostu zabijemy. To chciał pan powiedzieć, pastorze? – porucznik Kruck powiedział jakby od niechcenia.

Hassel przeżegnał się. Milczenie stało się lodowate.

WROCŁAW,
czwartek 10 kwietnia 1913 roku,
godzina trzecia po południu

KOLEJNY DZIEŃ ŚLEDZTWA UPŁYNĄŁ Mockowi głównie na poszukiwaniach w archiwum policyjnym i w czytelni gminy żydowskiej na Wallstrasse[87]. Do królestwa Knorra udał się wczesnym rankiem, przemykając ukradkiem pod ścianami – tak jakby się obawiał, że jest śledzony. Zachowywał te środki ostrożności, choć zdawał sobie sprawę z wysokiego prawdopodobieństwa, że Mühlhaus już wszystko wie o jego poczynaniach i lada chwila wezwie go do siebie na dywanik, by zabronić mu samowolnego śledztwa. Poprzedniego dnia pod koniec odprawy Mock dostrzegł pewne sygnały zwiastujące właśnie taki obrót zdarzeń.

---

87 Obecnie ul. Włodkowica.

Niespodzianką odprawy była nieobecność Vyhladila, którą Klecker wyjaśnił Mockowi na migi, uderzając się kantem dłoni w szyję. Poza tym *novum* zebranie było nudne i usypiające. Nie odkryto żadnych nowych tropów, nie potwierdzono zeznań stróża Heinego, jakoby Poelzig miał konie z czarnymi kitami na łbach, i wytłumaczono to stanem upojenia stróża. Znaleziono wprawdzie cztery zaprzęgi, których konie miały takie ozdoby, ale wszystkich tych wozów – należących zresztą do dwóch firm pogrzebowych – w czasie porwań chłopców używano zgodnie z przeznaczeniem. Potwierdziło to wielu przedstawicieli służb cmentarnych, alibi było zatem niepodważalne. Niemniej Mühlhaus zamierzał pójść za ciosem i zlecić swoim ludziom, by sprawdzili wszystkie zaprzęgi konne we Wrocławiu, nie tylko te piękne i reprezentacyjne, którymi zajął się już jego człowiek Schütte.

– Kiedy powóz przyjechał do Hali Stulecia, konie miały kity na łbach – perorował inspektor. – Morderca na pewno zdał sobie sprawę, że jest to widomy znak rozpoznawczy, coś, co go może zdemaskować. Jeśli teraz jeździ swym zaprzęgiem, to konie są na pewno pozbawione tej ozdoby. Przepytać sąsiadów wszystkich właścicieli powozów, czy konie miały kiedykolwiek kity, a teraz ich nie mają!

Jeden z kryminalnych zaoponował wówczas, mówiąc, że we Wrocławiu jest ponad dziesięć tysięcy zaprzęgów i dorożek. Sprawdzenie ich byłoby doprawdy syzyfową pracą. Im wprawdzie udało się zidentyfikować cztery powozy cmentarne, ale tylko dlatego, że od firm pogrzebowych zaczęli swe poszukiwania. Na takie *dictum* Mühlhaus wycofał się ze swojego pomysłu, a wszyscy odetchnęli z ulgą – najmocniej zaś Mock. Wtedy inspektor wbił w niego wzrok, co mogło być zwiastunem, iż zdaje on sobie sprawę z niecnych postępków podwładnego.

Zanim jednak stanę przed Mühlhausem – myślał wtedy wachmistrz – muszę mieć jak najwięcej informacji, które go przekonają do tego, aby mimo mojego nieposłuszeństwa pełnoprawnie włączyć mnie do kryminalnego zespołu.

Kierując się tą myślą, spędził właśnie cały dzień w archiwum. Na plan dalszy odsunąwszy inwigilację dyrektora Heckmanna, najpierw sporządził tam raport z ostatniej odprawy, a potem zabrał się do szukania wszelkich informacji na temat Hansa Poelziga. Przy nazwisku słynnego architekta w indeksie Knorra widniały tylko dwa odsyłacze – do dwóch artykułów ze „Schlesische Zeitung” na temat budowy Pawilonu Czterech Kopuł. Obie wzmianki okazały się dla śledztwa zupełnie bezużyteczne. Nie pozostawało nic innego, jak tylko przeszukać tegoroczne materiały prasowe, które nie zostały jeszcze zaopatrzone w indeks.

Była to mozolna i nudna robota – strona po stronie przeglądał gazety i tygodniki w poszukiwaniu nazwiska Poelziga. Być może pracowałby na darmo, gdyby nie dowiedział się zupełnym przypadkiem od archiwisty Knorra, że prezydium policji – w ramach oszczędności – od kilku lat nie abonuje gazet żydowskich i sportowych. Nie spodziewając się niczego specjalnego znaleźć w tych ostatnich, udał się do czytelni gminy żydowskiej na Wallstrasse[88], gdzie zamówił dwa prenumerowane tam wrocławskie tytuły – miesięcznik „Monatsschrift für Geschichte und Wissenschaft des Judentums” i gazetę „Das Jüdische Volksblatt”. Dokładnie przej-

---

88 Obecnie ul. Włodkowica.

rzał ich wydania aktualne oraz dwa ostatnie roczniki. Po godzinie znalazł we wspomnianym miesięczniku z poprzedniego roku wywiad, jakiego Hans Poelzig udzielił na temat swoich zainteresowań kulturą żydowską. Ku zdumieniu Mocka z owego wywiadu jasno wynikało, że żydowskie fascynacje architekta nie wynikają w najmniejszym stopniu z jego rodzinnej biografii. Poelzig dwukrotnie zaprzeczył sugestiom o swoim żydowskim pochodzeniu, co stało w jaskrawej sprzeczności z tym, co pangermaniści wykrzykiwali pod Halą Stulecia.

Po tych bibliotecznych eksploracjach Mock zdecydował się na krok trudny – chciał poznać podejrzanego, wypytać go o to i owo, by wyrobić sobie o nim wstępne zdanie i poszukać sprzeczności w jego wypowiedziach. Zadzwonił do niego i ustalił termin spotkania.

Kołysany teraz łagodnym ruchem dorożki z przyjemnością wdychał wilgoć, jaką po niedawnym deszczu wydzielały trawy i drzewa w parku Szczytnickim. Bardzo uważnie czytał przy tym fragmenty tekstu, które przepisał z miesięcznika.

Interesuje mnie historia Golema, mitycznego glinianego kolosa, który bronił Żydów przed prześladowaniami mieszkańców Pragi. Biednemu olbrzymowi coś się pomyliło i zamiast antysemickich Czechów zaczął atakować Żydów. I wtedy twórca potwora rabbi Löw usunął jedną literę z zaklęcia, jakie ożywiło Golema, i uśmiercił tę nieszczęsną istotę. Ta historia mnie zainspirowała do przemyśleń artystycznych. Zacząłem rozmyślać nad jednym jedynym detalem w architektonicznym projekcie, którego usunięcie zmieniałoby całkowicie przeznaczenie budowli, czyniłoby ją śmieszną,

bezużyteczną i bezwładną – tak jak brak jednej litery na
pergaminie czynił Golema nieprzydatną do niczego kreaturą.

Potem, jak pamiętał, szedł cały katalog budowli, w których
jakiś szczegół był istotą danego projektu, bo bez niego dane dzieło architektoniczne stawało się zaprzeczeniem samego siebie.
Wśród nich znajdował się rzymski Panteon i jeszcze kilka innych
nie znanych Mockowi budowli z Paryża i Londynu. Nie było tam
niestety Hali Stulecia.

– Zapytamy go o słaby punkt w Hali Stulecia i zobaczymy, jak
zareaguje – powiedział do siebie i czytał dalej wypowiedzi Poelziga.

Tak, hebrajskiego uczyłem się w gimnazjum klasycznym
w Poczdamie. Na tyle znam ten język, że mogę czytać Stary
Testament. Niestety przebogata biblioteka kabalistyczna we
wrocławskim Żydowskim Seminarium Teologicznym z po-
wodów językowych jest poza moim zasięgiem. Z tych wspa-
niałych zbiorów korzystałem dzięki tłumaczeniom, jakie dla
mnie przygotowywali pracujący tam znakomici naukowcy.

– Dowiemy się, co to za naukowcy – mruknął Mock i zapisał
kolejną dyspozycję dla siebie: „Sprawdzić w Żyd. Scm. Tcol., kto
tłumaczył dla Poelziga".

Dorożka skręciła w Leerbeutel[89] i zatrzymała się przed niezwykłą budowlą. Stromy i kilkakrotnie kunsztownie rozszczepiony
dach upodabniał go do górskich willi, jakich Mock widział wie-

---

89 Obecnie ul. Chopina.

le w swych rodzinnych stronach. Dom był ascetyczny, a jednocześnie budził nieokreślony niepokój – pewnie dlatego, że gont pokrywający nie tylko dach, ale również spore połacie ścian, przypominał łuski na cielsku jakiegoś zwierza. Niezwykłości temu budynkowi niewątpliwie ujmował zwykły drewniany płot – jedynym murowanym elementem były słupki po obu stronach bramki.

Mock wysiadł z dorożki i nacisnął guzik dzwonka. Zaraz pojawił się służący. Dowiedziawszy się, że przybysz umówił się telefonicznie z dyrektorem Królewskiej Szkoły Sztuki i Rzemiosła Artystycznego, wprowadził go do hallu. Biegało tam troje małych dzieci – dwaj chłopcy i jedna dziewczynka – krzycząc niemiłosiernie. Gość nie zdążył się dobrze rozejrzeć wokół siebie, kiedy u szczytu schodów zjawił się sam Poelzig.

Dzieci rzuciły się do niego.

– Tatusiu, tatusiu! – wołała dziewczynka. – A Heini zabrał mi lalkę!

– Oddaj lalkę! – polecił podniesionym głosem. – I marsz do panny Georges! Nie przeszkadzać, kiedy ojciec pracuje!

Spojrzał na Mocka i gestem ręki zaprosił go na górę. Po chwili policjant siedział w głębokim fotelu z zagłówkiem i wpatrywał się w gospodarza. Fryzura pana domu – ścięte na pazia czarne włosy – mogłaby rozśmieszyć, gdyby nie twarz: kanciasta, wyrazista, budząca grozę. Jej centralnym punktem był potężny, zakrzywiony nos, a na nim okrągłe okulary rzucające złe błyski. Gdyby Mock miał tego mężczyznę określić jednym jedynym słowem, powiedziałby „demoniczny".

– Ostatnio dużo tu przychodzi osób pańskiej profesji, wachmistrzu – zaskrzeczał Poelzig. – Od wczoraj dręczą mnie pytaniami o konie, powóz, o moje alibi *et cetera*. A pan chce się dowiedzieć czegoś innego. Czegoś o symbolice architektonicznej, nieprawdaż? Dobrze pamiętam naszą rozmowę przez telefon?

— Tak jest! — odparł Mock. — W „Monatsschrift für Geschichte und Wissenschaft des Judentums" czytałem wypowiedź pana dyrektora o Golemie. Bardzo sugestywnie mówił pan o jednym jedynym elemencie, którego usunięcie może zniweczyć sens budowli. Tak jak było z Golemem, gdy praski rabin zmazał jedną literę z pergaminu...

Mock zawahał się.

— Słucham, słucham... — Wzrok architekta wiercił dziury w twarzy przybysza. — Jakie ma pan pytanie, wachmistrzu?

— Jaki jest istotny, a jednocześnie wrażliwy punkt w Hali Stulecia?

— Czemu pan nie zapyta o to projektanta, miejskiego radcę budowlanego Berga?

— Nie jego wypowiedź czytałem, ale pańską — odparł z uśmiechem Mock. — Dał pan kilka przykładów budowli, których istota zawiera się w jednym szczególe, w jednym elemencie. Powiedział pan, że gdyby zamurować okrągły otwór w rzymskim Panteonie, to ta słynna budowla utraciłaby sens sakralny, bo ten otwór łączy ziemię z niebem. A co jest takiego w Hali Stulecia?

Poelzig wstał i zaczął krążyć po gabinecie pełnym sztalug i rulonów kartonu kreślarskiego.

— Pierwszy raz spotykam policjanta, którego interesuje sakralna wymowa budowli. — Roześmiał się szyderczo.

Mock wstał i zbliżył się do architekta.

– Od poniedziałku interesuje mnie wszystko, co dotyczy Hali Stulecia – wycedził. – Uważa pan dyrektor, że to dziwne?

Mierzyli się przez chwilę wzrokiem. Pierwszy odwrócił głowę Mock. Nie przewidział złowrogiej mocy, jaka się kryła w oczach Poelziga. Kręciło mu się w głowie, czuł się tak, jakby przed chwilą spojrzał w otchłań. Architekt musiał mieć jakieś zdolności hipnotyzerskie. Jeszcze długą chwilę nie spuszczał oczu z policjanta, najwyraźniej delektując się jego przegraną w tym pojedynku na spojrzenia. W końcu podszedł bez słowa do deski kreślarskiej i narysował niezwykle sugestywny szkic.

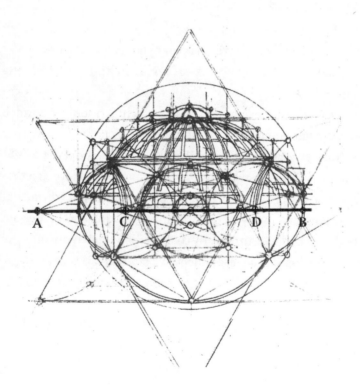

– Nie wiem, drogi panie – mruknął, wciąż poprawiając rysunek – do czego się to panu przyda, ale wizja Maxa Berga to urzeczywistnienie słów Emanuela Swedenborga o tym, że każde dzieło sztuki jest stworzone do tego, by ożywiać w nas piękno świata duchowego. I ta ogromna hala, ten betonowy Golem odzwierciedla wielkość ludzkiego ducha. Jest pan wykształcony, wachmistrzu, nieprawdaż?

– Tak.

Gimnazjum czy uniwersytet?

– Prawie ukończyłem studia filologiczne.

Poelzig oderwał się od rysowania i spojrzał z zainteresowaniem na Mocka.

– Czytał pan Nietzschego? Też był filologiem, zanim stał się nadczłowiekiem.

– Nie – odparł policjant. – Nie czytałem.

Skłamał. Czytał fragmenty *Tako rzecze Zaratustra*, ale znudziły go śmiertelnie te mętne bajania chorego umysłu. W pierwszym odruchu chciał tak powiedzieć, ale w porę się powstrzymał. Swą wypowiedzią nie zyskałby wiele w oczach architekta. Rzeczywiście ten wydmuchnął powietrze z płuc z ledwo ukrywanym lekceważeniem.

– Drogi panie, ten najwybitniejszy w dziejach świata filozof, którego pan nie zna – przerwał i piorunował Mocka wzrokiem – stworzył koncepcję nadczłowieka. Otóż ten nadczłowiek żyje jak perski mędrzec Zaratustra w lodowatej samotności gór, gdzie światło odbija się od czystego śniegu i kryształowych jezior. Stamtąd patrzy z pogardą na niziny zajmowane przez plebs. Wielka architektura, w tym Hala Stulecia, odbija majestat gór i nadludzkiego ducha, rozumie to pan, mój dobry człowieku? A czym są małe chaty? Siedliskiem brudu i zaczadzonych umysłów. Czy pan to pojmuje, mój dobry człowieku?

– To bardzo ciekawe, co pan mówi, ale... – Mock patrzył spokojnie na Poelziga – ja wciąż pytam o słabe miejsce w Hali Stulecia.

– A ten wciąż swoje! – wykrzyknął poirytowany architekt. – Ja mu o potędze myśli Nietzscheańskiej, a ten wciąż swoje! A tak dobrze zaczął! Podszedł mnie, cytując moją wypowiedź o Golemie! Przyznał się do studiów klasycznych, co wzbudziło moje życzliwe zdziwienie. Lepiej było jednak tego nie mówić! Bo potem taki wstyd. Być filologiem i nie czytać Nietzschego... Żegnam! Żegnam! Niech pan wraca do swojej nędznej chatki, gdzie śmierdzi krochmalem, gotowaną kapustą, a może czym jeszcze gorszym!

Mock milczał. W myślach powtarzał początek *Anabazy* Ksenofonta. Przed jego oczami wyświetlał się grecki tekst. W swej imaginacji policjant wybierał z niego wyrazy i określał ich formy gramatyczne. To uchroniło ich obu – Mocka przed wybuchem, a Poelziga przed jego skutkami.

– No dobrze, dobrze! – Architekt roześmiał się gromko. – Powiem, bo jeszcze pomyśli, że nie wiem!

Stanął w rozkroku na środku gabinetu pomiędzy dwoma potężnymi biurkami.

– Goethe powiedział, że architektura to milcząca sztuka tonów. Te dźwięki są niesłyszalne dla zwykłych uszu, choćby takich jak twoje, moja dobra duszyczko, słodka i naiwna! Ale wiedz, że w tonach jest proporcja, w budowlach również. Spójrz tutaj – napisał na kartce działanie $152 : 95 = 1,6$ – dzielna to długość

wnętrza kopułowego Hali Stulecia, licząc od podpór przeciwległych absyd, na moim szkicu odcinek AB, a dzielnik to odległość od wschodniego do zachodniego wejścia, na moim szkicu
odcinek CD. I co wychodzi, mój Boży prostaczku? Złota liczba,
w przybliżeniu jeden i sześć dziesiątych, widoczna w tworach
ludzkiego ducha, takich jak muzyka, ateński Partenon, rzymski
Panteon, oraz w tworach natury, choćby takich jak słonecznik.
Wciąż mówię o muzyce... Co jest zatem słabym punktem Hali
Stulecia?

– Muzyka. Organy – powiedział Mock, czując, jak zwroty
„Boży prostaczku" i „słodka, naiwna duszyczko" gwałtownie przy-
śpieszają mu puls.

– No wreszcie! – Poelzig klasnął w dłonie. – No wreszcie!
A teraz to już naprawdę żegnam!

Policjant wstał i odetchnął z ulgą. Już za chwilę znajdzie się
w parku, wśród zieleni i słońca – z dala od wężowego języka
architekta.

– Dziękuję, panie dyrektorze! – wykrztusił. – Do widzenia!

Poelzig nic nie odpowiedział. Kiedy Mock miał już zamknąć
drzwi z drugiej strony, zawołał:

– Co, idziesz do swojej śmierdzącej nory?

– Słucham? – zapytał zdumiony Mock.

– Tam, gdzie cuchnie starymi butami, niemytymi girami, co,
Mock? Na zasikanym podwórku w Wałbrzychu.

– Skąd wiesz, ty... – Policjant poczuł pulsowanie krwi
w uszach.

Chciał przypomnieć sobie początek *Anabazy*, ale wciąż mu
się myliło, który z braci był starszy – Artakserkses czy Cyrus.

Wszedł do gabinetu i zbliżył się do Poelziga. Zdjął melonik i otarł czoło z potu. Nagle wyrzucił w przód ramiona i pchnął mocno. Architekt runął między rulony brystolu. Wolno, jakby majestatycznie zwaliła mu się na głowę sztaluga z niedokończonym obrazem. Mock podszedł i uniósł puszkę z farbą. Chciał ją wylać Poelzigowi na tłuste czarne włosy.

I wtedy przypomniał sobie, że Artakserkses był starszym synem Dariusza i Parysatydy. Odstawił puszkę. Architekt powoli wygrzebywał się spod stosu pogniecionych zrolowanych kartonów i kawałków sztalugi. Wstał i patrzył na Mocka bez cienia strachu. Jego oczy wypełniała nienawiść.

– Co to miało znaczyć? – wysyczał.

– Pozdrowienie od podczłowieka – odpowiedział cicho Mock i wyszedł z gabinetu.

WROCŁAW,
czwartek 10 kwietnia 1913 roku,
trzy kwadranse na piątą po południu

EBERHARD PO RAZ DRUGI TEGO DNIA pojawił się na ulicy Żydowskiej, jak nazywano Wallstrasse[90]. Fiakier, który go wiózł, nie wjechał w głąb ulicy pod zlecony adres, ponieważ tuż przy gmachu Nowej Giełdy[91] padł koń przy zaprzęgu i całkowicie zatamował

---

90 Obecnie ul. Włodkowica.
91 Obecnie siedziby Klubu Sportowego Gwardia Wrocław przy ul. Krupniczej.

ruch. Mock wysiadł i ruszył na piechotę. Minął słynny na całe miasto sklep braci Ciprianich, gdzie sprzedawano włoskie specjały i owoce południowe. W witrynie sklepu z galanterią skórzaną obejrzał buty i portfele. Z przelotowej bramy prowadzącej do stojącej na podwórku bożnicy Pod Białym Bocianem wyszło kilkunastu biedaków, którzy upychali po kieszeniach jabłka i bułki. Najpewniej byli to ubodzy dożywiani przez gminę synagogalną. Rozstąpili się przed nim, czyniąc mu swobodne przejście. Niektórzy patrzyli na niego. W ich wzroku mieszała się nieufność, a nawet wrogość, z pokorą i nadzieją na jakiś datek. Nie spełnił tych oczekiwań, poszedł dalej – do Żydowskiego Seminarium Teologicznego[92], stojącego tuż przy promenadzie nad fosą.

Sekretarz seminarium w mycce i w okularach, tak gruby, że zdawać by się mogło, że rozsadzi sobą niewielki, zawalony książkami pokoik, opryskliwie oznajmił Mockowi, iż do biblioteki mają wstęp tylko uprawnione osoby i że takowe pisemne uprawnienie może być wydane tylko przez dyrektora placówki rabina doktora Ferdinanda Rosenthala. Można je uzyskać po osobistej rozmowie z dyrektorem w czasie jego konsultacji, które – tu sekretarz wymownie wyjął zegarek z kieszeni kamizelki – przed kwadransem się skończyły.

Mock wyszedł z sekretariatu i zapalił papierosa. Przez chwilę analizował swoją sytuację. Po zaatakowaniu Poelziga była ona niewesoła. Mühlhaus i von Oppen pewnie już o wszystkim wiedzą. Jedynym ratunkiem dla porywczego policjanta byłoby teraz dostarczenie ważnych informacji o Poelzigu. I to był właśnie jego

---

92 Obecnie siedziby Spółdzielni Lekarskiej „Vita".

cel. Po to tu przyjechał. Być może w żydowskim seminarium są jakieś ślady wypożyczeń, które pozostawił Poelzig? Być może wśród czytanych przez niego książek są jakieś pozycje o symbolice piór i ptaków? Ten trop, choć wydawał się ciemny i niepewny, był nie do odrzucenia. Mock musiał czymś uśmierzyć ewentualną furię Mühlhausa na wieczornej odprawie.

Zgasił papierosa i zszedł do portierni.

– Proszę o informację, jak dojść do biblioteki – zwrócił się do portiera.

– Nieczynna – mruknął pedel i wrócił do lektury gazety.

Mock oparł dłonie o ladę przy portierni. Był spokojny. Na dziś wyczerpał już limit wściekłości.

– Nie obchodzi mnie, czy czynna – wyjął legitymację policyjną – ale jak mam iść!

– Pierwsze piętro, od schodów na lewo – odpowiedział pedel innym nieco tonem.

Mock odwrócił się i zaczął wchodzić na schody. Wtedy usłyszał szmer – woźny wykręcał jakiś numer telefonu. Policjant nie chciał, by bibliotekarza uprzedzono o jego wizycie. W ciągu kilku minut mógł schować rejestr wypożyczeń albo pozbyć się rewersów.

Szybko zbiegł do portierni, wyrwał mężczyźnie słuchawkę, odwiesił ją i szeroko się uśmiechnął.

– Chciałeś kogoś uprzedzić o mojej wizycie?

Pedel zwiesił głowę. Wtedy Mock – wciąż spokojny – chwycił go za klapę munduru i przyciągnął do lady.

– A ja chcę komuś zrobić niespodziankę, wiesz pan, panie Cerberze? – Wyszczerzył zęby. – A poza tym straszny ze mnie niezdara, wiesz? I mogę pomylić drogę... No chodź, pokaż mi osobiście, jak tam dojść!

Portier wyszedł i poprowadził Mocka schodami na pierwsze piętro. Pod ścianami stali studenci, przyszli rabini, i dyskutowali o czymś z tak wielkim zaangażowaniem, że nie rozproszyło ich nawet przejście dwóch mężczyzn, z których jeden drugiego trzymał za kołnierz. Ci stanęli przed drzwiami, na których mosiężna tabliczka oznajmiała po niemiecku i po hebrajsku, że oto wchodzą do królestwa wybranych:

Każde objawienie jest dla was
jakby słowami zapieczętowanej księgi.
Daje się ją temu, który umie czytać.

IZAJASZ

Mock otworzył z rozmachem drzwi i w tej chwili usłyszał głos portiera:

– Pani doktor, chciałem zadzwonić, uprzedzić, ale ten gbur wyrwał mi słuchawkę! A potem za kołnierz mnie tu przyprowadził...

– Nic nie szkodzi, panie Perles – powiedziała Charlotta Bloch von Bekessy. – Spodziewałam się pana wachmistrza.

WROCŁAW,

czwartek 10 kwietnia 1913 roku,

godzina piąta po południu

OTWORZYŁA DRZWI DO GABINETU, na których była podobna tabliczka, ale nie z cytatem biblijnym, lecz z nazwiskiem: „Doktor Charlotta Bloch von Bekessy, kierowniczka biblioteki".

Mock wszedł za nią. Smukłą dłonią wskazała mu krzesło naprzeciwko wielkiego biurka, za którym zaraz zasiadła, szeleszcząc sukienką. Jej twarz była blada i zacięta, bez najmniejszego śladu uśmiechu czy kokieterii.

– Nie spodziewałem się fanfar i kwiatów, droga pani doktor – przmówił Mock – ale choć cień uśmiechu na pani posągowym obliczu rozświetliłby ten ponury gabinet.

Spojrzał w okno zaciemnione przez potężny platan – jeden z wielu rosnących na promenadzie.

– Słucham pana – powiedziała sucho. – Nie mam czasu na płoche rozmowy. Jestem zajęta!

– Aż taki jestem pani niemiły? – Mock sięgnął do kieszeni.

Nie słysząc ani potwierdzenia, ani zaprzeczenia, kontynuował ten monolog, uderzając papierosem o wierzch dopiero co wyciągniętej papierośnicy.

– A ja wprost przeciwnie: mam wielką ochotę na płoche rozmowy z panią. Proszę się nie dziwić. Jestem policjantem, ale też mężczyzną. Widok pięknej kobiety dwa dni z rzędu burzy moje sny...

Doktor Charlotta Bloch von Bekessy wstała.

– Albo pan mówi, z czym przyszedł, albo pan stąd wychodzi! – Jej czarne oczy rzucały gromy. – Ja nie mam kołnierza, *Herr Polizei-Wachtmeister*, za który mógłby pan mnie chwycić jak nieszczęsnego Perlesa!

Mock zapalał papierosa, nie spuszczając z niej oczu.

– Jest pani osobą wielu talentów, wielu zawodów. Lekarka w swoim gabinecie i uczona w tym zakładzie naukowym.

Odpowiedziało mu milczenie.

Wstał i przeszedł się po gabinecie. Czubkami palców przesunął po grzbietach książek najwyraźniej oprawianych u tego samego introligatora, o czym świadczył znaczek u dołu każdego grzbietu – litery „J", „Th" i „S", skrót od Jüdisches Theologisches Seminar, oraz kombinacja gałązki oliwnej z gwiazdą Dawida.

– Pani doktor raczyła się wczoraj minąć z prawdą. – Mock oparł na blacie biurka swe silne dłonie o krótkich palcach. – Mówiła pani, że tuż przed moją wizytą u niej jej gabinet opuściła pacjentka.

– Ależ panie Mock...

– Wiem, wiem – nie spuszczał z niej oczu – to była wizyta nie zapowiedziana, poza godzinami pracy, prawda?

– Tak właśnie było! – krzyknęła Charlotta.

– Od dawna kieruje pani tą naukową biblioteką? – zapytał niespodziewanie.

– Od dwóch lat pełnię ten zaszczytny obowiązek! To wciąż zajęcie tymczasowe, dopóki rabin nie znajdzie kogoś na stałe...

– A dlaczego tymczasowe?

– Jestem wyznania ewangelicko-reformowanego i jestem kobietą. Rabin szuka kogoś bardziej... odpowiedniego. Na razie jednak w naszym mieście nikt nie zna się lepiej ode mnie na pismach kabalistycznych, a jest ich bardzo dużo w naszej bibliotece. Ktoś je musi porządnie skatalogować.

– Rozumiem. – Spojrzał na nią z podziwem. – A kto oprócz pani pracuje w bibliotece?

– Nikt.

Mock usiadł, założył nogę na nogę i strzepnął ze spodni niewidoczny pyłek.

– Wczoraj, tuż przed samym wyjściem od pani doktor – powiedział ciszej, wpatrując się w ciemne prążki na spodniach – zapytałem, czy zna pani Hansa Poelziga, słynnego architekta, dyrektora Królewskiej Szkoły Sztuki i Rzemiosła Artystycznego. Odpowiedziała pani: „Nie!". Czy podtrzymuje dziś pani swoją odpowiedź?

Kobieta patrzyła na niego bez wyrazu. Pozwolił jej długo milczeć, po czym zgasił papierosa, a w jego dłoniach pojawił się notes.

– Hans Poelzig w wywiadzie dla ubiegłorocznego „Monatsschrift für Geschichte und Wissenschaft des Judentums" powiedział, że często korzystał z państwa księgozbioru. A pani doktor pracuje tu od dwóch lat i twierdzi, że nie zna Poelziga. Wniosek jest tylko jeden: podczas swoich wizyt w bibliotece musiał się chyba z panią rozminąć. Tylko kto by wtedy go obsługiwał, jeśli nikt tu nie pracuje oprócz pani? Jak by czytał wtedy pisma kabalistyczne, opowieści o Golemie *et cetera*, o czym tak wiele mówił w wywiadzie? Brałby książki i tajemnicze pisma kabalistyczne sam z półek? Wszak biblioteka to nie jest stragan na festynie dobroczynnym dla biednych z gminy synagogalnej, do którego każdy podchodzi i bierze sobie już to jabłko, już to bułkę maślaną. Mock zamlaskał, jakby właśnie sam jadł owe specjały, o których z taką lubością opowiadał. Nagle spoważniał.

– Jakie książki czytał Poelzig? – zapytał ostro. – I kto mu tłumaczył pisma kabalistyczne?

– Nigdy go u nas nie było! – równie ostro odparła doktor Bloch von Bekessy. – Może pan sprawdzić w rejestrze wypożyczeń! Nie znam Poelziga!

Mock zastanowił się przez chwilę.

– No pewnie, że w rejestrze wcale nie musi być nazwiska Poelziga. – Uderzył się dłonią w czoło. – Może wysyłał po książki na przykład swojego asystenta i ten wpisywał się w rejestrze, a potem zabierał do domu swego pryncypała? No, proszę o ten rejestr!

Charlotta wstała gwałtownie. Nie była dziś ubrana w szykowną suknię, ale w prostą jasnoszarą, jakby rzymską tunikę. Była w pełnym rozkwicie swych lat niewieścich, w wieku, w którym zachodzą na siebie lato i wczesna jesień kobiecości. Jej oczy były teraz pełne spokoju i mądrości, jaką zsyła życiowe doświadczenie.

– Panie Mock, nie zdaje pan sobie sprawy, z jakimi siłami pan igra. Te moce są niszczycielskie, kiedy się człowiek im przeciwstawia, ale mogą być bardzo przyjazne, kiedy umie je obłaskawić.

Mock patrzył na nią z groźną miną. Jego oczy były ołowiane.

– Proszę darować sobie te czary-mary. – Obniżył jeszcze bardziej swój basowy głos. – Mogę panią zmusić do mówienia!

Fraza „mogę panią zmusić" wywołała u niego natychmiast erotyczne fantazje. Charlotta od razu to zauważyła. Lekko się uśmiechnęła.

– Bardzom ciekawa, w jaki to mianowicie sposób pan mnie zmusi?

Nagle zmienił się jej nastrój. Wstała tak gwałtownie, że za nią runęło krzesło. Sięgnęła po grubą księgę oprawioną w granatowe płótno. Rzuciła ją na kolana Mocka. Ten syknął, bo lekko zabolało, i otworzył księgę. Rejestr wypożyczeń.

Twarz Charlotty była pełna napięcia – jak gradowa chmura.

– Jutro to widzę z powrotem u siebie – rzuciła chłodno, wskazując na księgę.

– Wspaniale – szepnął Mock. – Znów będę miał okazję się z panią spotkać. A tak poza tym, to zupełny drobiazg, powiedziała pani woźnemu, że spodziewała się mojej wizyty. Kto panią o niej uprzedził? Hans Poelzig?

Nie ukryła zmieszania.

– Słyszał pan o czymś takim jak blef?

– Słyszałem. Właśnie go zastosowałem.

Odwróciła się do niego plecami, co go bynajmniej nie zmartwiło, bo mógł bezkarnie delektować się jej kształtami *a tergo*[93].

– Do widzenia, szanowna pani doktor – usłyszała tuż przed lekkim metalicznym dźwiękiem klamki, towarzyszącym zamykaniu drzwi.

Kiedy się już upewniła, że Mock poszedł, zdjęła słuchawkę z widełek i zażądała od telefonistki połączenia z podwrocławskim Zaciszem.

– Dom Hansa Poelziga – rozległo się po kilku minutach. – Kto mówi?

---

93 Od tyłu (łac.).

— Charlotta Bloch von Bekessy. Poproszę do aparatu pana domu.

— Był u mnie Mock — rzekła, kiedy odezwał się architekt. — Nic mu oczywiście nie powiedziałam o tobie, ale on... Chyba wie o Erwinie... A może tylko blefował, mówiąc, że twój asystent wypożyczał książki dla ciebie. Gdyby tak było, to blef mu wyszedł. Dałam się podejść. Wydałam mu rejestr wypożyczeń do jutra i Mock w końcu znajdzie tam nazwisko Erwina. Jest coraz bliżej... Niebezpiecznie blisko...

— Powiedz mi coś jeszcze o nim, abym mógł go przeciągnąć na naszą stronę. Historia o jego ojcu się nie sprawdziła. Zamiast go upokorzyć, tylko rozsierdziła.

— Nic o nim nie wiem. No... Może poza tym, że to typowy samiec.

— Dobrze sobie dajesz radę z typowymi samcami.

Charlotta rozłączyła się, po czym zamówiła rozmowę z berlińskim numerem, który miała zapisany ręcznie na małej wizytówce. Czekała w zamyśleniu na połączenie. Trwało to prawie dwa kwadranse. W końcu telefon zadzwonił.

— Tu biuro tajnego radcy dworu — rozległ się męski głos.

— Proszę do aparatu pana pułkownika Nicolaia — powiedziała. — Dzwonię z Wrocławia. Nazywam się doktor Charlotta Bloch von Bekessy.

— Pan tajny radca pułkownik Nicolai jest w tej chwili zajęty. Mówi jego adiutant porucznik Hansligg.

— Proszę mu powiedzieć, poruczniku Hansligg, że jutro czekam na pana tajnego radcę w restauracji wrocławskiego hotelu Monopol o godzinie trzeciej po południu. Nie przesłyszał się pan. Wrocławskiego hotelu, nie berlińskiego!

– Prosiłbym o dodatkowy argument, który skłoniłby pana pułkownika do przyjazdu do Wrocławia. Obawiam się, że jeśli mu tylko tyle zamelduję, to pułkownik może zażądać uzasadnienia swej podróży do stolicy Śląska.

– Oto ten argument – Charlotta od początku była przygotowana na taką ewentualność – proszę powiedzieć pułkownikowi, że wiem, kim jest Ikar.

WROCŁAW,

czwartek 10 kwietnia 1913 roku,

godzina ósma wieczór

– JESZCZE NIE MA TYCH LUDZI, co pan pytał – powiedział karczmarz Hermann Petruske. – A jedzonko już jedzie do szanownego pana. Świeżo ubita świnka z masarni Neumanna! Proszę o cierpliwość! Zaraz wszystko będzie.

Mock kiwnął głową bez przekonania. Bardzo mu się dłużyło czekanie na jedzenie. Minęło pół godziny i zdążył wypić już dwa kieliszki wódki, które mu zaostrzyły apetyt. By zabić czas, zabrał się do przeglądania rejestru wypożyczeń z Żydowskiego Seminarium Teologicznego. Po kwadransie śmiertelnie go to znudziło. Gdyby nie wzrastający hałas w knajpie, pewnie by usnął. W końcu zamknął księgę z hukiem i schował ją do dużej teczki. Postanowił zlecić to zadanie Knorrowi.

W końcu przyniesiono mu talerz z pachnącą świeżonką. Właściciel lokalu obsłużył go osobiście i na przeprosiny za zwłokę dołożył gratis kufel piwa kulmbachskiego. Udobruchany policjant natychmiast się rozchmurzył i z przyjemnością sięgał widelcem po małe kawałki wieprzowiny, które pływały w sosie własnym pośród zarumienionych kółek cebuli i ziemniaków pokrojonych w talarki o złocistych chrupiących brzegach. Jadł i przepłukiwał piwem kubki smakowe, przymykając oczy z ukontentowania. Nie mógł się powstrzymać od mlaskania, co nikogo nie oburzało w tym lokalu, gdzie bywali ludzie z półświatka, a właściciel wyglądał raczej na wykidajłę niż na dobrodusznego oberżystę. Nie było tu przesadnie czysto, nie było też bezpiecznie, co zresztą nie dziwiło w knajpie na Stockgasse[94], gdzie nie wiadomo czego było więcej – nędznych burdeli czy groźnych melin. Nigdzie jednak nie podawano lepszej świeżonki i zupy ogonowej i to przyciągało tu Mocka.

Policjant, najadłszy się do syta, uchwycił pytający wzrok karczmarza. Uniesieniem kufla i szerokim uśmiechem zrecenzował potrawę. Petruske zasalutował w odpowiedzi do kucharskiej czapki i wypiął z dumą osłonięty fartuchem potężny brzuch. Mock zgarnął nożem na widelec ostatnie kawałki mięsa i cebuli i pociągnął potężny łyk piwa. Potem zapalił papierosa. Jego myśli, rozproszone przed chwilą jedzeniem oraz pojawieniem się kilku hałaśliwych i jaskrawo umalowanych kobiet, wróciły do zadania, jakie miał wykonać, a mianowicie do sporządzenia raportu. Wyjął zatem notes i zaczął przeglądać swoje notatki.

Trzecia nasiadówka grupy Mühlhausa nie była zwykłą odprawą. Zaszczycił ją bowiem swoją obecnością sam prezydent policji Heinrich von Oppen. Mock, kiedy go zobaczył, uznał, że oto wybiła godzina jego dymisji, założył bowiem, że Hans

---

94 Obecnie ul. Więzienna.

Poelzig poskarżył się już na niego każdemu, komu tylko mógł. Nic dziwnego, że zasiadłszy wśród kolegów w prowizorycznej sali odpraw, czuł się jak skazaniec kładący głowę pod topór. Zaczął gorączkowo analizować, ile asów ma w rękawie i czy są one na tyle mocne, by uchronić go przed klęską.

Po krótkim namyśle stwierdził, że niemało. Jako jedyny z całej grupy śledczej miał szczegółowe informacje, w jaki sposób morderca spuścił linę z belką, której trzymali się czterej chłopcy. Jako jedyny miał istotny trop równoległoboku Poelziga i jego mistycznych rojeń, które współgrały z tajemną, jakby rytualną śmiercią chłopców. Jako jedyny miał nieźle udokumentowany trop masoński, na który naprowadziła go litera tau. Miał ponadto bardzo mglisty trop dyrektora Heckmanna, który z nieznanych powodów utrzymywał – wbrew Lucy Schilling – że jej brat Hermann nie uczył się greki. A ponadto – co mogło być kompletnym przypadkiem – pyszałkowaty dyrektor bywał w przynajmniej dwóch wierzchołkach równoległoboku, gdzie zniknęli nieszczęśni gimnazjaliści – w Domu Koncertowym, spod którego porwano Georga Struvego, oraz w rezydencji Neisserów na Zaciszu, czyli nieopodal domu Poelziga, skąd porwano z kolei Hansa Brixa. Z jednej strony Mock przyznawał w duchu, że trop Heckmanna jest bardzo naciągany, ale z drugiej – było pewnikiem, że zamordowani chłopcy przyjaźnili się i tworzyli bandę. Ta banda nie działała w próżni, tylko w murach gimnazjalnych i ktoś w tym gimnazjum musiał coś wiedzieć o jej poczynaniach. Kto, jeśli nie dyrektor?

Taką linię obrony gorączkowo przygotowywał, a tymczasem – ku jego zdumieniu – ani von Oppen, ani Mühlhaus najwyraźniej niczego nie wiedzieli o tym, że w wybuchu wściekłości wepchnął jednego z najbardziej znanych wrocławskich artystów w jego sztalugi i rulony.

Odprawa przebiegła w sposób rutynowy i przewidywalny. Mimo że prezydent żądał natychmiastowych efektów i Mühlhaus był w związku z tym poddany silnej presji, inspektor kryminalny ani przez chwilę nie przymilał się do swego szefa i niczego nie koloryzował. Relacjonował wszystko powoli i dobitnie, tak by protokolant zdołał wszystko zapisać.

Dzięki temu sporządzanie raportu, czemu oddawał się teraz Mock, odsunąwszy pusty talerz i kufel na brzeg stołu, jawiło się jako czynność szybka i nieskomplikowana – mimo że w knajpie panował duży ruch i z braku miejsc co chwila ktoś chciał się do niego przysiąść. Protokolant zapisał wszystko w punktach:

1. *Funkcjonariusze z inspekcji policji kryminalnej zrelacjonowali swoją inwigilację przestępczego półświatka. Do tej pory żaden jego przedstawiciel nie przyniósł wieści na temat końskich kit, porzuconych gimnazjalnych mundurków ani tornistrów. Żadnego tropu nie stwierdzono. Czynności będą kontynuowane.*

2. *Buchholtz z jw. przedstawił swe dociekania na temat Hansa Poelziga. Żadnego tropu. Zakończono tę czynność.*

3. *Funkcjonariusze z Wydziału III b szukali na listach dostarczonych przez Schüttego z jw. dorożek i karet z charakterystycznym końskim zaprzęgiem. Czynności będą kontynuowane.*

4. *Mock z III b pracował nad raportem symbolicznym. Praca w trakcie.*

5. *Krajewsky i Schmidt z inspekcji policji kryminalnej prze-słuchali Heinricha Lauterbacha na okoliczność jego bliskich kontaktów ze zmarłym Hermannem Schillingiem. Żadnego tropu. Zakończono tę czynność.*

6. *Klecker z III b sprawdził karalność / niekaralność Heinricha Lauterbacha. Żadnego tropu. Zakończono tę czynność.*

7. *Schmidt i Kaergel z inspekcji policji kryminalnej prze-słuchali rodziców zmarłego Georga Struvego – Theodora Struvego i Anneliese Struve. Żadnego tropu. Zakończono tę czynność.*

8. *Knoff z jw. przesłuchał Roberta Brixa, ojca zmarłego Hansa, oraz nauczycieli i woźnego ze szkoły budowlanej, gdzie Robert Brix był intendentem, na okoliczność domniemanego maltretowania Hansa Brixa przez jego ojca. Żadnego tropu. Zakończono tę czynność.*

9. *Wydział III b pod dowództwem asesora policyjnego Paula Vyhladila prowadzi infiltrację środowisk nieobyczajnych. Żadnego tropu. Czynności będą kontynuowane.*

Po raz ostatni umoczył stalówkę w atramencie i podpisał się zamaszyście, po czym zakręcił kałamarz, a raport posypał piaskiem. Po chwili starannie go zsypał do przenośnej piasecznicy, zapisaną kartę starannie złożył, a do teczki powkładał wszystkie przybory kancelaryjne. Słyszał, że niektórzy goście komentują jego zachowanie. Jedna z jaskrawo umalowanych dam wybuch-nęła śmiechem, wskazała go palcem i nazwała gryzipiórkiem.

Przywołując kelnera, wskazał palcem na pusty kufel. Ale zamiast niego pojawił się Petruske.

– Właśnie przyszli – mruknął oberżysta. – Czekają u mnie na górze. Wie pan, jak tam dojść?

Mock wiedział. Był tu stałym klientem od dobrych paru lat, a stary Petruske utrzymywał przyjazne stosunki i z policją, i z bandytami. Nigdy nie zdradził ani nie zawiódł zaufania ani jednych, ani drugich. Nic dziwnego, że w jego knajpie, a właściwie w jego mieszkaniu nad lokalem, spotykały się często te dwa światy – oczywiście bardzo dyskretnie i nieoficjalnie.

Tak było i teraz. Mock zapłacił i wyszedł, nie przejmując się coraz głośniejszymi docinkami. Rozejrzał się po wąskiej ciemnej uliczce. Znad Odry szła mgła, w której majaczył nieodległy gmach uniwersytetu. Małe kwadratowe okienka niskich domów, pełnych wilgoci i chylących się ku ruinie, oświetlały mętnie ten odcinek Stockgasse[95] pomiędzy śląską *Alma Mater* a Nadlergasse[96]. Nie było tu nikogo i o to właśnie Mockowi chodziło. Szybko wszedł do bramy opatrzonej numerem 11 i udał się na pierwsze piętro. Wszedł bez pukania. Ośmioletni syn karczmarza kiwający się w przedpokoju na koniu na biegunach wskazał Mockowi palcem drzwi do kuchni.

Tam rozwalali się przy stole dwaj znani policji bandyci, którzy w przerwie pomiędzy odsiadkami przepuszczali w knajpie Petruskego i w okolicznych burdelach swe brudne pieniądze. Mock kiwnął im głową i stanął przy drzwiach. Nie dosiadał się do stołu. Robert Matysek, z powodu licznych ubytków w uzębieniu zwany Ząbek, oraz jego młodszy brat Hubert należeli do charakternych

---

95 Obecnie ul. Więzienna.
96 Obecnie ul. Igielna.

przestępców – takich, co to z policjantem owszem, pogadają, a nawet zawrą tymczasowy pakt, ale już przy jednym stole to nie zasiądą. Mock wolał uniknąć jakichś wrogich demonstracji z ich strony, nie dołączył zatem do ich towarzystwa,.

Stał więc przy drzwiach i czekał, aż bracia Matyskowie odstawią swe kufle od ust i będą gotowi wysłuchać jego propozycji.

– Jutro jest dla was robota – wycedził Mock. – Nic wielkiego. Trzeba nastraszyć pewnego frajera. Gołe pięści. Bez kastetów.

– Za ile? – Robert Matysek przesunął grzebykiem po lśniących strąkach włosów.

– Przysługa za przysługę!

Bracia jak na komendę wybuchnęli śmiechem. Byli ubrani w stare prążkowane koszule bez kołnierzyka i w wyświechtane kamizelki. Umięśnione przedramiona wystające z podwiniętych rękawów pokryte były tatuażami. Nie wyglądali na ludzi pragnących jakichkolwiek przysług.

– Wiecie, kim jestem? – Mock nie był w najmniejszym nawet stopniu zmieszany ich reakcją.

Kiwnęli głowami.

– Prędzej czy później trafi do mnie jakaś dziewczynka, do której macie szczególną słabość. Jakaś Satschi czy Schmausi z waszej bramy na Oderstrasse[97]. Za brak aktualnych badań i książeczki będzie jej groził areszt. Dwa miesiące. Niby niedużo, ale zawsze szkoda dziewczyny... I wtedy wy gadacie z Petruskem, a on przekazuje waszą sprawę mnie. A ja oddaję wam przysługę. Biorę jej akta o tak – podszedł do stołu i chwycił jedną z serwetek – i ro-

---

97 Obecnie ul. Odrzańska.

bię tak. – Podarł serwetkę. – A Satschi czy Schmausi jest zaraz na wolności i umila wam czas. To jest moja propozycja. Ona obowiązuje tylko przez godzinę. Bo tyle mi zajmie wypicie dużego kulmbachera na dole.

Odwrócił się i chwycił za klamkę.

– Gdzie mieszka ten frajer? – usłyszał za sobą zniekształcony przez braki w uzębieniu głos.

WROCŁAW,
czwartek 10 kwietnia 1913 roku,
godzina jedenasta wieczór

MOCK ZAPEWNE UDAŁBY SIĘ prosto do mieszkania, gdzie najpierw zdjąłby marynarkę i kamizelkę, potem rozpiął guziki koszuli, zzuł buty i – starannie przewiesiwszy przez oparcie krzesła spodnie – zwalił się do łóżka. Zrobiłby to wszystko, gdyby nie pewne wspomnienie, które go prześladowało od wizyty u Charlotty. Nie dawało mu spokoju, a Mock nie lubił, gdy coś odwracało jego uwagę od śledztwa. Zirytowany wyciągnął z kieszeni papierośnicę, zaciągnął się papierosem i dmuchnął dymem w czarne niebo.

Stał w wąskiej uliczce Gerbergasse[98], tuż pod oknami pewnego przybytku, w którym był nie tak dawno, by sprawdzić badania lekarskie dziewczynek. Zadarł głowę i spojrzał na gwiazdy, a wtedy wspomnienie dało o sobie znać ze wzmożoną siłą. Zdeptał

---

98 Obecnie ul. Garbary.

papierosa obcasem i pewnym siebie gestem pchnął drzwi. Stróż siedzący w oparach dymu wyprostował się na jego widok, ale widząc uspokajający gest dłoni Mocka, oparł się wygodniej na krześle. Wachmistrz wszedł do mieszkania, kiwnął głową Helmutowi Skrivankowi, właścicielowi tego przybytku, i skierował się prosto do drugiej sali, gdzie za bordową kotarą poplamioną winem i ciężką od kurzu, na poprzecieranej sofie siedziały dwie roznegliżowane dziewczyny. Uśmiechnęły się do niego, ale on szybko odwrócił wzrok. Szukał kogoś innego.

Po chwili na schodach prowadzących na pierwsze piętro rozległy się kroki. Za mężczyzną o czerwonej, nalanej twarzy schodziła powoli kobieta w czarnym koronkowym szlafroku. Zatrzymała się na ostatnim schodku, pozwalając klientowi na muśnięcie wargami swojej dłoni. Nikt w tym mieście nie traktował tak prostytutek. Ona była wyjątkiem. Robiła z mężczyznami, co chciała, a oni błagali, by poświęciła im swój czas. Wystarczyło jedno kiwnięcie jej palca i od razu tracili rozum. Pozwalali jej sobą rządzić, dopóki nie skończył się drogo opłacany czas. Mock nigdy ich nie rozumiał. Aż do teraz. W chwili bowiem gdy klient, nałożywszy melonik, zniknął za kotarą, spojrzenie Wilhelminy padło na wachmistrza. Spojrzał w jej oczy i natychmiast zrozumiał, co ciągnie do niej tych wszystkich upajających się poczuciem władzy mężczyzn.

Poszedł za nią na górę, a kiedy zamknęły się za nimi drzwi, kobieta pchnęła go mocno na łóżko. Mock zamknął oczy i poddał się rozkoszy, myśląc wyłącznie o władczym spojrzeniu Charlotty Bloch von Bekessy.

DYREKTOR MORITZ HECKMANN WYSZEDŁ ze swojego gimnazjum i ruszył w stronę Odry. Chciał zaczerpnąć świeżego powietrza i uspokoić się po kłótni z kuratorem, która skończyła się kilkanaście minut wcześniej. Kurator Wolfgang Haase z Kolegium Szkolnego Prowincji Śląskiej przyszedł do niego już mocno podminowany, a w prawdziwą wściekłość wpadł, kiedy dyrektor odmówił wykonania jego polecenia. Poszło o pogrzeb czterech gimnazjalistów z Hali Stulecia. Kurator Haase nakazał Heckmannowi, by w pogrzebie uczestniczyła cała jego szkoła, a ten zdecydowanie odmówił, twierdząc, że z powodu tajemniczych i rzekomo nieobyczajnych okoliczności tej wstrząsającej zbrodni najlepiej byłoby dla wszystkich, gdyby wokół niej było jak najmniej zamieszania. Potem nastąpiła długa rozmowa, której temperatura szybko wzrastała. Haase nie ustępował, twierdząc, że pogrzeb z udziałem całej szkoły miałby duże walory wychowawcze, bo podkreślałby obowiązkowość i solidarność międzyludzką. Heckmann zażądał, by kwestie wychowawcze urzędnicy zechcieli zostawić nauczycielom i dyrekcji. By zamknąć rozmowę, zastrzegł, że jego decyzja jest ostateczna i nieodwołalna. Haase wrzasnął, że ta decyzja da wiele do myślenia kierownictwu Kolegium Szkolnego i że niedługo dyrektor może być poinformowany o innej decyzji, która mu będzie bardzo nie w smak. Reakcją dyrektora było pokazanie kuratorowi drzwi.

Teraz Heckmann szedł w stronę nadodrzańskiej promenady, by tam widokiem płynącej spokojnie wody i papierosowym dymem stłumić wzburzone emocje. Dotarł do barierki, oparł się o nią i w zamyśleniu patrzył na widoczne po drugiej stronie rzeki wieże katedry i kościoła Świętego Krzyża. Gdzieś z boku usłyszał seplenienie:

– Sanowny pan ognia pozwoli?

Spojrzał na nieogolonego człowieka w sfatygowanej czapce kepi, który przestępował z nogi na nogę i uśmiechał się przymilnie. Stał przy nim duży dwukołowy dwudyszlowy furgon, jeden z tych, którymi dostarczano towar do pobliskiej Hali Targowej.

– Nie mam! – Heckmann prychnął gniewnie. – Skończyły mi się właśnie zapałki.

– A grzeczniej to nie można? – rozległ się zachrypnięty głos.

Zbliżył się do nich inny mężczyzna, bardzo zresztą podobny do pierwszego.

Heckmann rozejrzał się i poczuł, że jego niepokój szybko ulatuje. Wokół było sporo ludzi. Za dziećmi biegały bony, jakiś niewysoki jegomość spacerował z jamnikiem, a inny – znacznie wyższy elegant w meloniku – siedział na ławce i palił cygaro. Heckmann odwrócił się do tego, który mu zarzucał niegrzeczne zachowanie.

– A poszedł mi stąd, obdartus jeden! – krzyknął.

I wtedy zapadła ciemność. Coś wilgotnego i śmierdzącego spadło mu na głowę, czyjeś mocne ręce zacisnęły mu się na szyi. Czuł, że jego nogi tracą kontakt z ziemią. Próbował krzyczeć, ale wtedy wciągnął do gardła coś, co przypominało łupiny. Zakrztusił się nimi i zaczął kaszleć. Usłyszał zgrzyt i wylądował w jakiejś skrzyni, której wieko zaraz się nad nim zatrzasnęło. Do jego uszu doszedł odgłos szurania stóp po żwirowej alei.

– Co wy robicie z tym panem? – Dyszkantowi towarzyszyło szczekanie psa. – Co to jest? Policja! Policja!

– To ja jestem policja – powiedział basowy głos. – To moja legitymacja! Proszę się rozejść, ale już!

Heckmann poczuł, że dwukołowy furgon, do którego go zapakowano, zaczyna jechać. Wtedy zaczął się miotać po skrzyni, wrzeszczeć i zdzierać z głowy śmierdzący materiał.

Nagle furgon się zatrzymał. W zamku skrzyni przekręcił się klucz. Usłyszał znów charakterystyczny bas.

– Wal go, kurwa, w dziąsło, żeby się nie rzucał!

Tracąc przytomność, przypomniał sobie, skąd zna ten niski głos.

WROCŁAW,

piątek 11 kwietnia 1913 roku,

godzina czwarta po południu

SUKNIA SPŁYNĘŁA W DÓŁ PO CIELE Charlotty Bloch von Bekessy. Odsunęła ją od siebie nogą obutą w długi sznurowany bucik. Miała na sobie jeszcze tylko mocno związany gorset, majtki z falbankami i czarne cienkie pończochy przytrzymywane gumowymi podwiązkami, które opinały jej szczupłe uda.

Usiadła na kamiennej ogrzewanej ławie, a potem powoli rozchylała nogi, nie spuszczając oczu z pułkownika Waltera Nicolaia.

Oficer był zarumieniony i szybko oddychał. Leżał wśród kobierców, materaców i poduszek zalegających na ławach łaźni parowej. Miał na sobie mundur rozpięty na piersi. Było bardzo gorąco. Kominek, w którym palono w pomieszczeniu obok, był rozgrzany do czerwoności. Nicolai wstał i zbliżył się do Charlotty. Na jego czole pojawiły się krople potu.

– Rozbierz się – odezwał się chrapliwym głosem.

Charlotta zsunęła majtki i kopnęła je w stronę leżącej na podłodze sukni. Została w gorsecie, w butach i w pończochach. Oparła dłonie na kolanach.

– Nie muszę już niczego więcej ściągać – szepnęła. – Teraz już można.

Adiutant pułkownika porucznik Hansligg usłyszał po chwili charakterystyczne jęki. Stłumił ochotę, by zajrzeć do pomieszczenia z góry przez świetlik, obok którego siedział na dachu krytego basenu przy Zwingerstrasse[99].

WROCŁAW,
piątek 11 kwietnia 1913 roku,
wpół do piątej po południu

DYREKTOR HECKMANN KRZYKNĄŁ, kiedy mu zdarto z głowy śmierdzący worek po cebuli. Dotkliwie poraziło mu oczy światło z lampy biurkowej, spoza której wzbijały się kłęby tytoniowego

---

99 Obecnie ul. Teatralna.

dymu. Wirowały powoli w elektrycznej poświacie i napełniały pomieszczenie wonią taniej machorki.

Jednym z palaczy był Eberhard Mock. Wstał od stołu, wszedł w smugę światła i zbliżył się do Heckmanna. Powoli uniósł dłoń, by zadać cios. Dyrektor chciał się uchylić, ale to mu się nie udało. Szarpnął się tylko tak mocno, że zabolały go ręce przywiązane szorstkim krowim postronkiem do krzesła. Gorący klaps trafił go w policzek. Skrzypiące i rozchwiane krzesło lekko się zakołysało i dyrektor omal nie runął wraz z nim na plecy.

– To było lekko, Heckmann – rozległ się w dusznym powietrzu bas Mocka. – Bardzo lekko. Bo ja mocno nie biję nigdy. Jestem na to zbyt wrażliwy, delikatny. Zawsze taki byłem, ale moim dwóm towarzyszom daleko do delikatności. No, pokażcie się, chłopaki!

Robert Matysek i jego brat Hubert wyszli na środek pomieszczenia i pochylili się nad dyrektorem. Ich mocne, grubo ciosane słowiańskie twarze nie wyrażały żadnych uczuć. Były jak nieruchome maski – nie ogolone i popstrzone krostami. Dyszeli ciężko, a ich oddech zabarwiony wonią alkoholu i próchnicy doszedł nozdrzy Heckmanna. Wraz z panującym tu zwierzęcym zaduchem tworzył mdlącą mieszankę.

– To są gwałtowni, silni ludzie, Heckmann. Oni nie mają litości. No dobra, chłopaki! Przypierdolić mu, ale nie za mocno! Nie złamać mu na razie niczego!

Bracia zadali po jednym ciosie. Symetrycznie. Każde uderzenie trafiało pod żebra – jedno z lewej strony, drugie z prawej. Najpierw rozległ się odgłos – przytłumiony i głuchy – a potem rozdzierający jęk. Wyraźnie było widać, jak purpura rozlewa się na szyi dyrektora i wspina się na głowę. Skóra na jego twarzy zadrżała, jakby od uderzenia w żebra poszły fale aż do głowy. Wyglądało to tak, jakby pod skórą przebiegło jakieś małe stworzenie. Resztki włosów misternie zaczesanych na wierzch głowy nastroszyły się, a z ust wydobył długi syk.

Mock podszedł do związanego mężczyzny i ujął go palcami pod brodę.

– Oni tak długo mogą cię naparzać, Heckmann. – Na jego twarzy pojawiła się odraza. – Zabiorą ci oddech, połamią żebra, a potem związanego wrzucą do chlewa, który jest na tym podwórku. Świnie tam są dobrze odkarmione. To jednak nie znaczy, że jakiś knur nie zgłodnieje i nie zacznie cię szarpać za stopę. A wiesz, jaką siłę mają szczęki knura?

Dyrektorowi oczy wyszły z orbit. Purpurowa skóra znów zaczęła falować. Mock się wystraszył, że przesłuchiwany jeszcze mu tu padnie na apopleksję.

– Nic ci się złego jednak nie stanie – usiadł na stole koło lampy i nadał swemu głosowi łagodne brzmienie – jeśli mi wszystko wyśpiewasz. O czterech chłopcach z głowami w obłokach. Struve, Schilling, Ziegler i Brix. Koledzy z jednej klasy, z twojej szkoły. Założyli jakieś kółko samokształceniowe albo też typową szczeniacką paczkę z własnymi zasadami i rytuałami. Wszyscy uczyli się greki. Byli samoukami? Nie wierzę! No to kto ich nauczał? Dali ogłoszenie do gazety: „Czterech młodych ludzi chce się uczyć języka Platona"? A może przyszli do któregoś ze swoich nauczycieli i poprosili: „Profesorze X, czy nie zechciałby pan nas uczyć greki"? A ty tego profesora kryłeś, co, Heckmann? I wrzeszczałeś: „Nie ma u nas greki – tego przeżytku!". Ale ja nie wierzę wrzaskom, Heckmann. Teraz mi wszystko wyśpiewasz albo zapoznam cię bliżej z szalejącym obok knurem...

Dyrektor oddychał ciężko, a potem kilkakrotnie przełknął ślinę.

– Czy mogę prosić o papierosa?

Mock zgasił lampę na biurku i zapalił górne światło. Byli w niewielkim ni to składziku, ni to warsztacie, którego budowniczy chyba nie przewidział miejsca dla czterech mężczyzn i dużego stołu. Bracia Matyskowie przysiedli na blacie, do którego przykręcone były imadła, i nie spuszczali z Heckmanna oczu. Musieli wciągać brzuchy, kiedy Mock przeszedł koło nich, by sięgnąć do swojej marynarki wiszącej na gwoździu.

Wyjął z niej papierosa, odpalił i wsunął w usta dyrektora. Ten wciąż przywiązany do krzesła – zaciągnął się głęboko. Po kilkukrotnym powtórzeniu tej czynności na kamizelkę spadł mu słupek popiołu. Wtedy Mock rozciął więzy na jego nadgarstkach.

– Mów – rzekł krótko.

– Stracę wszystko – Heckmann strzepnął popiół z kamizelki – jeśli ci powiem. Pracę, stanowisko i ludzki szacunek. Dobre imię i reputację.

Mock wręczył Matyskom banknot i wskazał im drzwi. Wyszli, mówiąc: „Jakby co, to my obok!".

– Czy ty tu gdzieś widzisz portret najjaśniejszego pana? – Policjant znów usiadł na brzegu stołu. – Czy my jesteśmy u mnie w prezydium? Tam wszystko byłoby zaprotokołowane. Nikt nie mógłby powiedzieć, że czegoś nie zapamiętał. A tutaj... Tutaj jest inaczej. Nie będę pamiętał wszystkiego, Heckmann. Zapomnę zwłaszcza o twoich słabościach.

Przesłuchiwany schował twarz w dłoniach.

– To był taki kulturalny dżentelmen.

Zapadła cisza. Mijały minuty. Mock czekał cierpliwie. Nagle z pobliskiego chlewika rozległo się donośnie chrumkanie świń. Ten odgłos najwyraźniej przeraził Heckmanna.

– Nie znam jego nazwiska. – Po jego twarzy płynęły łzy, ale głos ani drgnął. – To był bardzo zamożny dżentelmen. Ekscentryczny i nadzwyczaj grzeczny. Zaoferował mi ogromną sumę. Dwa tysiące marek miesięcznie. Wybrałem mu tych czterech chłopców. Musieli być wrażliwi i marzycielscy. Tacy z głowami w obłokach. I znalazłem takich, ale nie wiedziałem, drogi panie, nie wiedziałem, że oni tak skończą... Że on im to zrobi...

Chwycił Mocka za dłonie i zaczął płakać. Potem przytulił się jak dziecko do ramienia policjanta. Trwali w tej niewygodnej pozycji równą minutę. W końcu Mock się zniecierpliwił i uwolnił z objęć dyrektora.

– Po kolei, wszystko po kolei.

– Dobrze. – Heckmann otarł łzy. – W październiku przyjechał do mnie ten człowiek. Przedstawił się jako Graf von Taesche. Nigdy nie słyszałem o takiej rodzinie. Podejrzewam, że to fałszywe nazwisko. Von Taesche był zwolennikiem pedagogiki Rudolfa Steinera, słynnego antropozofa. To taka pedagogika holistyczna. Jak by to panu wytłumaczyć...

– Nie trzeba, studiowałem filologię – Mock powiedział to po raz czwarty w ciągu ostatnich dwóch dni i po raz czwarty oczekiwał zdziwienia. – Rozumiem. Holistyczna to całościowa. *Mens sana in corpore sano.*

– Tak, owszem – Heckmann nie okazał zdziwienia. – Pedagogika Steinerowska jest ostatnio owiana złą sławą. Kojarzy się ją z okultyzmem, ale Steiner to geniusz. Ruch, taniec, powtarzanie mantr czynią nasz umysł otwartym na nowe treści.

– Do rzeczy – przerwał mu wachmistrz. – Czego chciał od chłopców ten von Taesche?

– Chciał nauczać indywidualnie, u siebie w domu, chłopców o artystycznych skłonnościach – szybko wyrzucał z siebie dyrektor. – Wszystkich przedmiotów, razem z językami klasycznymi. U nas w szkole jest tylko łacina, i to wyłącznie w klasach pozarealnych, akademickich, jeśli wie pan, o czym mówię. Greki u nas nie ma. Nauczał jej tylko von Taesche. Indywidualnie uczył u siebie w domu tylko tych chłopców, tych wybranych. Wystraszyłem się, że pan odkryje moją tajemnicę. Dlatego tak gorąco krytykowałem oba języki. Zdenerwowała mnie pańska wizyta i pogawędki z tym starym Polakiem Marczynowskim.

– No dobrze. I zgodził się pan na te lekcje indywidualne. Suma rzeczywiście ogromna.

– Tak, zgodziłem się. Dałem mu miesiąc na próbę. Po miesiącu sprawdziłem, ile ich nauczył z moich dziedzin. Jestem fizykiem i zrobiłem chłopcom klasówkę z matematyki, fizyki i chemii. Bez zarzutu. Umieli wszystko, co było przewidziane programem na ten miesiąc. Klasówkę zrobił im też mój kolega profesor Tschersig, germanista i historyk, ich wychowawca. Oprócz mnie tylko on wiedział i z nim się zresztą dzieliłem honorarium otrzymanym od von Taeschego. I znów wynik ten sam. Wszystko umieli. No to zgodziłem się wypożyczyć mu chłopców do końca roku szkolnego.

– A z nimi samymi to pan rozmawiał? Jak im się podobało po tym miesiącu pedagogiki holistycznej? Lubili pląsać i śpiewać?

– Tak. – Dyrektor uderzył się w pierś i skrzywił z bólu. – Zapewniam pana, przysięgam! Gdyby nie byli zadowoleni, mogliby przecież poskarżyć się rodzicom. Chłopcy lubią czuć się wybrańcami, należeć do jakiejś sekty, która ma swoje rytuały.

– Jak pan wszystko ukrył? Przed nauczycielami, uczniami, rodzicami?

– Nauczycielom i innym uczniom wychowawca powiedział, że chłopcy zmienili szkołę na jakąś inną, położoną niedaleko, a woźny nic nie wiedział – na ustach Heckmanna zagościł chytry uśmieszek – a rodzice przychodzą do mnie i do innych nauczycieli tylko wtedy, gdy uczniowie sprawiają kłopoty naukowe lub wychowawcze. A ci takowych nie sprawiali. Nie znam nawet ich rodziców, nie idziemy za nową edukacyjną modą i nie wprowadzamy żadnych wywiadówek. Chłopcy szli więc codziennie rano w stronę gimnazjum, ale po drodze spotykali się w umówionym miejscu, skąd zabierał ich powóz von Taeschego na indywidualną naukę. Po południu wracali do domu.

– Jak ten powóz wyglądał? – przerwał mu Mock.

– Nie wiem, nigdy go nie widziałem – zapewnił dyrektor, tym razem lekko uderzając się w pierś. – Może Marczynowski wie? Gdybym wiedział, że to tak się skończy... – Znów schował twarz w dłonie i zaczął szlochać.

Tym razem Mock nie był specjalnie wyrozumiały dla jego bólu. Chwycił go za ręce i oderwał je od zapłakanej twarzy.

– Widział pan Ikara?! – zawołał. – Czy Ikar i von Taesche to jedna i ta sama osoba?!

Przesłuchiwany patrzył na Mocka, nic nie rozumiejąc, a po jego policzkach znów lały się łzy.

– Kto? Jaki Ikar?

– Ten, którego miałeś zidentyfikować w prosektorium, ale się obraziłeś na mnie i na Lasariusa i wyszedłeś!

– A tak.

– No co tak?! Von Taesche to Ikar?!

– Nie wiem! – Heckmann wrzasnął, wstając z krzesła. – Do cholery jasnej, nie widziałem go! Nie rozpoznałem go, bo nie byłem w żadnym cholernym prosektorium!

Mock popchnął Heckmanna na krzesło, a ten opadł na nie ciężko. Policjant podszedł do wiszącej na gwoździu marynarki. Otrzepał ją dokładnie z każdego źdźbła słomy. Odwinął rękawy i spiął mankiety srebrnymi spinkami. Włożył marynarkę i melonik.

– Nie byłeś później w prosektorium? Po tym, jak się obraziłeś na mnie i na Lasariusa – upewnił się – w ogóle nie identyfikowałeś Ikara?

– Nie – powiedział cicho Heckmann.

– No to co my tu jeszcze robimy?

WROCŁAW,
piątek 11 kwietnia 1913 roku,
godzina piąta po południu

CHARLOTTA LEŻAŁA NA BOKU na ciepłej kamiennej ławie. Głowę opierała na dłoni i z lekkim uśmiechem patrzyła na szefa cesarskiego wywiadu. Była całkiem naga i świadoma wrażenia, jakie wywiera na Walterze von Nicolaiu, a ten, ubrany w spodnie od munduru i w rozpiętą na piersi koszulę, nie odrywał od niej wzroku, nawet kiedy sięgał po kiście winogron i cząstki ananasów, które to specjały w czasie ich igraszek nadesłano z hotelu Monopol.

– Nie żałuję, że musiałem dziś wstać wczesnym rankiem, aby dotrzeć do Wrocławia na nasze spotkanie. – Uśmiechnął się pod wąsem. – Nawet gdyby mi pani nie powiedziała, kim jest Ikar, uznałbym ten dzień za jeden z najpiękniejszych w swoim życiu.

– Jesteś bardzo inteligentny, Walterze. – Charlotta okręciła wokół palca pukiel włosów. – Bo chyba powinniśmy mówić sobie po imieniu po tym, co między nami zaszło? Przynajmniej wtedy, kiedy znów będziemy tylko we dwoje.

– To brzmi bardzo kusząco, Charlotto. – Pułkownik przesunął dłonią po krótkich gęstych włosach. – To słówko znów...

– Powiedziałeś mi komplement, a jednocześnie uczyniłeś aluzję, bym ci w końcu wyznała, com obiecała telefonicznie. Umiesz rozmawiać z kobietami – dodała, przykrywając się prześcieradłem, które miast zasłaniać, eksponowało tylko miękkie kobiece krągłości.

Nicolai wstał, sięgnął do munduru porzuconego bezładnie na podłodze i zaczął przeszukiwać kieszenie. W końcu znalazł papierośnicę i wyciągnął z niej papierosa.

– Mam lat równo czterdzieści – wypuścił dym pod sufit – i wiele różnych doświadczeń, ale takiej kobiety jak ty jeszcze nie spotkałem. Przyjechałem tu również po to, by ci uczynić pewną propozycję... Ale powoli, najpierw twoja sprawa i twoja obietnica.

– Tak. – Charlotta usiadła teraz na ławie i owinęła się prześcieradłem. – Ikar nazywał się Erwin Hude i był asystentem Hansa Poelziga.

Ta informacja nie zrobiła wielkiego wrażenia na pułkowniku. Jego oczy pytały: „Tylko po to mnie tu wezwałaś?".

– Poelzig jest, a Hude był członkiem loży Horus, którą reprezentuję – wyjaśniła. – I policja, a zwłaszcza niejaki Eberhard Mock, jest o krok od zidentyfikowania Hudego. Jeśli on to odkryje i ta informacja się rozprzestrzeni, stanie się najgorsze. W policji jest całe mnóstwo członków i sympatyków Związku Wszechniemieckiego.

– A kiedy ta wieść się rozejdzie, Związek Wszechniemiecki zwielokrotni ataki propagandowe na masonerię, zaś cesarz, nie chcąc swoim imieniem firmować otwarcia Hali Stulecia, gdzie – tu Nicolai zaczął przedrzeźniać wiecowych mówców – Żydzi i masoni mordują chrześcijańskie niewinne dziatki, definitywnie zrezygnuje z udziału w ceremonii otwarcia i nie przyjedzie do Wrocławia. Nie pozwoli też przyjechać następcy tronu, a wówczas śląscy bogacze wycofają swoje rodowe pamiątki z Wystawy Stulecia, wystawa sama poniesie finansowe fiasko, a miasto zbankrutuje... To chciałaś powiedzieć, prawda?

– Mam w tobie sprzymierzeńca, Walterze, czy nie? – Cień niepokoju przemknął przez oblicze baronowej. – Przecież *expressis verbis* zadeklarowałeś ostatnio, że nie chcesz wspierać Związku Wszechniemieckiego!

– Cesarz go nienawidzi, a ja jestem wiernym sługą cesarza! – odpowiedział zdecydowanie. – Zarazem jednak nie chce z nim otwartej wojny w tej napiętej sytuacji międzynarodowej. Jest on przy tym bardzo wstrzemięźliwy w kontaktach z masonerią i nie wiem, czy byłby szczęśliwy, wiedząc o naszych bliskich spotkaniach. Powtarzam, jestem wiernym sługą cesarza, ale nie jego niewolnikiem, a tylko niewolnik milczy zawsze i wszędzie. Otóż zdradzę ci stanowisko cesarza. – Zaczerpnął tchu. – Najjaśniejszy

pan nie chce wspierać ani masonerii, ani Związku Wszechniemieckiego, ani wrocławskiego magistratu. Wie o makabrze w Hali
Stulecia i spokojnie czeka na rozwój wypadków. Zdaje sobie sprawę, że jego obecność na ceremonii otwarcia będzie nie w smak
tym wszystkim tępym pruskim junkrom i oficerom ze Związku
Wszechniemieckiego, którzy uważają go za starego liberała ko-
rumpowanego przez żydowskich bankierów. Jego Cesarska Mość,
choćby nie palił się do wizyty we Wrocławiu, chyba nie ma innego wyjścia i tu przyjedzie. Nie chce, by go zastępował kronprinc
Fryderyk Wilhelm, bo następca tronu nie ukrywa sympatii do
Związku Wszechniemieckiego. Jego udział w ceremonii, a już nie
daj Boże! przemówienie pangermańskie, wzmocniłby bardzo tę
organizację. A więc cesarz wciąż się waha. Gdybym miał obsta-
wiać, czy przyjedzie, czy nie, bez wahania wybrałbym tę pierwszą
możliwość. Kiedy będę już wiedział na pewno, będziesz pierwszą
osobą, która się o tym dowie!

Charlotta siedziała nieporuszona, a jej twarz była bez wyrazu.
Pułkownik podszedł do niej, założył jej włosy za uszy i pocałował
czule w szyję.

– Jesteś wspaniała – szepnął. – Takiej kobiety u siebie potrzebuję. Byłabyś niezastąpiona na dyplomatycznych salonach. A sytuacja międzynarodowa jest bliska eksplozji. Dlatego powiedz mi,
o co dokładnie ci chodzi z tym Ikarem, Mockiem, Poelzigiem czy
jeszcze z innym diabłem. Jeśli będę mógł spełnić twoją prośbę,
to ją spełnię. A potem poproszę o wzajemność. Zaproszę cię do
Berlina, do siedziby Geheimdienst III b. Chciałbym, żebyś dla
mnie pracowała. Przyjedziesz do Berlina, moja piękna?

– Tak. Ale wtedy, gdy spełnisz moją prośbę!

– To dobrze. – Jego oczy się śmiały. – No to powiedz w końcu, w jakiej nagłej sprawie mnie tu wezwałaś?

Kobieta wyjęła mu z palców papierosa i mocno się zaciągnęła.

– Chcę, żebyś wrobił w to morderstwo w hali kogoś ze Związku Wszechniemieckiego. I to jak najszybciej! Wtedy na otwarcie przyjedzie sam Najwyższy. Pozbędzie się uprzedzeń do masonów, jeśli uwierzy, że pangermaniści sfabrykowali całą zbrodnię, bo chcieli na nich rzucić podejrzenie.

Umilkła. Nicolai również milczał i zastanawiał się, w jakiej mierze Charlotta blefuje i czy on może ten blef przyjąć za dobrą monetę.

– Mów dalej – odezwał się po kilkudziesięciu sekundach.

– Kiedy przyjedzie sam cesarz, to ceremonia nie zamieni się w spektakl propagandowy Związku Wszechniemieckiego. Tak by było, gdyby zamiast niego przybył kronprinc. Stwórz mordercę, Walterze! Niech to będzie członek Związku Wszechniemieckiego! Już to widzę! Hala Stulecia jest dla tego człowieka tryumfem niemieckiego ducha! Wślizguje się tam nocami i modli się na balkonie do bogini Germanii. Pewnej nocy wchodzi na balkon ekscentryczny nauczyciel z uczniami. Chce ich poddać ceremonii inicjacyjnej, owszem, bardzo trudnej, a nawet przerażającej. Ukryty wciąż na balkonie sympatyk Związku Wszechniemieckiego wszystko widzi, a gdy człowiek ze skrzydłami profanuje Halę Stulecia dziwnym rytuałem, wstępuje w niego duch Germanii. Strąca chłopców z balkonu i wiesza na nim ich biednego nauczyciela. To musi być silny człowiek, bezwzględny, fanatyk. Masz takiego?

Umilkła na dobre pół minuty. Nicolai zjadł w tym czasie kilka łyżek wybornego kremu brzoskwiniowego.

– Walterze, masz kandydata na takiego mordercę?

– Chyba mam – odpowiedział i odłożył na koziołek piękną srebrną łyżkę ze znakiem hotelu Monopol. – Jest to pewien oficer z Wrocławia, który szpiegował dla Rosjan. Czeka teraz w Królewcu na topór. Jeśli mu obiecam, że nie pozwolę umrzeć z głodu jego żonie i trzem młodziutkim córkom, to wtedy on... przyzna się do wszystkiego.

Charlotta uśmiechnęła się z widoczną ulgą, ale pułkownik pozostał poważny.

– Zgadzam się, ale teraz załatw sprawy niecierpiące zwłoki. – Wstał i zaczął krążyć jak lew po ciasnym pomieszczeniu. – Po pierwsze, spalcie tego Ikara w krematorium. Jak najszybciej! Dzisiaj! Już! By nikt go nigdy nie rozpoznał. Jest to do zrobienia?

– Owszem – odparła. – Pamiętasz doktora *honoris causa* Schimmelpfenniga z naszego Klubu Zwinger, radcę ministerialnego z uniwersytetu?

– Tego, co nic nie jadł i wciąż skarżył się na żołądek?

– Tego właśnie! Zaraz do niego zatelefonuję, żeby kazał zabrać trupa z prosektorium i spalić. Powiedziałeś: „Po pierwsze". A po drugie?

– Po drugie – znów zaczął krążyć po łaźni – porozmawiaj z von Oppenem. Niech tego Mocka zmusi do milczenia i sprawdzi, jakiemu jeszcze policjantowi mówił on o swoim śledztwie. A potem... Albo zniszczyć tych policjantów z Mockiem na czele i wywalić ich z policji, albo wręcz przeciwnie: zamknąć im usta przywilejami, a samemu Mockowi awansem. To ty zdecyduj, co jest dla was lepsze. Tak czy inaczej, trop masoński ma być zatuszowany, a śledztwo ma iść w stronę Związku Wszechniemieckiego.

Charlotta się rozchmurzyła. Z lekkim uśmiechem poprawiła sobie włosy obiema rękami, a prześcieradło zsunęło się po jej nagim ciele, odsłaniając piersi.

– Mocka biorę na siebie! – rzekła.

– Tak dosłownie? – Podziwiał jej białą skórę.

– Czyżbyś był zazdrosny, Walterze?

WROCŁAW,
piątek 11 kwietnia 1913 roku,
kwadrans na szóstą wieczór

DOKTOR WOLFGANG LASARIUS PRACOWAŁ tego dnia do późna. Na stole sekcyjnym miał do czynienia z wyjątkowo trudnym przypadkiem. Przed nim leżały zwłoki marynarza, który wedle świadków został zastrzelony podczas pijackiej awantury na nadodrzańskiej barce. Na piersi trupa widniała rana wlotowa, nie było zaś rany wylotowej. Wszystko wskazywało na to, że kula powinna być wewnątrz ciała zabitego człowieka, tymczasem nigdzie jej nie było. Lasarius wyjął ze zwłok wszystkie narządy, przecedził wszelkie płyny zalegające w jamach ciała, po czym z lupą przeszukał wszelkie zakamarki korpusu. I nic. Zrezygnowany porzucił teraz wszystkie narzędzia i noże, po czym ze swym nieodłącznym cygarem usiadł ciężko przy sekcyjnym stole.

Kiedy tak siedział i intensywnie myślał, co powinien jeszcze zlustrować, do prosektorium wszedł Eberhard Mock z dyrektorem Heckmannem. Niewysoki człowieczek w niczym nie przypominał tego buńczucznego i pewnego siebie mężczyzny, który ku wzburzeniu panny Lowatsch wykrzykiwał tu we wtorek, iż jest dyrektorem doktorem i chce być traktowany tak, jak tego wymaga ta podwójna ranga. Jego rzadkie włosy, przedtem tak misternie zaczesane na czubek głowy, teraz były rozwiane, jego elegancki garnitur brudny i niemiłosiernie pognieciony, a wąsy, niegdyś dumnie sterczące ku górze, teraz całkiem oklapły. Medyk zauważył to wszystko swym fachowym okiem.

– Dobry wieczór, panie doktorze! – zawołał Mock tak radośnie, jakby się spotkali nie w prosektorium, lecz w ogródku piwnym przy Wieży Ciśnień. – Co słychać?

– To, że nic nie słychać, to furda, gorzej, że nic nie widać – odparł medyk w zamyśleniu i odwrócił się do swojego zimnego pacjenta. – Ikar jest w lodowni, we wnęce numer dwa! Niech się panowie częstują!

Heckmann, czy to pod wpływem tego makabrycznego żartu, czy to na widok płuc i jelit starannie wyłożonych na niewielki blaszany stolik, zrobił się blady jak ściana. Mock szybko objął go wpół i popchnął w stronę umywalki. Dyrektor krztusił się tam przez chwilę, ale gwałtowne reakcje jego organizmu na tym na szczęście się skończyły.

Mock odczekał, aż Heckmann się uspokoi, po czym ujął go troskliwie pod ramię i zaprowadził do lodowni korytarzem pomalowanym na kolor brunatnożółty, który zawsze kojarzył mu się z barwą ludzkich odchodów. Dobrze znał drogę. Wziął ze sobą na wszelki wypadek – gdyby mdłości znów dały się we znaki sponiewieranemu Heckmannowi – małą miskę w kształcie nerki.

Ich kroki zadudniły na granitowych płytkach i po chwili znaleźli się u celu. Mock kazał dyrektorowi poczekać, po czym otworzył żelazne drzwi, przekręcił włącznik światła i zszedł w dół po dość stromych metalowych schodach. Tam rozejrzał się i zobaczył kilka zasłon z takiej samej gumy, z jakiej zrobiono fartuch i czepek Lasariusa. Za zasłonami najpewniej były wnęki. Odsunął zasłonę z wnęki numer dwa, zdarł prześcieradło z głowy trupa i krzyknął:

– Proszę na dół, doktorze Heckmann!

Dyrektor zszedł bardzo ostrożnie po schodach. Zbliżył się do Mocka i do wnęki niepewnie i z wyrazem obrzydzenia na twarzy.

– To ohyda, ale robię to tylko dla pana! Błagam, Mock, niech mnie pan nie wyda! Stracę dobre imię, reputację, cześć... – Chciał dalej wymieniać, ale policjant mu przerwał.

– Nie wydam. – Głos wachmistrza brzmiał stanowczo i spokojnie. – Gdyby trzeba było, to powiem, że woźny Marczynowski naprowadził mnie na ślad Ikara. Niech pan odtąd dobrze traktuje tego starego wiarusa. No mów pan w końcu, czy leżący tu Ikar to jest ten pański pedagog holistyczny!

Heckmann spojrzał na leżącego Ikara i wykrzyknął:

– Tak, to jest Graf von Taesche!

U szczytu schodów rozległ się donośny głos:

– Czyżby? A ja go znałem pod całkiem innym nazwiskiem!

Hans Poelzig schodził bardzo powoli, mocno trzymając się poręczy.

– NAZYWAŁ SIĘ HUDE, ERWIN HUDE – powiedział Poelzig, kiedy Heckmann wyszedł. – I był moim asystentem. Przez kilka lat razem pracowaliśmy. Między innymi nad projektem Pawilonu Czterech Kopuł.

Architekt zbliżył się do wnęki ze zwłokami.

– *Sub signo tau.* – Zdarł prześcieradło z piersi trupa i wskazał palcem na grecką literę widoczną na piersi. – Znak masońskiego mistrza. Zawsze się dziwiłem, że kazał tatuażem zeszpecić swoje ciało jak pierwszy lepszy kryminalista. Nikt z nas tego nie robi. Wystarczy, że się pozdrawiamy słowami *sub signo tau.* Bronił się przed moją krytyką, mówiąc, że codziennie przy goleniu musi patrzeć na ten znak. To taki rodzaj przyzwyczajenia i dobre proroctwo na kolejny dzień. Nie przekonał mnie tym tłumaczeniem, ale jak pan wie, *consuetudo altera natura est*[100].

Mock patrzył w milczeniu, jak architekt obchodzi dokoła ciało mężczyzny. Niechęć do Poelziga walczyła w nim z ciekawością.

– Nie był pederastą, jak głosi nędzny gmin – ciągnął architekt. – Chyba że za pederastię uznamy silną duchową zażyłość pomiędzy mistrzem a młodym uczniem. Z jednej strony podziw dla duchowego przewodnika, a z drugiej pragnienie wychowywania lepszych ludzi dla lepszego świata... Tak, między Hudem

---

100 Przyzwyczajenie jest drugą naturą (łac.).

a tymi czterema chłopcami było to samo, co między nim a mną, coś, co nazwałbym blaskiem.

– Pracuję w wydziale obyczajowym, panie dyrektorze Poelzig. – Mock uśmiechnął się z niedowierzaniem. – I proszę mi wierzyć, wiele widziałem dziwnych blasków pomiędzy mężczyznami w sile wieku a młodzieńcami.

– A może pan o rzekomą pederastię Hudego zapyta Charlottę Bloch von Bekessy? – Poelzig zdjął okulary i zaczął chuchać na szkła. – Był guwernerem jej brata Kurta, chciał go wychować zgodnie z zasadami pedagogiki Steinerowskiej. Znał się na niej dobrze, wraz z tym słynnym mistykiem projektował wspaniały budynek Goetheanum w szwajcarskim Dornach. Niestety Hude w wypadku Kurta Rotmandla poniósł całkowitą pedagogiczną klęskę. Recytacje, tańce, powtarzanie formuł, to wszystko nie dla Kurta. Chłopak jest zbyt, że tak powiem, zdroworozsądkowy. Charlotta zwolniła zatem Hudego z funkcji guwernera w ostatnim właściwym momencie, zanim zdążył jej wyznać miłość. Tak, nieszczęsny Hude zakochał się w tej pięknej kobiecie. Chyba mu się pan nie dziwi, co Mock?

Poelzig spojrzał ze współczuciem na swojego martwego asystenta. Mock podszedł do architekta i stanął pomiędzy nim a marami.

– Co się wydarzyło w Hali Stulecia, panie Poelzig?

– To była ceremonia inicjacyjna, Mock. Bardzo stara, ale nie tajna. Można o niej wyczytać w wielu pismach okultystycznych. Nazywa się próbą ciemności i otchłani. Najpierw zastrasza się kandydatów, porywając ich cmentarnym powozem i wiążąc ich mocno. No cóż, użyczyłem Hudemu własnego powozu. Ujrzałem go dopiero następnego dnia rano. Moje mądre konie znały na pamięć drogę z Hali Stulecia do swej stajni. Tę niespełna kilometrową trasę pokonywały tak często... Ale *ad rem*. Otóż kandydaci, którzy chcą dostąpić wtajemniczenia, muszą stanąć twarzą w twarz ze strasznym lękiem. I pokonać go. Chłopcy mieli stać w absolutnej ciemności na balkonie w Hali Stulecia i trzymać się wyłącznie jednej belki. Lęk wysokości i lęk przed mrokiem kumulowały się w ich sercach, a mistrz w tym czasie miał im pokazać, jak pokonać strach. Stał na brzegu balkonu i miał pętlę na szyi. Widzieli, że jeden niepewny krok, omsknięcie się stopy i spadłby z balkonu, a pętla zacisnęłaby się na jego gardle. I być może tak się właśnie stało. Hude zawisł, a chłopcy, widząc to, zaczęli się szamotać. Wciąż trzymali się belki, ale może jeden z nich stracił równowagę. Belka się przechyliła, bo jeden ją puścił, by chwycić się balustrady, stracili równowagę i pospadali wszyscy. Jeden po drugim.

– Niemożliwe! – przerwał mu Mock. – W tym wypadku belka pozostałaby na górze, wisząc pod balkonem, a ona spadła. Ktoś zwolnił blokadę i mam na to dowód: sznur pobrudzony minią! Poza tym ktoś przyciągnął chłopców na środek hali i zrobił z nich różę wiatrów. Głowa każdego z nich była skierowana w inną stronę świata. To musiał zrobić morderca.

– Jest pan bystrym człowiekiem, Mock. – Poelzig włożył na nos okulary i spojrzał wprost w oczy policjanta. – Niepotrzebnie pana uraziłem wtedy u mnie w domu. Czwórka dzieci to doprawdy nieustanny hałas i ciągłe kłótnie. Wyprowadzają mnie czasami z równowagi. Przepraszam.

– To ja przepraszam za moje zachowanie – wykrztusił wachmistrz.

– No to kiedy już przeprosiliśmy się wzajemnie i przełamaliśmy lody – w głosie architekta zabrzmiała pewna nuta wesołości – powiem panu wprost. Niech pan zostawi w spokoju to śledztwo. Jeśli pan będzie je kontynuował, to prędzej czy później powszechnie stanie się znana tożsamość Ikara. Wszyscy policjanci będą wiedzieli, że Ikar to mason Erwin Hude, asystent innego masona Hansa Poelziga. Wszyscy powiedzą, że przez tajne i śmieszne rytuały zginęli czterej niewinni chłopcy. To miasto powstanie przeciwko nam, a Hala Stulecia, cud architektury, największa kopuła świata, wyniosła świątynia nadczłowieka, zostanie na zawsze ochlapana krwią. A jeśli teraz to biedne ciało – wskazał palcem na zwłoki – zniknie, zostanie spalone, wtedy nie będzie żadnego potwierdzenia, że był on masonem. Nikt nie zobaczy na piersi tej głupiej litery tau! Owszem, będą jakieś plotki i domysły, ale miasto się w końcu uspokoi, uzna Ikara za wariata i cała sprawa przycichnie, a na ceremonii otwarcia pojawi się cesarz, pozbawiony już podejrzeń co do masonerii, i wszyscy odśpiewamy pieśń tryumfu. Śpiewogrę Hauptmanna w staroniemieckich rymach. – Poelzig nabrał powietrza w płuca. – Tożsamość Hudego zna pan, Charlotta i ja. Czy jeszcze ktoś?

– Nie.

– Heckmann nic o nim nie wie i dla własnego bezpieczeństwa będzie milczał. Nikt więcej nie ma pojęcia, kim był Ikar. Nie miał żadnej rodziny, wiem to na pewno. Kiedy zostanie spalony, wszelki ślad po nim zniknie. I niech tak będzie. Mock! Koniec śledztwa, koniec domysłów. A przed panem świetlana przyszłość! My nie pozwolimy, by człowiek o pańskiej przenikliwości marnował się jako szeregowy policjant.

Wachmistrz wszedł na metalowe schodki. Pokonał kilka stopni i zszedł z powrotem. Czynność swoją powtórzył. Intensywnie myślał. W końcu stanął przed swym rozmówcą.

– Ja jestem policjantem, panie Poelzig. Mnie nie interesuje tuszowanie śledztwa, ale jego pomyślne zakończenie. Nie mogę przemilczeć tożsamości Ikara, bo teraz, kiedy wiemy, kim naprawdę był, musimy rozpocząć nowe śledztwo od jego najbliższych, w tym również od pana.

– My znajdziemy mordercę – przerwał mu architekt. – Nie spoczniemy, nim ten zwyrodnialec, który zrzucił z balkonu czterech niewinnych młodzieńców, nie znajdzie się w klatce. I wtedy go panu pokażemy. Jak dziką, ale już niegroźną bestię. A pan ją zobaczy, a potem pójdzie do prezydium policji i zasiądzie za swoim nowym biurkiem. Awans, lepsza praca, prestiż. Vyhladil nie jest naszym ulubieńcem, Mock. Pan zajmie jego miejsce. To będzie pańska nagroda za bystrość.

– Moją nagrodą, drogi panie Poelzig – wychrypiał Mock – będzie chwila, kiedy ja ujmę mordercę. Ja go złapię, powtarzam: ja, a nie jacyś my!

Poelzig patrzył na niego dłuższą chwilę. Tym razem Mock nie odwrócił wzroku.

– Dokonał pan wyboru! – powiedział architekt i ruszył po metalowych schodkach. – Nie mogę pogratulować panu tej decyzji. No, chodźmy stąd! Strasznie tu zimno i trochę śmierdzi.

Mock wyszedł za nim i zamknął starannie drzwi do lodowni. Nagle usłyszał szybkie kroki w korytarzu. Myślał, że to Poelzig opuszcza w pośpiechu prosektorium zdenerwowany jego odmową współpracy.

To nie był jednak Poelzig. W korytarzu zadudniły kroki kilku mężczyzn. Pierwszym z nich był wysoki tęgi dżentelmen w cylindrze i w białym jedwabnym szaliku. Za nim szło czterech ludzi o wyglądzie zbirów. Mock poczuł, że tężeją mu mięśnie. Odruchowo sięgnął do kabury po swojego mauzera.

– Stop! Kim pan jest? – krzyknął dżentelmen. – I co pan tu robi?

– O to samo zapytałbym pana! – odparł Mock spokojnie i patrzył, jak czterej goryle zaczynają się wynurzać spoza pleców eleganta w cylindrze. Został przez nich otoczony, ale nie czuł strachu. Palce trzymał na kolbie.

– Nadradca prezydialny i ministerialny uniwersytetu, doktor *honoris causa* Max Schimmelpfennig! Jest pan na moim terenie! Pańska godność?

– Wachmistrz Eberhard Mock z Wydziału III b prezydium policji.

– Dziękuję, wachmistrzu! – zawołał Schimmelpfennig. – Proszę opuścić w tej chwili teren uniwersytetu! Policja nie ma prawa tu przebywać bez mojej zgody. To łamanie świętej autonomii uczelni wyższej! A wy – zwrócił się do towarzyszących mu mężczyzn – bierzcie trupa z niszy numer dwa. I do furgonu z nim!

– Dokąd go zabieracie?! – wrzasnął Mock i stanął pod drzwiami, jakby chciał je zasłonić własnym ciałem. – Do krematorium?

Mężczyźni otoczyli Mocka jeszcze ciaśniejszym kręgiem i patrzyli na niego ponuro.

– Pozwoli nam pan wykonywać swoje obowiązki – wycedził Schimmelpfennig – czy też mam wydać tym ludziom dyspozycję, by uciekli się do metod radykalnych?

Mock patrzył długą chwilę na Schimmelpfenniga i jego pretorianów. Przenosił wzrok z jednej twarzy na drugą. W końcu rozsądek zwyciężył. Nie mógł sobie pozwolić na zaatakowanie radcy prezydialnego i czterech jego goryli. Takie działanie obarczone byłoby dotkliwymi konsekwencjami i wieloma błędami, z których największym byłaby po prostu nieskuteczność. Opuścił pistolet, pochylił głowę i jednym ruchem ramion zrobił sobie przejście pomiędzy drabami. Poszedł noga za nogą prosektoryjnym korytarzem o kolorze ludzkich fekaliów. Minął salę sekcyjną, na której otoczony dymem z cygara doktor Lasarius medytował wciąż nad swoim nietypowym przypadkiem. Medyk na chwilę podniósł oczy znad badanych zwłok, a jego wzrok mówił: „No coż, Mock... Schimmelpfennig jest tu drugi po rektorze".

Na zewnątrz czekał na niego Poelzig. Stał w dziwnej pozycji odwrócony plecami do muru, opierając o niego podeszwę buta.

– Jest pan prawie spóźniony, Mock! – krzyknął i wyciągnął do niego dłoń. – Za kwadrans ma pan odprawę! A moja propozycja jest wciąż aktualna! No co, przypieczętuje pan ze mną umowę? Potem pana odwiozę automobilem.

Policjant podszedł do architekta i chwycił go za ramiona.

– Zważywszy na okoliczności, a nade wszystko na pański lucyferyczny wygląd, panie Poelzig, nie nazwałbym tego umową, lecz cyrografem! A ja tak łatwo nie sprzedam własnej duszy.

WROCŁAW,
piątek 11 kwietnia 1913 roku,
godzina ósma wieczór

MOCK NIE POSZEDŁ NA WIECZORNĄ ODPRAWĘ. Powodem nie
było to, że źle się czuł przez cały dzień – głowa mu pękała z głodu i od nadmiaru tytoniu – ani to, że bał się, iż Mühlhaus albo
von Oppen sponiewierają go i wyrzucą z pracy w policji. W ciągu
czterech dni zebrał już tyle informacji, że były one skutecznym
pancerzem ochronnym. Wystarczyłoby, aby zreferował wyniki
swojego tajnego śledztwa, a władze prezydium stanęłyby przed
dylematem: ukarać samozwańczego detektywa dla ostrzeżenia,
czym grozi niesubordynacja, czy też poprzez darowanie mu
win docenić nowe tropy, które wywęszył? Mock nie miał wątpliwości, że zwyciężyłyby względy praktyczne – pogrożono by
mu palcem, po czym wykorzystano by informacje, które zdobył.
Jedyna wątpliwość tłukąca mu się po głowie jak natrętna osa
dotyczyła upartego używania przez Poelziga pierwszej osoby
liczby mnogiej. Architekt wciąż mówił „my": „My znajdziemy
mordercę", „Nie spoczniemy"... Gdyby założyć, że Poelzig mówił
w imieniu masonerii, to można by wyciągnąć wniosek, że wolnomularze mają własną tajną policję albo grupę śledczą, która
nie spocznie w wysiłkach, dopóki nie złapie mordercy. Z drugiej
strony bardziej prawdopodobne było to, że w samej policji są
agenci wolnomularscy, którzy będą w interesie masonerii prowadzić śledztwo i tuszować niewygodne dla niej sprawy. Gdyby się
okazało, że są nimi Mühlhaus albo von Oppen, to mogłoby być
niedobrze. Szefowie wyszydziliby wówczas i ośmieszyli rewelacje

Mocka o symbolice, a jego samego nic by już nie ochroniło przed dymisją. Popiół, który pozostanie z ciała Hudego, uniemożliwi identyfikację i von Oppen rutynowo wrzuci wszystko *ad acta* w myśl zasady „brak ciała – brak sprawy".

Jedyna nadzieja w tym – tak mniemał – że wciąż nie będą mieli mordercy, a czas będzie ich gonił. W tej sytuacji nie będą mogli się pozbyć Mocka z policji, bo potrzebny im będzie każdy człowiek – a zwłaszcza taki bystrzak jak on. Gdyby i ten plan spalił na panewce i chcieliby go zwolnić, to pozostawałby mu szantaż. Musiał spisać wszystko, co do tej pory odkrył, i oddać komuś zaufanemu na przechowanie – najlepiej staremu Petruskemu.

Mock ustalił to wszystko w drodze do domu, którą pokonał na piechotę. Szedł przez prawie półtorej godziny w przelotnej lekkiej mżawce – przez most Cesarski[101], Promenadę Staromiejską i Wzgórze Liebicha[102]. Pewnie ta droga zajęłaby mu mniej czasu, gdyby skupił się tylko na niej. Tymczasem Mock – rozeźlony wypadkami dzisiejszego popołudnia, zwłaszcza tym, że nie mógł przeciwdziałać kremacji Ikara – szukał po drodze zaczepki, co w jego mniemaniu miało być próbą naprawiania świata, który go dziś srogo zawiódł. A to zwymyślał niewybrednymi słowy jakąś starszą damę, która pozwoliła, by jej piękny szpic defekował na środku chodnika, a to pogonił kilku wyrostków poszturchujących niewidomego żebraka, a to wylegitymował pijanego dorożkarza, grożąc mu odebraniem licencji. Damę wprawił w osłupienie, młokosi urągali mu z daleka, a fiakier postąpił najgorzej, jak mógł.

---

101 Obecnie most Grunwaldzki.

102 Obecnie Wzgórze Partyzantów.

W swym upojeniu nie zrozumiał powagi sytuacji i nie odgadł, jak destrukcyjne uczucia targają tajniakiem, który podniesionym głosem żądał od niego dokumentów. Zamiast posłusznie wykonać polecenie, zaczął mu wymyślać i machać rękami, wyrażając w ten sposób swój krytyczny stosunek do policji. Mock tylko na to czekał. Również zaczął machać rękami, ale w odróżnieniu od swego adwersarza machał celnie. Ciosy, które spadły na łeb fiakra, były mocne i siarczyste. Pijak schował się pod dorożkę, ale i tam nie był bezpieczny. Mock chwycił bowiem jego bat, ukucnął i kilkakrotnie boleśnie go chlasnął po twarzy. W końcu policjant splunął z ulgą i uznał, że naprawił spory fragment świata.

Usatysfakcjonowany, ale i zmęczony doszedł w końcu do gospody Zimpla na Kleine Groschenstrasse[103]. Ponieważ grała tam orkiestra taneczna, a głośna muzyka była dziś ostatnią rzeczą, której pragnął, poprosił kelnerkę, by mu przyniosła do mieszkania kwartę jasnego gambrinusa, porcję galaretki z głowizny i kilka majonezików rybnych. Złożywszy zamówienie, odebrał od córki dozorczyni odczyszczone ubranie i wspiął się na swoje poddasze.

Siedział tam teraz i spisywał wszystko, co odkrył od momentu, kiedy przekroczył próg Hali Stulecia i ujrzał roztrzaskanych o ziemię chłopców. Nie dbał o formę, o słownictwo ani o składnię. Stalówka skrzypiała na listowym papierze, tu i ówdzie spuściła małego kleksa, ale o to też nie dbał. Byle szybko! Byle to napisać, a potem się nagrodzić – zjeść i wypić.

Skończył po godzinie i wtedy z wielkim apetytem rzucił się na potrawy, które mu przyniosła kelnerka od Zimpla. Delikatnie

---

103 Obecnie ul. Mennicza.

nabijał na widelec majoneziki rybne, czyli gotowane i smażone kawałki ryb, które po zmieszaniu z majonezem tworzyły małe kulki, przybrane na czubku chorągiewkami z pietruszki. Wykrawał z galaretki drżące sześcianiki i zanurzał je w sosie chrzanowo--majonezowym, jaki dziewczyna przyniosła mu w małej sosjerce.

Kiedy pociągał kolejny potężny łyk gambrinusa, drgnął i wylał sobie trochę piany na podkoszulek. Zaniepokoił go odgłos na korytarzu. Ktoś potężnie sapał na schodach i to sapanie było coraz bliżej jego mieszkania. Odstawił piwo, odsunął talerzyki i cicho przemierzył pokój.

Walenie w drzwi było tak potężne, że Mock, mimo że się już spodziewał jakiegoś spóźnionego gościa, aż podskoczył. Na palcach podszedł do krzesła, gdzie wisiała kabura z mauzerem. Wyjął pistolet i – nie dbając o to, że w podkoszulku i w skarpetkach z podwiązkami wygląda niespecjalnie groźnie – otworzył drzwi na oścież.

Przed nim stał purpurowy na twarzy Paul Vyhladil. W ręku trzymał potężną flaszę wódki.

– To na twoje pożegnanie, Ebi!

WROCŁAW,
piątek 11 kwietnia 1913 roku,
kwadrans na dziesiątą wieczór

– VON OPPEN BYŁ NA ODPRAWIE. – Vyhladil wciąż sapał. – Mühlhaus zameldował, że jest na tropie mordercy. To ponoć jakiś szpieg rosyjski... Chce on skompromitować Halę Stulecia...

– Siadaj! – Mock wskazał mu krzesło. – Pogadamy!

– Poczekaj, muszę się odlać. – Hipo rozejrzał się dokoła i bardziej stwierdził, niż zapytał: – Nie masz tu kibla?

Ujrzał w kącie umywalkę.

– Mogę tam?

– Nie – odpowiedział Mock. – Tam nigdy! Jest kibel na półpiętrze!

Vyhladil wyszedł, a Mock włożył spodnie. Na starej konsolce postawił wódkę i dwie szklanki, które przepłukał słabym strumieniem wody. Stolik przykrył serwetą nie pierwszej już czystości i umieścił na nim resztki galaretki i dwa majoneziki. Był pełen najgorszych przeczuć, ale nie chciał tego po sobie pokazać.

Jego szef długo nie wracał. W końcu wachmistrz usłyszał sapanie.

– Jakiś gówniarz siedział w tym kiblu i siedział!

– To syn sąsiadów. – Mock nalał wódki do szklanek. – Często tam siedzi. Pewnie papierosy ćmi.

– Albo konia wali. – Vyhladil roześmiał się i padł na stary wiklinowy fotel, który aż zatrzeszczał pod jego ciężarem.

Wypili i zakąsili majonezikami.

– Słuchaj, Paul – chuchnął Mock. – Powiedziałeś, że ta wódka to na moje pożegnanie. Co to znaczy?

Vyhladil długo nie odpowiadał i rozglądał się po skromnie urządzonym mieszkaniu. Jego wzrok prześlizgnął się po całym wyposażeniu pokoiku – po żelaznym łóżku, umywalce i szafie, która zamiast drzwi miała postrzępioną kotarę. Jego oczy zatrzymały się dłużej na wiszącym na ścianie zdjęciu, które przedstawiało dwie nagie, obejmujące się kobiety.

– Nie jest dobrze, Ebi – mruknął w końcu. – Powinieneś był przyjść na dzisiejszą odprawę. Może byś się wtedy jakoś obronił.

– Przed czym?

– No to wszystko po kolei. – Hipo zapalił cygaro. – Najpierw von Oppen i Mühlhaus radośnie oznajmili, że wpadli na trop mordercy. Jak ci mówiłem, to jakiś szpieg, który już zwiał do Królewca. Tam go niby mają na oku. Co ciekawe, nikt z ludzi Mühlhausa nie szedł wcześniej jego tropem. Mühlhaus wpadł nań samodzielnie wczoraj wieczorem... Jak wpadł? Dostał telefon z nieba? – Vyhladil roześmiał się głośno i palcem wskazał Mockowi puste szklanki. – Niestety telefon to dostał Mühlhaus od kogoś innego. I to w czasie odprawy. Musiał odebrać, bo to dzwoniła jakaś szycha z ministerstwa. Nadradca jakiś tam. Mühlhaus wrócił zmieniony na twarzy. Z nerwów drżał mu głos. Wydarł się na mnie, a wiesz, że krzyczy bardzo rzadko: „Gdzie jest Mock?!!!" – Hipo dobrze naśladował głos inspektora policji kryminalnej. – Kiedy mu odpowiedziałem, że nie wiem, oznajmił, że zrobiłeś jakąś awanturę w prosektorium, że prowadzisz samodzielne śledztwo i że z powodu tego śledztwa miałeś czelność nie przyjść na dzisiejszą odprawę. Von Oppen wypowiedział tylko jedno słowo: „Zwolnić!". A potem, kiedy odchodził, dodał jeszcze: „Nie ma okoliczności łagodzących!". To dlatego mówiłem, Ebi, że to na pożegnanie. Myślę, że to koniec naszej współpracy.

– Zaraz, zaraz. – Mock uniósł szklankę i stuknął się ze swoim szefem. – Oni nie wiedzą wszystkiego. A ja mam wszystko zapisane! Jak będzie trzeba, to pójdę z tym do „Schlesische Zeitung". No przeczytaj to, Paul!

Podał asesorowi kartkę z relacją o swoich ostatnich odkryciach. Vyhladil włożył na nos binokle i czytał bardzo uważnie. Po pięciu minutach skończył.

– Ten raport już bezużyteczny, Ebi. – Zdjął binokle i spojrzał na Mocka z autentycznym współczuciem. – Może gdybyś go przeczytał na odprawie... Oni niestety już mają mordercę, mówiłem ci. Dostali telefon od Pana Boga. Ich zupełnie nie interesuje, co odkryłeś.

Mock spojrzał na szefa przekrwionymi oczami. Nalał znów wódki, trochę jej rozlewając. Był coraz bardziej pijany.

– Wiesz co? – Na jego ustach pojawił się krzywy uśmiech. – Mam w dupie taką pracę. Mam w dupie całą pruską policję. Im się śpieszy przed przyjazdem cesarza i są gotowi oskarżyć każdego, nawet sklepikarza z dołu, co sprzedaje nawozy, pana Odera... Byleby zdążyć do dwudziestego maja... Ale powiedz mi jeszcze coś, Paul! Ty ich dobrze znasz... Długo już pracujesz, wiele widziałeś... No powiedz... Jeśli nawet... Kiedy już złapią... Potem, kiedy już wsadzą tego szpiega i uspokoją cesarza... to potem odnowią śledztwo i pójdą dalej? By złapać prawdziwego mordercę?

– A po co? Mają już mordercę, koniec sprawy!

– Jak to po co? – Mock wypił jednym haustem podobnie jak Vyhladil. – Jak to po co? W imię prawdy!

– Oni już mają swoją prawdę – powiedział poważnie Vyhladil. – A po co im nowa? Nowa prawda to nowe komplikacje.

Przechylił butelkę i nalał po całej szklance, aż trochę spłynęło po ściankach. Pili obaj powoli, a ich grdyki ruszały się miarowo.

Gryzący smak wódki złagodzili, pociągnąwszy po łyku piwa jak najlepsi przyjaciele – z jednego kufla.

Po godzinie Vyhladil położył pijanego podwładnego na łóżku. Troskliwie zdjął mu spodnie i buty. Potem – dymiąc niemiłosiernie kolejnym cygarem – wyszedł. Na schodach rozległo się jego sapanie.

Mimo upojenia nie zapomniał zabrać raportu Mocka.

WROCŁAW,

sobota 12 kwietnia 1913 roku,

godzina druga w nocy

MOCKOWI SIĘ ŚNIŁO, że stoi na wysokim brzegu rzeki. Jedną dłonią rozpina rozporek, drugą zaś trzyma się jakiegoś rachitycznego drzewka. Kiwając się, oddaje mocz potężnym rwącym strumieniem. Wtedy się obudził. W pijanym widzie obmacał prześcieradło dokoła. Odetchnął z ulgą. Było suche.

W jednej chwili poczuł dwa przeciwstawne pragnienia – jego organizm gwałtownie pragnął wody, a jednocześnie chciał się pozbyć jej nadmiaru.

Wstał z łóżka i zatoczył się na szafę. Jedna z książek wypadła z półki. Podniósł ją i z trudem złapał równowagę. Było to oryginalne łacińskie wydanie ulubionego poety Mocka – Lukrecjusza. Tej nocy nie szanował jednak starożytnego poety. Kopnął książkę w kąt pokoju i ruszył do drzwi. Jego pęcherz był jak kamień. Ciągnął tak mocno w dół, że Mock przysiągłby, że mu się obija o uda. Bał się, że jeden gwałtowny ruch i nastąpi to, co mu się śniło. Zaciskając zęby i zapierając się rękami o ściany, ruszył do ubikacji na półpiętrze. Starał się myśleć o czymkolwiek innym tylko nie o swojej nieubłaganej potrzebie. Kiedy wyszedł na korytarz, spojrzał w okno, które wychodziło do szybu wentylacyjnego. Zaklął szpetnie. W oknie ubikacji, którą dzielił z trzema rodzinami, paliło się światło.

— Pewnie, kurwa, wali tam konia! — zabełkotał Mock, myśląc o piętnastoletnim synu sąsiada.

Chwiejąc się jak marynarz na statku i rozpaczliwie trzymając się ściany, wrócił do siebie i spojrzał na umywalkę. Gdyby go ktoś zapytał, jak się teraz czuje, odpowiedziałby, że przepełniony pęcherz urywa mu nogę. Wolał jednak zanieczyścić pokój niż wypróżnić go do zlewu. W największym alkoholowym zamroczeniu nie mógł zapomnieć sceny z dzieciństwa. Pijany szewc Willibald Mock, kołysząc się w przód i w tył, oddaje mocz do zlewu w kuchni, a kilka godzin później każe swoim dwóm synom obierać nad tym zlewem ziemniaki na obiad. Kiedy tego nie chce robić ani szesnastoletni Franz Mock, ani jego trzynastoletni brat Eberhard, ich ojciec chwyta młodszego za włosy i wciska jego głowę do zlewu. Ebi nie może się wyrwać i trwa tak w nieskończoność z policzkiem przywartym do żeliwnego dna zlewu, gdzie wcześniej sikał jego ojciec. A ten leje mu na twarz lodowatą wodę. Długo to trwało, aż w końcu Eberhard kopnął starego w piszczel, wyrwał się i z płonącą czerwienią twarzą uciekł w góry, gdzie się ukrywał przez cztery dni, myśląc o swoim pohańbieniu. Wrócił do domu i zastał ojca trzeźwego. Od tego czasu stary Willibald nie tknął alkoholu.

I teraz Mock miał przed oczami tę dawną chwilę upodlenia. Przyciskając kolana do siebie, szedł w stronę mansandrowego okna. Otworzył je na oścież. Stanął na stoliku, na którym walały się brudne talerze, i uklęknął na parapecie. Potem, jak tylko mógł najostrożniej, wychylił się na zewnątrz. Zimno nocy przeniknęło go do kości. Zapatrzył się na platany w ogrodzie Zwinger[104] i na jakąś dorożkę, która jechała ulicą na dole. Uwielbiał ten stan, kiedy po pijanemu znikał jego lęk wysokości.

Nowe okoliczności stłumiły na chwilę jego potrzebę. Spojrzał raz jeszcze w dół i zdał sobie sprawę, że nad oknem mieszkającej pod nim krawcowej, panny Haufstein, nie ma rynny. Gdyby teraz oddał mocz, spłynąłby on na okno życzliwej starszej sąsiadki, która po matczynemu dokarmiała go swoimi wypiekami. Nie chciał jej go zapaskudzić. Stopą w samej skarpetce oparł się o niewysoki druciany płotek, który biegł wzdłuż całego niezbyt stromego dachu kamienicy. Jego zadaniem było powstrzymywać śnieg zalegający na nim w zimie. Nie był przewidziany na osiemdziesięciokilogramowy ciężar.

Ale jakoś wytrzymał. Mock oderwał się od okna i położył się całkiem na dachu – przylgnąwszy plecami do papy, która go pokrywała. Stopy opierał wciąż na płotku. Dopiero wtedy, patrząc w rozgwieżdżone niebo, sięgnął do kalesonów, wyjął swe przyrodzenie i zrobił to, o czym marzył. Wiedział, że z tego miejsca nie pochlapie żadnego okna. Pod nim była rynna, która odprowadzi wszystko do kanału.

Po dłuższej chwili, kiedy już się czuł wspaniale lekki, zrozumiał, że znalazł się w sytuacji bez wyjścia. Lęk wysokości musiał

104 Obecnie park Staromiejski.

w końcu nadejść. Zablokowanie go alkoholem było zawsze chwilowe. Potem wracał z podwójną siłą.

Mock poczuł kulę w gardle. Przewrócił się na brzuch, zamknął oczy, rozłożył ręce i przywarł do papy jak przyssawka. Palcami po omacku szukał czegoś, czego mógłby się chwycić.

Nagle usłyszał nieznany sobie głos dochodzący z otwartego okna jego pokoju.

– Nie ma go, kurwa!

– Jak to nie ma?! A gdzie jest?! – Ten głos był mu znany, ale jego pijany i zmącony strachem umysł tłumił teraz wszelkie wspomnienia.

Z wnętrza pokoju doszedł odgłos. Jakby szarpnięcie za materiał i cichy brzęk.

– W szafie go nie ma!

Mock zrozumiał, że intruz zerwał drut, na którym wisiała zasłonka w szafie, a brzęk wydały z siebie żabki, uderzając o podłogę. Teraz zatrzeszczał wiklinowy fotel i sprężyny łóżka.

– Pod łóżkiem też!

– Może poszedł do kibla – powiedział znajomy głos, którego wachmistrz wciąż nie mógł zidentyfikować. – A może kupić piwska, bo go rura pali. Czekaj tu, kurwa, na niego, Klaus! Czekaj! I masz go ukatrupić! Pierwszorzędnie! Nie spartacz tej roboty, Klaus!

Był teraz prawie pewien, czyj to głos.

Kiedy usłyszał ciężkie sapanie, jego pewność stała się stuprocentowa.

MOCK ZDAWAŁ SOBIE SPRAWĘ, że – choćby on sam na tym dachu wytrzymał do rana – płotek, na którym opiera swe stopy, nie wytrzyma na pewno. Musiał jak najszybciej stąd uciec, jeśli nie chciał się ześlizgnąć i roztrzaskać o trotuar – cztery piętra niżej.

Miał oparcie dla nóg, trzeba było szukać uchwytu dla rąk. Zaczął macać wokół siebie w poszukiwaniu jakiegoś haka czy choćby gwoździa. Wyczuł w końcu załamanie papy. Tworzyło ono dość wygodny uchwyt. Mocno zacisnął na nim palce, podciągnął się centymetr po centymetrze – natrafił w końcu na krawędź dachu w miejscu, gdzie łączył się on ze ścianą. Z całej siły szarpnął się w górę, przeszorował ciałem po dachu, drąc sobie koszulę na piersi. Po kilku sekundach trzymał się już załamania papy obiema rękami.

Nagle usłyszał trzask wikliny i poczuł woń dymu tytoniowego. Najwyraźniej zbir Klaus skracał sobie czas paleniem papierosa. Policjant znieruchomiał i wstrzymał oddech.

Po dłuższej chwili ujrzał snop iskier na dachu i usłyszał trzaśnięcie okna. Rozejrzał się wokół. Było już bardzo blisko do płaskiej części dachu. Naprężył się jak struna i zacisnął palce prawej dłoni na piorunochronie. Po chwili dołączyła do niej dłoń lewa. Bardzo powoli, trąc łokciami i kolanami, dotarł na szczyt dachu. Stanął na nim w rozkroku i z tryumfem spojrzał w dół. I wtedy wszystko wróciło. Świat zakręcił się wokół niego i Mock zemdlał.

Kiedy się ocknął, już świtało. Leżał na środku dachu, za wielkim kominem. Był w godnym pożałowania stanie – czarne od brudu ręce, poszarpana koszula, skarpetki w strzępach, pokryta sadzą twarz i piekące obtarcia skóry na łokciach, kolanach i policzku. Podszedł do włazu, przez który kominiarze dostawali się na dach. Był otwarty. Po chwili Mock znalazł się na strychu wśród bielizny i pachnących krochmalem prześcieradeł.

Już wiedział, że może ocalić życie i uciec stąd daleko. Tylko jeszcze nie wiedział dokąd.

WROCŁAW,
sobota 12 kwietnia 1913 roku,
godzina siódma rano

HEINRICH MÜHLHAUS JAK ZWYKLE PUNKTUALNIE przyszedł do swojego narożnego gabinetu. Zdjął melonik, nabił fajkę, po czym do biurka schował drugie śniadanie – kanapkę z kotletem mielonym i ogórkiem – przygotowane mu przez żonę i zawijane przez nią codziennie w świeżą czystą serwetkę. Jego sekretarz postawił mu na biurku porcelanowy dzbanek z kawą i napełnił filiżankę na nóżkach, sypnąwszy pierwej na dno dwie łyżeczki cukru.

Mühlhaus lubił te poranne godziny, kiedy z dymiącą filiżanką przemieszczał się od jednego okna swojego gabinetu do drugiego. Najpierw patrzył na Ursulinenstrasse[105], którą zmierzali studenci na poranne wykłady, a potem na Schuhbrücke[106] i skwer pod kościołem Świętego Macieja, gdzie przed porannymi lekcjami

---

105 Obecnie ul. Uniwersytecka.
106 Obecnie ul. Szewska.

zbierali się uczniowie z gimnazjum imienia tegoż świętego. Te dwie grupy młodych ludzi napawały go zawsze otuchą. Ich pęd do wiedzy – choćby nieautentyczny i wymuszony – dawał mu nadzieję, że świat staje się coraz lepszy.

Kiedyś tak będzie chodził mój Jakob – myślał z czułością o synu.

W ten sobotni poranek nie dane było jednak Mühlhausowi napawać się tak długo jak zwykle optymistycznymi rojeniami. Nie zdążył nawet wypić porządnego łyka kawy, kiedy sekretarz mu oznajmił, że przyszedł Achim Buhrack z jakąś bardzo pilną sprawą. Minęło dobre pół minuty, nim Mühlhaus przypomniał sobie, kto to jest mianowicie Achim Buhrack, i skinął głową sekretarzowi na znak, że zaraz przyjmie interesanta.

Po chwili stał przed nim nowy strażnik aresztu śledczego, który pod okiem Richarda Matuszewskiego, odchodzącego już niedługo na emeryturę, miał się przyuczyć do pełnienia swej służby. Był to młody blondyn o inteligentnej twarzy, która bardziej by pasowała do uniwersyteckiej sali niż do zatęchłych więziennych korytarzy.

Buhrack rozejrzał się dokoła i pochylił ku Mühlhausowi jak mógł najbliżej.

– Jest pan jedyną jego nadzieją.

– Kogo?

– Eberharda Mocka.

Mühlhausowi drgnęła w dłoni filiżanka – część orzeźwiającego płynu kapnęła na lśniące deski podłogi.

– Tylko tyle pan ma do powiedzenia, panie Buhrack? – zapytał niemalże opryskliwie.

– On prosi o posłuchanie. Ma coś ważnego dla pana. Jest w jednej z cel aresztu.

– Co z nim?

– Jest w opłakanym stanie.

Mühlhaus sięgnął po dzbanek z kawą.

– Niech pan weźmie z łaski swojej drugą filiżankę od mojego sekretarza! – powiedział Buhrackowi. – I proszę iść do celi, ja tam zaraz będę.

– Dziękuję, ale ja nie piję kawy. Szkodzi mi na wątrobę!

– To nie dla pana! – mruknął Mühlhaus – No proszę, dalej!

Kiedy strażnik wyszedł, inspektor sięgnął po słuchawkę telefonu.

WROCŁAW,
sobota 12 kwietnia 1913 roku,
trzy kwadranse na ósmą rano

MÜHLHAUS PO RAZ KOLEJNY NALEWAŁ Eberhardowi Mockowi kawy, dymiąc przy tym jak parowóz korzennym tytoniem Crüwell. Ostatni kłąb dymu wypuścił, kiedy Mock – owinięty jakimś starym kocem dostarczonym mu litościwie przez Buhracka – skończył swoją długą relację mocnym akcentem: opowiedział o nocnych odwiedzinach Vyhladila i zbira o imieniu Klaus, którzy mieli wobec lokatora poddasza jednoznaczne i oczywiste zamiary.

Mock pił kawę, a Mühlhaus udawał, że się zastanawia na losami niesubordynowanego policjanta, choć w jego sprawie decyzję podjął nie dalej niż wczoraj wieczorem. Milczał i wpatrywał się w okienko celi, rozświetlone zabłąkanym promieniem słońca, który dotarł aż w te kazamaty, pewnie odbijając się od jakiejś szyby.

– Raport został w pańskim mieszkaniu?

– Nie wiem, panie inspektorze. – Zęby Mocka szczękały z zimna. – Ale podejrzewam, że Vyhladil go zabrał albo wtedy, gdy mnie upił do nieprzytomności, albo wtedy, gdy przyszedł z Klausem.

– Tak... – mruknął Mühlhaus. – Stary Hipopotam ma mocny łeb do wódki. Ale im więcej pije, tym głupsze błędy popełnia.

Inspektor wstał i przeciągnął ramiona, aż mu zatrzeszczały kości. Potem spojrzał z niechęcią na podarte skarpety i podwiązki skacowanego podwładnego.

– Po co pan mi o tym wszystkim mówi, Mock?

– Wykładam przed panem karty, panie inspektorze. – Eberhard również wstał, uważając, by koc nie spadł mu z ramion i nie odsłonił jego godnego pożałowania wyglądu. – Chcę pracować w pana wydziale, *Herr Kriminal-Polizei-Inspektor*. Moja niesubordynacja była spowodowana nadgorliwością. Chciałem jak najdalej posunąć śledztwo, aby się przed panem popisać. By mnie pan docenił i może dał mi nadzieję na pracę w swoim wydziale.

Mühlhaus oskrobał główkę fajki z popiołu, po czym wystukał go i wtarł podeszwą w klepisko.

– Ja też przed panem wyłożę karty – rzekł powoli. – Nie potrzebuję nieposłusznego podwładnego i nie przyjmę pana...

Mock poczuł, jakby w celi rozszedł się nagle lodowaty chłód. Usiadł na pryczy, owinął się kocem i zapatrzył ponuro w przeciwległą ścianę upstrzoną nieprzyzwoitymi rysunkami i napisami.

– Nie przyjmę pana oficjalnie – ciągnął Mühlhaus – bo to by wzburzyło wielu ludzi w prezydium policji, a my przed ceremonią otwarcia Hali Stulecia nie potrzebujemy zamieszania we własnym domu. Nie obiecuję też, że pana przyjmę w najbliższej przyszłości. Mam natomiast dla pana ofertę, która da mu nadzieję. Składa się ona z kilku punktów. Punkt pierwszy. Do dwudziestego maja, czyli do ceremonii otwarcia, usuwa się pan w cień, oficjalnie idzie pan na urlop. W tym czasie pracuje pan dla mnie: po cichu i w pełnej konfidencji. Jeśli powinie się panu noga, nie będę pana chronił i wyprę się jakichkolwiek naszych konszachtów. Co pan będzie konkretnie dla mnie robić, zaraz powiem. Na razie zaznaczę tylko, że będzie pan wykorzystywał swój mózg w taki sposób jak do tej pory. Czy zgadza się pan na punkt pierwszy, nie wiedząc nic bliższego o swoich zadaniach?

Mock natychmiast po tym, jak oczyma wyobraźni ujrzał siebie na dworcu w kolejce po bilet do Wałbrzycha, skinął głową.

– Tak jest, panie inspektorze!

– Teraz punkt drugi, Mock. Nigdy w życiu nie słyszałeś o takich ludziach jak Erwin Hude i Hans Poelzig. Nie tylko nie masz pojęcia o ich jakimkolwiek związku ze sprawą Ikara, ale, powtarzam!, nawet tych nazwisk nie słyszałeś. Nigdy. Zrozumiano, Mock?

– A słyszałem nazwisko doktor Charlotty Bloch von Bekessy?

– Ona będzie w punkcie trzecim mojej oferty. – Mühlhaus splótł ręce na piersi w geście napoleońskim i patrzył na Mocka równie przyjaźnie jak mały Korsykanin na rosyjskich jegrów i dragonów pod Borodino. – Na razie nie usłyszałem akceptacji punktu drugiego... Jeśli pan powie „tak", to musi się pan wyrzec wszystkiego, co do tej pory zdobył w tym dochodzeniu. Ja znam twoje uczucia, Mock, ale nie dbam o nie. Jaka jest twoja odpowiedź? Zapominasz o tych ludziach, o Hudem, Poelzigu i o całej sprawie Ikara?

– Tak jest, *Herr Kriminal-Polizei-Inspektor* – odparł zapytany po długim wahaniu.

– Dobrze. – Na twarzy Mühlhausa odbiło się zadowolenie. – To teraz przechodzimy do podpunktu punktu pierwszego. Niech się pan nie boi, nie będę tak okrutny, by wykorzystać przymus, pod którym się pan znajduje, i nie dam panu żadnego niegodziwego zadania. Mam coś, co podejmie pan z gorliwością choćby po to, by się zemścić. Vyhladil, oto pańskie zadanie. Ma go pan rozpracować!

Tym razem na twarzy Mocka zagościł szeroki uśmiech.

– Wiedziałem, że mogę w tej kwestii na pana liczyć. – Mühlhaus westchnął z satysfakcją. – A ponieważ uważam, że niezwykle ważne jest, by policjant widział sens swego działania, odpowiem panu na pytanie, dlaczego Vyhladil jest na moim celowniku. Otóż dwudziestego maja tysiąc dziewięćset dwunastego roku zaginął stróż Hali Stulecia i majster na jej budowie, niejaki Wolfgang Kempsky. Do dzisiaj go nie odnaleziono. Sprawę tę chciał bardzo poprowadzić Paul Vyhladil. Było to wbrew regulaminowi, ale Hipopotam twierdził, że Kempsky to jego przyjaciel i że wyjaśnienie tego zaginięcia uważa za swój obowiązek. Nie ceniłem zbytnio intelektu Vyhladila, ale pozwoliłem mu poszukać zaginionego majstra Kempskiego. Uznałem jego zniknięcie za mało istotne i banalne, ot, pewnie kolejny pijaczek z budowy coś ukradł i gdzieś przepadł. Vyhladil prowadził sprawę bardzo nieudolnie. Pił i zwlekał z poszukiwaniami, nie mówiąc już o tym, że nie dostawałem od niego raportów, czego bardzo, ale to bardzo nie lubię, Mock!

Mühlhaus patrzył surowo na swojego nowego człowieka do specjalnych poruczeń, ale w jego oczach migotały iskierki rozbawienia.

– W końcu się dowiedziałem, dlaczego Hipo był taki opieszały. Odkryłem, że jest działaczem Związku Wszechniemieckiego, i to działaczem bardzo oddanym, a zaginiony majster Kempsky był Żydem. Pangermanista nie dba o Żydów... Wściekłem się i chciałem Vyhladila ukarać. Ale prezydent von Oppen wciąż pamiętał jego zasługi w sławnej sprawie Neissera. Poza tym nie chciał zadzierać z pangermanistami, bo wie, że wśród nich jest wielu naszych. Mam nadzieję, że nie pan?

– Nie – odparł Mock. – Brzydzi mnie ich ideologia, a poza tym mam kilku przyjaciół Polaków i polskich Ślązaków.

– Tak? – Mühlhaus spojrzał na swego rozmówcę z pewnym zdziwieniem. – No dobrze. Nie mogłem zrozumieć, dlaczego Vyhladil tak walczył o tę sprawę Kempskiego, po czym ją najzwyczajniej w świecie spartolił. Nie dawało mi to spokoju, ale powoli już się godziłem ze swoją niewiedzą. I właśnie teraz, kiedy prowadzę sprawę Ikara, znów pojawia się Hipopotam. Rozumie pan, Mock, co wzbudza mój niepokój? W ciągu roku mamy dwie sprawy dotyczące Hali Stulecia: pierwsza to sprawa Kempskiego, druga to sprawa Ikara. Pierwszą Vyhladil zatuszował, a w drugą jest nadmiernie zaangażowany. Dwa razy Vyhladil. Hala Stulecia jest solą w oku Związku Wszechniemieckiego i w obu sprawach z nią związanych prowadzi śledztwa jeden z najbardziej fanatycznych pangermanistów! Bardzo mi się to nie podoba. Podjąłem decyzję, że skutecznie go zmarginalizuję! A pan mi w tym pomoże, Mock.

– Tak jest! – Wachmistrz sprawiał wrażenie zadowolonego ze swojej nowej funkcji. – A konkretnie to co mam robić?

– Jedna sprawa bardzo mi tu śmierdzi – mruknął Mühlhaus. – Ta wasza orgia w celi, chyba nawet w tej, co teraz jesteśmy. Ależ wtedy dokazywałeś, co Mock? No, nie wstyd ci?

Mock spuścił oczy zażenowany.

– Stary Matuszewski potwierdził, że to Hipopotam zorganizował tę waszą orgię. – Mühlhaus porzucił moralizatorski ton i wrócił do rzeczy. – Dora Lebenthal, jedna z kurtyzan, wyszła z celi, którą zapomniał zamknąć Vyhladil, podkreślam: Vyhladil, i poszła do mieszkania von Oppena. Owszem, jest to wszystko możliwe, ale ja jestem nieufny. Praca w Kripo to wieczna podejrzliwość, która się odbija później na naszych bliskich... Ale *ad rem*! Jestem nieufny i postanowiłem porozmawiać z tą Dorą. Nie wierzę, żeby trzeźwa dziwka, zamiast uciec ze znienawidzonego gmachu, jakim chyba jest dla niej prezydium policji, łaziła gdzieś po jego korytarzach i wlazła aż na drugie piętro, prosto do mieszkania prezydenta von Oppena!

Przerwał na chwilę, by włożyć trochę tytoniu do główki długiej zakrzywionej fajki z malowanym cybuchem.

– I na moim postanowieniu się skończyło! – Zapalił zapałkę. – Nigdzie nie ma Dory! Przepadła jak kamień w wodę. Oto twoje pierwsze zadanie, Mock! Znajdź mi tę dziewczynę *per fas et nefas*[107]! A wtedy może coś znajdziemy na tę zakałę policji Vyhladila!

Mühlhaus sponad płonącej zapałki uważnie patrzył na Mocka. Wkrótce cela znów była ciemna od aromatycznego dymu.

---

107 Godziwymi i niegodziwymi metodami (łac.).

– A teraz przypomnijmy – rzekł inspektor. – Punkt pierwszy?

– Nieoficjalnie szukam Dory Lebenthal.

– Nieoficjalnie, ale skutecznie, Mock. Punkt drugi?

– Zapominam o sprawie Ikara.

– Tak jest. Zapomina pan, a ja ją sam zakończę. – Wydmuchnął dym przez nos. – A teraz punkt trzeci: Charlotta Bloch von Bekessy.

– Tak jest. Słucham! – W głosie Mocka zabrzmiała jakaś wszeteczna nuta.

– Pani doktor Charlotta Bloch von Bekessy – powiedział dobitnie Mühlhaus – to bardzo mądra kobieta. I znakomity polityk. Jeśli ona coś panu nakaże albo poradzi... Dobrze pan usłyszał. Nakaże! Jeśli zatem ona wyda panu jakiś rozkaz w jakiejkolwiek sprawie, to będzie to tak, jakbym ja sam panu ten rozkaz wydał, zrozumiano?

Mock nad odpowiedzią myślał jeszcze dłużej, niż to było w wypadku jego zgody na zapomnienie nazwisk „Erwin Hude" i „Hans Poelzig".

– Panie inspektorze – starannie dobierał słowa – był u mnie wczoraj człowiek o imieniu Klaus. Wynajęty przez Vyhladila do zamordowania mnie. Silny mężczyzna o imieniu Klaus jest służącym i totumfackim pani doktor Bloch von Bekessy. Ona może o tym nie wiedzieć, ale...

– Nie jednemu psu Burek? – Mühlhaus po raz pierwszy wyraźnie okazał irytację. – My w Kripo jesteśmy nieufni, ale nie wpadamy w szaleństwo podejrzliwości!

– Ale jest coś jeszcze, panie inspektorze...

– Milczeć, Mock! – krzyknął Mühlhaus. – Już nic nie ma! Nic! Ona ma prawo wydawać panu rozkazy! Tak czy nie?

– Tak – odpowiedział policjant bez wielkiego entuzjazmu.
Mühlhaus odsapnął i uśmiechnął się szczerze do swojego nowego, choć nieoficjalnego podwładnego.

– No to przekazuję jej rozkaz pierwszy! Ma pan teraz wsiąść
w powóz, który stoi pod prezydium, i jechać na krytą pływalnię.
Tam będzie na pana czekać najpiękniejszy lekarz w tym mieście.
Dojdzie pan do siebie, a moi ludzie w tym czasie sprawdzą, czy
pańskie mieszkanie jest bezpieczne!

– Tak jest! – krzyknął Mock po raz nie wiadomo który tego dnia.
Tym razem w jego głosie pobrzmiewał nadzwyczajny entuzjazm.

WROCŁAW,
sobota 12 kwietnia 1913 roku,
godzina dziesiąta rano

EBERHARD MOCK STAŁ ZANURZONY W WODZIE po pierś w małym dwuosobowym basenie, do którego schodziło się po kilku
stopniach. Basenik był wyłożony kolorowymi kafelkami, zaopatrzony w ławkę i mosiężną balustradę. Służył on ludziom szukają-
cym wytchnienia w chłodnej wodzie po pobycie w łaźni parowej.
Tym razem jednak rozgrywały się w nim sceny, które nie miały
nic wspólnego z jego pierwotnym przeznaczeniem.

Mock stał w rozkroku i zaciskał dłonie na błyszczących słup-
kach. Zagryzał wargi i patrzył w dół. Woda w basenie kołysała się
tak mocno, że wychlapywała się nieco poza jego obręb. W defor-
mujących zmarszczkach wody widział białe kobiece ciało i roz-
puszczone czarne włosy. Kobieta poruszała się raz szybko, raz

wolno, a we właściwym momencie zastygała bez ruchu – jakby czuła, że oto nadchodzi eksplozja. Co chwila się wynurzała, by zaczerpnąć tchu, co było też dobrym sposobem na powstrzymanie jego męskiej mocy.

Tak zrobiła i teraz. Wynurzyła się z wody i spojrzała na niego z uśmiechem. Mało która kobieta wygląda dobrze ze zmoczonymi włosami. Charlotta Bloch von Bekessy była wyjątkiem.

– Jakiś ty poobijany. – Objęła go za szyję i szepnęła mu do ucha: – Biedny, potłuczony Ebi. Zaraz poczujesz się lepiej. O niebo lepiej...

Rzeczywiście Charlotta wiedziała, co mówi. Tego przedpołudnia dwa razy Eberhard zapomniał o chłopcach roztrzaskanych w Hali Stulecia, o ich tajemniczym nauczycielu, o zamachu na swoje życie, o masonerii, Związku Wszechniemieckim i o swoim ojcu Willibaldzie Mocku. Dwa razy przestał dla niego istnieć cały świat – raz w małym basenie i później na kamiennej ławie w łaźni parowej. Pod ziemię zapadło się wtedy wszystko poza kobietą, z którą tu płynął przez głębię rozkoszy, i poza tym wspaniałym wielopiętrowym przybytkiem wody, zdrowia, pary i wilgoci, któremu patronował uśmiechnięty i lubieżny nordycki bóg Ägir.

WROCŁAW,

sobota 12 kwietnia 1913 roku,

godzina druga po południu

KIEDY MOCK OCKNĄŁ SIĘ z długiego snu, Charlotty już nie było. Otworzył oczy i ujrzał starego mężczyznę ze stosem ręczników. Wzrok łaziebnika mówił, że on tu wszystko już widział i niczemu się nie dziwi. Oklejony plastrami nagi mężczyzna został uprzejmie przez niego poproszony, żeby udał się do przebieralni, gdzie czeka na niego przyniesione z domu ubranie oraz ciepłe śniadanie z restauracji, a miejscowy fryzjer służy swymi golarskimi instrumentami.

Po trzech kwadransach Mock – najedzony, ogolony i pachnący wodą kolońską – wyszedł z budynku krytego basenu i po upływie trzech minut był w swoim pokoiku na poddaszu. Najpierw wywietrzył pokój i posprzątał go dokładnie, a potem zaniósł do restauracji Zimpla naczynia po wczorajszej kolacji. W czasie tej pierwszej czynności szukał w mieszkaniu śladów po Klausie, ale niczego nie znalazł. Być może jakimś cudem wiatr nie zwiał z dachu niedopałków po papierosach wypalonych przez niedoszłego mordercę, ale Mock wolał tego nie sprawdzać. Po pierwsze, tacy bandyci jak on nie palą drogich papierosów, których markę można by stwierdzić po znaku firmowym czy nadruku nazwy, a po drugie, skacowanemu Mockowi na samą myśl, że mógłby zbliżyć się do okna, robiło się niedobrze.

Musiał zatem zrezygnować z próby identyfikowania tajemniczego Klausa, co uczynił z minimalnym żalem pomny ostrzeżeń Mühlhausa, by teraz nie zawracał sobie głowy niczym innym jak tylko poszukiwaniem prostytutki Dory Lebenthal.

W tym właśnie celu udał się na Neue Antonienstrasse[108] 16 do domu publicznego zwanego łaźnią parową. Wczesna popołudniowa pora nie była dobra dla bywalców szukających tam uciech, ale dla śledczego, który chciał w spokoju kogoś

---

108 Obecnie ul. Zelwerowicza.

przesłuchać – wprost idealna. Mimo że do burdelu bylo dość daleko – dobre pół godziny na piechotę – Mock nie zdecydował się na żaden środek lokomocji. Było wprawdzie chłodno i wiał wiatr, ale to go nie zniechęciło. Spacery po Wrocławiu pomagały mu uporządkować myśli, bo po porannych miłosnych zapasach z Charlottą w jego głowie panował słodki chaos.

Poszedł w stronę Teatru Miejskiego[109] i Zamku Królewskiego. Po kwadransie znalazł się na Wallstrasse[110] – po raz trzeci w ciągu ostatnich dni. Minął Żydowskie Seminarium Teologiczne i wszedł na promenadę, by spojrzeć w okno gabinetu, w którym urzędowała Charlotta. Pogwizdywał przy tym jakiś operetkowy kuplet, bo miał dwa istotne powody do radości: ocalił swoją posadę i dwukrotnie posiadł tego dnia piękną kobietę. Na samą myśl o tym dokonaniu czuł mrowienie w udach.

Coś jednak zablokowało mu język i pogwizdywanie zamarło. Zdawał sobie bowiem doskonale sprawę, że w tej beczce miodu jest wyraźnie wyczuwalna łyżka dziegciu. Został najpierw zaszantażowany przez Mühlhausa, a potem skorumpowany przez Charlottę. Wyraźnie mu szepnęła po pierwszym spełnieniu: „Trzymaj się Mühlhausa i mnie, a daleko zajdziesz! Jesteś młody i przed tobą wielka przyszłość. Nie znajdziesz się może od razu w inspekcji kryminalnej, ale pamiętaj – małymi krokami do celu. Lojalność wobec Klubu Zwinger i loży Horus na pewno ci się opłaci!". Nie dodała przy tym, że jedną z gratyfikacji jest ona sama. Nie musiała. Mock doskonale to wyczuwał i nie mógł powstrzymać się

---

109 Obecnie gmach Opery Wrocławskiej.
110 Obecnie ul. Włodkowica.

od myśli, że został potraktowany jak pies, który dostał nagrodę za chodzenie na dwóch łapach. Był pewien, że Charlotta wraz z Mühlhausem przypuścili na niego szturm z dwóch stron i im uległ. Jest zdany na ich łaskę i niełaskę. Oczywiście lepsze to niż powrót do Wałbrzycha, ale mimo wszystko został skrępowany w czynnościach. Ubezwłasnowolniony. Tak niedawno odkrył tyle warstw tej dziwnej sprawy, wydawało mu się, że rozdaje karty, że może dyktować swoje warunki, a teraz pokazano mu jego miejsce w szeregu. Jesteś moim pudlem, Mock – zdawał się mówić Mühlhaus. – Jeśli nie będziesz mi posłuszny, to cię wygnam na deszcz i wichurę. A jak będziesz grzeczny, to dam ci nadzieję, a może i piękna samiczka dopuści cię do siebie...

Bycie pudlem nie jest przyjemne – pomyślał, ale zaraz osłodził tę gorzką konstatację prostym stwierdzeniem: – Ale dlaczego w życiu miałoby być przyjemnie? Nikt mi tego nie obiecał!

Przeszedł przez kładkę na Fosie Staromiejskiej i przeskoczył przez Nicolaistadtgraben[111] tuż przed nosem dorożkarskiego konia, który na jego widok aż się szarpnął w zaprzęgu. Po chwili był przy kamienicy na Neue Antonienstrasse[112] 16. Wszedł do środka, minął biuro firmy Meister Lucius & Brüning sprzedającej farby, mrugnął okiem do stróża i wszedł do piwnicy. Odźwierny burdelu Martin poznał Mocka i natychmiast go wpuścił z bardzo niechętną miną.

Niewiele się zmieniło od ostatniej bytności wachmistrza w tym przybytku Wenery. Duchota była ciężka – jak zwykle barman, mały Alois Schumpeter, miał wciąż na głowie ten sam biały

---

111 Obecnie ul. Podwale.
112 Obecnie ul. Zelwerowicza.

kapelusz, którego rondo było nad uszami zwinięte w dwa rulony, nawet menu było to samo – śledzie i topielce pływające w słoikach w mętnej zawiesinie. Tylko klientów było jeszcze niewielu i żadne erotyczne zawody nie odbywały się na scenie na antresoli.

Mock był głodny. Podszedł do baru i zamówił trzy topielce z ostrą musztardą düsseldorfską, dwie bułki, setkę wódki i pół kwarty piwa od Kipkego. Potem podszedł do najbliższego stolika, usiadł i czekał, aż Schumpeter przyjdzie i wszystko to przed nim postawi. Kiedy tak się stało, policjant wyszczerzył zęby.

– Co słychać, Alois?

– Pomału do przodu – odparł barman i odwrócił się w stronę baru.

Mock chwycił go za rękę i przytrzymał.

– A co u Dory?

– Nie wiem, nie widziałem jej od niedzieli. – Schumpeter nie wyrywał ręki, ale patrzył na Mocka z wyraźną wrogością.

– Ma wolne czy już u was nie pracuje?

– Ja tam nic nie wiem. Przepraszam, mam klientów przy barze.

Mock puścił rękę Aloisa, a ten ruszył ku swemu stanowisku pracy. Rzeczywiście przy barze pojawili się dwaj młodzi ludzie, którzy ubrani byli w zbyt duże meloniki i źle zawiązane krawaty. Jedno z dwojga – pomyślał Mock, unosząc kieliszek wódki. – Albo przebrani gimnazjaliści z primy[113] albo dwóch wikarych z prowincji. Wypił pół kieliszka i zrobiło mu się ciepło w żołądku. Poprawił dużym łykiem piwa i zakąsił topielcem pokrytym gęstą warstwą ostrej musztardy, której działanie poczuł w nosie. Kac szybko

---

113 Klasa maturalna w niemieckich gimnazjach.

parował z młodego organizmu wzmocnionego kąpielą i porządną dawką uciech cielesnych. Na czoło Mocka wystąpił lekki pot, a na policzki rumieniec. Skórka topielców trzeszczała miażdżona przez mocne zęby. Kolejny łyk piwa i świat nabrał jasnych barw. Wtedy ktoś dosiadł się do jego stolika. Mock odstawił kufel i uśmiechnął się, widząc znajomą twarz.

– Sam pan Gottwein raczył się do mnie pofatygować! – wykrzyknął prosto w nos właścicielowi burdelu. – Co za szczęście! Mam nadzieję, że już mi pan nie pamięta tego zamieszania z zakładami? Czym mogę panu służyć?

Rüdiger Gottwein, bardzo wysoki elegant z monoklem w oku i z cienką warstewką rudych włosów przyklejonych do czaszki, patrzył na Mocka ponuro.

– Dziwię się jej, że w ogóle chce rozmawiać z którymkolwiek z was.

Mock odstawił kufel i zapalił papierosa.

– Za dużo zagadek, panie Gottwein, i to już w pierwszym zdaniu. Ale powoli. Do kogo się odnosi słowo jej?

Rudowłosy mężczyzna wstał. Teraz – stając niemal na baczność – bardziej przypominał pruskiego oficera niż burdeltatę.

– Chodź pan!

Mock również się podniósł znad stolika i z żalem odstawił kufel na bar.

– Tylko mi nie napluj! Ja tu jeszcze wrócę, Alois, i wypiję to piwko!

– Oby nie – mruknął barman, ale Mock już tego nie słyszał.

Wciąż z papierosem w zębach wszedł za Gottweinem na antresolę nad barem, gdzie tydzień wcześniej dokazywali ruchacze.

W tym pomieszczeniu były drzwiczki tak małe, że wysoki Gottwein musiał się prawie złożyć wpół, by przez nie przejść. Mock miał mniejsze trudności, by wejść w wąski, kiepsko oświetlony korytarzyk.

Szli powoli i mijali po drodze drzwi do niewielkich pokoików bez okien, gdzie dziewczyny przyjmowały klientów. Ktoś zadał sobie wiele budowlanego trudu – myślał Mock – aby tę piwnicę przerobić na burdel dla krasnoludków. Zganił się w myślach za niepotrzebną złośliwość. Burdele były potrzebne na tym świecie jak kanalizacja, a on sam raz czy dwa z tych pokoików korzystał i musiał przyznać, że wywiązywały się ze swego zadania. Łóżko, dzbanek z wodą, miednica i ręcznik nie zajmują znowuż tak wiele miejsca.

Gottwein podszedł do ostatnich drzwi. Otworzył je i wyniosłym gestem zaprosił Mocka do środka.

– Tam jest Dora!

Policjant poczuł, jak zalewa go fala satysfakcji. Oto wykonał zadanie Mühlhausa w ciągu jednego dnia! Jeszcze nigdy nie przeżył takiego intensywnego tygodnia – udane śledztwo, cztery akty cielesne z trzema różnymi kobietami, pijaństwo, wyrzucenie z pracy i ponowne do niej przyjęcie! Tempo było zawrotne. Same sukcesy. Gdzieś musi czaić się porażka – pomyślał.

Kiedy spojrzał na dziewczynę, krew odpłynęła mu z twarzy. To właśnie była porażka.

– Kto ci to zrobił? – zapytał cicho.

– Hipopotam – odparła.

WROCŁAW,

sobota 12 kwietnia 1913 roku,

godzina piąta po południu

W STARONIEMIECKIEJ KNAJPIE RZESZY Pod Lancknechtem nie odbywało się tego dnia żadne posiedzenie Związku Wszechniemieckiego, żaden profesor nie piał peanów na temat niemieckiej cywilizacji i nie gromił polskiego barbarzyństwa. Nikt nie śpiewał pieśni patriotycznych, nikt nie krzyczał o Żydach i masonach, mordujących niewinne chłopięta w Hali Stulecia.

A jednak ten ostatni temat był na ustach wielu bywalców lokalu, w tym czterech przywódców wrocławskiego oddziału Związku Wszechniemieckiego. W prywatnym gabinecie przy piwie, preclach, piklingach i rzepie siedzieli mecenas Kurt Schulz, nauczyciel Heinrich Marder, porucznik Richard Kruck oraz pastor Joachim Hassel. Mocne światło lało się z góry – z żyrandola, który miał imitować drewniany kandelabr z obozu wojskowego – i odbijało się od srebrnych okuć kufli, od dużych sztućców i od łysiny mężczyzny siedzącego w kącie gabinetu. Był to Paul Vyhladil – czerwony, rozdygotany, napęczniały od piwa.

– Powiada pan, *Herr Polizei-Assessor* – zwrócił się do niego Schulz – że mają sprawcę... Jednego z nas. Ja go zupełnie nie pamiętam, a panowie?

– Ja pamiętam – odpowiedział porucznik Kruck. – Tak, Rudolf Feierabendt z VI Korpusu Armijnego. Odpowiedzialny za planowanie operacyjne. Znam go, ale nie za dobrze. Owszem, zapisał się do nas, ale szybko przestał płacić składki. Był kilka razy na naszych zebraniach. Nie zabierał głosu. Spokojny, nie pije, nawet nie pali.

Żona i trzy córki. Pół roku temu dopadli go ludzie z Geheimdienst III b w Królewcu, gdzie przebywał na urlopie. Pod zarzutem szpiegostwa na rzecz Rosji. Po dwumiesięcznym śledztwie nie przyznał się do winy. Nikogo też nie wsypał, mimo że ludzie Nicolaia nie cackali się z nim podczas nocnych przesłuchań. Ale dowody były ponoć niepodważalne. Sąd wojskowy skazał go na śmierć i kapitan Feierabendt czeka na topór. Wczoraj rano, chcąc, jak oznajmił, wyrównać za życia wszelkie rachunki, wyznał, że przygotowywał wraz z Ikarem mord chłopców. Ikar, jak zeznał, nazywa się Georg Kies i był jego przyjacielem. Planowali wspólnie morderstwo w Hali Stulecia, aby rzucić cień na masonów. Kies miał strącić chłopców z balkonu, a potem popełnić samobójstwo. Kapitan Feierabendt miał być z nim w chwili śmierci, aby go wspierać duchowo w tym trudnym momencie. Po aresztowaniu kapitana Feierabendta Georg Kies nie porzucił planu masakry i dokonał zbrodni tydzień temu. Przedwczoraj został skremowany. Nie ma ciała, nie ma sprawy. A cesarz szykuje się do ceremonii otwarcia. To wszystko, co ja wiem, może teraz więcej nam powie nasz człowiek w policji.

Kruck spojrzał na Vyhladila. Ironiczny ton głosu porucznika oraz to, że Hipopotam siedział w takim oddaleniu od stołu zajmowanego przez kierownictwo, wyraźnie pokazywały, że w tajnym gabinecie gospody Pod Lancknechtem odbywa się coś w rodzaju sądu partyjnego.

– Przecież to bzdura! – wybuchnął oskarżony. – To idiotyzm! Nikt o zdrowych zmysłach nie uwierzy, że jakiś Kies przyjechał do hali, pozrzucał chłopców, a potem się tam powiesił!

– A dlaczegóż to, drogi panie, jest to takie niewiarygodne? – zdziwił się pastor Hassel.

– Cuda to się zdarzają tylko w Biblii, pastorze – odparł Vyhladil. – Kies miał rzekomo przyjechać z chłopcami powozem. Chłopcy spadli z balkonu, Kies się powiesił, a konie i powóz... Co? Koń powiedział do konia: „Nasze zadanie wykonaliśmy, odjedźmy teraz w siną dal"? Przeciwko temu kłamstwu przemawia jedno: ktoś musiał odjechać powozem! I nie był to wisielec Kies.

– Pan asesor policyjny wykazuje dzisiaj zadziwiającą skłonność do dowcipkowania – ponownie zabrał głos mecenas Schulz. – Zupełnie nie na miejscu te dowcipy. Nie wie pan, że cesarz ze względu na swój już teraz pewny przyjazd do Wrocławia bardzo się interesuje sprawą Ikara? Jeśli uzna, że zniknięcie powozu komplikuje wiarygodność historyjki o Georgu Kiesie, to kiwnie palcem i natychmiast we wszystkich redakcjach w Niemczech rozdzwonią się telefony. Ktoś z dworu cesarskiego wyda krótki rozkaz: „Ani słowa w gazetach o powozie i o koniach!". Nie żyjemy na Księżycu, panie asesorze policyjny Vyhladil, tylko w zorganizowanym państwie, a gdzie państwo, tam cenzura!

– Drogi panie – zwrócił się do policjanta nauczyciel Marder. – Wiemy, jak bardzo jest pan zasłużony dla naszej sprawy. Ja osobiście szanuję pana i podziwiam. Jestem najdalszy od tego, by zmuszać pana do samokrytyki. Ale muszę zadać to proste pytanie: czy pan jeszcze zamierza się angażować w naszą akcję „Hala Stulecia"?

Policjant uśmiechnął się, pociągnął łyk piwa i wstał. Podszedł chwiejnym krokiem do siedzącego nauczyciela. Kiedy już stał przy stole, jednym błyskawicznym ruchem chwycił go za krawat, przyciągnął do siebie i zaczął zaciskać jego pętlę. Marder szarpał się i walił agresora kułakami po uszach i policzkach, ale ten – jakby wcale nie czując bólu – nadal go dusił. Trzej pozostali mężczyźni patrzyli przerażeni, jak twarz nauczyciela staje się czerwona. W końcu porucznik sięgnął po broń. W tym momencie Hipopotam schował się za Marderem i zaczął go dusić od tyłu.

– Wszystkie skurwysyny w tym pokoju – zaczął cicho, ale zaraz podniósł głos, by usłyszeli go mimo rzężenia duszonego mężczyzny – podziwiają mnie i szanują, prawda? Tak czy nie, skurwysyny?!

Marderowi oczy wychodziły z orbit. Mecenas Schulz wstał i powstrzymał Krucka, który już mierzył z pistoletu.

– Tak, *Herr Polizei-Assessor*! – krzyknął.

– Wszyscy?!

– Tak, szanujemy pana i podziwiamy – rozległy się niepewne głosy.

Vyhladil rzucił nauczyciela na krzesło i stanął za nim, jego ofiara – wciąż rzężąc i świszcząc – rozluźniała krawat i usiłowała zaczerpnąć tchu. O podłogę zastukały urwane guziki koszuli.

– Wszyscy mnie szanujecie – mruknął. – To posłuchajcie mojego ostatniego słowa. Tak, to był mój pomysł. Mock miał być narzędziem w naszych rękach. Zagrożony wyrzuceniem z policji musiał wykorzystać jedną jedyną szansę: dojść w swym śledztwie do masonów.

– To już słyszeliśmy! – Porucznik Kruck wciąż trzymał gotowy do strzału pistolet. – Że ten Mock nie popuści, aż dojdzie do masonów, że to pies gończy *et cetera*. Że wynik jego śledztwa będzie wiarygodny, ponieważ on nie ma z nami nic wspólnego. Że nie wolno nam podrzucać mu żadnych tropów, bo stanie się podejrzliwy. Tymczasem masoni byli szybsi o jeden ruch i znaleźli innego mordercę. A Mock dostał nadzieję i nagrodę.

– Daj spokój, Richard, panu asesorowi policyjnemu – mruknął pastor Hassel. – My też nie przewidzieliśmy, że masoni dotrą do Mocka przez piękną panią doktor ani że sprawą zajmie się sam Walter Nicolai.

– W policji nie ma masonów! – Kruck nie posłuchał pastora i wciąż stał blady z furii z pistoletem w dłoni. – To był według ciebie pewnik, co? A Mühlhaus to co?!

Vyhladil podchodził do niego wolno. Zatrzymał się dopiero wtedy, gdy lufa oparła mu się o brzuch.

– Mój drugi pomysł był genialny – wycharczał. – Przyznałeś to, Kruck, przedwczoraj, przyznaj i teraz!

– Tak. – Pastor wstał i wcisnął się pomiędzy lufę pistoletu a brzuch Vyhladila. – Wszyscy to przyznaliśmy! Zabić Mocka i zrzucić winę na masonów. W końcu mieli motyw, bo Mock już do nich dochodził. Pomysł był dobry, ale wykonanie...

– Trudno się było spodziewać – wtrącił pojednawczo mecenas Schulz – że człowiek cierpiący na lęk wysokości nagle po wypiciu wiaderka wódki zamieni się w akrobatę skaczącego po dachach. Nie doceniliśmy tego Mocka. Ale spokojnie, panowie, i na niego przyjdzie kolej. Siadajcie, musimy ustalić co dalej. Czy przechodzimy do rozwiązania ostatecznego?

Wszyscy umilkli. Zaszurały krzesła. Mężczyźni usiedli. Marder wciąż czerwony na twarzy spojrzał na policjanta.

– Chodź tu, do stołu! – wystękał. – Co tak daleko siedzisz? Jesteś z nami!

Vyhladil przysunął się z krzesłem do stołu i z rozmachem postawił na blacie kufel. Piana wylała się spod srebrnego dekielka i spłynęła po ściance.

– Jestem człowiekiem honoru – powiedział wolno – i poniosę konsekwencje moich błędów. Tym bardziej że nadeszła chwila, na którą czekaliśmy. W końcu wiemy na pewno, kto otworzy Halę Stulecia: będzie to cesarz, nie kronprinc. A przecież na tę okoliczność też się przygotowaliśmy. Wprowadzę w życie ostateczne rozwiązanie. Punkt pierwszy: zająć się tą dziwką.

– Panie asesorze policyjny – pastor Hassel skrzywił się z niesmakiem. – Używajmy słów parlamentarnych.

– Dobrze. – Mecenas nie zwrócił uwagi na prośbę duchownego. – Zamelduję to wszystko naszym przywódcom. Nasz kurier pojedzie nocnym pociągiem do Berlina.

– Nie rozumiem. Jaką dziwką? – Marder masował sobie grdykę. – Tą, która poszła do prezydenta policji i patrzyła lubieżnie na jego syna?

Pastor znów syknął, słysząc nieparlamentarne słowo.

– Nie – odparł twardo Vyhladil. – Inną dziwką. Charlottą Bloch von Bekessy! Ta pierwsza nic nie powie, za bardzo się mnie boi.

WROCŁAW,
sobota 12 kwietnia 1913 roku,
godzina czwarta po południu

VYHLADIL SIĘ MYLIŁ. Dora nikogo już się nie bała i wszystko jej było obojętne – oprócz jednego. Z całej duszy pragnęła tylko jego śmierci. Jej oczy, ledwo widoczne spod opuchlizny rozlewającej się powyżej złamanego nosa, były suche. Mock siedział koło niej na wąskim łóżku w bezokiennym burdelowym pokoiku, obejmował ją mocno, gładził po włosach i uważnie jej słuchał.

– Tylko pan mnie wtedy wziął w obronę – mówiła. – Kiedy Hipo wyjął kastet i kazał dmuchać sobie balonik przy wszystkich. Pan powiedział: „Nie!". I on się wystraszył. On się tylko pana boi. Dlatego panu ufam.

– Co było dalej? – zapytał. – Kiedy już wyszliśmy, a on został.

Mock pamiętał dobrze tę scenę.

— ◆ —

Vyhladil podchodził wówczas do każdego z nich, chwytał ich za ramiona i ściskał serdecznie.

– Już nie jesteś studencikiem – mruknął do Mocka. – Jesteś jednym z nas!

Pamiętał, że wtedy po raz pierwszy w życiu poczuł sympatię do Hipopotama.

— ◆ —

– Pił dalej – rzekła Dora. – I przyszedł do niego Klaus.

– Jak wygląda Klaus?

– Jest wielki – szepnęła. – Wszędzie jest ogromny. Każę mu płacić więcej, bo zawsze mnie boli.

– Znasz tego Klausa dobrze czy tylko jako klienta i zaufanego Hipopotama?

– Wiem, gdzie mieszka, bo kiedyś tam u niego byłam, kiedy jego pani wyjechała. No więc on pił dalej i Klaus...

– Poczekaj, poczekaj! Jaka pani?

– To pani doktor. – W głosie Dory zabrzmiał szacunek. – Klaus jest jej służącym. Ona leczy kobiety. Widziałam szyld na domu.

– A gdzie ten dom? Na jakiej ulicy?

– Ja dopiero od roku we Wrocławiu. – Dora zarzuciła włosy na twarz, by Mock nie widział jej opuchlizny. – Koło uniwersytetu, blisko... No blisko was, prezydium znaczy się. Na tym domu jest rzeźba dyni.

Klaus, kamerdyner Charlotty, jest gorylem Vyhladila – pomyślał Mock. – To on chciał mnie zabić, jak od początku podejrzewałem. Ciekaw jestem, czy Mühlhaus znowu powie: „Nie jednemu psu Burek".

– Wróćmy do tego nieszczęsnego dnia, do tego momentu, kiedy to wyszliśmy stąd, a ty zostałaś z Vyhladilem i przyszedł ten Klaus. Mów dalej, Doro! Wszystko po kolei!

– On pił dalej i przyszedł Klaus. – Kiedy wymawiała to imię, świstało powietrze przez dziurę po wybitym przednim zębie. – A potem razem do mnie przyszli. Ucieszyłam się. Myślałam, że mi zapłaci, co był winien za tamto.

– Powoli! Za jakie tamto? Co to znaczy tamto? I kto? Klaus czy Hipo?

Mock nie znosił, kiedy ludzie używali zaimków zamiast rzeczowników. Był jednak cierpliwy. Za to Dora nieco się zniecierpliwiła.

– Hipo! No za to, że poszłam do mieszkania tego szefa policji!

– Nie poszłaś tam z własnej woli? – upewniał się, starannie dobierając słowa.

– Nie! Hipo miał za to zapłacić sto marek, jak już będzie po wszystkim!

– Za to, że poszłaś do prezydenta i robiłaś słodkie oczy do jego syna, tak? Za to Hipo miał ci zapłacić, ale nie zapłacił?

– Tak, właśnie tak! – Dziewczyna była coraz bardziej zniecierpliwiona.

– I kiedy przyszedł do ciebie z Klausem do pokoiku, myślałaś, że zapłaci za twoją wizytę u jego szefa, tak?

– Tak.

– I zażądałaś tych stu marek?

Dora skinęła głową.

– No i co się dalej stało?

– Najpierw Hipo powiedział, że musi mi trochę przylać. Żebyście widzieli, jak który z was tu przyjdzie, że się na mnie jednak wkurzył, że niby was wydałam temu szefowi, co u niego byłam. Walnął... Mocniej niż zwykle.

– I co dalej?

– Klaus kazał sobie dogodzić, a Hipo patrzył. – Urwała. W jej głosie pojawiła się nuta żalu. Targnął nią bezgłośny szloch, ale zaraz się uspokoiła. – A potem to... – Wskazała na swoją siną nabrzmiałą twarz. – Krzyknęłam, że jest mi winny sto marek i ma mi zaraz dać, bo pójdę do pana Gottweina i do naszego goryla Martina. Wtedy się wściekł. Był pijany i złamał mi nos. Kastetem... Klienci mnie teraz nie chcą. Pan Gottwein dobry, nie wyrzucił mnie jeszcze na ulicę, ale kto wie...

Mock przytulił ją jeszcze mocniej. Wtedy zaczęła szlochać i drżeć w jego objęciach, jakby w pokoju zrobiło się zimno. Obejmował jej kruche ramiona i patrzył na nędzny pokoik, który

dziewczynie służył w nocy za miejsce pracy, w dzień za mieszkanie. Na urwaną tapetę, za którą pluskwy mają swój dom, na
pościel niezbyt świeżą, wygniataną przez śmierdzących klientów,
na widokówkę z zającem wielkanocnym, na zasuszony bukiecik
stokrotek, na porcelanową dłoń, na której palce nanizane były
tanie blaszane pierścionki, i na ładne pudełko z laki, gdzie dziewczyna pewnie trzyma listy miłosne z dawnych lat. Nagle poczuł
jej usta na swych wargach. Pocałowała go w usta, czego – jak
wiedział – żadna prostytutka nigdy nie robi.

– Pan jest dobry. – Owionęła mu ucho ciepłym oddechem, opierając dłoń na jego udzie. – Pan mnie pierwszy obronił przed Hipopotamem. Dlatego chciałam panu to wszystko powiedzieć. I po-
prosiłam pana Gottweina, a on tu pana przyprowadził. Do mnie...

Zaczęła rozpinać mu koszulę. Mock delikatnie ją odsunął.

– Jak ci mam pomóc, Doro? – zapytał.

Zacisnęła usta.

– Chcesz tych pieniędzy, prawda? – Wstał z łóżka i patrzył na
nią przenikliwie. – Dlatego chciałaś się ze mną zobaczyć.

– Tak – wyznała cicho.

– Tych stu marek od Hipopotama?

Milczała.

– I jeszcze więcej, tak? Bo nie możesz teraz pracować i nie
masz za co żyć?

Wciąż milczała. Pochylił się nad nią i pocałował ją w czoło.

– Dostaniesz – obiecał. – Przyniosę ci pięćset marek. Ja sam
nie mam, ale znam takich, co mają.

Wtedy się rozpłakała. Już jej nie tulił. Ruszył do drzwi. Usłyszał, jak coś mówi przez łzy. Nie zrozumiał. Powtórzyła.

– Dlaczego taki mężczyzna jak pan nie ma przy sobie kobiety? Dobre pytanie – pomyślał Mock i poczuł jakieś ukłucie w przeponie. Włożył melonik i opuścił burdel zwany łaźnią parową.

WROCŁAW,
niedziela 13 kwietnia 1913 roku,
godzina dziewiąta rano

WE WROCŁAWSKIM OGRODZIE ZOOLOGICZNYM nie było jeszcze zbyt wielu ludzi. Rodzinnym spacerom i podziwianiu egzotycznych zwierząt nie sprzyjała ani wietrzna pogoda, ani też wczesna godzina, kiedy to dzieci albo jedzą śniadanie, większe i bardziej urozmaicone niż zwykle, albo szykują się do wyjścia na niedzielne nabożeństwo. Heinrich Mühlhaus i Eberhard Mock dziećmi nie byli, czynności kulinarne mieli już za sobą, a do duchowych nie bardzo się palili. Stali w altance nad Wielkim Stawem i czekali, aż miną ich trzy kucyki. Siedziało na nich trzech chłopców w marynarskich ubrankach – każdy z biczykiem, którym był zwykły sznurek na patyku. Jeden z nich był podobny do bratanka Mocka, sześcioletniego Erwina. Chłopcom towarzyszyły dwie młode kobiety – jedna pewnie była matką, a druga boną – i to one bardziej niż jeźdźcy przyciągnęły wzrok obu mężczyzn. Kiedy cała grupa zniknęła wśród drzew, Mühlhaus spojrzał na Mocka uważnie.

– Dobrze, dobrze – mruknął z aprobatą. – No to prawie go mamy. Wysłanie Klausa Braunera, aby pana zabił, to był potworny błąd Vyhladila. Jeśli mu to udowodnimy, przetrącimy mu kręgosłup. Trafi do więzienia na wiele, wiele lat. A tymczasem pan musi się mieć na baczności. Nie wiadomo, czy nie zjawi się u pana kolejny wysłany przez niego osiłek...

Eberhard patrzył w zamyśleniu na łódkę, która płynęła po stawie. Widok młodej kobiety w płaskim kapeluszu, wpatrującej się zakochanym wzrokiem w wiosłującego młodzieńca, wzbudził w nim nieokreślone tęsknoty. Skarcił się w myślach za ten sentymentalizm.

– Wciąż nie wiem, panie inspektorze – zignorował ostrzeżenie swego nieoficjalnego przełożonego – dlaczego on uknuł intrygę z Dorą i prezydentem policji. Przychodzi mi do głowy jedynie to, że chciał się pozbyć wszystkich swoich ludzi z Wydziału III b: Kleckera, von Rannemanna, Heussa i mnie. Sam byłby bezpieczny ze względu na jakieś konszachty z von Oppenem. Ale my byśmy zniknęli, a na nasze miejsce...

– Tak, na wasze miejsce przyjąłby ludzi ze Związku Wszechniemieckiego – przytaknął Mühlhaus. – To bardzo możliwe. To prawdziwy fanatyk. Mam na to wiele dowodów. Ale na razie przynależność do pangermanistów nie jest zakazana, niestety... Tak czy inaczej, kulisy afery orgiastyczno-więziennej poznamy, kiedy go przyciśniemy. A żeby go przycisnąć, musimy na niego coś mieć. To, że pije i chodzi do lupanaru, to trochę za mało. Gdybym chciał zastosować takie kryterium, musiałbym pół prezydium zamknąć, łącznie z panem, co Mock?

Zapytany skromnie pochylił głowę i nie zaprzeczył.

– A teraz zbierzmy nasze karty – ciągnął inspektor. – Czym możemy zaatakować Vyhladila, by go wpakować do celi Matuszewskiego czy też tego nowego, Buhracka?

– Po pierwsze – Mock zaczął chodzić tam i z powrotem po małej, misternie rzeźbionej altance – Paul Vyhladil, członek Związku Wszechniemieckiego, o czym wiem od pana, tuszuje sprawę zaginięcia poprzedniego majstra, no jak mu tam?

– Wolfgang Kempsky – odpowiedział Mühlhaus. – Ale tego mu nie udowodnimy. Co dalej?

– Kolejna przewina. Nakłonił Dorę do wtargnięcia do mieszkania von Oppena. Naraził na szwank moralność małoletniego syna prezydenta oraz dobre imię policji. A to już mu udowodnimy dzięki zeznaniom Dory.

– On oczywiście wszystkiemu zaprzeczy – zaoponował inspektor. – Słowo prostytutki przeciwko słowu wysokiego funkcjonariusza policji. W najlepszym razie sąd koleżeński, który oczywiście uniewinni Vyhladila. To wszystko za mało, Mock. Trzyma go pan za gardło, ale pański uścisk jest jeszcze słaby.

Wyjął fajkę, ale jej nie zapalił, lecz jedynie przewracał ją w grubych, kiełbaskowatych palcach, które nie pasowały do jego szczupłej sylwetki i do profesorskiej twarzy ze starannie przyciętą bródką.

– Wystawi nam go Klaus Brauner – rzekł w końcu. – Coś mi mówi, że kamerdyner mojej serdecznej przyjaciółki, pani baronowej, jest wtyczką pangermanistów w loży Horus i pośrednio w Klubie Zwinger. Porozmawiam z nią, kiedy już wróci z Berlina.

– Jest w Berlinie? – Mock nie mógł opanować zawodu w głosie.

– Wyjechała wczorajszym nocnym pociągiem z wszystkimi domownikami: Kurtem, kamerdynerem Klausem, służącą i kucharką. Wraca w nocy z czwartku na piątek.

Mühlhaus usłyszał wyraźną nutę żalu w pytaniu Mocka. Wstał z ławki i pochylił się nad swym podwładnym, oparłszy dłonie na jego ramionach. Ta bliskość onieśmieliła Mocka.

– Odczuwa pan żal, że nie powiedziała panu o swoim wyjeździe, prawda? Niech pan posłucha i zapamięta dobrze to, co teraz panu powiem. Doktor Charlotta Bloch von Bekessy jest kobietą wyjątkową. Ustosunkowaną, mądrą i niezależną. Osiągnęła wysoką pozycję w naszym wrocławskim świecie, ale ta pozycja jest niestety tymczasowa. Zbierają się nad nią czarne chmury. Wolnomularstwo to męska domena. Owszem, istniały kiedyś loże kobiece, tak zwane loże adopcyjne, istnieje dzisiaj we Francji zakon damsko-męski Le Droit Humain, ale Charlotta, tak będę o niej mówił, bo od czterech lat łączy mnie z nią zażyłość, otóż Charlotta jest jedyną kobietą w męskiej loży Horus. Wie pan, jak to możliwe? Otóż ona z punktu widzenia prawa jest mężczyzną. Nie będę teraz panu tłumaczył tych zawiłości...

– Wiem – przerwał mu Mock. – *Praefectio viduae in filium*[114] uchwalone przez węgierski parlament. Czytałem o tym.

– No proszę, proszę. – Mühlhaus spojrzał na niego z uznaniem. – Że ja na pana wcześniej nie zwróciłem uwagi. No dobrze, *ad rem*! I tak właśnie było przez cztery ostatnie lata, aż Wielka Loża Angielska, zwierzchniczka, by tak rzec, loży Horus, się o tym dowiedziała. Jej obrady były bardzo burzliwe, a decyzja dla nas nieprzychylna. Nakazano nam natychmiast usunąć Charlottę z loży.

---

114 Zamiana wdowy w syna (łac.).

Mock od razu zauważył, że Mühlhaus, jakby mimochodem mówiąc nas, przyznał się do swej masońskiej przynależności. Zastanawiał się, czy była to wpadka, czy też celowe działanie. Ale jego zwierzchnik nie wyglądał na człowieka, któremu zdarzają się wpadki.

– Procedura usunięcia z loży właśnie się kończy – inspektor wystukał jakiś skoczny rytm na barierce altanki – i niedługo Charlotta opuści nasze szeregi. Straci tym samym pozycję w Klubie Zwinger. Dużo straci, ale na jej odejściu najbardziej stracimy my.

– A co to jest właściwie Klub Zwinger?

– Mówiąc krótko, kilku ludzi w stolicy Śląska, którzy mogą wszystko. Wśród nich jest Charlotta, przedstawicielka, a nawet rzeczniczka naszej loży. Będzie z nami do czasu, kiedy skończy się procedura jej usunięcia. Ale Charlotta jest zbyt świadoma własnej wartości, by przyjąć wyrok losu, trochę pochlipać i zapomnieć o wszystkim. O nie! Ona uciekła przed ciosem, ale jej ucieczka jest jednocześnie awansem. Charlotta jest w Berlinie i tam już zostanie. Razem ze swoim bratem Kurtem oraz z kamerdynerem Klausem Braunerem. Wróci w czwartek, uporządkuje swoje sprawy i wyjedzie.

Mock nie wytrzymał.

– Po co pan mi to mówi, inspektorze?

– Z jednego powodu. – Mühlhaus wciąż trzymał dłonie na jego ramionach. – Jeśli ona dopuściła pana do pewnej... hm... konfidencji, to dlatego, że tego chciała. To była jej decyzja. I nie ma pan najmniejszej pewności, że podejmie kiedyś podobną.

– Byłem jej zabawką, tak? – Mock zacisnął zęby.

– Tak bym tego nie nazwał. Chcę tylko powiedzieć, że nie powinien pan oczekiwać zbyt wiele. Kiedy pan przyjdzie z gitarą pod jej okno zaśpiewać miłosne serenady, to ona wtedy zadzwoni na stróża albo wyśle służącego, by zrobił z panem porządek. Niech się pan nie zdziwi, jeśli nie pozna pana na ulicy. Ale może też być całkiem odwrotnie. W pierwszej sytuacji może pojawi się na balkonie i zaprosi pana do siebie, a w drugiej rzuci się panu na szyję. Ale to znowu będzie wyłącznie jej autonomiczna decyzja. Chcę, byś wiedział jedno, Mock: ona, tylko ona, tu rozdaje karty, nie ty!

Mühlhaus puścił ramiona Mocka i usiadł ciężko na ławce w altanie. Eberhard zaciskał wciąż zęby. Wczoraj, kiedy Dora zauważyła ze zdziwieniem brak kobiety u jego boku, zdał sobie sprawę, że cały czas myśli o Charlotcie. W jej ramionach odnalazł coś, czego nie doświadczył u praczek, służących i prostytutek, których miał wiele. Kobiety z pierwszych dwóch kategorii były wesołe, ordynarne i dominujące, kurtyzany natomiast – choćby nie wiadomo jak się starały okazać czułość – były zawsze wyrachowane i nigdy nie był pewien autentyczności ich przeżyć. W wypadku Charlotty było coś, co nazwałby jedną frazą, dziwnym pleonazmem – arystokratyczne oddanie. Nie była hałaśliwa, wydawane przez nią jęki rozkoszy były ciche i przytłumione, ale nagły ruch jej piersi, przebiegające przez jej brzuch małe drgawki, a potem, już po kulminacji, przeciągłe spojrzenie czarnych oczu, w którym mogło być wszystko – radość, satysfakcja, a nawet coś w rodzaju pewności siebie – to były oznaki namiętności, jakich nigdy nie widział. I przez to, że miał niezwykłą kobietę, sam się poczuł wyjątkowy. Dopóki Mühlhaus nie powiedział: „Tylko ona tu rozdaje karty".

– Przykro mi, że musiałem rozwiać pańskie marzenia – Mühlhaus założył nogę na nogę – ale ta sprawa jest zbyt ważna, by pozwolić sobie na emocje. Jeśli je pan czuje, to proszę odejść i wrócić do mnie po wizycie cesarza i po wyjeździe Charlotty. Ja sam zakończę sprawę Vyhladila, a pan niech odpocznie. Dużo się wydarzyło w ciągu tego tygodnia...

– Nie potrzebuję odpoczynku, panie inspektorze – powiedział twardo Mock i wstał. – Czekam na rozkazy.

Mühlhaus długo na niego patrzył. W końcu kiwnął głową.

– Najpóźniej do czwartkowego wieczoru proszę przeszukać pokój Klausa Braunera w mieszkaniu pani doktor Bloch von Bekessy. Towarzyszyć panu będzie jedyny mój człowiek, któremu w pełni ufam, choć nie jest zbyt lotny. To Otto Krajewsky. Byłoby idealnie, gdybyście znaleźli coś, co by potwierdzało, że Klaus jest sympatykiem Związku Wszechniemieckiego. Jakieś ulotki, pisemka *et cetera*. On jest bardzo przywiązany do swej chlebodawczyni i wie, że jako pangermanista będzie w jej oczach zdyskredytowany i że straci dobrze płatną pracę. Będziemy mieli na niego imadło, o ile pan wie, co mam na myśli?

– Przypuszczam, że tym imadłem go ściśniemy i wyśpiewa nam, co robił wspólnie z Vyhladilem. I poda nam Hipopotama na tacy.

Mühlhaus pokiwał głową.

– Drugie zadanie. Weźmie pan w obroty Ulricha Heinego z Hali Stulecia, następcę tego zaginionego przed rokiem Wolfganga Kempskiego. Powiedziałem: w obroty! Wszelkie chwyty dozwolone. Trzeba od niego wyciągnąć, czy nie dostał tej pracy dzięki Vyhladilowi, który zatuszował śmierć jego poprzednika.

Tu musi pan działać sam. Krajewsky jest zbyt wielkim legalistą i nie pozwoli panu na... wszelkie chwyty, rozumie pan, co się kryje pod tym pojęciem?

– Mam dwóch zaufanych ludzi. To bandyci.

Mühlhaus się skrzywił.

– Ależ te dzieci hałasują! – Wskazał palcem na malców na kucykach, którzy właśnie wracali ze swoimi nadobnymi opiekunkami. – I nie słyszałem, co pan powiedział na końcu. Nie, nie, niech pan nie powtarza! Do dzieła! Ja tu jeszcze posiedzę. Umówiłem się tutaj.

Wachmistrz policyjny uśmiechnął się znacząco.

– Umówiłem się z własną żoną i pięcioletnim synkiem Jakobem. – Inspektor roześmiał się. – Umówić się to nie znaczy mieć schadzkę z kochanką. Pan tylko jedno ma na myśli, Mock!

WROCŁAW,
czwartek 17 kwietnia 1913 roku,
godzina szósta rano

TEN TYDZIEŃ – W ODRÓŻNIENIU OD pełnego dramatycznych zdarzeń minionego – ślimaczył się Mockowi niemiłosiernie. Wypełniony był natrętnymi myślami o Charlotcie i śledzeniem Ulricha Heinego, co było o tyle nieskuteczne, że mężczyzna nie opuszczał ani na chwilę swego miejsca pracy. Wynikało to z tego, że nie miał zbyt wielu obowiązków. Ponaglał jedynie i doglądał grupę sprzątaczy, którzy pracowali na zewnątrz hali, gdzie czyścili alejki wokół Pergoli i Pawilonu Czterech Kopuł i ugniatali w nich żwir. Ludzie ci mieli surowy zakaz wchodzenia do wnętrza budowli, by nie przeszkadzać w ostatnich próbach spektaklu wielkiego dzieła Gerharta Hauptmanna pod tytułem *Uroczystość podniosła, w niemieckie rymy ujęta.* Reżyser spektaklu, słynny Max Reinhardt, wraz ze swoim imiennikiem, projektantem monumentalnej budowli Maxem Bergiem, pilnowali, by nic nie zakłócało artystycznych przygotowań.

Mühlhaus i Mock działali. Ten pierwszy jeszcze w niedzielę zdobył pokaźną sumę, z której lwią część dostali bracia Matyskowie, a obiecane pięćset marek Dora Lebenthal. Ten drugi zaczaił się ze swoimi osiłkami pod halą i czekał na stosowną okazję. Wydawać by się mogło, że okoliczności sprzyjają Mockowi i Matyskom. Wystarczyło im bowiem tylko przyjść do stróżówki i tam zmusić Heinego do zeznań. Był jednak jeden szkopuł. Z uwagi na rychły przyjazd cesarza oraz na gwałtowne zdarzenia poprzedniego tygodnia wokół Hali Stulecia krążyły nie tylko liczne patrole policyjne, ale również tłumy gapiów, dla których wygody w niedzielę usunięto w końcu płot ogradzający całą budowlę. Bez zwrócenia czyjejś uwagi nie można było Heinego porwać, a jakiekolwiek wtargnięcie do jego szopy wiązałoby się z hałasem – szczekanie psa albo i krzyk samego napadniętego zaalarmowałyby kogoś w pobliżu i cała akcja spaliłaby na panewce. Potem zaś Heine – ostrzeżony takim nieudanym napadem – zacząłby bardziej się pilnować. Pozostawał tylko jeden środek: skusić go wdziękami jakiejś kobiety. Na taki pomysł wpadł Mock w poniedziałek wieczór, kiedy wmieszany w tłum spacerowiczów krążył wokół szopy, w której mieszkał Heine.

Eberhard obmyślił wszystko bardzo dokładnie. Uznał, że kobieta musi być młoda, ale niezbyt ładna, by stróż – sam stary, łysy i brzuchaty – nie nabrał podejrzeń, że ślicznotka, która go podrywa, ma jakieś inne niecne zamiary. Nie mogła to być też prostytutka, bo nie wiadomo, czy stary stróż jest jeszcze na tyle pożądliwy, by płacić za cielesne obcowanie. Bracia Matyskowie wynaleźli szesnastoletnią, ale dobrze znającą się na rzeczy dziewczynę o imieniu Helga. W nocy z wtorku na środę zapukała ona do okna stróża i poprosiła go o pomoc. Powiedziała, że uciekła z domu, nie ma gdzie spać i chciałaby przenocować u niego. Niestety Heine okazał się zupełnie obojętny na jej wdzięki. Uznał ja za oszustkę i złodziejkę, po czym poszczuł ją psem, choć na szczęście nie spuścił go ze smyczy. Bracia, zamiast zająć się stróżem, musieli szukać butów Helgi, które zgubiła w czasie ucieczki.

Mock był już tak zdesperowany, że mimo spacerowiczów i policjantów gotów był wejść do szopy w środku dnia i wziąć tam stróża na spytki. I wtedy los wyświadczył mu przysługę.

W środę po południu do szopy zbliżył się potężny furgon transportowy, w którym siedziało dziesięciu robotników. Jeden z nich zapukał do drzwi. Heine wyszedł, trzymając w jednej ręce wielką walizkę, a w drugiej smycz, na której końcu szarpał się jego pies. Przywitał się serdecznie, jakby ich dobrze znał, a potem usiadł na ławce, popijał piwo z butelki i spokojnie obserwował, jak robotnicy z wielką wprawą i energią rozbierają jego dom – wyrywają gwoździe, rąbią deski ścian i podłóg, a potem wszystko wraz z meblami ładują na swój furgon. Był najwyraźniej niezadowolony z tempa pracy, bo postanowił się przyłączyć do rozbiórki. Jego pomoc nie na wiele się zdała, a nawet mogła się dla niego źle skończyć. W pewnym momencie upadła mu na nogę potężna belka, skutkiem czego Heine stał się niezdolny do pracy. Noga była stłuczona lub złamana, bo Heine już do końca dnia chodził o kuli, którą sobie sporządził z jednej z desek.

O zmierzchu praca była zakończona. Wraz z robotnikami i z psem wsiadł na wóz, a ten ruszył ku granicy miasta, w stronę wsi Biskupin. W ślad za nim pojechał na rowerze Robert Matysek. Późną nocą zjawił się w mieszkaniu Mocka, obudził go i zameldował, że Heine wraz z robotnikami pije wódkę nad Odrą, za zabudowaniami jakiegoś folwarku w Biskupinie, piecze kiełbaski w ognisku i wszystko wskazuje na to, że będzie tam nocował.

Mock uznał, że lepszej okazji już nie będzie. Kazał Robertowi obudzić Hermanna Petruskego, wypożyczyć od niego furmankę – o takiej ewentualności karczmarz był już uprzedzony – zabrać brata i natychmiast jechać do Biskupina. On sam miał dołączyć do nich po drodze – umówili się za pół godziny pod mostem Cesarskim. Wziąwszy ze sobą w plecaku sznur, dwa dodatkowe pistolety dla swych kompanów i mocno już nieświeżą kiełbasę nafaszerowaną trutką na szczury – ruszył na piechotę przez uśpione miasto.

Matyskowie przyjechali punktualnie. Wskoczył na furmankę. Nie oszczędzając dwóch mocnych perszeronów, ruszyli Uferzeile[115] do mostu Zwierzynieckiego. Przejechawszy przezeń, skręcili w prawo i nadodrzańskim wałem wokół ogrodu zoologicznego opuścili Wrocław i dojechali do Biskupina. Była godzina piąta. Z daleka już widzieli na pastwisku nad rzeką

---

115 Obecnie Wybrzeże Wyspiańskiego.

dogasające ognisko i altankę. Hubert Matysek udał się tam na przeszpiegi. Po półgodzinie wrócił i zameldował, że w altance nikogo nie ma, a Heine najpewniej śpi w stodole, bo stamtąd dochodziło ujadanie psa. Samego psa Hubert nie widział i nie wie, czy jest to przyjaciel Heinego, czy też pies folwarczny. Nie mógł się zbliżyć zanadto do stodoły, bo pies mógł nie być uwiązany i zaatakować intruza.

Mock nakazał Hubertowi zostać na wozie, dać trochę obroku koniom Petruskego i pilnować ich z odbezpieczonym pistoletem – bo koniokradów nie brakowało w okolicach nadodrzańskich pastwisk. Sam wraz ze starszym z braci podkradł się pod zabudowania gospodarskie. Kiedy pies zaszczekał, cofnęli się i przyczaili jakieś sto metrów dalej. Wiatr chyba im sprzyjał, bo pies się w końcu uspokoił. Tuż przed szóstą, kiedy fale rzeki zaróżowiły się od wstającego słońca, od strony stodoły doszły ich śmiechy i przekleństwa.

– Pewnie się obudzili – szepnął Robert Matysek przemoknięty od rosy do suchej nitki.

Pies zaczął szczekać, ktoś chyba próbował go uspokoić, bo szczekanie przeszło w złowrogie warczenie.

– Idź teraz zobacz, co się dzieje – mruknął drżący z zimna Mock. – Pies jest pewnie zdezorientowany hałasem, krzykami, zamieszaniem. Jego szczekanie nie wzbudzi podejrzeń.

Po chwili Robert był z powrotem.

– Jest dobrze – szepnął. – Chłopaki się żegnają z cieciem. Pakują się na budę, jadą, znaczy. On ani chybi zostaje.

Wtedy usłyszeli trzaskanie bata, wesołe okrzyki i skrzypienie kół.

– Idziemy! – Mock wyjął z plecaka kiełbasę.

Ruszyli przez krzaki, strząsając sobie rosę na głowę i ramiona. Po chwili byli pod tylną ścianą stodoły. Pies nie szczekał.

– Ty tu czekaj! – Mock dotknął cegieł. – I łap go, gdyby tu wyszedł. A ja tymczasem nakarmię pieska.

Policjant z żalem pomyślał o psie, którego dzielny żywot miał zaraz zakończyć. Podszedł do drewnianego parkanu. To, co ujrzał, jeszcze bardziej uświadomiło mu niegodziwość jego zamiarów. Heine, opierając się o kulę i ubrany tylko w kalesony i podkoszulek, głaskał psa po głowie, wskazywał palcem na swoją walizkę i mówił do zwierzęcia niemal pieszczotliwie.

– Pilnuj, Bert! Dobry piesek pilnuje!

Duży wilczur oparł swe potężne łapy na walizce Heinego i warczał, patrząc w stronę parkanu, za którym czaił się Mock. Majster, kuśtykając, ruszył w przeciwną stronę – ku furtce, która prowadziła za stodołę, gdzie nie czekało go nic dobrego. Już po drodze rozpinał kalesony.

Mock usłyszał najpierw szum, z jakim strumień moczu uderzał po krzakach, potem westchnienie ulgi, a na koniec zdławiony krzyk. To Matysek zaatakował Heinego. Mock z ulgą porzucił śmierdzącą kiełbasę i wyjął pistolet, by zastrzelić psa. Już widział oczyma wyobraźni, jak bestia pędzi za stodołę, by bronić swego pana.

Ręka z pistoletem opadła. Pies ani drgnął. Wciąż trzymał swe łapy na walizce. Mock wtedy zrozumiał. Zwierzę jest tak wytresowane, że będzie pilnowało powierzonej mu rzeczy wbrew wszystkiemu. Pewnie gdyby widziało, że ktoś atakuje jego pana, to porzuciłoby tę walizę, ale napad nastąpił za stodołą, poza polem jego widzenia. Bert wciągał zatem nosem powietrze, warczał coraz groźniej i rozglądał się wyraźnie zdezorientowany.

Mock rzucił się na pomoc Matyskowi, ale ten wcale jej nie potrzebował. Leżał na Heinem i wciskał jego twarz w miękką mokrą ziemię. Nagle wstał. W jego oczach było bezgraniczne zdziwienie.

– Kurwa, z nim coś nie tak – mruknął Robert. – Najpierw się bił, a tera przestał i sam z siebie padł.

Majster walczył, ale nie z napastnikiem, tylko z własną chorobą. Zdołał podnieść się tylko na kolana. Z jego ust wysypywała się czarna ziemia, a za nią wydobywał się straszny dźwięk chorych oskrzeli – świst i charkot.

– Astma – domyślił się Mock. – Strzykawka w walizce.

Mężczyzna zaczął wykonywać dziwne ruchy. Całe jego tłuste ciało walczyło o powietrze – podrzucał i opuszczał barki, jak człowiek, który nie zna odpowiedzi na jakieś pytanie. Nie wiem, nie wiem, nie wiem – mówiły jego ramiona. Twarz Heinego była sinoczerwona, a oczy wychodziły z orbit. Nagle w ataku paniki zaczął wyszarpywać sobie kępy włosów ze skroni.

Mock ruszył na podwórko z pistoletem w dłoni, by wyciągnąć strzykawkę z walizki. Ale tam już czekał na niego wierny stróż bagażu. Na widok mężczyzny nawet się nie ruszył. Obnażył tylko zęby, podnosząc górną wargę.

Zamieszanie na podwórku zaalarmowało mieszkańców folwarku. W stronę psa i Mocka szła z groźnymi okrzykami jakaś kobieta, a za nią kilku tęgich parobków. Każdy trzymał widły w garści.

– Szefie, spierdalamy stąd! – usłyszał okrzyk Matyska. – On wykitował!

Mock rzucił się do ucieczki, przeskakując przez nieruchome ciało Heinego.

Na podwórku folwarku słychać było nawoływania, szuranie stóp i przekleństwa. Tylko mądry pies wciąż opierał swe mocne łapy na walizce wierny do końca poleceniom swego pana.

MOCK SZEDŁ NOGA ZA NOGĄ w stronę uniwersytetu i nawet nie patrzył na mijających go ludzi. Wydawało mu się bowiem, że ich oczy wypalają mu na czole znamię: nieudacznik. Ta obelga nie była jeszcze najgorsza. Kiedy rano po powrocie z nieudanej akcji golił się w swoim mieszkaniu, jego własne usta układały się w zupełnie inne słowo: morderca. Ono właśnie dźwięczało mu w uszach i wtedy, kiedy usiłował zasnąć po nieprzespanej nocy, i później – gdy chciał zebrać myśli, siedząc na ławce w ogrodzie Zwinger[116] i licząc kaczki pływające w Fosie Staromiejskiej. Morderca, morderca, morderca – słyszał, gdy mijała go jakaś furmanka. Nieudacznik – zdawał się do niego wołać każdy bezpański kundel. Mock w czasie swej służby w Wydziale Obyczajowym widział zwłoki ludzkie zaledwie kilka razy i nigdy nie robiły one na nim wielkiego wrażenia – ani swą makabrą, ani rozkładem. Natomiast jeszcze nigdy nie przyczynił się do czyjejś śmierci. Do tego dnia.

Kiedy doszedł do Kamienicy Pod Zieloną Dynią i Dwoma Polakami stanął na chodniku i spojrzał na dwa zakłady

---

116 Obecnie park Staromiejski.

gastronomiczne, które otwierały przed nim swe podwoje. W cukierni Theinerta mógł poprawić sobie nastrój słynnymi na całe miasto rurkami z kremem, natomiast w gospodzie Völtera w podwórzu – śledziem i stopką czystej wódki. Machnął ręką na jedno i drugie. Wstyd mu było wchodzić pomiędzy ludzi. Był nieudacznikiem, przez którego zginął człowiek.

Podwładnego Mühlhausa, niejakiego Ottona Krajewskiego, łysawego blondyna z małym wąsikiem, ujrzał w bramie kwiaciarni. Przywitał się z nim i stanął obok. Nie odzywali się do siebie. Nie znali się dobrze, a poza tym ich zadaniem nie było gawędzić. Ich zadaniem było czekać.

Doczekali się po ponad kwadransie. Oto na środek Schmiedebrücke[117], tuż przed jadącym powoli automobilem, gruchnęła donica z kwiatami. Auto gwałtownie zahamowało. Ludzie wybiegli spod markizy cukierni. Jakiś elegant, który dopiero co wyszedł ze sklepu z kapeluszami, zadzierał głowę i wygrażał komuś laską.

– Patrzcie, ludzie! Tam na dachu! – ktoś zawołał.

– Policja! Co to ma znaczyć?! – Mock wyciągnął policyjną gwiazdę i wpadł pomiędzy przechodniów, którzy pokazywali sobie palcami człowieka siedzącego na balkonie na czwartym piętrze.

Człowiek ten roześmiał się, spuścił spodnie i wypiął na ludzi tyłek. Niektóre damy krzyknęły z oburzeniem, elegant w nowym kapeluszu zasłonił oczy małej dziewczynce. Tymczasem sprawca nieobyczajnego czynu spokojnie wciągnął spodnie, wspiął się na dach i zniknął.

---

117 Obecnie ul. Kuźnicza.

Mock – wciąż trzymając przed sobą gwiazdę – wpadł do bramy, gdzie już z administratorem kamienicy rozmawiał *Kriminalsekretär* Krajewsky.

– Już pan mówił, że nikogo nie ma w tym mieszkaniu – ton głosu nowego kolegi wachmistrza był bardzo spokojny – gdyż pani baronowa wyjechała. Ale ten człowiek być może jeszcze tam jest. Proszę o klucz. Natychmiast.

Administrator, wysoki, niedbale ubrany człowiek o nieproporcjonalnie dużym brzuchu, podrapał się za uchem.

– Nazwisko?! – wrzasnął Mock.

– Philipp Kahler – odparł powoli mężczyzna, który był albo pijany, albo flegmatyczny.

– Jutro o ósmej widzę pana w Wydziale III b prezydium policji! – krzyczał Mock. – Usłyszy pan zarzut utrudniania pracy funkcjonariuszom na służbie!

– Chyba że... – odezwał się Krajewsky.

– Klucze, ale już! – Mock wciąż odgrywał rolę złego gliny.

Kahler wyjmował klucze z kieszeni spodni dobre piętnaście sekund. Nie było czuć od niego alkoholu. Flegmatyk – pomyślał policjant. – Nie wiadomo, co gorsze: pijak czy flegmatyk.

– To co z tą ósmą jutro? Mam być?

Mock zbliżył się do niego i dał mu lekkiego przyjacielskiego kuksańca w brzuch.

– O ósmej to ty spokojnie sobie szczytuj, Kahler! – Wyszczerzył zęby.

– Że niby co mam robić? Że jak?

Odpowiedzią był krzywy uśmiech Mocka i charakterystyczny ruch przedramieniem. Pobiegli na górę, pokonując po trzy marmurowe schodki, ścigani ciekawskimi spojrzeniami służby, która tłumnie wyległa przed drzwi swoich państwa.

W mieszkaniu Charlotty Bloch von Bekessy rozeszli się w przeciwnych kierunkach. Po chwili rozległ się głos sekretarza kryminalnego.

– Mock, niech pan do mnie pozwoli!

Zawołany poszedł za tym głosem i po chwili stał obok Krajewskiego. Ten otworzył szerzej drzwi małego pokoju. Była to typowa służbówka bez okna. Jej ascetyczny surowy wystrój – brak kwiatów, wstążeczek, koronek i innych uroczych drobiazgów – a także fotografie atletycznych zmagań w wykonaniu zapaśników o łysych głowach i podwiniętych wąsach wskazywały wyraźnie, kto zajmuje ten pokój.

– To pokój Klausa – rzekł Mock. – Krajewsky, niech pan go przeszuka. We dwóch będziemy sobie tutaj tylko przeszkadzali!

Sam wspiął się na najwyższe piętro budynku, wyszedł na balkon, a z niego dostał się na dach. Stanąwszy z daleka od jego brzegu, odczuwał tylko niewielki lęk wysokości. Wiedział, że na dole stoi wciąż tłum gapiów. Wzruszył teatralnie ramionami, by wszyscy na chodniku widzieli, że nikogo już tu nie ma, a sprawca nieobyczajnego czynu dawno pobiegł w siną dal po wrocławskich dachach.

Po chwili znalazł się znów na najwyższym piętrze apartamentu Charlotty. Usiadł przy małym stoliku przy oknie – tam, gdzie siedział, gdy był tu po raz pierwszy i ostatni. Zapalił papierosa. Patrzył na szezlong, na którym Charlotta układa swe pięknie uformowane ciało, i na kwiaty w wazonie, które pewnie ona tak umiejętnie rozłożyła – naprzemiennie róże białe i czerwone.

Na figurki, których dotyka swymi smukłymi długimi palcami, i na papużkę, której łebek pewnie często pieści ustami.

– Jej się tylko wydaje, że to ona rozdaje karty! – powiedział wolno do siebie. – Nie jestem jej zabawką!

Przyszła mu do głowy myśl o zemście – zaraz wejdzie do jej buduaru i przejrzy najbardziej osobiste rzeczy, zbruka jej bieliznę spojrzeniem, a nawet dotknięciem. To będzie symboliczny gwałt na niej, pokazanie jej, że z nim nie można igrać. Myśl ta była absurdalna, bo nie miał za co się mścić. Wykorzystała go, owszem, ale czy większość mężczyzn na tym świecie, wliczając w to tego niby wiernego małżonka Mühlhausa, nie chciałaby być tak wykorzystana? Wcale nie był pewien, czy jego nowy szef mówił prawdę o jej dominującym charakterze, a poza tym ani słowem nie dała mu do zrozumienia, że ich pierwszy wspólny akt cielesny jest też ostatnim! Być może po powrocie z Berlina się z nim skontaktuje.

I wtedy znów usłyszał skrzekliwy głos Mühlhausa.

– Ona tu rozdaje karty, nie ty!

Wstał poirytowany tymi wszystkimi myślami. Pójdzie do jej buduaru i wywali na podłogę całą jej bieliznę! Poczuł erekcję. Ruszył do przedpokoju i otwierał każde po kolei drzwi. Pierwszy był pokój Kurta. Zatrzymał się. Na ścianie pokoju wisiały rysunki wykonane najpewniej ręką chłopca. Były to portrety jego siostry – piękne i melancholijne. W chwili impulsu postanowił jeden z tych portretów ukraść. Odpiął go ze ściany i już zwijał w rulon, kiedy usłyszał kroki w korytarzu. Odwiesił portret szybko i przejrzał inne rysunki młodego artysty ułożone w stos przy łóżku. Wtedy do sypialni wszedł Otto Krajewsky.

– Niech pan zobaczy, co znalazłem. – Trzymał w rękach spory plik papieru.

Były to równo ułożone zadrukowane kartki – większe niż ulotki, mniejsze niż teatralne plakaty.

◆ **ODEZWA DO LUDU NIEMIECKIEGO** ◆

ŚMIERĆ CESARZA NIEMIECKIEGO I KRÓLA PRUS

WILHELMA II HOHENZOLLERNA

W ŻYDOWSKO-MASOŃSKIEJ ŚWIĄTYNI

ZWANEJ HALĄ STULECIA

JEST AKTEM SPRAWIEDLIWOŚCI DZIEJOWEJ

PO NIM NASTĘPUJE ODNOWICIEL POTĘGI RZESZY

Z BOŻEJ ŁASKI CESARZ

— **WILHELM III** —

CHWAŁA NASZEMU NOWEMU WŁADCY

– Teraz to już naprawdę trzymamy ich za gardła – powiedział Mock do swojego kolegi.

Godzinę później siedzieli obaj u Petruskego i – jedząc wyborną świeżonkę – czekali na Mühlhausa. Zanim ten się zjawił, do ich stolika podszedł pijany Hubert Matysek. Dosiadł się, spojrzał wymownie na Mocka i potarł palcem wskazującym o kciuk. Dostał, co chciał, i kiwnął głową z aprobatą, chowając banknot dwumarkowy.

– Ale gołej dupy to nie trzeba było pokazywać! – Mock uśmiechnął się. – Tego nie było w umowie!

– Ja od małego taki bardziej zgrywus jestem, co nie? – odpowiedział bandzior.

NOCNY POCIĄG RELACJI BERLIN – WROCŁAW zbliżał się do Legnicy. W salonce pierwszej klasy wracała do domu baronowa Charlotta Bloch von Bekessy. Siedziała na wygodnym fotelu obitym wiśniowym aksamitem i zagłębiona była w myślach. Propozycja Waltera Nicolaia kusiła swoją ekscytująca swoją egzotyką. Charlotta miałaby jechać najpierw do Aten, a potem do Stambułu, gdzie przeszłaby szkolenie pod okiem najlepszych funkcjonariuszy Geheimdienst III b, odpowiedzialnych za zadania szpiegowskie na Bliskim Wschodzie. Oficjalnie miałaby tam kierować stacją lekarską dla chorych dzieci. Potem czekałyby ją kolejne zadania – również w ciepłych krajach. Brzmiało to wszystko wspaniale i było dla Charlotty szansą na osiągnięcie wymarzonej roli szarej eminencji w wielkiej polityce. Wiązało się to jednak z dwiema przeszkodami. Jedną z nich był jej brat Kurt, drugą – opory natury moralnej.

Jej ukochany Kurtuś, jak go nazywała, był do niej bardzo przywiązany, ponieważ zastępowała mu ojca i matkę jednocześnie. Poświęcała mu tyle czasu, ile mogła, z anielską cierpliwością znosiła jego dziecięce fanaberie, codziennie utulała go do snu, aż pewnego dnia zrozumiała, że jej uczuć do tego dziecka nie można nazwać siostrzaną miłością. Ona nie tyle je kochała, ile raczej litowała się nad nim. Z całego serca było jej żal Kurtusia i lubiła go po prostu głaskać po lśniących miękkich włosach. W pewnym momencie zdała sobie sprawę, że on nie jest jednak pluszowym misiem ani żywą marionetką, ale odmiennym ludzkim indywiduum, które ma swoje wymagania, potrzeby – ba! – nawet swoje humory. To odkrycie z jednej strony nią wstrząsnęło, z drugiej zaś – było bardzo ożywcze. Wprawdzie trochę ją czasami niepokoił jego wzrok, kiedy ukradkiem na nią spoglądał, jednak wiedziała – jako lekarka i doświadczona kobieta – że jej wdzięki w sposób nieunikniony oddziałują również na dorastającego brata, który dojrzewa i przeżywa różne pragnienia i różne nastroje. Kiedy ukończył lat dwanaście, zaczęła go traktować jak dorosłego człowieka, którego głos się liczy. Obojgu to odpowiadało.

Ale nie dzisiaj. Dzisiaj była zła, iż obdarzyła brata tak wielką autonomią. Kiedy mu oznajmiła dwa dni wcześniej, że wyjedzie w długą podróż, a on zostanie we Wrocławiu – jest przecież dorosłym trzynastoletnim młodzieńcem! – by się tu uczyć i studiować, odpowiedział krótko: „Nie zgadzam się. Masz zostać ze mną!". Potem zamknął się w sobie i przestał się do niej odzywać. Mimo że obsługa kolejowa i potrawy były pierwszej próby, cała podróż zapowiadała się kiepsko – jako jeden wielki ciąg dąsów rozpuszczonego nastolatka.

Godzinę za Berlinem do ich salonki wszedł gimnazjalista w jego wieku, bardzo kulturalnie się przedstawił – Peter Paetzold – poinformował, że jedzie w przedziale obok i zapytał grzecznie, czy jego kolega rówieśnik nie zagrałby z nim w pikietę. Kurt odparł, że bardzo chętnie i wyszedł z nim, nie pytając siostry o zgodę. Charlotta odetchnęła z ulgą i zajęła się rozmyślaniem nad problemem natury moralnej – czy jej nowe zadania będą wymagały jakichś erotycznych koncesji. Była, owszem, kobietą wyzwoloną i niepruderyjną, ale też świadomą możliwości swego intelektu. Chciała wyciągać informacje od mężczyzn umiejętną perswazją, sztuką negocjacji i sprytnymi naciskami, a nie posługą erotyczną. Kiedy zapytała wprost Waltera, jak daleko musiałaby się posunąć, ten odpowiedział bardzo wymijająco.

Myślała teraz o tym wszystkim, kiedy pociąg wjeżdżał do Legnicy. Stukot kół, zgrzytanie hamulców i pokrzykiwania bagażowych budziły drzemiących podróżnych. Usłyszała głosy w małym sąsiednim przedziale zajmowanym przez jej dwie służki i kamerdynera Klausa. Z rozmachem zasłoniła okna ciężkimi kotarami. Nienawidziła dworców, hałasu, zamieszania, kieszonkowców, żebraków i tego wszystkiego, co pewnie ją spotka na Bliskim Wschodzie.

– Że też o tym nie pomyślałam! – powiedziała do siebie i sięgnęła po cienkiego tureckiego papierosa. – Rojenia o egzotyce odebrały mi rozsądek!

Gdyby Charlotta nie zasłoniła okna, zobaczyłaby, jak dwóch ludzi wynosi z pociągu duży zwinięty dywan. Być może nie wzbudziłoby to jej obaw. Ale na pewno poczułaby ukłucie niepokoju, gdyby ujrzała, jak gimnazjalista Peter Paetzold – zamiast grać z Kurtem w pikietę – prędko biegnie przez peron do ubranego na czarno mężczyzny i obaj w pośpiechu opuszczają legnicki dworzec.

WROCŁAW,
piątek 18 kwietnia 1913 roku,
trzy kwadranse na trzecią w nocy

OTTO KRAJEWSKY CZEKAŁ na końcu peronu. Po rozmowie z za-
wiadowcą stacji wiedział, że interesujący ich wagon znajduje się
na końcu składu. Obejrzał się dokoła. Wszystko było w jak najlepszym porządku. Dwaj mundurowi czaili się po drugiej stronie torów, a dwaj pozostali ukryli się za kioskiem peronowym
i czekali na sygnał szefa.

Pociąg wjechał punktualnie na peron, wypuszczając kłęby
pary. Zaroiło się od bagażowych. Wagon Charlotty zatrzymał się
na wysokości kiosku. Krajewsky kiwnął na swoich ludzi i stanął
tuż przy drzwiczkach, które otworzył uprzejmy kolejarz.

I wtedy ujrzał trzy zapłakane kobiety – jedną w eleganckim
stroju podróżnym i dwie ubrane skromnie i wyglądające na słu-
żące. Towarzyszył im ten, po którego tu przyszli.

– To Klaus Brauner, brać go! – polecił swoim ludziom.

Kamerdyner szarpnął się do tyłu. Krajewsky widział, jak ot-
wiera okno i wyskakuje z drugiej strony pociągu. Usłyszał krzyki
i odgłosy uderzeń. Brauner był bardzo silny i dwaj jego ludzie
mogli mu nie sprostać.

– Za nim! – wrzasnął do dwóch pozostałych.

Ci natychmiast ruszyli na pomoc kolegom.

– Porwali mi brata! – Przez twarz eleganckiej kobiety ciągnęły
się dwie czarne smugi tuszu. – Jestem baronowa Charlotta Bloch
von Bekessy! W Legnicy porwano mi brata Kurta Rotmandla!
Ma trzynaście lat!

Mühlhaus miał rację. Otto Krajewsky nie był zbyt lotny. Przez chwilę zastanawiał się, co ma robić. Dostał rozkaz, by aresztować Klausa Braunera. A tutaj nowa sprawa – porwanie chłopca! Za dużo zadań naraz – pomyślał poczciwy sekretarz kryminalny. – Ale rozkaz jest rozkaz!

Okrążył pociąg i podbiegł do swoich ludzi. Trzech z nich leżało na szamoczącym się Klausie Braunerze, a czwarty usiłował skuć go kajdankami.

WROCŁAW,
sobota 19 kwietnia 1913 roku,
godzina dziewiąta rano

PO DWÓCH GODZINACH PRZESŁUCHAŃ, jakim został poddany Klaus Brauner, von Oppen dysponował dokładnymi danymi wrocławskich przywódców Związku Wszechniemieckiego. Aresztowany bez najmniejszego przymusu wyśpiewał, kto jest kim we wrocławskiej organizacji. Uparcie natomiast zaprzeczał, iżby wiedział cokolwiek o zamachu na najjaśniejszego pana w Hali Stulecia. Jego zadaniem było tylko odebranie od Paula Vyhladila obwieszczeń, które ten przyniósł z jakiejś tajnej, nie znanej Braunerowi drukarni, i przechowanie ich w swojej służbówce. Zgodnie z rozkazem kamerdyner przyniósł je do siebie przed wyjazdem do Berlina. Owszem, zdziwił się oczywiście, przeczytawszy informację o śmierci cesarza w Hali Stulecia, ale więcej się tą sprawą nie interesował. Nie miał zwyczaju o nic pytać swoich przełożonych. Na tym kończyły się zeznania Braunera.

Był spokojny i w kółko mówił to samo, jakby recytował dobrze wyuczoną lekcję. Opanowanie tracił tylko wtedy, gdy go pytano o zaginięcie Kurta Rotmandla. Zaciskał wtedy pięści i zgrzytając zębami, obiecywał sprawcy tego czynu piekielne męki.

O tajności całego śledztwa świadczyło to, że von Oppen przesłuchiwał Braunera jedynie w towarzystwie Mühlhausa, który był w tej sprawie również protokolantem. Po przesłuchaniu kamerdynera nakazał Mühlhausowi, żeby sprawę zaginięcia chłopca, jako poboczną, przekazał – zgodnie zresztą z procedurami – policji legnickiej, a sam, nie szczędząc ludzi i środków, zajął się wyłącznie planowanym zamachem na cesarza. Von Oppen odbył wczesnym rankiem poufną rozmowę telefoniczną ze swoim zwierzchnikiem, ministrem spraw wewnętrznych, w oficjalnej tytulaturze – sekretarzem stanu Urzędu Spraw Wewnętrznych Rzeszy, Clemensem von Delbrückiem. Po tej rozmowie von Oppen nakazał Mühlhausowi milczeć jak grób na temat ewentualnego zamachu i aresztować wszystkich przywódców wrocławskiego Związku Wszechniemieckiego pod jakimkolwiek pretekstem albo i bez pretekstu. Poinformował też Mühlhausa, że von Delbrück w pierwszym odruchu nie uznał zagrożenia życia cesarza za realne, ale zastrzegł się, że może ta opinia się zmieni, kiedy w najbliższych godzinach zbierze się w tej sprawie w Berlinie specjalne gremium. W jego skład miał wchodzić oprócz ministra spraw wewnętrznych kanclerz Rzeszy Theobald von Bethmann Hollweg oraz szef Geheimdienst III b pułkownik Walter Nicolai. Wtedy też miała zostać podjęta decyzja, czy powiadamiać o wszystkim Wilhelma II.

Ludzie Mühlhausa o jednej i tej samej godzinie uderzyli precyzyjnie w swoje dobrze namierzone cele.

O dziewiątej rano pastor Joachim Hassel przygotowywał się do wieczornego nabożeństwa, czytając *Postyllę* Johanna Arndta, słynnego luterańskiego teologa żyjącego na przełomie szesnastego i siedemnastego wieku. Sporządzał właśnie notatki z jego błyskotliwej interpretacji Kazania na Górze, kiedy do drzwi plebanii zapukało dwóch ludzi Mühlhausa. Odłożył pióro do kałamarza, oznajmił przerażonej żonie, że wychodzi i wróci na obiad. Po wyjściu dowiedział się, że przez najbliższe dni czeka go wikt znacznie gorszy niż domowy.

Heinrich Marder, nauczyciel śpiewu ze szkoły ludowej, został o dziewiątej rano wywołany z lekcji przez woźnego. Ujrzawszy dwóch policjantów, polecił swym uczniom przez otwarte drzwi sali, by dalej śpiewali śląską pieśń *Mein Schlesierland*, i powiedział, że zaraz wróci. Gdy konny furgon aresztancki odjeżdżał spod szkoły, uczniowie wciąż wyli o tym, jak to stęskniony śląski patriota spotka swą ojczyznę na nadodrzańskim brzegu.

Adwokat Kurt Schulz został o dziewiątej rano otoczony przez trzech policjantów w chwili, gdy kończył śniadanie w słynnej Café Fahrig przy Zwingerplatz[118]. Podeszli do niego, gdy przy kawie i cygarze gawędził sobie swobodnie z właścicielem lokalu Gustavem Spitzerem. Ponieważ i Schulz, i Spitzer podnieśli straszny rwetes i odgrażali się nieprzyjemnymi konsekwencjami, jakie miały spaść na policjantów za ich karygodne i na pewno omyłkowe działanie, ci ostatni musieli użyć siły. Wrzucili obezwładnionego adwokata do furgonu, który odjechał w stronę Schweidnitzerstrasse[119] na

---

118 Obecnie pl. Teatralny.
119 Obecnie ul. Świdnicka.

oczach gości lokalu tłumnie wyległych do ogródka, by obserwować niecodzienne zdarzenie.

Ludzie Mühlhausa obawiali się, iż największy problem będą mieli z oficerem z VI Korpusu Armijnego porucznikiem Richardem Kruckiem, który podlegał wojskowemu wymiarowi sprawiedliwości. Tymczasem cała akcja przebiegła zaskakująco gładko. Aresztowania porucznika dokonali żandarmi na polecenie dowódcy VI Korpusu Armijnego generała Kurta von Pritzelwitza – prezydent policji Heinrich von Oppen ręczył wobec niego honorem, iż Kruck jest zamieszany w poważne przestępstwo, o którym bliżej nic teraz nie może powiedzieć i które z pewnych dyskretnych powodów powinno być badane tylko przez policję kryminalną. Honor członka Klubu Zwinger był dla innego członka tegoż klubu gwarancją najwyższą.

I tak oto około dziesiątej rano wszyscy najważniejsi ludzie we wrocławskim Związku Wszechniemieckim siedzieli w osobnych celach w królestwie Richarda Matuszewskiego i Achima Buhracka.

Po sześciu godzinach przesłuchań śledczy wiedzieli tyle, co poprzednio – czyli nic. Wszyscy przesłuchiwani robili bardzo zdziwione, teatralne miny na wieść o odezwie do ludu niemieckiego znalezionej u Klausa Braunera. O czwartej po południu prezydenta policji oderwał od tych jałowych czynności telefon z Berlina – najpilniejszy z możliwych. Minister spraw wewnętrznych Clemens von Delbrück oświadczył, że wysoka trzyosobowa komisja uznała całą sprawę za rosyjską prowokację i w związku z tym o niczym cesarza nie informowała. Niemniej nikt w Berlinie nie lekceważy sytuacji. Wobec powyższego on, von Delbrück, daje stanowcze zalecenie panu prezydentowi policji Heinrichowi von Oppenowi, by krótko przed otwarciem Hali

Stulecia aresztował wszystkich, dosłownie wszystkich, członków Związku Wszechniemieckiego we Wrocławiu. Samą budowlę natomiast policja ma sprawdzać dzień po dniu, lustrując każdy najmniejszy jej zakamarek w poszukiwaniu bomby, ponieważ zachodzi – o ile w ogóle! – wyłącznie niebezpieczeństwo tego typu zamachu. Czterej główni wrocławscy pangermaniści mają pozostać w odosobnieniu aż do dwudziestego drugiego maja. Na pytanie, kto przyjedzie na ceremonię otwarcia – cesarz czy kronprinc – minister wciąż nie potrafił odpowiedzieć.

Do popołudniowego przesłuchania zabrali się osobiście von Oppen, jako główny przesłuchujący, i Mühlhaus, jako protokolant. W pewnym momencie ten pierwszy uderzył się w czoło otwartą dłonią i krzyknął:

– Pan nie wykonał moich rozkazów, Mühlhaus! Przecież tu nie ma...

– Tak, wiem – przerwał mu inspektor. – W areszcie nie ma Paula Vyhladila. Moi ludzie przeszukali wszystkie burdele i meliny. Zapadł się pod ziemię!

– Natychmiast wysłać za nim listy gończe!

– Tak jest!

– Nie podawać tylko informacji, że jest policjantem i że jest zamieszany w zamach! – Prezydent stał się czerwony z napływającej furii. – Ma nie być żadnej informacji o zamachu ani o jego pracy w policji, zrozumiano?! Nie potrzeba mi jeszcze w tej sytuacji złej atmosfery wokół mojego prezydium! Tylko rysopis i informacja, że jest przestępcą, zrozumiano?

– Rozkaz!

WROCŁAW,
poniedziałek 19 maja 1913 roku,
godzina siódma wieczór

DYREKTOR HECKMANN ROZŁOŻYŁ NA BIURKU wieczorne wydanie „Schlesische Zeitung". Pochodził z Berlina i nie czytał żadnych gazet oprócz „Berliner Courier". Swoją pracę we Wrocławiu traktował jako wygnanie i gardził wszystkim, co się z tym wygnaniem wiązało. Nie znosił zatęchłego śląskiego prowincjonalizmu, lokalnych obyczajów, dewocyjnej pobożności i całej szeroko pojętej kultury ludowej tego regionu – od haftu trzebnickiego począwszy, a na śląskim dialekcie skończywszy. Teraz jednak – chcąc nie chcąc – musiał sięgnąć do miejscowej prasy, by się zapoznać z obchodami mającej się odbyć następnego dnia uroczystości, ponieważ zarządzeniem władz szkolnych wszystkie zakłady naukowe musiały wziąć w nich udział. Na stronie pierwszej widniał wielki tytuł: *To już jutro! Wrocław czeka na cesarza!* Dalej było nie mniej entuzjastycznie.

Już wiadomo na pewno, że Jego Cesarska Mość Wilhelm II zaszczyci swoją obecnością ceremonię otwarcia Hali

Stulecia. Wzgardził podszeptami tych, którzy sugerowali, że sztuka Gerharta Hauptmanna *Uroczystość podniosła, w niemieckie rymy ujęta* jest pronapoleońska i pokazuje nas, Niemców, w złym świetle. Podjął decyzję dzisiaj i ogłosił ją jako nieodwołalną. O randze jego wizyty niech świadczy to, że we wspaniałej inauguracji towarzyszyć mu będzie małżonka Cesarzowa Augusta Wiktoria.

Para cesarska przyjedzie automobilem rankiem 20 maja br. na samą ceremonię otwarcia. Program przewiduje najpierw powitanie cesarza o godzinie 11.00, potem uroczyste przyjęcie w Sali Cesarskiej Hali Stulecia, później zaś zwiedzanie Wystawy Stulecia, w tym olśniewającego Pawilonu Czterech Kopuł. Wrocławianie! Przybądźcie już wczesnym rankiem pod Halę Stulecia, by powitać Cesarza. Stańcie wzdłuż ulic naszej śląskiej metropolii i wiwatujcie na cześć Jego Wysokości! Kochana dziatwo i młodzieży szkolna! Rzucajcie kwiaty pod koła cesarskiego automobilu! Niech ten dzień – sto lat po wiktorii nad Napoleonem, po obronie Niemiec przed francuską zarazą – wryje się wam w serce i zawsze niech będzie waszym patriotycznym drogowskazem!

Heckmann nie lubił patosu ani reżyserowanych owacji. Jako dyrektor szkoły wielokrotnie i zdecydowanie tonował hurrapatriotyczne zapędy nauczycieli. Wiedział, że na jego powściągliwość w upamiętnianiu w gimnazjum różnych rocznic państwowych krytycznie patrzą urzędnicy z Kolegium Szkolnego Prowincji Śląskiej. Mógł sobie prychać pogardliwie pod ich adresem – jak to właśnie teraz uczynił – nie mógł jednak nie pójść z uczniami i z ciałem pedagogicznym pod Halę Stulecia i nie wiwatować na cześć cesarza. Po ostatniej kłótni z kuratorem Haasem takie zachowanie równałoby się natychmiastowej dymisji. Westchnął ciężko i przewracał dalsze strony gazety w poszukiwaniu informacji o jakichś rozrywkach, którym mógłby się oddać następnego dnia, kiedy już ochrypnie od zadekretowanych okrzyków na cześć najjaśniejszego pana.

Zanim dotarł do strony teatralno-koncertowej, jego wzrok przykuła krótka notka pod tytułem *Kurt Rotmandel wciąż zaginiony*. Czytał powoli, a z każdym słowem czuł dreszcze, które przebiegały po jego karku.

Zgodnie z raportem legnickiego prezydium policji losy trzynastoletniego Kurta Rotmandla wciąż są nieznane. Przypominamy, że chłopiec zaginął w nocy z 17 na 18 kwietnia br. w pociągu relacji Berlin – Wrocław, którym podróżował wraz ze swą siostrą baronową Charlottą Bloch von Bekessy. Pani baronowa jest znaną osobistością wrocławskiego świata kultury i nauki, lekarką chorób kobiecych, osobą bardzo zaangażowaną w działalność dobroczynną. Wobec niepowodzenia legnickiej policji pieczę nad śledztwem będzie od dziś osobiście sprawował prezydent wrocławskiego prezydium policji Heinrich von Oppen. Ktokolwiek widział zaginionego Kurta Rotmandla, lat trzynaście, szczupłego i wysokiego jak na swój wiek (rysunek jego oblicza poniżej), proszony jest o powiadomienie prezydium policji, Schuhbrücke[120] 49.

---

120 Obecnie ul. Szewska.

Heckmann cały drżał. Jego dłonie zostawiły na gazecie mokre ślady. Nie mógł pojąć, jak to się stało, że przez miesiąc nie dotarła do niego wiadomość o zaginięciu tego chłopca. Jedynym wyjaśnieniem, jakie przychodziło mu do głowy, była jego równie głęboka co nieuzasadniona niechęć do miejscowych gazet. Dziś po raz pierwszy poczuł, że lepiej byłoby dla niego, gdyby jednak bardziej się interesował miejscem, w którym przyszło mu żyć.

Przez dwa kwadranse siedział i intensywnie myślał. Potem wyjął papier listowy, zanurzył pióro w atramencie i zaczął pisać.

„Szanowny Panie Wachmistrzu Mock" – tak się zaczynał jego list.

WROCŁAW,
wtorek 20 maja 1913 roku,
godzina trzecia w nocy

MIASTO PRZYGOTOWYWAŁO SIĘ STARANNIE do przyjęcia cesarza. Dzieci w szkołach codziennie śpiewały patriotyczne pieśni, na ścianach rozlepiano ulotki prezentujące w krótkich akapitach przebieg kampanii napoleońskiej oraz klęskę Francuzów pod Lipskiem w roku tysiąc osiemset trzynastym. Na słupach ogłoszeniowych pojawiły się ogromne plakaty ze słynną sceną, kiedy to profesor Henrich Steffens w płomiennej mowie zagrzewa studentów, by wcielali się do ochotniczego regimentu i szli na wojnę z Napoleonem. Młodzi ludzie przebrani za huzarów feldmarszałka von Blüchera stali pod pomnikiem króla pruskiego

Fryderyka Wilhelma III w Rynku[121] i rozdawali ludziom reprodukcje słynnej odezwy tegoż władcy *Do mojego ludu*, wydanej równo sto lat wcześniej.

Nie zaniedbywano też działań prewencyjnych. Hala Stulecia została ściśle otoczona wojskiem i umundurowanymi policjantami. Wszyscy funkcjonariusze prezydium policji codziennie przez okrągły miesiąc przetrząsali każdy zakamarek tej budowli w poszukiwaniu ładunków wybuchowych. Podejrzani kręcący się po parku Szczytnickim i Pergoli byli natychmiast zatrzymywani, zamykani i przesłuchiwani w prowizorycznym więzieniu pod główną płytą budowli. Zgodnie z wytycznymi sekretarza stanu do spraw wewnętrznych Clemensa von Delbrücka w poniedziałek dziewiętnastego maja, dzień przed przyjazdem cesarza, zastosowano areszt wobec wszystkich sześciuset pięciu członków Związku Wszechniemieckiego we Wrocławiu. Akcja przebiegła bardzo sprawnie. Pangermaniści zostali zatrzymani przez policję, a potem umieszczeni tymczasowo w więzieniu na Kletschkaustrasse[122], skąd mieli być przetransportowani na tor wyścigów konnych na Partynicach. Generał Kurt von Pritzelwitz, szef VI Korpusu Armijnego, do tego zadania wyznaczył podległy mu stacjonujący w Oleśnicy II Śląski Batalion Strzelców. Wieczorem trzydzieści konnych furgonów pod eskortą stu żołnierzy zawiozło zatrzymanych do celu, gdzie ich rozlokowano w rozbitych wcześniej namiotach. Nad tym, by któremuś z nich nie przyszedł do

---

121 Obecnie w tym miejscu stoi przeniesiony ze Lwowa do Wrocławia
    pomnik Aleksandra Fredry.

122 Obecnie ul. Kleczkowska.

głowy pomysł ucieczki, czuwali wspomniani żołnierze oraz pięć szybkostrzelnych karabinów MG08, obsługiwanych przez ich batalionowych kolegów z VIII Oddziału Karabinów Maszynowych. Sama Hala Stulecia w noc poprzedzającą ceremonię otwarcia była otoczona dwoma kordonami wojska i policji, a na jej terenie mogły przebywać jedynie siły wojskowe i policyjne oraz uprzywilejowani i nieliczni cywile. Do nich należeli rajcy miejscy, wyżsi urzędnicy magistratu, osoby oficjalne – w tym projektant hali Max Berg, projektant Pawilonu Czterech Kopuł Hans Poelzig i reżyser widowiska Max Reinhardt – oraz nieliczni porządkowi w żółtych uniformach z napisem „Służba Czystości Hali Stulecia". Osobną grupę stanowili kelnerzy i kucharze, którzy w dwóch pokojach sąsiadujących z Salą Cesarską przygotowywali potrawy na przyjęcie. Byli to zaufani mistrzowie patelni z wrocławskiego hotelu Monopol, których – na polecenie pułkownika Nicolaia – sprawdzono i przesłuchano wielokrotnie. Dostali oni specjalne odznaki i nikt się pod nich nie mógł podszyć.

Paul Vyhladil, wciąż posiadacz policyjnej gwiazdy, zaliczał się do osób mających swobodny wstęp na teren obiektu.

Asesor policyjny wyszedł teraz spośród drzew w parku Szczytnickim. Trzymał mocno za kołnierz skutego kajdankami Kurta Rotmandla. Skierował się do pierwszego posterunkowego, który stał koło pergoli. Był to młody żołnierz, na którego pagonach w słabym świetle latarni widać było skośną belkę gefrajtra. Vyhladil pokazał mu odznakę.

– *Polizei-Assessor* Paul Vyhladil! – krzyknął i zobaczył, że jego wysoka ranga robi na szeregowcu duże wrażenie. – Ten łobuz podejrzanie się tu kręci po nocy. Idę go zamknąć do kozy! Posiedzi sobie taki jeden z drugim!

Gefrajter oświetlił latarką umorusaną twarz chłopaka i zasalutował Vyhladilowi.

– Tak jest, panie asesorze!

Patrzył jeszcze przez chwilę w zamyśleniu na oddalające się postaci, które zaraz znikły w słabym świetle latarń. Pomyślał, że policja bardzo się przejmuje plotkami o zamachu na cesarza, skoro stosuje się tak silne środki ostrożności wobec zwykłych urwisów i uliczników, którzy chcą ujrzeć oblicze Najwyższego.

Vyhladil tymczasem w podobny sposób minął i drugi kordon. Policyjna gwiazda i wysoka ranga zrobiły mu przejście natychmiast. Szedł dalej szybkim krokiem, trzymał skutego chłopca bardzo mocno, popychał go, a chwilami prawie unosił za kołnierz. Kurt był jak zahipnotyzowany. Nie odzywał się ani słowem i sprawiał wrażenie nieobecnego duchem.

Weszli do kuluarów hali, a stąd dostali się na tył sceny. Znaleźli się tuż za wielkimi organami. Wąskimi schodkami wspięli się do garderób artystów, które teraz były puste, ponieważ do spektaklu zostało jeszcze kilkanaście godzin. Vyhladil bez problemu otworzył zamek jednej z nich dorobionym kluczem. Popchnął Kurta do środka. Znaleźli się w męskiej garderobie. Vyhladil zamknął drzwi i otworzył okno.

– Przysuń do okna stół i postaw na nim krzesło!

Chłopak strącił łokciem ze stołu puderniczki i peruki, po czym zrobił, co mu kazano. Vyhladil patrzył na niego bardzo uważnie.

– A teraz przez okno na dach! – powiedział. – Nic ci się nie stanie, jeśli będziesz mnie słuchał we wszystkim! Teraz już nie możesz uciec!

Kurt znalazł się szybko na dachu. Jego strażnik gramolił się za nim długo, a krzesło niebezpiecznie pod nim trzeszczało. Po chwili stali obaj na pierwszym pierścieniu Hali Stulecia – na wysokości drugiego piętra przeciętnej kamienicy. Vyhladil opierał się dłońmi o kolana, ciężko oddychał i charczał. Potem się wyprostował i wycelował w Kurta mauzera. Ciemność oraz szklane piramidy świetlików, które biegły dokoła nad kuluarami, zasłaniały ich przed oczami cerberów, których uwaga i tak była zwrócona raczej do przodu niż do tyłu.

– Wchodzimy na samą górę! – mruknął, kiedy już się wysapał. – Broń mam odbezpieczoną i trzymam cię cały czas na muszce! Na wypadek gdyby ci do głowy w ostatniej chwili przyszła jakaś głupia myśl. A myśl może być tylko jedna! Myśl o niej! O twojej siostrze! Nienawistnej suce i lubieżnej dziwce!

Budowla wyglądała jak skrzyżowanie rotundy z przysadzistą piramidą schodkową o siedmiu poziomach i miała wysokość czterdziestu metrów. Pomiędzy piętrem drugim a trzecim było małe wąskie półpiętro. Wejście z poziomu niższego na wyższy umożliwiały żelazne drabiny. Po nich wspinał się teraz Kurt Rotmandel, a za nim właził zasapany i mokry od potu Paul Vyhladil.

Po dwóch kwadransach byli na samej górze. Wiatr był tu porywisty i szarpał ich ubraniami. Chłopiec nie zwracał na to uwagi i patrzył z podziwem na rozświetloną panoramę Wrocławia. Vyhladil tymczasem kaszlał, krztusił się i wytrzeszczał oczy w ciemnościach, uważnie lustrując otoczenie. Zwieńczenie Hali

Stulecia, zwane latarnią, było jakby małym okrągłym domkiem bez podłogi, ale za to z licznymi okienkami. Vyhladil – trzymając w ręce wycelowany w chłopca pistolet – podszedł do jednego z nich i mocno kilkakrotnie uderzył łokciem w szybę. Po czwartym uderzeniu pękła. Kilka jej odłamków spadło czterdzieści metrów poniżej – na sam środek hali. Mężczyzna spokojnie wyjął kawałki szkła z twardych ram okiennych, wyprodukowanych, jak wiedział, z australijskiego drzewa żelazowego przypominającego mahoń. Rzucił je na dach i kiwnął na chłopca lufą pistoletu.

– Właź – mruknął. – Nie bój się! Tam dookoła ściany jest galeryjka!

Kurt odezwał się po raz pierwszy od godziny:

– Wiem, pierdolony grubasie.

– Ty żydowski pomiocie! – ryknął Vyhladil i podniósł rękę.

– Myśl o swojej siostrze! Jedno moje słowo i będzie gryźć piach!

Chłopiec uchylił się przed ciosem i błyskawicznie wszedł przez okno. Zeskoczył do głębokiej na metr betonowej rynny, która biegła dookoła latarni. Vyhladil przechylił się przez okno ku wnętrzu hali i krzyknął:

– Idź dookoła i stań naprzeciwko mnie, żebym cię widział!

Kurt uczynił, co mu nakazano. Vyhladil z trudem przedostał się do środka. Kaszlnął potężnie i plunął przed siebie. Plwocina sfrunęła siedem pięter niżej.

– Głupi skurwysyn – szepnął pod adresem Klausa Braunera. – Nieudacznik w dupę dymany! Gdyby się nie dał tak głupio złapać, nie musiałbym się wpierdalać na tę jaskółkę z tym śmierdzącym żydowskim bękartem!

Metalowa zabezpieczona poręczą galeryjka biegła dokoła ścian latarni. Za poręczą ziała czterdziestometrowa czarna otchłań. Vyhladil zdjął płaszcz i marynarkę. Jeśli ktoś tu śmierdział, to na pewno nie żydowski bękart, ale on sam. Odwinął dwie grube liny, które opasywały jego brzuch. Włożył rękę pod koszulę i otarł cuchnący pot spod owłosionej pachy.

– Chodź tu, Żydzie! – warknął do chłopca.

Po chwili ręce Kurta były unieruchomione i przywiązane do tułowia. Jego korpus był całkiem owinięty liną jak bandażem. Vyhladil usadził go na brzegu rynny. Nogi chłopca majtały nad przepaścią. Wtedy potężny mężczyzna użył drugiej liny – znacznie krótszej. Na jej końcach były dwie pętle. Jedną zaciągnął mocno na szyi chłopca, drugą na swojej. Teraz miał pewność. Żaden snajper go nie zastrzeli. Jeśli jeden z nich spadnie, to drugi zaraz za nim. Są związani na śmierć i życie.

Podobnie jak chłopiec usiadł na brzegu rynny. Wyjął zegarek z kieszeni kamizelki. Dochodziła czwarta. Za dwie godziny wszystko się zacznie. Wymacał płaszcz i obły kształt w jego kieszeni. Butelka dereniówki. Uśmiechnął się w mroku sam do siebie. Przesunął palcami po wargach. Były spierzchnięte, odstawały z nich wyschnięte skórki. W kącikach ust zebrały mu się twarde grudki. Zgarnął je językiem i wypluł w czeluść. Był spocony, rozedrgany i sam czuł, że jego oddech trąci przetrawionym alkoholem, który za chwilę z jego organizmu całkiem wyparuje. Musiał natychmiast wypić, by się nagrodzić za silne nerwy i za prawie dwunastogodzinną abstynencję, którą sobie narzucił dla dobrego przeprowadzenia ostatecznej akcji. A teraz już było prawie po wszystkim. Mógł przerwać tę nieznośną trzeźwość i przyjąć wspaniały, palący gardło łyk. Sięgnął po butelkę. Jego spocone palce ślizgnęły się po szkle. Butelka stuknęła o metalowe kratki i spadła. Brzęk rozbijanego szkła był tak wyraźny, jakby roztrzaskała się tuż obok. Dobra akustyka w tej hali – przyszła mu do głowy absurdalna myśl. A potem zrozumiał, że jeszcze przez kilka godzin będzie pozbawiony swego balsamu, który osładzał mu życie od lat dwudziestu.

To było przerażające. Przewrócił się na plecy i szybko oddychał. Pot płynął mu po czole i wlewał się za uszy małymi strużkami. Oparł głowę na łokciu i zacharczał.

– Krzycz, Żydzie! Drzyj się, kurwa, na całą halę!

– Ale co mam krzyczeć? – Kurt odwrócił się do niego. Cały dygotał ze strachu.

– Eberhard Mock! To masz krzyczeć! Mam powtórzyć?

Po chwili we wnętrzu ciemnego giganta rozległo się przerażone chłopięce wołanie.

WROCŁAW,
wtorek 20 maja 1913 roku,
godzina szósta rano

GŁOS KURTA ROTMANDLA był już mocno zdarty i ledwie było go słychać.

– Eberhard Mock.

Ten, którego chłopak wołał, wchodził właśnie do kuluarów Hali Stulecia. Został zatrzymany przez posterunek stojący przy głównym wejściu. Dowódca, jeden z ludzi Mühlhausa, dał znak, że można go wpuścić. Mimo to jeden z jego podwładnych zażądał legitymacji, a otrzymawszy ją, spojrzał na listę, którą niedawno dostali od samego prezydenta policji. Nazwisko było na liście. Takimi listami dysponowały cztery ośmioosobowe straże – każdy przy innym wejściu do Hali Stulecia. Jak Mock zauważył, było na niej nie więcej niż dziesięć nazwisk – wśród nich „Doktor Charlotta Bloch von Bekessy".

Był bardzo zmęczony i niewyspany po nocnych igraszkach z Klarą Burkert. Pocierając skronie, wszedł do samej hali. Na moment stracił oddech z zachwytu. Obrazy nigdy nie wywierały na nim wielkiego wrażenia – chyba że kobiece akty – ale olśniewający spektakl świateł w Hali Stulecia oddziałałby nawet na niedowidzącego. Przez okienka latarni wpadało od wschodu różowe światło świtu. Załamywało się gdzieś i odbijało tak, że zdawać by się mogło, że potężne filary są pochlapane jaskrawymi maźnięciami gigantycznego pędzla.

Na widok mężczyzn stojących na środku Mock utracił wszelkie zainteresowanie barwnym widowiskiem. Spośród zebranych znał osobiście prezydenta policji i inspektora kryminalnego. Miał też nieprzyjemność zetknąć się w prosektorium z Maxem Schimmelpfennigiem, radcą ministerialnym na uniwersytecie. Wizerunki wielkiego obszarnika Prätoriusa von Richthofena--Boguslawitza, słynnego filantropa Paula Schottländera, dowódcy garnizonu wrocławskiego generała Kurta von Pritzelwitza, a nade wszystko – nadburmistrza Paula Mattinga – widział w gazetach. Nie znał jedynie wysokiego księdza ani mężczyzny z dystynkcjami pułkownika. Pokręcił głową z niedowierzaniem i podbiegł bliżej. Mężczyźni stali półkolem, otaczając jakąś kałużę, z której wystawały okruchy szkła.

– Eberhard Mock! – rozległo się pod kopułą.

– Powiedz mu, że jesteś – warknął do niego Mühlhaus – bo ten mały gardło sobie zedrze!

Mężczyźni rozstąpili się przed wachmistrzem.

– Jestem! – ryknął, a te dwie sylaby długo dźwięczały pod betonowymi żebrami wrocławskiego Golema.

Mock poczuł, że ktoś mu wkłada do ręki lunetę. Przyłożył ją do oka i skierował na latarnię hali. Ujrzał Vyhladila w samych spodniach i koszuli oraz obwiązanego sznurem jak cielę Kurta Rotmandla. Siedzieli obok siebie. Obaj mieli pętle na szyi.

– Mierzy do niego jeden z moich strzelców wyborowych – usłyszał głos Mühlhausa. – Drugi jest na dachu, piętro niżej niż latarnia. Ale to na nic. Grubas jest połączony z chłopcem sznurem, a pętle zaciśnięte są na szyi. Jeśli on spadnie, spadnie i dziecko. Nie mamy żadnego ruchu!

– Eberhard Mock! – Tym razem rozległ się jak grzmot potężny ryk Vyhladila.

– Jestem!

– Powiedz coś więcej! Głośno! Żebym dobrze słyszał, że to ty!

– Jesteś ostatnim skurwysynem, Hipo!

Wtedy na latarni dał się słyszeć jakby gromki kaszel. Mock przyłożył lunetę do oka. Vyhladil trząsł się ze śmiechu i uderzał rękami o brzuch. Potem zapadła cisza. Po minucie znów doszedł głos z góry.

– A teraz moje warunki! – Krzyk odbijał się od betonu. – Sto tysięcy marek. Taka jest cena życia tego chłopca. Sto tysięcy marek w plecaku albo cesarz będzie miał tu inne widowisko! Plecak założy na plecy i pieniądze mi przyniesie wachmistrz policyjny Eberhard Mock!

– Nie zrobię tego. – Eberhard odstawił od oka lunetę. – Nie zrobię! Mam lęk wysokości!

– On o tym wie – mruknął Mühlhaus. – I dlatego ciebie wybrał! Kto inny może by próbował jakichś sztuczek, wchodząc na dach, ale ty nie będziesz myślał o sztuczkach. Ty będziesz się tylko modlił, by nie spaść.

– Skąd wie?

– Wszyscy robotnicy z hali się zbiegli, kiedy spuszczali cię na sznurach z balkonu.

Mock poczuł mocny uchwyt. Jego ramię ściskał prezydent policji.

– To wszystko jest teraz nieważne, Mock – syczał. – Powiedz mu, że pieniądze będą za godzinę. I że mu je dostarczysz w zębach! I tylko mi nie mów o swoim lęku wysokości! W końcu tam wlazłeś!

Wskazał na balkon, z którego spadli czterej gimnazjaliści, a potem piorunował wzrokiem swego podwładnego. Ten kiwnął głową i poczuł suchość w ustach.

– Pieniądze będziesz miał za godzinę! – krzyknął w stronę sufitu.

– I jeszcze coś! – wrzasnął porywacz.

– Co?!

Vyhladil krzyknął coś niezrozumiale. Była to dłuższa wypowiedź, której sens został tym razem stłumiony. Mock rozejrzał się bezradnie.

– On powiedział, że pan Mock ma mu też przynieść wódkę – mruknął pułkownik.

Nagle po klepisku hali zastukały szybko czyjeś obcasy. Do otyłego mężczyzny podbiegł jakiś młodzieniec.

– Melduję, panie nadburmistrzu – ciężko oddychał – że dostałem telegram z zamku Książ, gdzie w gościnie Johanna Heinricha XV Hochberga, księcia von Pless, spędziła noc rodzina cesarska. Jego Wysokość z małżonką, ze swym synem, następcą tronu, oraz z synową. Wraz z eskortą wyruszają oni do Wrocławia o wpół do ósmej. Będą u nas o jedenastej.

Prezydent von Oppen spojrzał na wachmistrza.

– Na co czekasz, Mock? Jazda po pieniądze z panem sekretarzem nadburmistrza!

– Tak jest! – odezwał się młodzieniec zamiast Mocka.

Eberhard odwrócił się i wraz ze swym towarzyszem poszedł posłusznie w stronę wyjścia. Kiedy znaleźli się na zewnątrz, usłyszał wiwaty tłumu, skierowane w puste bezchmurne niebo. Spojrzał na betonowego kolosa, na którego szczyt miał zaraz wejść, i poczuł zawrót głowy.

WROCŁAW,
wtorek 20 maja 1913 roku,
kwadrans na siódmą rano

WIWATY TŁUMU SŁYSZAŁ RÓWNIEŻ PAUL VYHLADIL. Nie zwracał jednak na nie uwagi. Czuł, jakby szarpała nim grypowa gorączka. Kurczowo trzymał się rękami brzegu rynny.

– Siku mi się chce – poskarżył się chłopiec.

– Nie rozwiążę cię – szepnął. – Lej przez spodnie na łby tych skurwysynów.

– Dlaczego mnie nie rozwiążesz? Przecież ci nie uciekną.
Chociaż mi rozporek rozepnij, grubasie.

– Nie dam rady – powiedział cicho Vyhladil. – Za bardzo
drżą mi ręce.

POMIĘDZY ŚWIDNICĄ A WROCŁAWIEM,
wtorek 20 maja 1913 roku,
godzina ósma rano

OGROMNY LUKSUSOWY HORCH 31-60, napędzany zgodnie z nazwą potężnym sześćdziesięciokonnym silnikiem, jechał powoli
przez Dolny Śląsk. Cesarz niemiecki i król pruski Wilhelm II
Hohenzollern był milczący i niewyspany. Za to jego małżonka
cesarzowa Augusta Wiktoria tryskała zdrowiem i radością. We-
soło gawędziła ze swoją synową Cecylią Mecklemburg-Schwerin
i słuchała jej opowieści o dokazywaniu swoich trojga wnucząt,
które pozostały w Gdańsku. Kobiety nie siedziały naprzeciwko
siebie, ale po przekątnej. Tak je usadził cesarz, który nie pragnął
zajmować miejsca naprzeciwko swego syna. Następca tronu Wilhelm Hohenzollern przyjął z ulgą takie rozsadzenie, bo kontakty
ze swym ojcem chciał ograniczyć do minimum.

Cała ta śląska uroczystość była mu bardzo nie w smak. Po
pierwsze, musiał wysłuchać kolejnej porcji ojcowskich napo-
mnień, co w jego wieku – miał lat trzydzieści jeden – było nadzwyczaj upokarzające. Po drugie, ojciec niedawno odebrał mu
dowództwo gdańskiego I Regimentu Brygady Przybocznej Huzarów, w obliczu zbliżającej się wojny szykując dla niego nowe

odpowiedzialne zadania. Kronprinc był bardzo niezadowolony z tej decyzji. Patrzył smutnym wzrokiem na swoich wiernych żołnierzy, którzy teraz stanowili eskortę cesarskiej rodziny i cieszyli jego oko swoimi słynnymi trupimi główkami na czapkach. Bardzo się z nimi zżył, a poza tym uwielbiał Gdańsk, morskie kąpiele, kasyno w Sopocie, a nade wszystko bezpruderyjne gdańskie mieszczki, za którymi uganiał się niestrudzenie, drwiąc sobie z powszechnego zgorszenia. Siedział teraz naładowany złością, której nie mogła rozpędzić ani przepiękna, prawie letnia pogoda, ani wesołe szczebiotanie żony i matki, ani wspaniały widok potężnego masywu góry Ślęży, która wznosiła się w oddali na tle bezchmurnego nieba.

Tymczasem cesarz wcale nie zaprzątał sobie głowy sprawami rodzinnymi, w tym karygodnym prowadzeniem się jego syna. Zastanawiał się nad czekającymi go obowiązkami ceremonialnymi. Zgodził się na nie po długim wahaniu za namową swojej kochanki księżnej Daisy von Pless i wciąż nie był zadowolony z tej decyzji, którą podjął w chwili erotycznej słabości. Oczywiście dotarły do niego plotki o przygotowywanym zamachu, ale się nimi nie przejął. Ufał bezgranicznie szefowi cesarskiego wywiadu pułkownikowi Walterowi Nicolaiowi, a ten uśmierzył jego wszystkie obawy w tej sprawie. Mimo swych gorących zapewnień pułkownik przygotował Jego Cesarską Mość na sytuację krytyczną. Na rogatkach Wrocławia miał do cesarza przybyć specjalny posłaniec i osobiście przekazać kajzerowi komunikat, który by zabrzmiał albo „brzeg Odry", albo „Golem". To drugie hasło oznaczało realne niebezpieczeństwo zamachu. Cesarz wiedział, co ma wtedy robić.

WROCŁAW,
wtorek 20 maja 1913 roku,
godzina dziewiąta rano,
do przyjazdu cesarza zostały dwie godziny

EBERHARD MOCK WRAZ Z OSWALDEM FREYHAHNEM, sekretarzem nadburmistrza, wracali dorożką do Hali Stulecia z wielkim plecakiem wojskowym wypchanym banknotami z wizerunkiem Germanii. Zdobycie tych pieniędzy było zadaniem bardzo czasochłonnym. Urzędnicy Banku Drezdeńskiego na Tauentzienplatz[123] przybyli do pracy o godzinie siódmej i mimo upoważnienia z osobistą pieczęcią nadburmistrza Paula Mattinga bardzo podejrzliwie patrzyli na dwóch młodych mężczyzn, z których jeden wyglądał na bawidamka, a drugi na birbanta mocno zmęczonego nocnym życiem. Po uważnym sprawdzeniu, z użyciem lupy, wszelkich pełnomocnictw dyrektor banku udzielił stosownego polecenia kasjerowi, a ten odliczył starannie tysiąc banknotów po sto marek każdy. Po nim policzyli osobno Mock i Freyhahn, po czym ten ostatni podpisał protokół odbioru ogromnej sumy.

Wracali teraz wolno przez zatłoczone miasto. Eberhard nie śpieszył się zanadto i nie popędzał fiakra. Tak naprawdę to zależało mu teraz tylko na jednym – na opóźnieniu swej wspinaczki na dach Hali Stulecia. Toteż w drodze powrotnej obojętnie – w odróżnieniu od Freyhahna – przyjmował blokady i zatory drogowe. Wcale nie denerwowało go wolne tempo jazdy i z uśmiechem zareagował na entuzjazm jakichś dwojga

---

123 Obecnie pl. Kościuszki.

najwyraźniej pijanych i sympatycznych wrocławian, którzy ich dorożkę eskortowaną przez pluton żołnierzy wzięli za część pocztu cesarskiego i obrzucili kwiatami.

Całą drogę powrotną z banku Mock intensywnie rozmyślał. Musiał przyznać sam przed sobą, że wszystkie pomysły, które mu przychodziły do głowy, nie miały na celu uratowania ani cesarza, ani brata Charlotty. On myślał tylko o tym, jak uniknąć lęku wysokości. Pierwsza myśl, jaka mu przyszła do głowy, to solidnie się napić dereniówki z butelki, którą kupił dla Vyhladila. Pamiętał dobrze, że przed miesiącem groza na dachu jego kamienicy dopadła go z dużym opóźnieniem, co tłumaczył sobie mocnym rauszem. Porzucił jednak ten pomysł. Vyhladil mógł się bowiem wściec na widok napoczętej flaszki, a każde jego niekontrolowane zachowanie było groźne dla chłopca.

Wachmistrz doszedł do wniosku, że znajdzie wyjście z trudnej sytuacji, kiedy prześwietli w swym umyśle motywy i działania porywacza. Akcja była znakomicie obmyślana w swym zbrodniczym zamiarze. Srogi szantaż przed samym przyjazdem cesarza, gdy całe miasto wiwatuje, był posunięciem błyskotliwym. Żaden burmistrz, któremu jakiś wariat chce skutecznie zakłócić uroczystość z udziałem cesarza, ani chwili nie będzie się wahał i zapłaci każdą sumę, byleby tylko opanować sytuację. Bardzo dobrym pomysłem – tu Mockowi zrobiło się zimno – był też wybór posłańca, który mu dostarczy pieniądze. Mühlhaus miał rację. Nikt cierpiący na lęk wysokości nie będzie udawał bohatera, próbując poskromić szantażystę. Dostarczy pieniądze, położy się twarzą do powierzchni dachu i będzie czekał, aż go ktoś stamtąd ściągnie.

To wszystko było logiczne. Ale jaki związek z domniemanym zamachem na cesarza ma porwanie chłopca, a zwłaszcza tego chłopca? Po chwili znalazł ogniwo.

Niezależnie od tego, czy zamach na kajzera był realnym zagrożeniem, czy też blefem – myślał – trzeba założyć, że Hipo był jakoś w tę akcję zaangażowany. To założenie pierwsze. A teraz drugie: ważną rolę miał w tym planie odegrać zarówno Kurt Rotmandel, jak i pomagier oraz prawa ręka Vyhladila Klaus Brauner. Aresztowanie Braunera zaskoczyło Hipopotama i być może posypał się cały plan zamachu. Vyhladil machnął ręką na zamach i postanowił, może w chwili pijackiej brawury, choć trochę się wzbogacić. Ale czy dlatego porwał dziecko? Przecież porwanie było zaplanowane, a aresztowanie Klausa niespodziewane i dla niego, i dla pangermanistów!

Znów był w punkcie wyjścia. Co ma wspólnego z całą sprawą porwanie Kurta?

Przejechali już przez most Zwierzyniecki i zbliżali się do zadaszonej kolumnady, przez którą wchodziło się na Wystawę Stulecia. Mock spojrzał na kolumny i dach. I wtedy poczuł dreszcz paniki. Zrozumiał, że za chwilę jedynym jego dachem będzie niebo.

Dla oderwania się – choćby chwilowego – od przerażającej wizji wspinania się na szczyt hali Mock wyjął list od Heckmanna, który poprzedniego wieczora odebrał był z prezydium policji, gdzie zaszedł po drodze do Klary Burkert. Już wcześniej go czytał i wiedział, że rewelacje dyrektora są już mocno spóźnione. Czytał je teraz tylko po to, by nie myśleć, że nie ma wyjścia, że musi się tam wspiąć. Patrzył na starannie wykaligrafowane litery i nie mógł ich złożyć w wyrazy i zdania. Odzywał się w nim instynkt – dzika zwierzęca chęć przetrwania. Poczuł uderzenie krwi do głowy i wiedział, że zaraz zrobi coś nieobliczalnego. Wsunął list do kieszeni i szykował się do nagłej akcji.

Kiedy dorożka zatrzymała się przed samym wejściem, a Freyhahn legitymował się strażnikowi, Mock wyskoczył z pojazdu i zanurkował w tłum. Czuł się jak w polu kukurydzy. Przepychał się pomiędzy ludźmi i szybko omijał ich zygzakiem. Nikt na niego nie zwracał uwagi. Wszędzie stały budy z jedzeniem, które tego dnia było hojnie dofinansowane przez magistrat. Ludzie krzyczeli, pochłaniali pęta kiełbasek i wlewali w siebie pienisty napój. Dzieci jadły watę cukrową i dokazywały. Szczekały psy. Obejrzał się kilka razy za siebie. Nikt go nie gonił. Zniknął w tłumie jak pod powierzchnią wody.

Zwolnił dopiero wtedy, gdy przebiegł przez mały skwer z pomnikiem Diany i znalazł się na skrzyżowaniu Grüneicher Weg[124] i Schwoitscher Chaussee[125]. Chciał szybko jak najdalej stąd uciec, musiał wziąć dorożkę. Stało tu ich całe mnóstwo, ale niestety wszystkie były zajęte. Paradoksem było to, że wynajęto je w zupełnie innym celu niż zazwyczaj. Stali w nich bowiem ludzie, którzy uznali je za wygodne podwyższenie, z którego będzie można zobaczyć przejeżdżającą parę cesarską. Żadna drynda nie była wolna, w budach i na siedzeniach tłoczyli się ludzie i wyciągali szyje w stronę mostu Zwierzynieckiego.

Nagle Mock ujrzał jedną, w której nie było nikogo. Stała tuż koło mostu przy czerwonoceglastym budynku rogatki. Podbiegł

---

124 Obecnie ul. Wróblewskiego.
125 Obecnie ul. Mickiewicza.

tam szybko i wskoczył do środka, zanim fiakier zareagował. I wtedy usłyszał zwierzęcy ryk wściekłości i poczuł potworny ból w lewej łydce. Wyskoczył z budy z drugiej strony i przez chwilę nie mógł zrozumieć, co się właściwie stało. Na podudziu czuł ciepłą krew. W dorożce siedział wielki wilczur i opierał swe potężne łapy o walizkę. Warczał na Mocka groźnie i obnażał potężne zęby powalane jego krwią. Przez umysł policjanta przeleciało przypomnienie – szybkie jak błyskawica.

– Bert! – powiedział łagodnie do zwierzęcia. – Dobry piesek, pilnuje!

Pies zareagował na swoje imię, zastrzygł uszami i na chwilę przestał warczeć.

– Panie, co jest? – krzyknął fiakier, trzymając przy piersi kufel piwa. – Ile mam na pana czekać? To jeszcze się należy... – Spojrzał na Mocka i machnął wolną ręką ze zniechęceniem. – A to nie pan. – Westchnął i odwrócił się na pięcie.

– Stać, policja! – krzyknął Mock, wyciągając gwiazdę. – Do mnie natychmiast!

Fiakier zdjął czapkę i zbliżył się do Mocka. W jego oczach błyskała obawa.

– Czyj to pies?! – krzyknął Mock.

– A takiego jednego. – Fiakier odstawił kufel na kozioł. – Klienta.

– Gdzie ten klient?

– Poszedł coś załatwić i zostawił tu psa, by pilnował mu jednej walizki, bo drugą wziął ze sobą. Jakby się bał, że mu ukradnę, kuternoga jeden. A ja uczciwy jestem jak kryształ, panie władzo.

– Kuternoga, mówisz. Coś więcej o nim!

– Niski, łysy, z brzuchem, a ubrany jak robotnik jaki. W żółty kombinezon, taki z napisem.

– Jakim napisem? Może „Służba Czystości Hali Stulecia"?

– O tak! – Fiakier znów pociągnął piwa. – Coś było o Hali Stulecia.

Opis pasował idealnie do majstra i stróża Ulricha Heinego, właściciela wilczura, który się wabi Bert i jest doskonale wytresowany. Umie pilnować rzeczy swojego pana. Był tylko jeden szkopuł. Astmatyk Heine udusił się na oczach Mocka i braci Matysków kilka tygodni wcześniej na nadodrzańskim pastwisku.

Nagle przez umysł Mocka przebiegła druga błyskawica. W jednej sekundzie zrozumiał plan Vyhladila.

– Stój, Mock, i nie ruszaj się. – Z przeciwnej strony dorożki podchodził Otto Krajewsky z odbezpieczonym mauzerem. – Wszyscy ludzie Mühlhausa... Mamy rozkaz doprowadzić cię pod bronią do von Oppena. Musisz tam, kurwa, wejść, bo z Hipopotamem coś jest nie tak na tej jaskółce.

Mock podniósł ręce do góry i zaczął wolno wycofywać się w stronę budynku rogatki.

– Posłuchaj, Otto – mówił powoli. – Wrócę tam, ale nie na dach! Pójdę tylko do jednego pomieszczenia i usunę stamtąd bombę! A dopiero potem wykonam rozkaz starego!

– Nie ruszaj się, bo zastrzelę! – krzyknął Krajewsky. – Każdy z nas ma rozkaz zaprowadzić cię z forsą na dach! I ja to zrobię!

Mock wiedział, że jego kolega jest na tyle głupi i pryncypialny, że spełni groźbę. Rozejrzał się wokół. Miał teraz szansę jedyną w swoim rodzaju. Zaczął powoli się cofać.

Krajewsky nie mógł okrążyć pojazdu, bo dałby Mockowi czas na ucieczkę.

Postawił nogę na stopniu dorożki.

Tego właśnie Mock pragnął.

Wilczur Bert uznał wtargnięcie Krajewskiego za naruszenie swojego terenu i rzucił się z charkotem na policjanta. Ten wypalił w powietrze i padł zaatakowany przez zwierzę. Mock ruszył biegiem w stronę Hali Stulecia.

– Kto tu jest policjantem? – Fiakier podrapał się w głowę z zakłopotaniem i ruszył na pomoc Krajewskiemu, który pod dorożką tarzał się z wilczurem.

WROCŁAW,

wtorek 20 maja 1913 roku,

wpół do dziesiątej rano,

do przyjazdu cesarza zostało półtorej godziny

PALĄCE SŁOŃCE SPRAWIAŁO, że w przeszklonej latarni nie było czym oddychać. Chłopiec na chwilę stracił świadomość i zakołysał się w przód i w tył. Vyhladil chwycił go za kark i przyciągnął do siebie. Poczuł, że ciało Kurta staje się bezwładne.

Vyhladil położył go w betonowej rynnie i poluzował więzy. Chłopak westchnął, ale się nie ocknął. Porywacz usiadł obok niego i dotknął betonu mokrym czołem. Nie mógł zrozumieć, dlaczego Mock jeszcze nie przyniósł mu pieniędzy. Od czasu, gdy opuścił halę ponad dwie godziny temu, on wielokrotnie krzyczał i groził ludziom na dole, że zabije chłopca. Wtedy tam odzywały się czyjeś spokojne i jakby pojednawcze okrzyki:

– Przepraszamy, że tak długo to trwa!

– W banku nie wydadzą mu tylu pieniędzy od razu!

– Cierpliwości, panie Vyhladil, Mock zaraz przyjdzie!

– Nie wiemy, co się stało, ale Mock ponoć już idzie!

Tak wołali, ale pewnie tylko go zwodzili. Jestem głupi jak but – myślał. – Co zrobię, jeśli oni po prostu nie dadzą mi forsy? Po prostu odmówią. Co wtedy zrobię?

Myśl ta go przeraziła. Nie był na nią przygotowany. Poczuł wściekłość i przerażenie. Chciał coś krzyknąć do ludzi, którzy stali na dole i nie spuszczali z niego oczu. Z jego gardła wydobył się tylko jakiś niewyraźny dźwięk – ni to okrzyk, ni to jęk. Przełknął ślinę. Krtań zabolała go tak bardzo, jakby połykał kawałek drewna, od którego oderwały się drzazgi i orały mu przełyk. Było ich coraz więcej, dławiły go i odbierały mu oddech. Otworzył usta i zwymiotował.

Nawet go rozbawiło, że ludzie w dole uskakują pośpiesznie na bok, by nie dać się pochlapać. Zaczerpnął w końcu tchu i odetchnął pełną piersią. I wtedy za jego żebrami zaczął walić młot. Uderzenia były najpierw rzadkie i potężne, po chwili stały się mniej bolesne, ale za to bardzo częste. Spojrzał na swoje obwisłe ciało pod rozpiętą do pasa koszulą. Wydawało mu się, że jego brzuch skacze od tych uderzeń.

– Umrę tu, kurwa – powiedział do siebie. – Zaraz tu zdechnę jak pies.

Wiedział, że łyk piwa uratowałby mu życie.

EBERHARD MOCK NIE MIAŁ KŁOPOTÓW z przedostaniem się do Hali Stulecia przez dwa kordony, mimo że jego poszarpane spodnie i zakrwawiona łydka wydawały się mocno podejrzane pierwszemu żołnierzowi, który go przepuszczał. Natomiast zdecydowany ton głosu i policyjna gwiazda miały jak zawsze siłę przekonywania. Nawet jeśli Krajewsky nie blefował, mówiąc: „Każdy z nas ma rozkaz zaprowadzić cię z forsą na dach!", to ów zaimek „każdy" dotyczył zapewne tylko funkcjonariuszy prezydium policji, nie zaś posterunkowych i szeregowców, którzy zabezpieczali halę.

Przebiegł zatem przez wejście z kolumnadą i ruszył ku bramie głównej. Choć nie był mężczyzną grubym ani nawet masywnym, jego muskularna i dobrze uformowana sylwetka oraz możliwości fizyczne predestynowały go raczej do roli zapaśnika niż sprintera. A od dwóch kwadransów nic innego nie robił, tylko biegał – tam i z powrotem. Nic zatem dziwnego, że wpadł do *entré* cały mokry. Nie wahał się ani chwili. Wiedział, dokąd ma iść. Wbiegł po schodach na pierwsze piętro i znalazł się tam, gdzie spodziewał się zastać zamachowca.

Kiedy przed kilkunastoma minutami rozpoznał psa Heinego i dowiedział się, że kuternoga w kombinezonie sprzątacza poszedł do Hali Stulecia z walizką, to w okamgnieniu znalazł odpowiedź na pytanie, które go męczyło: Co łączy porwanie chłopca z zamachem na cesarza? Brzmiała ona: Vyhladil odciąga uwagę policji, Heine w tym czasie podkłada bombę. Ostatni element tej łamigłówki – gdzie mianowicie bomba miała być podłożona – był już łatwy do odgadnięcia. Zostanie albo już została ona podrzucona tam, gdzie cesarz będzie na pewno. A na pewno będzie – o czym pisała cała niemiecka prasa – w eliptycznej sali nad wejściem głównym, nazwanej na cześć Jego Wysokości Salą Cesarską.

Kiedy Mock tam wpadł, była ona pełna kelnerów, którzy uwijali się jak w ukropie, rozkładając na stołach naczynia i strząsając ze śnieżnobiałych obrusów ostatnie niewidoczne pyłki. Zaczął ich rozpytywać o łysego sprzątacza, kuternogę z walizką. Mężczyźni patrzyli na niego jak na wariata. Wszyscy przecząco kręcili głowami. Mock zlustrował dwa pokoje sąsiadujące z Salą Cesarską, gdzie przygotowywano potrawy i rozstawiano gazowe piecyki do ich podgrzewania. I tu, i tam było kilku kucharzy, którzy na jego gwałtowne pytania zareagowali podobnie jak koledzy.

Wyszedł na środek sali i stanął, podparłszy się pod boki. Otarł czoło z potu i pomyślał, że nie chciałby w tym upalnym pomieszczeniu jeść gorącego rosołu. Gruby kucharz spojrzał na niego współczująco.

– Co? Gorąco, cholera, w tej szklarni, nie? A my tu od rana...

Mock nie odpowiedział. O jakiej szklarni on mówi? – pomyślał i spojrzał w górę. I wtedy zrozumiał. Większą część sufitu owej sali zajmował owalny szklany świetlik. Białe, lekko przydymione szyby z witrażem – złocistym bluszczem wijącym się na rogach szklanych tafli.

I wtedy Mock w swej wyobraźni ujrzał całą akcję. Oto cesarz siedzi z dostojnikami przy stole. I nagle słychać huk rozbijanego szkła, po czym walizka ląduje na podłodze. I wtedy słychać jeszcze większy huk.

Wybiegł z sali. Podobnie jak jego koledzy z prezydium policji dobrze znał każdy zakamarek Hali Stulecia. Wiedział doskonale, jak dostać się nad świetlik obdarzający teraz Salę Cesarską ciepłem majowego dnia.

WROCŁAW,
wtorek 20 maja 1913 roku,
godzina dziesiąta rano,
do przyjazdu cesarza została jedna godzina

– NIC MU SIĘ ZŁEGO NIE STANIE, pani baronowo, zapewniam – mówił szybko nadburmistrz Matting. – Zaraz tu przyjadą specjaliści z Cyrku Buscha i rozwieszą swoje sieci.

Ten fragment rozmowy usłyszał Walter Nicolai. Był człowiekiem o stalowych nerwach i nie pamiętał, kiedy to ostatni raz w życiu zrobiło mu się nieswojo. To uczucie ogarnęło go dzisiaj, kiedy do hali weszła Charlotta Bloch von Bekessy. Była uosobieniem cierpienia dyskretnego. Arystokratycznego. Bez szlochania, bez pociągania nosem, bez spazmów. Stała obok Mattinga, ubrana we wspaniałą błękitną suknię, opierając się na ramieniu generała Kurta von Pritzelwitza. Była wyprostowana, spokojna, milcząca.

Lekko kiwnęła głową pułkownikowi, uwolniła ramię generała i przeszła na środek hali. Długo patrzyła w górę przez lunetę, a potem opuściła rękę z tym instrumentem. I dopiero wtedy Nicolai zobaczył, jak po lunecie spływają jej łzy. Otarła je i odwróciła się do stojących wokół mężczyzn. Dłużej nieco wzrok zatrzymała na szefie cesarskiego wywiadu.

– Mocka nigdzie nie ma! – powiedział do niej.

Nie wytrzymał jej błagalnego wzroku. Podszedł do swojego adiutanta, który stał w stosownym oddaleniu.

– Dzwonić na rogatkę na Julius-Schottländer-Strasse[126]!

– Jakie mam hasło podać, panie pułkowniku?

– Golem – odparł Nicolai po sekundzie wahania.

WROCŁAW,

wtorek 20 maja 1913 roku,

godzina dziesiąta rano,

do przyjazdu cesarza została jedna godzina

NA DACH NAD SALĄ CESARSKĄ prowadziły dwie spiralne klatki schodowe. W połowie wysokości każdej z nich, na mikroskopijnym półpiętrze, były drzwiczki, na których widniał napis: „Uwaga! Niebezpieczeństwo upadku". Za progiem było pozbawione światła pomieszczenie o niejasnym przeznaczeniu. Na planach określano je bardzo pojemną nazwą „pomieszczenie techniczne". Jego wklęsła podłoga była obniżona w stosunku do półpiętra o dobre dwa metry. Człowiek, który by tam wpadł, zlekceważywszy ostrzeżenie, runąłby z tej wysokości

---

126 Obecnie ul. Karkonoska.

do betonowej niecki zaprojektowanej na planie nieregularnego wielokąta.

Ulrich Heine odkrył ją kilka dni po tym, jak po śmierci Wolfganga Kempskiego został dzięki protekcji Vyhladila przyjęty do pracy na budowie jako stróż i majster. Kiedy w świetle lampy naftowej oglądał nieckę po raz pierwszy w czasie jednego z obchodów, natychmiast zauważył pod jej sufitem kwadratową dziurę. Gdy przystawił do niej drabinę, ze zdziwieniem stwierdził, że odkrył wejście do kanału, który łączył to pomieszczenie techniczne z bliźniaczym pomieszczeniem ulokowanym przy drugiej klatce schodowej. Kanał był szeroki i wystarczająco wysoki, by mógł weń wpełznąć człowiek nawet tak tęgi jak Heine. Dokonawszy swego odkrycia, stróż zamaskował jeden i drugi otwór deklem zbitym z desek. Pomalował go pierwej na szary kolor, toteż w ciemnym wnętrzu nie odróżniał się on prawie wcale od faktury szalunków. Kryjówka była gotowa.

Wtedy zajął się bombą. Dynamit kupił od złodziei ze strzelińskich kamieniołomów, a łożyska kulkowe, śruby i gwoździe zbierał sam, po czym – by były bardziej jadowite – zanurzał je w świńskim łajnie w chlewie biskupińskiego gospodarstwa, którego właścicielem był jego szwagier. Sporządził lont i wyliczył, że pali się on równo dwie minuty. Wszystko to umieścił w kuferku. Potem obciążył go dodatkowo kilkoma wielkimi kamieniami. Był spokojny i gotowy do akcji. Pozostawało tylko czekać na dzisiejszy uroczysty dzień i na moment, kiedy uwaga wszystkich skupi się na chłopcu w latarni. I kiedy ten moment nadszedł, Heine przedostał się tutaj we wcześniej ukradzionym uniformie, który był jego swoistą czapką niewidką. Leżał teraz spokojnie w czysto

wysprzątanym kanale, zaopatrzony na wszelki wypadek w pistolet, w butelkę na mocz i w strzykawkę z pilokarpiną. Umiał ją
sobie wstrzyknąć. Nauczyła go siostra – niegdyś sanitariuszka
wojskowa, teraz żona właściciela biskupińskiego folwarku. Kochana Elise – myślał o niej ciepło. – Niedawno tym zastrzykiem
uratowałaś mi życie, kiedy mnie napadły te dwa koniokrady.

Porzucił wspomnienia. Skupił się na dochodzących z dołu
głosach. Akustyka była świetna. Słów wprawdzie nie odróżniał,
ale po tonie wnioskował, iż jest świadkiem połajanek, jakich zde-
nerwowani kucharze i kelnerzy nie szczędzili kuchcikom. Był
pewien, że nie ujdzie jego uwadze uroczysty ton przemówie-
nia, jakie wygłosi burmistrz witający cesarza. Wtedy on, Heine,
wyczołga się ze swego kanału, wydostanie się z pomieszczenia
technicznego, klatką schodową wejdzie na dach nad Salą Cesarską, odpali lont i w odpowiedniej chwili rzuci na szklane za-
daszenie obciążony kamieniami kuferek. Ten przebije świetlik,
spadnie w dół do Sali Cesarskiej i dokona tam rzezi. A on, Heine,
spokojnie się uda do dorożki, gdzie czeka na niego wierny pies.

WROCŁAW,
wtorek 20 maja 1913 roku,
godzina dziesiąta rano,
do przyjazdu cesarza została jedna godzina

EBERHARD MOCK ZNAŁ DOBRZE prawie każdy zakątek Hali Stulecia. Przez prawie miesiąc wraz z innymi policjantami przeglądali
tutaj metr po metrze w poszukiwaniu bomby. Wprawdzie jego

obowiązki poszukiwawcze obejmowały inny rejon budowli, ale spiralne schody z obu stron Sali Cesarskiej i oba pomieszczenia techniczne nie były dla niego żadną tajemnicą. Z ciekawości zwiedził każdą dziurę betonowego kolosa.

Wszedł teraz do prawej klatki schodowej. Sprawdziwszy, czy ktoś się nie ukrył pod schodami, wspiął się na nie i szedł bardzo powoli, przyklejając się prawie do ściany. W ręku trzymał odbezpieczony pistolet. Powoli doszedł do końca schodów – do małej platformy z drzwiami prowadzącymi na dach. Zamknięte były na kłódkę od wewnątrz, co oznaczało, że zamachowiec nimi nie wychodził.

Identyczną sytuację zastał w lewej klatce schodowej. Pozostawało mu tylko sprawdzić oba pomieszczenia techniczne. Szarpnął za klamkę i otworzył drzwi na oścież. Uskoczył w bok. Cisza. Zapalił zapalniczkę i wsunął ją w otwór. Potem dopiero za załomem muru ukazało się jego oko. W migotliwym świetle obejrzał wnętrze pomieszczenia. Nie było tam nikogo. Zszedł ostrożnie po drabinie na sam dół. I znów ta sama konstatacja. Jedyną żywą istotą był duży pająk, który przebiegł po murze. Mock zamknął drzwi i poszedł do drugiej klatki, by zrobić to samo. Skutek był podobny – nie ujrzał ani nie znalazł tam niczego podejrzanego oprócz kilku niedopałków na podłodze pomieszczenia technicznego. Jeden z nich był szczególnie długi. Zbliżył go do płomienia swej zapalniczki i stwierdził, że był to papieros nie zapalony. Najwyraźniej komuś wypadł. Zauważył na nim napis: „Grimaulta papierosy na astmę".

Syknął z bólu, bo zapalniczka poparzyła go w palce. I chyba ten gwałtowny impuls sprawił, że umknęło jego uwadze proste skojarzenie z astmą Heinego. Dmuchał przez chwilę na poparzony palec, a potem sięgnął po papierosy, chciało mu się palić, niedopałki na podłodze wyzwoliły odruch nałogowca.

Kiedy zanurzał dłoń w wewnętrznej kieszeni marynarki, zdumiał się – wciąż słyszał odgłos dmuchania. Wstrzymał oddech, ale dźwięk nie zniknął – dochodził skądś z góry.

I wtedy zrozumiał.

To nie było dmuchanie.

To było sapanie astmatyka.

WROCŁAW,
wtorek 20 maja 1913 roku,
kwadrans na jedenastą rano,
do przyjazdu cesarza zostały trzy kwadranse

KURT SIEDZIAŁ NIEPRZYTOMNY W OBJĘCIACH VYHLADILA, a jego suche usta poruszały się jakby w modlitwie.

Hipopotam czuł potworne bóle mięśni i głowy. W jego czaszce pokrytej ciemnofioletową skórą szamotał się jakiś ptak. Poczuł, jak przedziobuje mu czerep na wylot. Zazgrzytały na nim pazury ptasich łap. Czuł w mózgu małe eksplozje, w ciele drgawki.

Zaczął machać wokół siebie rękami, by złapać ptaka.

Jego zwieracz nie wytrzymał i brązowa maź wyciekła przez nogawkę.

Vyhladil tego już nie widział. Zawładnęła nim alkoholowa epilepsja.

WROCŁAW,
wtorek 20 maja 1913 roku,
kwadrans na jedenastą rano,
do przyjazdu cesarza zostały trzy kwadranse

MYŚL, ŻE KTOŚ W CIEMNOŚCI siedzi mu nad głową, i to zapewne z pistoletem w garści, nie była dla Mocka specjalnie radosna. Mimo to ośmielił się raz jeszcze zapalić zapalniczkę i obejrzeć sufit i ściany pod nim. Nic. Sapanie jednak było tak wyraźne, że nie pozostawiało żadnej wątpliwości, że ktoś jest bardzo blisko. Mock zlokalizował nawet miejsce, z którego dochodził odgłos. Było to na środku ściany pod sufitem.

Jest w jakimś sąsiednim ukrytym pomieszczeniu. Ale jak się tam dostał? Przecież nie ma tu żadnej drabiny oprócz tej, która pozwala zejść z klatki schodowej na dno pomieszczenia technicznego! – myślał. – Być może Heine widzi mnie teraz przez ukryty wizjer, ale nie ryzykuje strzału z obawy przed rykoszetem? Nie! Jedno jest pewne: gdyby mógł strzelić, to pewnie już byłbym trupem. Takie myśli błyskawicznie przelatywały przez głowę wachmistrza. I nagle się uspokoiły. Sposób na Heinego był bardzo prosty – jeśli istnieje jakieś połączenie wentylacyjne pomiędzy jego kryjówką a pomieszczeniem technicznym, w którym znajdował się Mock.

— ❖ —

Policjant wyjął z kieszeni zapalniczkę i zapałki, które zawsze nosił na wypadek, gdyby w przyrządzie skończyła się benzyna. Zdjął spodnie poszarpane przez psa i zwinął je niedbale. Potem w słabej poświacie padającej od strony schodów wyjął z zapalniczki – bardzo ostrożnie, by nie uronić ani kropli – pojemniczek z benzyną. Wylał ją na spodnie i podpalił. Kiedy materiał zaczął się tlić, podniósł go wysoko nad głowę i długo okadzał duszącym dymem miejsce, z którego dochodziło sapanie, dopóki z obawy przed poparzeniem nie rzucił spodni na ziemię. Ale to wystarczyło. Sapanie się wzmogło, a potem rozległ się huk. Nie był to jednak huk wystrzału – to drewniany dekiel uderzył o betonową podłogę. Potem z dziury spłynęła po murze drabinka linowa, a po chwili pojawiły się nogi, tułów i głowa charkoczącego Heinego.

Po kwadransie Mock znalazł się w Hali Stulecia. Z wielkim trudem ciągnął za kołnierz nieprzytomnego stróża. W drugiej ręce trzymał ciężki kufer, który obijał mu się o kolana. Charlotta ruszyła w ich stronę – sztywna, dystyngowana, zbolała. Mock zatrzymał się przed nią.

– Tam są pieniądze, Ebi – powiedziała do niego cicho, wskazując na plecak, który wciąż dzierżył sekretarz nadburmistrza. – Weź je, wejdź na dach i uratuj mego brata! Nikt inny nie może tego zrobić!

I wtedy wspaniała akustyka Hali Stulecia zadziałała. W każdym, najdalszym nawet jej zakątku słychać było podwójny trzask. Jeden po drugim. Zamiast chórów Hauptmannowskiej *Uroczystości podniosłej, w niemieckie rymy ujętej* dwa kakofoniczne uderzenia o klepisko. Od betonowych żeber odbił się ludzki jęk.

Pod nogi Mocka potoczyła się przełamana na pół sztuczna szczęka, o udo Charlotty uderzył elegancki trzewik jej kochanego Kurtusia. Dwa ciała drgały na klepisku kilka kroków od nich.

Eberhard nie wykonał najmniejszego ruchu, kiedy Charlotta doskoczyła do niego i rozorała mu paznokciami policzek i szyję.

Nie zasłonił się, przyjmował te ciosy, wsłuchując się w głęboki jęk, który dochodził zza zaciśniętych warg baronowej. Przez pot i krew lejące mu się po oczach widział Furię pomalowaną w wojenne barwy – dwie smugi tuszu od oczu do brody. W końcu chwycił ją za nadgarstki, a ona nagle zamarła, stała się całkowicie bezwolna.

– Zabiłeś to dziecko – usłyszał spokojny męski głos. – Wydaje ci się, że zrobiłeś to dla cesarza. Ale to nieprawda.

Mock odepchnął Charlottę i odwrócił się. Był teraz otoczony twarzami, na których widać było odrazę i przerażenie. Tylko jeden mężczyzna w mundurze pułkownika patrzył na niego bez emocji.

– To dziecko – odpowiedział Mock – było mordercą. Zamordowało swoich czterech kolegów i ich nauczyciela.

WROCŁAW,
sobota 24 maja 1913 roku,
południe

CMENTARZ LUTERAŃSKI POMIĘDZY FRIEDRICH-WILHELM-
-STRASSE[127] i Berlinerstrasse[128] zwany był elżbietańskim, magdaleńskim lub wielkim. Te pierwsze dwa określenia brały się stąd, że zarządzały nim dwie wielkie położone w samym sercu miasta parafie protestanckie – pod wezwaniem Świętej Elżbiety i Świętej Magdaleny. To ostatnie natomiast miano odzwierciedlało wy-

---

127 Obecnie ul. Legnicka.
128 Obecnie ul. Braniborska.

jątkowe znaczenie tej nekropolii. Byli tam pochowani najwięksi wrocławianie wyznania protestanckiego.

Charlotta Bloch von Bekessy chciała, by jej rodzina należała do tego prestiżowego grona. Pierwszy warunek – wyznaniowy – spełniła przed zamążpójściem. Przyjęła konfesję swego męża i stała się kalwinką. Drugi był równie prosty – za ogromną sumę kupiła na tym cmentarzu grób nie mieszkającej już od dawna we Wrocławiu rodziny von Meussingów, opłaciła ekshumację szczątków, przeniosła je wraz z grobem do posiadłości dalekiego krewnego, po czym na otrzymanej w ten sposób działce cmentarnej postawiła grobowiec, do którego przetransportowano z Siedmiogrodu ciało barona Antona Bloch von Bekessy'ego. Sama miała zamiar spocząć obok męża. Tymczasem los sprawił, że obok starego ordynata spoczął jego młodszy o prawie sześćdziesiąt lat szwagier Kurt Rotmandel.

Na ceremonii było mnóstwo wrocławskich osobistości: cały Klub Zwinger, wyżsi urzędnicy magistratu, przemysłowcy, arystokraci i profesorowie trzech wrocławskich uczelni – technicznej, uniwersyteckiej i żydowskiej. Z Berlina przyjechała specjalna delegacja z wieńcami ozdobionymi insygniami Jego Cesarskiej Mości. Centralną postacią tej grupy był pułkownik Walter Nicolai.

Teraz – już po pogrzebie chłopca – stał on wraz z Heinrichem von Oppenem w rogu cmentarza, pod okazałym grobowcem, podziwiał rzeźbę anioła o złamanych skrzydłach i czytał napis: „Także ból jest posłańcem Bożym".

– Tak, von Oppen, ból, cierpienie, a nawet zwykłe złe samopoczucie przekazują nam wiele cennych informacji. – Zaciągnął się papierosem. – I są one często sprzeczne i zawikłane. Na przykład dzisiejszy „Berliner Courier" stara się te wiadomości wyłuskać i analizuje detalicznie zły stan zdrowia cesarza w ostatni wtorek. Dziennikarz zastanawia się, czy cesarski ból był realnym utrapieniem, czy też znakiem niechęci albo nawet afrontem wobec władz Wrocławia.

– Ten artykuł, pułkowniku, świadczy – von Oppen uśmiechnął się nieznacznie – że albo cenzura źle działa, albo ktoś z Berlina chce wsadzić łyżkę dziegciu do beczki miodu, jakim było triumfalne otwarcie Wystawy Stulecia. Berlińczykom nigdy się nie podobały sukcesy Ślązaków, nieprawdaż? Zbyt blisko siebie jesteśmy. Jak dwaj sąsiedzi, co się nie lubią, ale i żyć bez siebie nie mogą.

– Ależ drogi von Oppen! – zaprzeczył żarliwie Nicolai. – Choćby nie wiem co pisali, i tak nie umniejszy to waszej chwały!

– To prawda. – Prezydent policji westchnął. – Nie mogliśmy sobie wymarzyć lepszego zakończenia tej arcytrudnej sytuacji: Cesarz wprawdzie nie zaszczycił otwarcia swoją osobą, ale jego absencja nie spowoduje żadnych złych konsekwencji dla miasta. Nikt z naszych junkrów i arystokratów nie wycofa swych pamiątek rodowych, bo każdy z nich wie, że nieobecność cesarza była spowodowana stanem zdrowia, a nie jakąś niechęcią. Wspaniała wystawa jest na ustach wszystkich Niemców i rozsławia nasze miasto w całej Rzeszy! No może recenzje sztuki Hauptmanna są nieco stonowane, ale ważniejsze jest to, że nie zdarzyło się nic, czego się obawialiśmy. Kronprinc nie wygłosił żadnego orędzia, które byłoby po myśli Związku Wszechniemieckiego!

– Wiem od swoich ludzi, którzy towarzyszą kronprincowi, że był zdegustowany brakiem akcentów wszechniemieckich w czasie jego przejazdu przez miasto. Uznał, że we Wrocławiu nie ma pangermanistów. – Nicolai rozejrzał się dookoła, jakby ich szukał wśród cmentarnych tui. – Nie wie nasz młody Wiluś, że oni wszyscy okazali się kibicami wyścigów konnych. Dobra robota, von Oppen! W Berlinie mogliby się od was uczyć. Szast-prast i nagle znika z miasta sześciuset naszych zagorzałych przeciwników!

Szef niemieckiego wywiadu podszedł do szefa wrocławskiej policji i chwycił go za ramiona.

– Niech mi pan wybaczy, *Herr Polizei-Präsident*, że teraz przemówię do pana jak do podwładnego, ale to, co zaraz powiem, będzie opinią i zaleceniem z najwyższych berlińskich szczytów władzy. Ja jestem tylko posłańcem. Jak ten. – Wskazał rękawiczką na rzeźbę smutnego anioła.

– Słucham, panie pułkowniku!

– Trzeba zatuszować oba zdarzenia. Pierwsze to śmierć tego biednego chłopca i jego oprawcy. A drugie...

– To oczywiście zamach na Jego Cesarską Mość!

Nicolai skinął głową.

– Tak jest! Zacznijmy od pierwszego: czy ktoś, kto dobrze zna okoliczności tego przerażającego zdarzenia – wskazał dłonią w kierunku grobowca rodziny Bloch von Bekessy – może mieć zbyt długi język?

Von Oppen długo się zastanawiał i liczył coś na palcach.

– Nie! – odpowiedział zdecydowanie. – Do hali nie mógł się dostać nikt postronny. Czterema posterunkami przy czterech wejściach dowodzili moi najbardziej zaufani ludzie. Nie puścili pary z ust i ich tymczasowi podwładni nic nie wiedzieli, chyba że któryś pod nieobecność dowódcy zajrzał do hali, za co nie ręczę. Ręczę za to za swoich dwóch strzelców wyborowych, którzy mieli na muszce tego potwora. Poza tym było tam grono, dla którego dyskrecja jest *suprema lex*[129]. To członkowie Klubu Zwinger, mój zaufany Mühlhaus i sekretarz burmistrza, którego małomówności jego szef jest pewien. Oprócz tego...

– Tak, wiem – wszedł mu w słowo pułkownik. – Byłem tam ja i mój adiutant.

– I jeszcze ktoś: Eberhard Mock i zamachowiec Ulrich Heine.

– Dobrze – skrzywił się Nicolai. – Mock i Heine.

Szef wywiadu zdusił papierosa czubkiem oficerskiego buta. Założył ręce do tyłu i przeszedł się w tę i we w tę przed obliczem smutnego anioła.

– Jutro mam mieć pełną dokumentację Eberharda Mocka, Paula Vyhladila, Klausa Braunera i Ulricha Heinego – rozkazał. – Pojutrze o ósmej rano do pańskiego aresztu śledczego przyjdzie po Mocka, Braunera i Heinego mój adiutant porucznik Hansligg z dziewięcioma ludźmi. Zabierzemy aresztantów do furgonu, który mi pan da do dyspozycji, i odjedziemy w siną dal. Być może nigdy już pan nie ujrzy tych trzech. Czy wszystko jasne?

Prezydent von Oppen spojrzał z wyrzutem na pułkownika Waltera Nicolaia.

– Rzeczywiście mówi pan pułkownik do mnie jak do podwładnego.

Oficer podał mu rękę na pożegnanie.

– Zapewniam pana, von Oppen, że jestem tylko tubą. – Nie puszczał jego dłoni. – A wie pan, kto jest mówcą?

---

129 Najwyższe prawo (łac.).

Zapadła cisza, którą przerwał Nicolai.

– Aaron był ustami Mojżesza, tak jak jak jestem ustami pańskiego szefa Clemensa von Delbrücka. A kto przemawiał przez Mojżesza? Pamięta pan z lekcji religii?

– Sam Bóg – odparł von Oppen.

WROCŁAW,
poniedziałek 26 maja 1913 roku,
wpół do dziewiątej rano

STATEK PŁYNĄCY W STRONĘ WYSPY OPATOWICKIEJ kołysał się lekko na falach Odry. Po lewej stronie burty widać było Halę Stulecia, potężną budowlę podobną do mezopotamskich zikkuratów.

Na górnym pokładzie przebywało czterech mężczyzn. Jeden z nich, dystyngowany i ubrany w nieskazitelny mundur, przechadzał się z papierosem. Na jego ramionach wyraźnie odcinały się złote gwiazdki umiejscowione na jasnej plecionce. Wyłogi munduru miał karmazynowe. Co chwila się zatrzymywał i spoglądał na trzech siedzących mężczyzn tak uważnie, jakby widział ich po raz pierwszy.

Mock, Brauner i Heine siedzieli skuci kajdankami na krzesłach przytwierdzonych śrubami do podłogi. Dwaj pierwsi trzymali w zębach papierosy i wypuszczali dym nosem. Trzeci odchylał się ze złością, kiedy dym leciał w jego stronę.

Walter Nicolai zatrzymał się przed nimi.

– Jesteście wrzodami na zdrowym ciele narodu – powiedział, akcentując mocno każde słowo. – Wy dwaj braliście udział w zamachu na Jego Wysokość, a ty, Mock, poprzez swoją opieszałość zabiłeś dziecko!

Mock chciał wyjaśnić, że działał w dobrych intencjach, ale ugryzł się w język. Od kilku dni już sam nie wiedział, co jest dobre, a co złe. Prawie tygodniowy pobyt w celi u Achima Buhracka też mu nie pomógł w dokonaniu subtelnych etycznych rozróżnień.

– Czytaliście Ewangelię? – warknął pułkownik. – Albo chociaż słuchaliście Bożego słowa?

Wszyscy trzej skinęli głowami.

– W Ewangelii Piłat pyta Chrystusa: „A co to jest prawda?". To pytanie biegnie przez całą historię ludzkości. Dziwi mnie, że ludzie uważają to pytanie za ważne. Ja wam w tej chwili odpowiadam: prawda jest tym, co ma sens!

Mock i Brauner jednocześnie wypluli swe papierosy.

– A o tym, co jest sensowne w tym miejscu i w tej chwili – ciągnął Nicolai – decyduję tylko ja! Rozumiecie, wrzody? Tylko ja!

Znów kiwnęli głowami, ale jakiś cień zrozumienia tego wywodu pojawił się wyłącznie w oczach Mocka.

– Chrystus w innym miejscu powiedział: „Prawda was wyzwoli". Ja nieco zmienię te słowa. Powiecie prawdę, to przeżyjecie. Skłamiecie albo będziecie milczeć, a nakarmię wami ryby w Odrze! O tym, co jest prawdą, decyduję tylko ja!

Zapadła cisza. Statek zatrzymał się na środku rzeki. Nicolai patrzył na swoich trzech więźniów i widział w ich oczach niepokój. Na pewno wszyscy zadawali sobie pytania: Dlaczego statek już nie płynie? Czy już teraz nakarmią nami ryby?

– Ty pierwszy, Mock! – Nicolai widział wyraźnie strużkę potu ściekającą po czole przesłuchiwanego. – Dlaczego nazwałeś to dziecko mordercą swych kolegów i nauczyciela?

– Przesłuchiwałem dyrektora gimnazjum realnego. Było to swoiste przesłuchanie, podobne do tego, któremu my teraz jesteśmy poddawani.

– Do rzeczy, Mock!

– Dyrektor bardzo się przestraszył w czasie przesłuchania, wszystkiego mi jednak nie powiedział. Dopiero miesiąc później, kiedy prasa pisała o porwaniu Kurta Rotmandla, zrozumiał, że ten chłopiec mógł być zamieszany w tę całą ponurą sprawę. I tuż przed uroczystością otwarcia hali napisał do mnie list. Czytałem go, jadąc z pieniędzmi dla szantażysty. On wiele wyjaśnia...

– Masz ten list przy sobie?

– Tak.

– Dawaj!

Nicolai zaczął głośno czytać

— ❖ —

Szanowny Panie Wachmistrzu Mock!

Kierowany tchórzostwem przemilczałem coś, co teraz muszę Panu wyznać. Przeczytawszy dzisiaj o porwaniu Kurta Rotmandla, zrozumiałem, że to jeszcze nie koniec zła, jakie może spaść na nasze miasto. Oto cała prawda. Kurt Rotmandel chodził do jednej klasy ze wszystkimi czterema chłopcami. Był młodszy o rok od swoich kolegów, ale jego inteligencja i zdolności były imponujące. Dlatego przyjąłem go do wyższej klasy. Tam wraz z czterema kolegami utworzył bandę, której został przywódcą. Miałem problemy wychowawcze z tym dzieckiem. Gdyby nie to, że litowałem się nad sierotą, a jego siostrą była urocza pani baronowa Charlotta Bloch von Bekessy, wyrzuciłbym go dawno ze szkoły. Kiedy pojawił się tajemniczy Graf von Taesche, Kurt wraz ze swoją bandą stał się członkiem jego edukacyjnej sekty. Odetchnąłem nawet z ulgą. Nie chodził tymczasowo do mojej szkoły i nie psuł mi uczniów. Niestety nie podobała mu się pedagogika Steinerowska i wrócił. Kiedy go zapytałem, co sądzi o metodach Grafa von Taeschego, odpowiedział, że von Taesche był kiedyś jego korepetytorem. I jeszcze wtedy coś wykrzyknął. Przeklął i Grafa von Taeschego, i swoich kolegów. Pracuję z chłopcami od prawie trzydziestu lat. Różne mieli natury, niektórzy wprost z piekła rodem, ale nigdy nie słyszałem jeszcze takiej wściekłości w krzyku dziecka. On nienawidził z jednej strony von Taeschego, bo mu zabrał kolegów i pozbawił przywództwa w tej bandzie, z drugiej zaś – swoich przyjaciół, bo go zdradzili dla nauczyciela. To tyle, Szanowny Panie Wachmistrzu Mock. Błagam Pana, niech mi Pan nie ma za złe mojego zatajenia. Niech choć ta informacja – być może nieważna – będzie jakąś nędzną rekompensatą mego przemilczenia.

Z wyrazami szacunku
doktor Moritz Heckmann

— ❖ —

– Tak, panie pułkowniku – mówił Mock donośnym głosem. – Ten von Taesche to Erwin Hude zwany też Ikarem. Był guwernerem Kurta. I pewnego dnia odebrał temu agresywnemu, inteligentnemu i bardzo niesfornemu chłopcu przyjaciół. Zabrał mu też przywództwo w bandzie. I wtedy Kurt Rotmandel poprzysiągł mu zemstę. Nie tylko zresztą jemu, ale im wszystkim. Hude zabrał mu przywództwo, a koledzy go zdradzili.

– I tylko dlatego zabił ich wszystkich? Pan chce, bym w to uwierzył? Pozrzucał ich z balkonu w Hali Stulecia tylko dlatego, że nie chcieli się bawić z nim żołnierzykami?

– Nie tylko dlatego. Kiedy wraz z sekretarzem policji kryminalnej Ottonem Krajewskim przeszukiwaliśmy mieszkanie baronowej Bloch von Bekessy, wszedłem do pokoju Kurta. Znalazłem tam rysunki. Chłopak miał wielkie zdolności artystyczne. Otóż były tam piękne portrety jego siostry, ale wśród nich było coś jeszcze. Rysunki pornograficzne. Scena pornograficzna... Akcja się rozgrywa w pokoju przypominającym salon baronowej. Mężczyzna stoi na palcach stóp na parapecie okiennym... Na szyi ma stryczek. Kobieta stoi przed nim i onanizuje go...

– Skąd wiadomo, że to był ów Hude? – Nicolai wpatrywał się w Mocka intensywnie.

– Facet miał skrzydła przyczepione do ramion... – odpowiedział cicho wachmistrz.

Dwaj pozostali aresztanci aż wstrzymali oddechy z wrażenia.

– Kochał bardzo swoją siostrę – ciągnął. – Zastępowała mu zmarłych rodziców, a gdy zobaczył kiedyś, jak się zabawia z jego guwernerem... Panie pułkowniku, Hude odebrał Kurtowi siostrę i najbliższych przyjaciół. Mało jeszcze panu?

– Proszę sobie za dużo nie pozwalać, Mock – burknął Nicolai. – Co sądzisz o tych rewelacjach, Brauner? Przypominam, że milczysz albo gadasz bzdury, to lądujesz za burtą. I nie zdejmę ci wtedy kajdanek.

Pułkownik podszedł do byłego kamerdynera i wbił w niego hipnotyczny wzrok. Brauner – w odróżnieniu od Mocka – wcale się nie pocił, co nie znaczy, że się nie bał. Strach zdradzały szczękające zęby i nieopanowane drżenie rąk. Klaus zaciskał pięści i rozprostowywał palce.

– Lubiłem bardzo tego chłopaka – wykrztusił w końcu. – On mnie też. Szamotałem się z nim, biłem na niby. Szanowałem też panią Charlottę.

– Do rzeczy, Brauner!

– Jakieś dwa lata temu, miał wtedy jedenaście lat, przyszedł do mnie i powiedział, że nienawidzi masonów, bo mu zabierają siostrę. Nienawidzi, bo Hude jest masonem. Że oni wszyscy się przebierają w ptasie pióra i walą sobie konie. Tak bredził. Ale to było jeszcze dziecko, a dziecko co inszego gada, a co inszego robi. Tu niby nienawidzi, a tu się spotyka z kolegami, urządzają podchody w parku, bawią się. Tu niby nienawidzi Hudego, a tu się do niego łasi jak pies. Kiedyś przy piwie na spotkaniu Związku powiedziałem Vyhladilowi o nienawiści Kurta do masonerii, do chłopców i do Hudego. Vyhladil wpadł na pomysł, by to wykorzystać, ale nie wiedział jak. Szefowie Związku zgodzili się, gadał...

– A zgodzili się naprawdę?

– Nie wiem, ale potem pan Schulz w knajpie Pod Lancknechtem w złości powiedział, że nie sądził, że taka z tego wyjdzie jatka... Tak powiedział. No to chyba nie wiedział o tym... że tak to będzie.

– I co było dalej?

Klaus chciał odpowiedzieć, ale uniemożliwił to Heine gwałtownym atakiem kaszlu. Nicolai odszedł od przesłuchiwanych, stanął przy poręczy i czekał, aż były stróż się uspokoi. Było prawie sielankowo: pod drzewami pokrytymi świeżym jasnozielonym listowiem leżał pastuch i grał na fujarce, gdzieś w oddali zaryczała krowa, a w czystej rzecznej wodzie pluskały ryby. Nicolai, znudziwszy się kontemplowaniem natury, odwrócił się gwałtownie.

– No dalej, gadaj, Brauner, a ty – spojrzał na Heinego – jak nie przestaniesz cherlać, to dostaniesz wór na głowę!

Heine przerażony tą groźbą zacisnął usta, a Brauner wrócił do przerwanego wątku.

– Vyhladil chciał się spotkać z Kurtem, żeby samemu wybadać, czy chłopak przyda się do realizacji planu Związku. A kiedy już doprowadziłem do ich spotkania, powiedział mi, że Kurt się nada. Bo taki, co ma zemstę w oczach, najlepiej wszystko obmyśli...

— ◆ —

WROCŁAW,
czwartek 18 stycznia 1912 roku,
godzina szósta po południu

W STARONIEMIECKIEJ KNAJPIE RZESZY Pod Lancknechtem panował jak zwykle wielki gwar. Ale tu, do prywatnego pokoju, hałas nie dochodził. Brauner i Vyhladil czekali w ciszy, co powie chłopiec.

Kurt wypuścił dym i pociągnął mały łyk piwa z kufla Klausa.

– Oni za rok będą mieli inicjację – powiedział. – Próbę ciemności i otchłani.

Vyhladil spojrzał ze zdziwieniem na Kurta, a potem na Klausa. Ten machnął ręką, by chłopcu nie przerywał.

– Ja to już miałem, mimo że jestem młodszy. Stoi się w ciemności nad przepaścią. I wcale się nie bałem. – Spojrzał twardo na Vyhladila.

– Będziesz mocnym, dzielnym człowiekiem – powiedział policjant.

– Będę nadczłowiekiem – poprawił go Kurt.

— ◆ —

– Kiedy okazało się, że w hali ma pojawić się sam cesarz, Vyhladil ustalił z Kurtem termin tej próby. Chłopak wskazał cztery punkty, tak jak zawsze, kiedy się bawili w podchody – mówił Brauner. – Tam koledzy mieli być porwani na niby. Hipo mówił, że te punkty mają się układać w coś masońskiego. Kurt znalazł to coś i podpowiedział Hudemu. Wtedy jeszcze wciąż udawał, że go lubi. Tylko mnie, swojemu jedynemu przyjacielowi, mówił naprawdę, jak go nienawidzi. I czekali. Aż do kwietnia, do tej próby ciemności. I stało się. Hude wisi, a czterej chłopcy rozstrzaskani.

Kiedy Klaus zamilkł na chwilę, Mock, który nie spuszczał dotąd z niego oka, od razu wszedł mu w słowo.

– Chcieli pokrzyżować plany cesarza. Chcieli, aby na otwarciu Hali Stulecia był kronprinc, nie cesarz. No to zabili czterech gimnazjalistów i masona rękami tego chłopca. Kurt zaczaił się wtedy na balkonie. Wiedział, kiedy ma się odbyć ceremonia inicjacyjna.

To było bardzo łatwe. Pchnąć w ciemności Hudego, gdy ten balansował na brzegu balkonu z pętlą na szyi, a potem zwolnić dźwignię i uwolnić linę z belką, której się trzymali chłopcy. To wszystko zrobił Kurt Rotmandel wiedziony nienawiścią do kolegów, do nauczyciela, a nawet do własnej siostry. Wszyscy go zdradzili, wszyscy go zawiedli, a on się zemścił. A dalsze postępowanie i wykorzystanie mordu należało do pangermanistów. Mieli ten mord wykorzystać politycznie. Ktoś miał poprowadzić śledztwo i dojść do masonów. Ten ktoś miał być tak zdeterminowany, że nie pozwoliłby sobie odebrać śledztwa ani sobą manipulować. Tym kimś byłem ja!

Mock nabrał powietrza i zaczął wyrzucać z siebie słowa z szybkością karabinu maszynowego.

– Vyhladil wykorzystał moje marzenie, by pracować w inspekcji kryminalnej u Mühlhausa. Zaaranżował orgię, zapłacił prostytutce, by cały wydział wywalić z pracy. Byłem przyciśnięty do muru. Blisko wyrzucenia z pracy w policji. Musiałem działać wbrew wszystkim. Vyhladil oczywiście bardzo mnie do tego zachęcał, stał się nawet moim najlepszym kompanem! Moim zadaniem było dotrzeć do Poclziga i do masonów. I dotarłem. Ale odkryłem jeszcze wiele innych istotnych rzeczy w tej sprawie. I tu nastąpił impas. Tym razem zostałem przyciśnięty przez lożę. Mając wybór: loża czy Hipo, postanowiłem grać na dwa fronty.

– I wtedy Vyhladil się wkurwił – wtrącił się Brauner. – Zgodnie z drugą częścią planu miałem zabić Mocka, a winę mieliśmy zrzucić na masonów. Że niby Mock do nich dotarł, a oni go utrącili. Tylko że go nie ukatrupiłem, bo mi spierdolił po dachach. I wtedy nastąpiło rozwiązanie ostateczne. Mów teraz ty, Heine!

Nicolai drgnął, bo nie on tu teraz rozdawał karty, a nie był do tego przyzwyczajony. Wiedział jednak, że ci ludzie wpadli w jakiś trans i dla dobra sprawy nie powinien im przerywać.

– Rok temu utopiliśmy w betonie z Vyhladilem... – zaświszczał astmatyczny oddech Heinego – poprzedniego stróża... Żyda Wolfganga Kempskiego. Zostałem nowym stróżem i majstrem... Nocami przygotowywałem skrytkę koło Sali Cesarskiej. Wszystko przygotowałem... Dorobiłem klucze dla Grubego, znaczy Vyhladila, i wyszykowałem kryjówkę... Dużą, tak by do niej wszedł Gruby. Miał tam siedzieć i zrzucić bombę na cesarza. Żeby odwrócić uwagę policji, Klaus miał trzymać chłopca na jaskółce. Taki był plan...

– Plan ostateczny – mówił Brauner. – To był plan ostateczny. Wcześniej mieli zginąć chłopcy, a Mock miał poprowadzić śledztwo, ale uległ kurwie. Tak gadał Gruby.

– Komu uległ? – zapytał Nicolai.

– Chyba Vyhladil miał na myśli baronową – wyjaśnił cicho Mock, a Nicolai spojrzał na niego dziwnym wzrokiem.

– Mów dalej, Brauner!

– Gdyby Mock zaczął nam przeszkadzać, miał zginąć. A gdyby i to się nie udało, to pozostawał plan ostateczny. Nie wiem, jak to powiedzieć... No, plan ostateczny...

– Czyli zabicie Wilhelma II Hohenzollerna – powiedział wolno szef cesarskiego wywiadu.

Cisza była odpowiedzią.

– Porwanie chłopca to była część waszego planu, Brauner?

Kamerdyner zbierał myśli, bo wiedział, że ma tylko jedno wyjście: jeśli pułkownik będzie zadowolony z jego odpowiedzi i wszystko w głowie przesłuchującego ułoży się w logiczną całość, to może nie staną się pokarmem dla odrzańskich ryb.

– Udawane porwanie. Mały trochę posiedziałby z Vyhladilem w Legnicy u jednego z naszych, a ja pojechałbym tam po paru dniach, bo Kurtuś nie lubił Grubego. I byłbym z młodym aż do końca, wszedłbym z nim na jaskółkę. Mały chciał dręczyć siostrę swym widokiem, a poza tym nie bał się nic a nic. No to plan był taki, że siedzę z chłopakiem pod sufitem hali, a Gruby w tym czasie... No nie wiem, jak to...

– A Gruby w tym czasie rzuca bombę na cesarza – dokończył za niego Mock. – Tylko że ja wam wszystko pokrzyżowałem. Bo zostałeś aresztowany, tak, Klaus?

– Tak – mruknął Brauner. – Wszystko się popierdoliło. Zamiast Grubego do dziury musiał wleźć Kulawy, a na jaskółkę zamiast mnie wtarabanił się Gruby.

– Muszę coś panu powiedzieć, panie pułkowniku – rzekł twardo Mock. – Ja bym uratował tego chłopca, naprawdę. Wiedziałem, że jest zły, ale bym uratował. Trzynaście lat to nie jest wiek na umieranie.

Pułkownik Walter Nicolai odwrócił się do nich plecami. Założywszy ręce do tyłu, patrzył na Przystań Wilhelmińską, do której przybijał ich statek. W oddzielonym drewnianym ażurowym płotkiem ogródku piwnym stały stoliki nakryte śnieżnobiałymi obrusami. Przy jednym z nich tłoczyli się hałaśliwi studenci w czapkach korporacji Borussia. Mimo wczesnej pory w ich żyłach mocno buzował chmielny napój. Trochę dalej jakiś brzuchaty łysy jegomość wiązał sobie pod szyją wielką białą serwetę. Po chwili na jego widelcu pojawiła się gruba parówka. Wszystko wraca do normy – myślał Mock. – Po chaosie nastąpi znów ład. A my trzej znikniemy na zawsze jako wrzody albo ostatnie znaki bałaganu.

– Brauner! – Pułkownik Nicolai odwrócił się na pięcie. – Masz szczęście! Nikogo nie zabiłeś, twoją winą jest tylko zaplanowanie porwania Kurta i nieudana próba zamordowania Mocka. Chłopiec nie żyje, nie ma więc sprawy porwania. A Mock ci wybaczy, nieprawdaż?

Eberhard kiwnął głową i czekał na swój wyrok.

– Hansligg! – krzyknął Nicolai na swego adiutanta. – Braunera wyrzucić na ląd, a z tym ścierwem – pokazał palcem na Heinego – pod pokład!

– Nie mam pilokarpiny – zajęczał stróż. – Została w mojej walizce w depozycie aresztu. Uduszę się!

– Widzisz tu jakąś aptekę? – zapytał Nicolai. – Bo ja nie! No już, Hansligg! Co powiedziałem?

Kiedy wierzgający nogami Heine został zaciągnięty pod pokład, szef cesarskiego wywiadu rozpiął Mockowi kajdanki.

– Tacy ludzie jak ty, Mock, są mi teraz potrzebni – powiedział. – Dość spisywania dziwek! Ty powinieneś działać w królestwach naszych wrogów, nie w królestwie syfilisu! Co ty na to?

Mock długo nie zastanawiał się nad odpowiedzią.

EPILOG

ADMIRAŁ ROSCOE HILLENKOETTER, szef Centralnej Agencji Wywiadowczej, wszedł do małej salki konferencyjnej. Przy stole ujrzał pięciu mężczyzn. Wydawało mu się, jakby widział się z nimi poprzedniego wieczoru, nie zaś dobrze ponad rok temu. Było to jednak tylko powierzchowne wrażenie. Admirał miał rzadką umiejętność, której rozwinięciu służyło specjalne szkolenie szpiegowskie pod okiem najlepszych psychologów z Uniwersytetu Harvarda. W odróżnieniu od większości ludzi potrafił bezbłędnie i w stosunkowo krótkim czasie określić wszystkie podobieństwa i różnice pomiędzy przedmiotami i ich skupiskami.

Tak było i tym razem. Przywoławszy sobie w pamięci obraz sprzed roku, natychmiast zauważył dwie podstawowe różnice. Po pierwsze, pułkownik Eberhard Mock nie siedział już samotnie w kącie pokoju jak poprzednio, ale zajmował miejsce wśród jego najbliższych współpracowników. Po drugie, był z nimi ktoś jeszcze – siedzący na stronie protokolant. Innych różnic – kolorów krawatów, marek papierosów i cygar – już nie rozpoznał. Tak dobry nie był.

Mężczyźni siedzieli częściowo w półmroku, częściowo w punktowym świetle małych lamp, w którym – tak jak ostatnio – wolno przesuwały się chmury papierosowego dymu.

– Dwunasty października tysiąc dziewięćset czterdziestego ósmego roku – podyktował protokolantowi, przywitawszy się ze wszystkimi przez podanie ręki. – Zebranie grupy Golem. Ściśle tajne. Obecni są...

Protokolant wszedł mu w słowo:

– Już zapisałem.

– Dobrze, Jimmy. – Hillenkoetter podrapał się w brodę, a na jego palcu zalśnił sygnet Akademii Marynarki Wojennej. – Przepraszam, że dopiero teraz was wzywam na spotkanie, ale musieliśmy w sprawie Hali Stulecia zachować daleko posuniętą dyskrecję. Mówiąc krótko i konkretnie, musieliśmy zbadać, kto ostrzegł i czy w ogóle ktoś ostrzegał Stalina przed uczestnictwem w Światowym Kongresie Intelektualistów we Wrocławiu. Musieliśmy znaleźć kreta.

Zebrani spojrzeli po sobie dyskretnie i skrzywili się lekko. Gdyby ktoś obserwował ich z boku i nie wiedział, z kim ma do czynienia, mógłby odnieść wrażenie, że zanieczyszczono powietrze w pokoju i każdy patrzy podejrzliwie na pozostałych, by zlokalizować sprawcę. Tak jest zawsze, gdy się pojawi słowo kret – myślał Hillenkoetter. – Tak jest zawsze, gdy na grono najbardziej zaufanych osób padnie cień podejrzenia.

– To nie byłeś ty, Jerry – uśmiechnął się szef. – Ani ty, Bill. Eberhard też nie ostrzegł Stalina. Nikt z nas, nawet protokolant Jimmy, którego ja osobiście najbardziej bym podejrzewał.

Wybuchnął śmiechem i zawtórowali mu wszyscy z wyjątkiem Mocka, który nie mógł się wciąż przyzwyczaić do amerykańskiego dowcipkowania przy każdej okazji.

– To był zupełnie ktoś inny, ale do rzeczy. Pamiętacie naszą konkluzję po opowieści Eberharda? Przypomnij nam, Bill!

– Tak jest, panie admirale – mężczyzna zwany Billem spojrzał do swoich notatek. – Mieliśmy się zająć wywietrznikami obok Sali Cesarskiej. Do naszych obowiązków należało przygotować łatwiejszy dostęp do nich, tak aby pirotechnik nie musiał chodzić po dachu, by się tam schronić. Mieliśmy mu wyszykować w szybie wentylacyjnym małą półkę, na której leżałby dwa, może trzy dni. Znaleźliśmy pirotechnika o wyjątkowo niewielkim wzroście i przeszkoliliśmy go. Nasze cudowne pastylki Nuzzy zabiłyby u niego łaknienie, bycza whisky dostarczyłaby mu witamin, a tabletki Reunion utylizowałyby jego mocz, który by później pił. W odpowiednim momencie miał dostać wiadomość, a potem wyjść z kryjówki i rzucić ładunek na świetlik w Sali Cesarskiej. Wszystko było gotowe w maju. I wtedy...

– Wtedy – admirał zapalił papierosa – odwołałem całą akcję bez podania przyczyn. A po pół roku zgromadziłem tu teraz wszystkich zainteresowanych, by przedstawić wam tę przyczynę. Była ona bardzo prosta. Znaleziono naszą półkę, kryjówkę pirotechnika. Sowieci wszczęli alarm, akcja Golem spalona. I pojawiło się natychmiast nieuniknione pytanie: Kto powiedział o tym naszym wrogom?

Zgromadzeni pokiwali głowami ze zrozumieniem. Każdy z nich wiedział doskonale, że w takiej sytuacji nie ma miejsca na sentymenty i wszyscy zaangażowani w akcję Golem muszą być wzięci pod lupę, by zlokalizować źródło przecieku.

– Nasz człowiek w Hali Stulecia jest całkowicie pewien, że kryjówkę odkryto nieprzypadkowo – ciągnął Hillenkoetter. – Pewnego dnia do Sali Cesarskiej przyszło kilkunastu polskich żołnierzy pod dowództwem nieznanego majora, który mówił łamaną polszczyzną z silnym rosyjskim akcentem. Żołnierze ci energicznie zabrali się do poszukiwania skrytek. Opukiwali i pruli ściany, ale nie narobili w sumie wielkich szkód. Kryjówkę pirotechnika znaleźli błyskawicznie, bo dobrze wiedzieli, gdzie mają szukać. Sprawdziliśmy, kim był ów major. Nazywa się Iwan Kaliukin i jest funkcjonariuszem Smierszu, czyli kontrwywiadu.

Protokolant nie wiedział, jak to zapisać, toteż Mock mu przeliterował.

– Otrzymaliśmy wiadomość z Moskwy – powiedział admirał po chwili, czekając, aż pułkownik usiądzie – że Stalin, dowiedziawszy się o akcji Golem, podjął decyzję, że nie pojedzie do Wrocławia na kongres. Nie znamy dokładnie motywów tej decyzji, ale wiemy, że podjął ją tuż po odkryciu kryjówki pirotechnika. A zatem się bał. Jest oczywiste dla każdego, a zwłaszcza dla psychologów z Harvardu, badających profil psychologiczny Stalina, że satrapa za nic nie chce, by ktokolwiek uznał tę decyzję za tchórzliwą. Szukał zatem wygodnego i wiarygodnego pretekstu swojej nieobecności na kongresie. Wymówka musiałaby spełniać dwa warunki. Nikt, kto ją usłyszy, nie może zwątpić w odwagę

Stalina, a poza tym musiałaby być przekonująca zarówno dla nas, jak i dla komunistów.

Hillenkoetter przeszedł się w milczeniu dokoła stołu. Nabierał sił do dalszej opowieści.

– A teraz pozornie coś z innej beczki. – Uśmiechnął się szelmowsko. – Jest taki historyk dyplomacji w Oksfordzie Alan Taylor. Lat czterdzieści dwa, zaprzysięgły ateista i pacyfista, pochodzący z komunistycznej rodziny, uważany, zbyt pochopnie, jak się zaraz okaże, za pożytecznego idiotę Stalina. Od dawna mieli go na celowniku nasi angielscy koledzy z MI6, zwłaszcza że do jego znajomych należeli liczni emigranci z dzisiejszych krajów komunistycznych, w tym prezydent Czechosłowacji na emigracji Edvard Beneš. Profesor Taylor został zaproszony na kongres do Hali Stulecia. Ludzie z MI6 dowiedzieli się, że srogo zawiódł nadzieje organizatorów i przygotował przemówienie krytykujące opresyjny system komunistyczny, a zwłaszcza ograniczanie w Polsce i w Rosji wolności słowa. Komuniści od początku wiedzieli o tym jego niepokornym referacie. Skąd? O tym za chwilę. Zagrozili zatem, że wycofają mu zaproszenie, jeśli wystąpi z krytyką Stalina. Wahał się długo, ale w końcu nie zmienił ani kropki w swym przemówieniu i pojechał. A Rosjanie i Polacy go wpuścili, pozwolili na wygłoszenie odczytu, ba!, nawet transmitowali go przez radio, jak gdyby nigdy nic. Dlaczego byli tacy wyrozumiali?

Powiódł wzrokiem po nieco zdezorientowanych współpracownikach.

– Bo tego chciał Stalin. On naprawdę bał się zamachu, a potrzebował wygodnego pretekstu dla swej nieobecności.

W czerwcu tysiąc dziewięćset czterdziestego ósmego roku, dwa miesiące przed kongresem, we francuskim komunistycznym piśmie „L'Humanité" ukazał się wywiad z Klimentem Pawlukiem, jednym z sekretarzy Andrieja Andriejewa, zastępcy przewodniczącego Rady Ministrów Związku Radzieckiego. Pawluk wspomniał tam, że towarzysz Stalin nie zgadza się z wieloma tezami współczesnych lewicowych angielskich historyków, ale nie zamierza z nimi publicznie polemizować. Ten przeciek prasowy wystarczył. Organizatorzy kongresu zrozumieli: Stalinowi nie podoba się Taylor, ale łaskawie zezwala na wystąpienie angielskiego komunisty. My zrozumieliśmy to tak: Stalin nie chce kneblować Taylora, a z drugiej strony nie chce być krytykowany za tchórzostwo. Wszystko stało się jasne. Ten wywiad w „L'Humanité" to była zakamuflowana konferencja prasowa Stalina. Tylko jedno wciąż było niejasne: co przekonało Taylora do wyjazdu do Wrocławia i do wygłoszenia referatu w niezmienionej formie?

Hillenkoetter usiadł ciężko i westchnął.

– Źle postawiłem pytanie. Nie co, ale kto. Anglicy znaleźli odpowiedź. Do tego, by nic nie zmieniał w swym referacie i jednocześnie pojechał do Wrocławia, przekonał go człowiek z jego bliskiego otoczenia, nazwijmy go na razie Wąż. Urodził się on we Wrocławiu i mieszkał tam z przerwami do tysiąc dziewięćset trzydziestego trzeciego roku. Od tego czasu do dzisiaj Wąż przebywa w Oksfordzie. Co ważne, brał udział w dramatycznych wydarzeniach przedstawionych nam przez Eberharda. Zna też bardzo dobrze Halę Stulecia i możliwe, że to on wskazał skrytkę służbom Stalina. Wie też doskonale, że w roku tysiąc dziewięćset trzynastym cesarz wahał się z przyjazdem do Wrocławia ze względu na sztukę Hauptmanna. Zdaje sobie zatem sprawę, że odmówienie uczestnictwa w uroczystości pod pretekstem niezgody na jakieś treści polityczne czy literackie to bardzo wygodna wymówka. A przecież takiej wymówki właśnie szukał wujek Joe.

– Kim jest ten Wąż i skąd tyle wie o moim mieście?! – wykrzyknął Mock.

– Wąż jest kobietą. – Spojrzenie, którym Hillenkoetter obdarzył Mocka było ołowiane. – I bardzo dobrze ciebie zna...

OD AUTORA

PRZY PISANIU TEJ KSIĄŻKI nieocenioną pomoc okazał mi Andrzej Baworowski, prezes Hali Stulecia. Dzięki jego uprzejmości mogłem pracować w wymarzonych warunkach – w monumentalnym gmachu, który jest „bohaterem" tej powieści. Swoją głęboką wiedzą techniczną na temat tej budowli dzielił się ze mną Daniel Czerek, szef działu technicznego Hali Stulecia. Licznych i kształcących informacji z zakresu historii architektury, a zwłaszcza z historii dokonań Maxa Berga i Hansa Poelziga, nie skąpił mi Jerzy Ilkosz, dyrektor wrocławskiego Muzeum Architektury, a cennych materiałów archiwalnych dostarczał Marek Burak, dyrektor Muzeum Politechniki Wrocławskiej. Szczegółowej ekspertyzy z zakresu symboliki masońskiej z właściwą sobie akrybią dokonał Tadeusz Cegielski, znakomity historyk z Uniwersytetu Warszawskiego.

Życzliwie udzielili mi konsultacji:
- z zakresu psychologii – Dariusz Doliński z wrocławskiej filii Wyższej Szkoły Psychologii Społecznej,
- z zakresu medycyny sądowej – Jerzy Kawecki z Uniwersytetu Medycznego we Wrocławiu oraz Paweł Leśniewski ze Szkoły Policji w Pile,
- z zakresu medycyny ogólnej – Robert Krawczyk,
- z zakresu historii wojskowości – Adam Szubielski.

— ♦ —

Świetne pomysły literackie podsunęli mi Maciej Lamparski, Paweł Janczarski i Przemysław Skoczek. Wielką życzliwość okazali mi również Małgorzata Osiewała oraz Paweł Romaszkan.

Wszystkim wymienionym powyżej osobom z całego serca dziękuję.

— ♦ —

W powieści tej pozwoliłem sobie na popełnienie następujących anachronizmów i przeinaczeń:

1. Premiera dzieła scenicznego *Uroczystość podniosła w niemieckie rymy ujęta*, napisana przez Gerharta Hauptmanna na otwarcie Hali Stulecia, w rzeczywistości odbyła w czerwcu 1913 roku, nie w maju, jak napisałem.

2. Cesarz Wilhelm II nigdy nie zamierzał zaszczycać swoją obecnością otwarcia Wystawy Stulecia i Hali Stulecia – od początku było wiadomo, że zamiast niego w maju 1913 roku do Wrocławia przyjedzie jego syn, następca tronu Wilhelm Hohenzollern.

3. Hans Poelzig nie brał udziału w projekcie rozbudowy Domu Koncertowego w roku 1902.

4. Paula Wolfa projekt mostu, łączącego Rakowiec z terenami wystawowymi, powstał dopiero na początku lat dwudziestych.

5. Słynna rzeźba anioła z inskrypcją „Także cierpienie jest Bożym posłańcem" (auch der Schmerz ist Gottes Bote), którą dzisiaj można podziwiać na skraju wrocławskiego Parku Zachodniego, pochodzi z cmentarza św. Mikołaja, nie zaś z Cmentarza Wielkiego.

6. Zgodnie z informacją zawartą w mojej innej powieści *Widma w mieście Breslau*, której akcja toczy się w roku 1919, Heinrich Mühlhaus pracuje we wrocławskim prezydium policji od roku 1918, a wcześniej był policjantem w Hamburgu. Nie mógł zatem być we Wrocławiu w roku 1913, a więc w czasie, kiedy toczy się akcja niniejszej powieści.

Jeśliby moi Czytelnicy dostrzegli jeszcze inne błędy, to będę im wdzięczny za wszelkie uwagi i sprostowania.

Na koniec wyjaśniam, iż Otto Krajewsky to postać autentyczna. Informację o tym policjancie pracującym w inspekcji policji kryminalnej prezydium policji znalazłem we wrocławskiej księdze adresowej z roku 1913. Umieszczenie zatem policjanta o identycznie brzmiącym nazwisku jak moje było – proszę mi wierzyć – literacką zabawą, mrugnięciem okiem, nie zaś pompowaniem autorskiego ego.

Marek Krajewski

Spis treści

— ❖ —

Książki Marka Krajewskiego w Znaku

— ❖ —

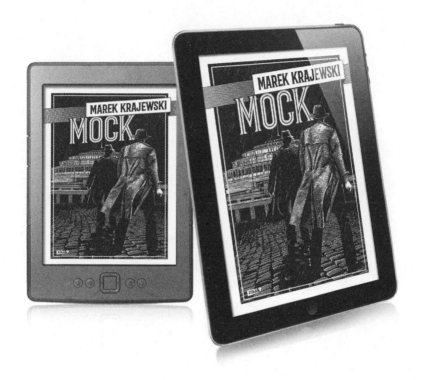